他是她生命里的一抹亮色，
是上天的恩赐，
是她二十岁那年
最好的生日礼物。
叶惜语

甜药

叶惜语 著

天津出版传媒集团
天津人民出版社

图书在版编目（CIP）数据

甜药 / 叶惜语著. — 天津 : 天津人民出版社，2023.6
ISBN 978-7-201-19265-9

Ⅰ. ①甜… Ⅱ. ①叶… Ⅲ. ①长篇小说—中国—当代 Ⅳ. ①I247.5

中国国家版本馆CIP数据核字（2023）第057653号

甜药
TIAN YAO

出　　版　天津人民出版社
出 版 人　刘　庆
地　　址　天津市和平区西康路35号
邮政编码　300051
邮购电话　（022）23332469
电子信箱　reader@tjrmcbs.com

责任编辑　李佳骐
特约编辑　丐小亥　八　柚
装帧设计　刘芳英

印　　刷　长沙金鹰印务有限公司
经　　销　新华书店
开　　本　880毫米×1230毫米　1/32
印　　张　10
插　　页　2
字　　数　318千字
版次印次　2023年6月第1版　2023年6月第1次印刷
定　　价　46.80元

目录

CONTENTS

目录

CONTENTS

第一章
书店偶遇

十月，C市。不到晚上八点，梁家的住宅便灯火通明，客人们聚在大厅有说有笑，热闹非凡。

今天是梁远国两个女儿的二十岁生日，为了这一天，他和老婆筹备了许久，邀请了众多亲朋好友前来庆祝。

梁雯还在房间里梳洗打扮，亲戚们扎堆闲聊，话题无非是今天的小寿星。

“真羡慕阿梅有雯雯这样的好女儿，漂亮懂事，成绩又好，难怪她天天捧在手里当个宝。”

“是啊，如果她是我女儿，我做梦都会笑出声来。对了，梁雯不是还有个双胞胎姐姐吗？应该也不差吧？”

“你说梁药？拉倒吧。”说话的女人表情不屑，“她没少闯祸，小小年纪就喜欢在外面鬼混，认识不少乱七八糟的人，和梁雯根本不能比！”

她说这话时没有避讳旁人，声音不小，完全没注意到不远处的沙发上窝着一个玩手机的人。

梁药突然听到自己的名字，懒洋洋地抬头，望了那女人一眼，却没认出来她是谁，于是又低下头，把注意力放回微信上。

刚刚有个人找她约稿。

“再次夸夸药药的画风！我想约那个八十块的头像，可以吗？”

梁药回：“可以，只是这个月的订单排满了，要等下个月才能出单。”

“没关系！我一点儿都不急！药药现在手里有多少单呀？”

梁药在心里数了数，回复：“四十多单吧。”

“我……我这次一定要付定金，占坑位！上次就是忘付定金，害我多等了一个月。呜呜呜，药药的画太难约了！”

梁药回了个“害羞”的表情。

环境越来越嘈杂，除了七大姑八大姨，梁雯邀请来的同学也开始闲聊了。

“来了好多男生，都是冲梁雯来的，女神的魅力果然非同凡响！”

“我听说，梁雯还邀请了楚昼，不知道他会不会来。”

“有可能。我感觉全校只有梁雯配得上楚昼了。”

“不过有小道消息说，梁雯被拒绝了。”

“真的假的？不可能吧？”

小女生话匣子一开，便叽里呱啦，没完没了。

梁药倒是没受什么影响，她左耳进，右耳出，继续和她的客户聊约稿的后续事宜。就在这时，一道人影从她的跟前晃过。

一杯水泼了下来，打湿了她的裤子。

梁药愣了，随后听到头顶上响起娇滴滴的女声：“哎呀，梁雯，不好意思，我不是故意的。你没事吧？”

梁药一顿，缓缓地抬起头。

张萱彤看清了她的脸，吃了一惊，笑容凝固在嘴角。

不是梁雯……

眼前的少女有着和梁雯一样精致小巧的瓜子脸，却化着大浓妆。深色眼影、烈焰红唇，厚重的粉底掩盖住了她本来的面目，令她看起来美得十分危险。

她眉峰微扬，似笑非笑地看着张萱彤。

张萱彤十分惊讶，没想到自己竟认错了人。

张萱彤是故意泼水的，她讨厌梁雯很久了。她自认为不比梁雯差，却处处被梁雯压一头，同学们讨论的也总是梁雯，梁雯还想抢楚昼……

张萱彤不甘心，所以想着弄脏梁雯的衣服，让她出丑。

张萱彤看着梁药，心里犯嘀咕：明明两人气质一点儿也不像，自己怎么会认错？

不过，卸掉浓妆的话，梁药的长相和梁雯还是很像的，毕竟是双胞胎。

虽然认错了人，但张萱彤没有丝毫愧疚。她刚想走人，梁药却忽然伸手抢过她手中的半杯水，干脆利落地往她的脸上泼了过去。

“抱歉啊，”少女声音带笑，慢条斯理地说道，“我也不是故意的，谁叫你找碴儿找错了对象。”

水珠顺着张萱彤的脸庞滴落下来，好半晌，她才反应过来刚刚发生了什么，尖叫起来：“你有病啊？！”

与此同时，梁母正挽着女儿的手盛装亮相。

梁雯穿着一身白纱裙，美若天仙，像只高贵的白天鹅。

只可惜，大家还没欣赏多久，便被张萱彤的“河东狮吼”转移了注意力，全场人的目光唰地汇聚在了张萱彤和梁药的身上。

梁药对周围探寻的目光视若无睹，冷静地把杯子放到茶几上，抽了两张纸巾擦拭裤子。

听到动静，梁母立即携梁雯赶来，见梁药这副若无其事的样子，梁母气不打一处来，骂道：“你一天不给我惹事，心里就不舒服，是不是？”

梁药擦着裤子，头也没抬。

“妈妈，今天是我们的生日，你别生气啦。”梁雯朝梁母撒娇，一如既往地充当着老好人，又看向梁药，“姐姐，怎么回事啊？”

梁药还没开口，张萱彤恶人先告状：“她朝我泼水！”

梁药说道：“是你先朝我泼水的。”

张萱彤：“我都说了，我不是故意的！”

梁药轻嗤一声：“可我看你泼水的时候挺开心啊。”

张萱彤涨红了脸。

“不准对客人无礼！”梁母看不下去了，沉着脸，指着房间对梁药说，“赶紧回房，没我的允许，不准出来。真是丢人丢到家了！”

梁药淡淡地看了她一眼，从沙发上站起来，双手插在外套口袋里，晃晃悠悠地往门口走。

梁母瞪大了眼睛：“你去哪儿？”

梁药懒懒地说道：“出去透个气。”

梁母怒道：“你要是敢踏出这个门，就别回来了！”

回答她的是巨大的关门声。

满堂寂静，众人面面相觑。

梁母深吸一口气，勉强对他们扯出一抹笑，说：“大家见笑了，我们别管她，开始吃饭吧。”

众人很识趣，谁都没再提梁药，举杯庆祝，气氛渐渐融洽起来。

梁雯有些心不在焉，不过，她的心不在焉并不是因为梁药的离开。

她不死心地在大厅里找了好久，就是没看到那个朝思暮想的身影，脸上不由得闪过一丝失望的神情。

楚昼果然没有来啊。

梁药出门没多久，就接到了王芹芹的电话。

“你家的生日聚会结束没？”

“嗯。”梁药打了个哈欠，问，“干吗？”

“帮你庆祝生日啊。”王芹芹不紧不慢地说道，“今天是你的生日，我请客，快点儿出来！”

梁药一愣。她都快忘了今天也是自己的生日。

她握着手机顿了两秒，轻笑道：“地址发过来。”

十五分钟后，两个女孩在一家烧烤店门口碰头。

梁药不客气地点了个最贵的套餐。

王芹芹目瞪口呆地说道：“大姐，点这么多，你吃得完吗？你不是刚刚才吃过大餐？”

梁药喝了口可乐，说：“这不是留着肚子等你嘛。”

两人认识很久了，从初中到大学，彼此知根知底。王芹芹敏感地察觉到她的情绪不对劲，开玩笑地问：“你妈又骂你了？”

梁药笑了笑，轻描淡写地把刚刚在家里发生的事说了。

其间，服务员上完了菜。

王芹芹啃着鸡翅，津津有味地听完了故事，意犹未尽地说道：“所以，是你妈被你怼了？”

“滚。”梁药白了她一眼，夹了块牛肉。

“你真是她亲生的？”

尽管已经听过许多次类似的事，王芹芹依然愤愤不平，说：“你俩这家庭地位也差得太远了吧？如果你和梁雯不是双胞胎，我都怀疑你是你妈从医院厕所里捡来的。”

“还好吧。”梁药耸耸肩，毫不在意，“习惯就好。”

其实，她也不是不能理解梁母。

虽然她和梁雯是双胞胎，但两人个体差异很大。

梁雯从出生开始身体就不好，动不动就感冒发烧，孱弱得仿佛风一吹就会倒。她就不一样了，不仅身体健康，甚至运动神经十分发达。

虽然没有科学依据，但梁母坚持认为，梁雯的身体这么差，全都是因为她怀孕时，梁药把所有的营养都吸收掉了。

所以，从梁药小时候起，梁母就教育她要多让着妹妹，自己更是以身作则，对梁雯有求必应，疼到骨子里，生怕梁雯磕着碰着。而梁药在家毫无地位，她脆弱敏感的心每天都被梁母踩在脚下。

作为一个风华正茂的青春期少女，她能不嫉妒、不叛逆吗？

于是，梁药再也没听过梁母的话，最疯狂的时候，她做过很多出格的事，被邻居当成坏孩子，被亲戚嚼着舌根，只考上了本地最差的大学——D大。

一个是模范标兵，一个是反面教材。

事到如今，她和梁母之间已经隔了比尼罗河还深的代沟。

王芹芹仔细地看着她，确认了她真的不在意，才说："你变了好多。你'从良'了？"

要知道，梁药可是标准的不良少女，桃花也从来没断过，可从今年年初开始，她突然转性，不出去玩了，天天待在家里，也不知道在折腾什么。

梁药吃着烤串，漫不经心地说道："我忙着赚钱呢。"

王芹芹愣了一下，问："你还在画画？"

"嗯。"梁药点点头。

小时候，她学过绘画，又喜欢动漫。大二那年寒假，她误入绘画圈，发现画画不仅能赚钱，赚得还不少，于是，她兼职画手，每天勤奋地给客户们画头像和人设插画。

赚钱才是王道——这是叛逆少女痛彻心扉后的感悟。

王芹芹心情复杂，不知道说什么好，她亲眼看着梁药从一个热爱打架的传奇少女变成如今沉迷于画画的"赚钱机器"。

这变化实在太大。

梁药还想说什么，突然感觉有人在看她。她转过头，只见右后方的一桌人里，坐在外侧、穿着毛衣的女人正盯着她，眼神阴森，让人不寒而栗。

梁药觉得莫名其妙。

"怎么了？"王芹芹望了过去，随即说道，"许艳？！她怎么在这儿？！"

梁药："你认识？"

“大姐，人家的男朋友前两天才向你告白，你就忘了？”

“又不是我向他告白，关我什么事？”

“关键是许艳不这么觉得啊，她认定了是你勾引她男朋友，在学校放话，说要给你好看！”

梁药哭笑不得，点点头，说：“行吧，让她来。”

她压根没把这句话放在心上。

梁药看了一眼时间，快晚上九点了，她擦了擦嘴，站起身来，说：“我还有事，先走了。”

“什么事？”王芹芹问。

“代班。”梁药摆摆手，拿上手机就走了。

王芹芹目送她离去后，发现许艳那桌人也走了。

梁药代班的地点是同学家开的书店，据说是收银员病了，所以招人上两天晚班。梁药看书店开的工资还不错，就去应聘了。

书店就在烧烤店附近，梁药从正门进去，一眼就看到老板坐在柜台前看书。

“你可算来了。”老板看见她，立刻脱了工作服给她，“这里就交给你了。”

梁药穿上工作服，看了周围一眼。书店很大，书架一眼望不到头，店里的人还挺多，座无虚席，来的大多是学生。

梁药坐到台前，无所事事地翻着老板留下的书，其中大多是鸡汤文，没一会儿，她便困了，干脆用手撑着下巴打起瞌睡。

好无聊，还不如在家赶画稿。

“结账。”

眼前忽然落下一片阴影，有人靠近，随后，四本崭新的书被递了过来。

梁药抬起头，第一反应竟不是去看书，而是看那只拿书的手。

那只手骨节清晰，脉络分明，漂亮得像艺术品。

“多少钱？”那人再次开口，清冽的嗓音里藏着一丝不耐烦。

这回，梁药抬起了头。

面前站着的是一个清隽挺拔的少年，他肤色白皙，个子很高，穿着藏青色的外套，那张脸在灯光下俊美得不像真人，眼神却十分漠然。

他眼皮微垂，淡淡地看着她，眼底如寒潭，读不出任何情绪。

梁药眨眨眼，有一秒的愣怔。

没想到，在这种地方也能碰到帅哥。

书店安静的氛围不知何时被打破了，人们的目光从书本上移开，偷偷转向柜台前的颀长身影。

小姑娘们拿书半挡住脸，偷偷瞄他，压低声音讨论起来——

“那个男生，好帅啊！”

“赶紧拍下来发条朋友圈！”

“我总感觉好像在哪儿见过他……”

然而，议论归议论，没有一个人敢上前搭讪，她们都只敢偷看。少年气场太强，神色冷淡，给人一种不好相处的感觉。

然而，“她们”并不包括梁药。她没皮没脸惯了，从不知矜持为何物，难得遇到帅哥，她本能地想调戏一下。

“小哥哥，能不能加个微信？”梁药捧着下巴，笑吟吟地看着他。

楚昼的目光略过女孩浓妆艳抹的脸，她看起来十分漂亮，媚态天成。

他平淡地开口：“不能。”

“为什么？”

“手机没电了。”楚昼的眼皮耷拉着，理由听起来很敷衍，他以手指轻敲桌面，催促道，“麻烦你快一点儿。”

“稍等。”梁药本来就只是逗他玩，被催促后，她拿过那四本书看了看：《睡眠革命》《和失眠说再见》《高效睡眠你值得拥有》《教你快速睡着的一百个小妙招》。

看来他的睡眠质量不太好，难怪看着没精神。

梁药在电脑上查到了书的价格，开口说道：“一共一百二十八块。”

闻言，楚昼拿手机扫了一下贴在桌角的二维码图片。

随后，电脑端提示钱已到账。

梁药故意调侃他：“你不是说手机没电了吗？”

楚昼没说话，似乎是觉得没有回答的必要，连一个眼神都懒得给她。

这人看起来寡言又高冷，眼神里仿佛写着“别靠近我，我不想搭理你”。

没意思，梁药在心中摇头。虽然他长在了她的审美点上，可性格太闷，是她最不喜欢的类型。

彻底没了“勾搭”他的念头后，梁药拿袋子把书装了起来。

此时，手边的手机忽然响了。

梁药边装书，边偷瞄了一眼手机，是王芹芹的电话。现在还是上班时间，梁药很有敬业精神地挂断了电话，可两秒后，铃声又响了。

难道她是有什么急事？

梁药把装好的书递给楚昼，然后接起电话，“喂”字还没说出口，就听王芹芹大声吼道：“梁药，你在哪儿？我刚刚看到许艳带了好多人朝你离开的方向过去了，八成是去找你麻烦的，你现在赶紧找个地方躲一躲吧！”

梁药皱了皱眉，还想再问问具体的事，便听书店门口传来一阵杂乱的脚步声，随后，两个男人走了进来，一个人的脸上有刺青，一个人染了头黄发，看着凶神恶煞。

两人四处张望，好像在找什么。

梁药迅速挂了电话，直觉告诉她，他们的目标就是自己。

楚昼拿到书后，转身就想走，梁药却在那两个男人看向这边的前一秒条件反射地抓住楚昼的衣角，想借他的身体挡一下那两个男人的视线。

梁药的手刚抓住楚昼的衣角，两人都愣了一下。

楚昼蹙起眉，耐心彻底告罄，他以为这个女人还想纠缠着自己不放，正要甩开她，然而，下一秒，他的身后一轻，梁药的手已经抽了回去。

“抱歉。”梁药飞快地道歉，声音没有再故显成熟，显露出本来的声线，轻轻柔柔的。

楚昼转过头，看到梁药蹲下身，躲到了柜台下面。

还没等他搞清楚现在是什么状况，对面的两个男人已经注意到了他。楚昼的相貌太过出众，想不引人注目都难。

“喂，小子，你有看到一个穿橘色外套、长得很漂亮的女人吗？”黄毛恶狠狠地问道。

躲到柜台下的梁药闻言，攥紧手心，做好了随时冲出去的准备。刚刚抓住楚昼的衣服完全是身体的条件反射，她没有向人求助的习惯，也不觉得楚昼这样的人会多管闲事。

梁药飞速地思考着，对方只有两个人，不难对付，麻烦就麻烦在，这里是书店，打起架来不太方便。

就在梁药想着脱身的办法时，她听到了楚昼淡淡的声音。

“不知道，让开。”

梁药意外得睁大了眼。

“你这是什么态度？”黄毛被楚昼激怒了，见他这么年轻，黄毛想当然地把他当作了好欺负的学生，伸手就想推他。

可还没等黄毛的手碰到楚昼，楚昼便抓住了黄毛的手腕，用力地将他的胳膊反扭到身后压住了。

“啊！”黄毛疼得大叫一声。

周围寂静无声，众人的目光齐刷刷地落在楚昼身上，他们都没想到这个看上去瘦削高挑的少年会有这么大的力气。

虽然梁药看不到外面发生了什么，但她还是能从黄毛的惨叫中猜到此刻的情况。现在，她对楚昼这个人越发好奇起来。她想探出头去看情况，又怕被人发现，激化矛盾，便忍住了好奇，按兵不动。

被这么多人看着，黄毛觉得颜面扫地，怒火中烧，想要举起拳头挥向楚昼，却被刺青男拦住了：“行了，你忘了我们是来干吗的？少惹是生非。那个女人也不像是会来书店的人，我们再去别的地方找找看。”

黄毛听了，只好忍了下来，狠狠地瞪了楚昼一眼，说：“今天算你小子走运，别让我再碰到你，否则，我见你一次打你一次！”

楚昼冷眼看着他，没说话。

“行了，快走吧！”刺青男拽着黄毛的胳膊把人拉走，表情有些不自在。楚昼盯着他们的眼神让他感觉到了几分危险，黄毛或许没有意识到，他却忽视不了。

听着他们的脚步声渐行渐远，梁药有些意外。

这就结束了？

她探出半个脑袋往外看，只看到了楚昼离去的背影，高瘦，笔直，步伐不紧不慢，就和来时一样。

楚昼提着袋子走出书店，就看到等在门口的赵亿豪。

“哎哟，我的爷！您总算出来了！”赵亿豪一看到他就叫起来，“你知道你进去多久了吗？半个小时！”

楚昼懒得理他，接着向前走，说：“回去了。”

“哎，我刚刚在门口看到你和人起冲突了，怎么回事啊？你没事吧？”赵亿豪连忙跟上去，和他并肩走着。

楚昼打了个哈欠，没回答。

赵亿豪立刻改口：“我是问，那个男的没事吧？”

楚昼有点儿无语，瞥了赵亿豪一眼，问：“你没看到他出来？”

——什么白痴问题。

“我就是开个玩笑。”赵亿豪嘿嘿一笑，“你还没说里面发生了什么呢，好端端地，怎么动起手来了？”

“谁知道。”楚昼的脑中闪过梁药妩媚的脸。

——这个罪魁祸首。

他本来没想多管闲事，说一句“不知道”已经是仁至义尽了，没想到对方不太识趣，非要往枪口上撞。他想起梁药抓住他的衣角又马上放开的时候，并没有向他求救，只向他道了歉。

能被那种人找麻烦，她本身也不会是什么善茬儿。就算他不出手，她也完全可以自己解决吧？

见他不说话，赵亿豪也没再问了，转头提起了别的事，恨铁不成钢地说：“你竟然真的没去梁雯的生日聚会，我服了！那么漂亮的妹妹你都看不上！楚昼，你的性取向真的没问题吗？”

“滚。”楚昼把整袋书砸到他的身上，不耐烦地说，“有完没完？你想去就自己去。”

赵亿豪提过袋子，哀嚎道：“我也想啊，可人家看上的又不是我。对了，你买的什么书啊，我看看。睡着、失眠、睡觉……”

他念着每本书的关键词，一愣，表情逐渐严肃起来，问：“你晚上还是睡不着？”

“嗯。”楚昼懒懒地应了一声。

赵亿豪皱着眉问：“找医生看了吗？”

“不看。”

“为什么？”

“我不想吃药。”

“……”

梁药决定离开书店。她知道自己被盯上了，为了不给书店惹麻烦，她还是走比较好。

她发了微信消息给老板，说明了原因，随后把同学叫来顶替自己。

一出书店，她就留意到附近站满了许艳找来的人，那些人的特征很明显，一个个都膀大腰圆，穿着黑T恤，生怕别人看不出自己是社会青年。

梁药以前经常在外面玩，见多了这种人，只要有人出钱，他们什么都肯干。她数了数，附近总共有十来个人，看来许艳是下了血本，恨她恨进了骨子里。

梁药躲在书店附近的大树下，望着路上到处搜寻她的人，觉得有些头疼。这么多人，她想要硬闯过去肯定行不通。

怎么办？

她四处看了看，发现旁边只有一家女装店还开着门。内心挣扎几秒后，她无力地叹了一口气，进了那家女装店。

二十分钟后，街道边，刺青男问黄毛："人还没找到吗？"

"没有。我让兄弟们把这附近都翻遍了，就是没有她的人影。"

"梁药真的在这里？"

"不会错的。许艳亲眼看着她进了这条街，这条街的两个出口都被我们的人堵住了，她不可能出得去。"

"我就不信了！"刺青男说，"我就守在这里，看她能躲到什么时候！"

黄毛挠了挠头，拿出一根烟点燃了。就在这时，他突然看到前方走来了一个人，昏暗的光线下，从身材和体型隐约可以看出，是个女孩。

"老大，你看前面！"他惊喜地喊道。

刺青男望了过去。

一个穿着白色风衣的女生迎面走来，她身材纤瘦，戴着连衣帽，看不清面容。女生目不斜视，平静地从他们身边走了过去。

"喂，你！"刺青男叫住她，眯起眼，"把帽子放下来。"

女孩停下来，转身看着他，随后放下帽子。

刺青男和黄毛不禁屏住了呼吸。刚才她的脸被帽子挡住了，他们没看清，还以为她是梁药；可帽子放下来后，他们立刻不这么觉得了。

面前的女孩有着一张纯美干净的脸，睫毛纤长，鼻子秀挺，乌黑的头发散在肩头，双眸水光盈盈的，看起来乖巧又文静，和梁药完全是两个不同的类型。

"请问，我可以走了吗？"女孩似乎很怕他们，语气里充满不安。

刺青男回过神，刚要放行，黄毛如梦初醒般狂热地看着女孩，喊道："你是梁雯！对不对？！"

女孩没有说话，只腼腆地笑了笑。

刺青男看了他一眼，问："你认识？"

黄毛拼命地点头，说："B 大的校花，谁不知道啊！"

B 大是本地最好的大学，在全国也是数一数二的名校。

黄毛瞬间露出了本性，舔着嘴唇，色眯眯地盯着女孩看，说："梁雯，大晚上的，你一个人回家不安全，要不要我送你啊？"

"不用，我坐公交车就好了。"女孩缩了缩肩膀，婉拒了。

"不用和我客气……"黄毛想来硬的，却被刺青男敲了一下脑袋，"就知道泡妞！你还想挨揍？"

刺青男对女孩摆摆手，说："好了，没事了，你赶快走，以后太晚了就别到处逛！"

女孩深深地看了他一眼，微笑着颔首，说："谢谢。"

一转过身，梁药乖巧的笑容消失得干干净净。走出去一段距离后，她才把一直紧握在手心里的石头扔到路边，然后打车回家。

夜色朦胧。梁药故意磨蹭到晚上十点半才回到家，心想，这会儿，生日聚会应该已经结束了。

她刚掏出钥匙，准备开门，门却自己开了。梁母出现在了她的面前，眉眼间带着些倦意，看到她后，梁母眼睛一亮。

梁药还没反应过来，就被梁母一把抱住了。梁母啜泣着说道："傻孩子，不就是说了你几句吗？大半夜往外跑，知不知道我有多担心？！"

温暖的气息瞬间环绕在梁药的身边。

梁药眨了眨眼，有点儿不敢相信，她的双臂僵在空中，犹豫着要不要回应这个拥抱，却忽然听到梁母说："雯雯，对不起，妈以后再也不对你发脾气了。"

梁药全身一僵，面无表情地说："你认错人了。"

梁母有些错愕。

梁药微笑着说道："我是梁药，不是什么雯雯，您再看看清楚？"

梁母立刻把她从怀里推开，看了看女孩皮笑肉不笑的脸。

不施粉黛，黑发柔唇，纯净得像一片白雪。

分明就是梁雯。

"你开什么玩笑——"

梁母的话没说完，便被另一道声音打断了："妈妈，你和姐姐在门口干吗呢？"

梁母抬头一看，梁雯不知何时回来了。

"咦，姐姐，你卸妆了？"梁雯看到梁药的脸，十分惊讶。

“嗯。”梁药点点头，似笑非笑地看着梁母，“妈，以后记得把眼睛擦亮，不然，连女儿都认不清，多尴尬啊。我回房了，你们慢慢聊。”

说完，梁药便越过她，回到自己的房间。

梁药脱去新买的衣服后，拿起睡衣，准备去洗澡。刚走出房间，她便看到妈妈和妹妹坐在客厅的沙发上聊天。

梁雯眼圈泛红，说话抽抽搭搭的，梁母则搂着她的肩安抚她，又是哄，又是劝。

梁药站在门口听了一会儿。

简单来说，梁雯在学校喜欢上了同班的同学楚昼。然而，人家对她没意思，无论怎么做，她都打动不了他的心。

晚饭时，梁母就看出了她的不对劲。经过一番逼问，梁雯终于说了实话。梁母非常生气，在她看来，梁雯这种洁身自好、品学兼优的好孩子不该这么早恋爱，于是，她严厉地斥责了梁雯。

梁雯觉得不服气，一气之下也学着梁药摔门而去，这才有了梁药进门的那一幕。

梁药听了半天，觉得无聊，于是抱着睡衣去浴室洗澡了。

过了将近半个小时，梁药洗完澡出来，发现爸爸回来了，她听到梁母抱怨：“你怎么这么晚才回来？女儿的生日都快过完了！”

“抱歉抱歉，公司临时要求加班，我也没办法。不过，我有给药药和雯雯带礼物。药药呢？快叫她出来。”男人笑着说道。

“姐姐去洗澡了。”梁雯回答道。

梁药拿毛巾擦了擦湿漉漉的头发，随后走到客厅，望向沙发上穿着西装的男人，叫了一声：“爸。”

“药药来了，快过来……”梁远国抬头看清了她的脸，愣了两秒，觉得不可思议，“你是药药？！”

不仅是他，梁母和梁雯也直直地望向梁药，表情有些恍惚。

梁药高中时就喜欢穿连帽衫、戴口罩，像是故意想和谁区分开一样，在家里也这样。每次放学回家，她就缩到房间里，没人知道她在里面干什么。大学后，她更是放飞了自我，以浓重的妆容示人，所以，他们已经很久没看到梁药素颜的样子了，几乎都快忘了她和梁雯长得一模一样。

现在，她刚洗完澡，乌黑的湿发披散开来，肌肤莹白如玉，看上去仿佛和梁雯是同一个人。

不过，要分清她俩也不难，她俩一个温婉柔弱，一个慵懒散漫，气质迥然不同。

“你们都看着我干吗？”梁药被看得不自在，迈开脚步要走，“我回房间了。”

“等等，”梁雯的脸色看起来不太好，用虚弱的语气说，“爸，妈，我最近觉得身体不太舒服……”

“怎么回事？你哪里不舒服？”梁母连忙凑过去问。

“就是觉得学业压力很大，B大的同学们都很努力，我不想掉队，所以，有时候会觉得有点头疼……”

“我明天就带你去医院，我们去检查一下身体。”

“我想让姐帮我一个忙，”梁雯看向梁药，“我想去D大上学，我们换个身份。D大的课业轻松，学生的空闲时间也比较多，这样，我的压力比较小，也方便恢复身体，可以吗？

全家人都被她的话震惊了。

梁药第一个反应过来：“这怎么可能？”

梁母说道：“怎么就不可能？你们长得一样，这很容易做到，你妹妹的身体本来就不好，你难道要眼睁睁看着她病倒？”

“姐，你放心，我不会影响到你的生活的！”梁雯可怜巴巴地点头，“顺便……你能帮我追个人吗？我胆子小，脸皮薄，又没有恋爱经验，一看到他就紧张得说不出话。你就不一样了，你对男人的了解比我多多了。求求你了，姐，帮我这个忙吧！”

梁药沉默了，一时分辨不出梁雯的话是夸是贬。

没等她回答，梁母就斩钉截铁地说道：“不行！你还是学生，虽然上了大学，但还是应该以学习为重，别跟着你姐学坏了！”

“妈！”梁雯不乐意了，“我不是和你说了，楚昼的成绩很好，和他在一起绝对不会影响我的学习，还能让我开心，身体也能很快好起来！”

梁母皱了皱眉，还是没松口，梁雯都快急哭了。

梁远国最疼女儿，见不得她落泪，何况她身体不好。最后，两人联合起来劝梁母，梁母才勉强同意，还确认了一遍：“你说他家很有钱？”

“是啊，”梁雯点头，“他爸爸好像是开公司的，具体哪家公司，我也不清楚。不过，他和他朋友平时穿的衣服都很贵。”

他们家不算富裕，作为母亲，她自然希望女儿能嫁进一个好家庭。

如果楚昼真的是有钱人家的孩子，品行又好，那未尝不是一个好的选择。

梁药在一旁听他们说话都快睡着了，问："我可以走了吗？"

梁雯紧张地看着她，说："姐姐，你还没说你答不答应呢！"

"不答应，我的脑子又没病。"梁药打了个哈欠，"喜欢他就自己追。"

"你这是什么态度？妹妹有困难，身体也不好，你帮她一下怎么了？"梁母看到她就来气。

"你别和孩子急啊。"梁远国知道现在的梁药软硬不吃，只在乎钱。他连忙把梁母拉到一边，两人商量许久，最终，梁远国郑重地对梁药说，"我记得你说过大学毕业后想去大城市闯荡，还想画漫画赚钱，对吗？"

梁药一愣，点头道："我是有这个想法，但是你们不是不让吗？"她看向梁母。梁母一直觉得画漫画不是正经工作，还说如果她敢做这个，就和她断绝关系。梁药不想和她吵，便暂时打消了这个想法。

此时，梁母不情愿地妥协："如果你这次帮了雯雯这个忙，等你大学毕业，想做什么我都不拦着你，随你的便。"

梁药心中一喜，表情有些松动："真的？"

梁母瞪了她一眼："我还会骗你吗？"

梁药犹豫了一会儿，勉强答应："好吧，希望你说到做到。"说完，她看向梁雯："一分钟内，我要得到妹夫的全部资料！"

"哦。"梁雯还没见过变脸变得这么快的人，只傻傻地应了一声。

既然接下了任务，梁药便开始用心打听起有关楚昼的情报。

梁雯知道得也不多，总结下来只有三点——有钱长得帅，高冷禁欲男，永远第一名。

兴趣爱好一概不知，让人无从下手。

梁药有些无语，问梁雯："你真的追过他？"

起码得搞清楚人家喜欢什么类型的女生吧？

梁雯认真地回答："偷偷跟在他的身后，算吗？"

"……"

从明天起，梁药便要扮成梁雯去B大上课。

这样太影响学习，梁母定下了期限，一个月内，她会让梁雯的身体恢复如初。而无论梁药有没有追到楚昼，姐妹俩都必须换回身份。

梁药怀疑梁母是故意的。

不过，她决定忍了。

事情定下来后，大家各自回房休息去了，梁药还有画稿没画完，便打开了电脑，连上数位板。

大多数画手都喜欢在电脑上用软件画画，方便省事。

一个人画画实在无聊，梁药顺手打开了直播，很快，直播间就被粉丝刷屏了。

“啊啊啊！药药终于上线了！等你好久啦！”

“前排围观神仙画画！”

“今天画哪个啊？”

“为什么没露脸？只有我是冲药药的颜值来的吗？快开摄像头！”

“药药什么时候再发美妆视频啊？我期待好久了！”

一条条弹幕滚过，让人眼花缭乱，直播间的人气瞬间就破万了。

梁药不由得笑了。最开始，她是因为无聊才玩直播的，没想到收获了这么多粉丝，这倒真是意外之喜。

她喝了口水，挑了几个问题回答——

“今天没化妆，见不得人，我就不开摄像头了。”

“美妆视频要等休息日拍，我平常有点儿忙。”

“今天要画的……我看看啊。”

梁药打开上次没画完的画稿。这幅画是半成品，已经勾好线了，只差上色了。

她把这幅画放大到最大给粉丝看。

“就是这幅。”

梁药没再看弹幕，开始认真给画稿上色，房门却忽然被敲响了。

“药药，睡了吗？”是梁远国的声音。

梁药开了门，看到他偷偷摸摸地抱着箱子，她奇怪地问：“怎么了？”

梁远国神秘一笑，拍了拍箱子，问：“你猜，这是什么？”

“少儿不宜的书？”梁药倚着门框，“你要瞒着妈，把书藏在我这儿？”

“乱说什么！”梁远国拍了一下她的脑门，把箱子递给她，“是我给你的生日礼物，打开看看吧。”

梁药将信将疑地开始拆箱子，边拆边怀疑里面是一套试卷——梁远国做得出来这种事。

看清楚里面的东西时，梁药瞬间愣住了。

黑色的数位板。

梁药一眼认出这是X9型号的数位板，售价两千块。

“你之前不是说数位板坏了，想换新的吗？”梁远国把她的沉默当作感动，扬扬得意地说，“我早就买好了，留着给你做生日礼物的。”

梁药不好意思说，前不久，她已经存够了钱，买了新的VIR系列，售价一万块。

“谢谢爸。”该谢还是要谢，梁药真的被感动了。

“竟然用冒死存下来的私房钱给我买这个，你对我真好。”

梁远国用力地咳了咳，说：“胡说，我哪儿有私房钱？这是我和你妈一起买的。”

梁药没有揭穿他，只轻轻地抱了抱他，说：“总之，谢谢啦。”

梁远国对她的表现很满意。

教育叛逆期的孩子不能来硬的，否则，只会像老婆那样把孩子越推越远，他采取的是怀柔策略，用爱唤醒她对亲情的渴望，用行动去融化她心中的坚冰。

他觉得自己成功了一半。

接下来，他需要走进她的内心世界，摸清她的兴趣爱好，然后和她打成一片，把她从孤独的深渊中解救出来。

想想他就觉得自己很伟大。

“你在画画啊？”梁远国看到电脑开着，心想，这正是了解女儿的好时机，“说起来，我都不知道你平常都画些什么。”

梁药正蹲在地上检查他买的数位板有没有问题，闻言吓得站了起来，喊道：“等等，爸，你别看！”

可惜，来不及了，梁远国已经走到了电脑前。

看到屏幕的那一刻，梁远国脸上的笑容僵住了。

一个男人。

“这……这是什么？”梁远国声音颤抖地问。

梁药默默地咽着口水。

她接单的范围广，要求她画这种画稿的人也有，不过，她接得少，没想到被亲爸看见了。

“如你所见，”梁药斟酌词句，“这是个男人。”

父女俩大眼瞪小眼，相对无言。最后，梁药把梁远国请出了房间。

正要继续画画，可一想到明天自己就要去B大了，梁药又觉得有点儿心烦，有些抗拒。

有些事，她还是需要交代一下。

梁药拿过手机，打了个电话给王芹芹。

王芹芹接起来，问："你没事吧？之前怎么突然挂电话了？害我担心了好久！"

"没事。"梁药一句话带过了许艳的事，又说，"明天，我要和我妹换身份，我去B大上学，她去D大，你帮我照顾好她，有事就打我的电话。"

"什么？"王芹芹没听明白。

直到梁药说了事情经过，王芹芹才懂，随后骂道："你疯了吧？好端端地，干吗去帮她追男人？"

梁药叹了一口气，说："为了她的幸福。"

"……"

梁药熬夜到凌晨两点才赶完稿，之后，她连闹钟都忘了调，浑浑噩噩地关掉了电脑，倒头就睡，完全忘了明天还要上学。

她做了一个稀奇古怪的梦，梦到书店里那个只有一面之缘的帅哥，他清俊的脸庞上泛着冷光，用刀把黄毛和刺青男都砍死了。

场面十分血腥，然后……就没有然后了。

因为梁药被吓醒了。

她擦去额头上的冷汗，撑着身子坐了起来，梦中的情节太清晰，她一时还没缓过神来。

窗外，天光蒙蒙亮。

梁药揉了揉眼，拿过手机看了一眼时间，早上六点四十，该起床了。

她翻身下床，去卫生间洗漱了一番，回来后，她习惯性地坐到了梳妆台前，打算化一个美美的妆，却忽然想起了什么，动作随之一顿。

对了，从今天开始，她要去B大上学了。

客厅里，梁远国坐在沙发上看新闻，梁母穿着围裙，在厨房里做早餐，没多久，梁母端出了四碗面，让梁远国吃饭。

"来了来了！"梁远国坐到餐桌旁，吸溜了一口面，笑着夸奖，"老婆做的面还是那么好吃！"

"少贫嘴。"梁母解下围裙，也坐了下来，她的眉头皱得有些紧，"我想了一晚上，还是觉得让女儿互换身份这件事太荒唐了，万一露馅了怎么办？梁药那个样子哪里像雯雯，到时候，万一她用雯雯的身份惹祸，那可麻烦了！”

“你那是对药药有偏见！”梁远国摇摇头，“再说，昨晚连你都没认出她来，何况是别人？”

“我当时只是没注意看，如果认真看，我肯定一下子就能认出来！”梁母不服气地说道。

两人听到身后有脚步声，一转头，便看到“梁雯”打着哈欠走了过来。

她梳着普通的马尾辫，穿着英伦风上衣，修身的白衬衫勾勒出纤细的腰身，下身是黑色的百褶裙和保暖的长筒黑丝袜，一双细腿又长又直，美丽又精致。

“雯雯，今天起得真早，快过来吃饭。”梁母问，“刷牙了吗？”

“刷了。”“梁雯”乖乖地点头，坐到了梁母旁边。

梁母把筷子递给她，说：“趁热吃吧。”

“谢谢妈妈。”“梁雯”笑弯了眼，尝了一口面条，赞扬道，“你煮的面条真是越来越好吃了！”

“就你嘴甜。”梁母笑得合不拢嘴，满意地看着她。

梁远国看到这一幕，不禁摇了摇头，心想：要是药药有雯雯一半会说话，她和她妈妈的关系也不至于这么僵了。

“对了，妈妈，同学约我这个周末出去玩，我的钱不够了。”“梁雯”低下头，有些不好意思。

梁母问：“要多少？”

“五十就够了。”

“五十哪里够？”梁母摇摇头，她身上正好有三百块现金，便全部拿出来给了“梁雯”，“拿着，和同学去买买衣服和零食，玩得高兴点儿。”

“梁雯”被吓到了，说：“这，太多了吧？”

“没事，好好收着。”

“被姐姐知道了，会不会不太好……”“梁雯”咬唇犹豫地说。

“不告诉她不就行了？”梁母不以为意，“再说，她哪儿比得上你？”

梁远国忍不住皱眉：“你这话我就不爱听了，药药哪里不好了？”

“你的女儿，你最清楚！”梁母冷哼一声，不想和他聊这个，对“梁雯”笑着说道，“雯雯，你安心地把钱收着，不够就再找妈要。”

“梁雯”没作声，表情有些奇怪，将目光移到了梁母身后。

梁母奇怪地转过头，看到了另一个梁雯，她睡眼惺忪地走过来，身上还穿着睡衣。

一刹那，梁母想到了一种可能，不可置信地看着身边的女儿，拔高声音：“你是梁药？！”

梁远国也惊呆了。

“是啊。”梁药笑得很甜，故意朝她晃了晃手中的三张红票子，给了她一个飞吻，“妈，谢谢了，爱你哦！”

“你——”梁母气得连话都说不出了。

梁药无视她的变脸，勾着嘴角起身，说：“我吃饱了，先走了。”

她大步走向梁雯，勾住她的脖子将她搂走。

梁雯有些蒙，问：“姐姐，你要干吗？”

“给你化妆。你这个样子哪里像我？难看死了。”

“才、才没有。”

梁母脸色发青，气急败坏地拍着桌子，对梁远国说：“你看看！这就是你的好女儿！敢这样骗我，找我要钱，简直无法无天！”

梁远国却乐不可支，说：“还不是你自己没有认出来。而且，如果她真想骗你钱，怎么可能只要五十块？是你自己非要多给，怪得了谁？！”

“反正骗人就是不对！”

“她又没说自己是雯雯。”

梁母一噎，无话可说。

梁远国叹了一口气，说：“就是因为你一直这么偏心，药药才会变成这样。”以前的梁药一点儿也不叛逆，她从小到大都十分乖巧懂事，一直让着妹妹，也很听父母的话。

梁远国还记得，以前，每当梁药被误认成梁雯时，她都会很难过，会皱起小脸，不厌其烦地纠正他们：“我不是雯雯，我是药药，下次别认错了哦。”

虽然现在看不出来，但梁远国隐约觉得，没被妈妈认出来，药药心里还是难过的。

第二章
我对你有兴趣

好不容易把梁雯打扮得像自己了，梁药才出发去B大。

十月下旬，天气已经有些凉了。临走前，梁远国往梁药的书包里塞了一件粉色的加绒外套，说："这本来是我给你妈买的，她嫌颜色幼稚，很少穿，你带去学校，冷的话就套上，别冻感冒了。"

"谢谢爸，拜拜！"梁药笑着背上书包，挥挥手走了。

梁药怕时间来不及，选择打车去学校。

B大是一流大学，几乎全市的尖子生都聚在这里，学校环境和师资配置都是顶尖的，因此，学校对学生的管理十分严格，平时会贴榜公布考试排名。

梁药和梁雯两姐妹考上的都是本地的大学，学校离家很近，所以都没住学校，因此没有室友，扮演起对方来，难度也小了不少。

车停在了校门口，梁药付钱下车，先是仰望了一下学校的牌匾，校名那五个大字仿佛被镀了一层金，闪闪发亮。

"雯雯，你怎么不进去啊？"

"雯雯！"

直到肩膀被拍了一下，梁药才猛然发现人家叫的是自己。她回过头，发现面前站着个眉清目秀的小姑娘，小姑娘喝着牛奶，正一脸奇怪地看着她。

"雯雯，你怎么了？"

"没事，刚刚有点儿走神。"梁药反应过来后，笑着说，"浅浅，你今天也来得这么晚啊。"

她一下就认出了这个女孩——苏浅，妹妹最好的朋友兼同学，她来家里玩过几次，性格文静。

“一不小心就睡过头了。”苏浅一笑，从书包里拿出一盒牛奶递给她，“我多带了一盒牛奶，你喝吗？”

“谢谢。”梁药接过来。她确实有点儿渴了。

“跟我客气什么。”苏浅自然地挽住了她的胳膊，“我们快去教室吧，不然该迟到了！”

梁药被她拉进了学校。

“之前的作业你做完了没？最后一题好难，我看都看不懂。”

“我送你的生日礼物，你还喜欢吗？”

“上次和你告白的男生，你觉得怎么样？”

一路上，苏浅的嘴巴就没停过，问东问西的。

梁药哪知道这些。

梁雯果然没告诉苏浅她们交换身份的事，毕竟不光彩，多一个人知道，就多一分危险。

梁药顺着她的话说：“不怎么样，你又不是不知道我喜欢谁。”

“楚昼？”苏浅一愣，“你还没放弃呢？不是被拒绝了吗？”

梁药将吸管插入牛奶盒，轻描淡写地道：“没事，我会让他喜欢上我的。”从来没有她得不到的人。

“雯雯，我劝你还是放弃吧。”苏浅觉得好笑又无奈，“楚昼真的不是我们能得到的人，全校有一大半的女生都喜欢他，连外校的人都跑来打听他，其中好多女生都是有钱的千金小姐，我们这样的人，希望太渺茫了。”

梁药假装没听到，她看到公告栏前站了一堆人，问：“他们在干吗？”

苏浅看过去，想起什么，说：“对了，今天是出成绩的日子。”

“什么成绩？”

“当然是期中考试啊，各大学院的成绩都已经出了！”说着，苏浅就拉着她冲了过去，“我们也去看看！”

梁药首先看到的是排在第一名的楚昼，他的高数和微积分都是满分。

即使听说过楚昼的光荣事迹，梁药还是被深深地震撼到了。

这还是人？确定不是人工智能吗？

梁药还在前三名看到了梁雯的名字，但她并不意外，她早就知道梁雯的成绩不错。

身后忽然传来女生兴奋的叫声。

“啊！楚昼！楚昼过来了，快看！”

“真的，难得看到他。”

“他也来看成绩？没必要吧，一点儿悬念都没有。”

梁药心中一动，顺着人们的目光望过去。

终于可以看到妹夫的庐山真面目了。

他从远处走来，身姿挺拔，清隽俊逸，衣服线条平整，白色的衬衫从领口处露出来，禁欲范儿十足。

少年被一群男生众星拱月般地围在中间，冷白色的肌肤仿佛会发光。

梁药看清了那张脸，瞬间惊讶得睁大了双眼。

竟然是那个在书店见过的帅哥！

世界真小。

楚昼好像自带冷气，所经之处众人自动让出了一条道，短短一段距离，他竟走出了走红毯的气势。他浑然不觉，低垂着眼皮，漫不经心地听着朋友们插科打诨，没张口说一个字。

他和他的朋友们似乎都没有看成绩的意思，连脚步都没停下。

梁药不知不觉被挤到了人群的最外层，呆呆地看着楚昼一步步地走近，还没从“他竟然就是妹夫”的残酷现实中回过神来，便感觉身后有人狠狠地推了她一下。

巨大的冲劲让她往前倒去，眼看就要摔倒了。

好在身体的反应能力够快，梁药踉跄了一下，勉强稳住了身形，手中的牛奶却没这么幸运了，径直飞了出去。

“啪”的一声——好像砸到了什么人。

世界忽然安静了。

梁药猜到了什么，心头咯噔一下，缓缓地抬起头，看到牛奶被泼到了楚昼的脸上，乳白色的液体淌过他精致的五官，沿着他瘦削的下颌往下滴，滑过衣领。

“罪魁祸首”牛奶盒躺在他的脚下，十分“安详”。

而当事人楚昼正面无表情地望着她，冰冷的视线仿佛刀片般刮在她的脸上，凉飕飕的。

梁药心想：完了。

“对不起，我错了，我不是故意的。”

狭窄的卫生间里，梁药看着正在洗脸的少年，无比真诚地对他道歉。

“不过，也不能全怪我，是有人在后面推了我一下。如果有需要，我立刻去把那人找出来给你磕头认错。”

楚昼没有理她，他下巴紧绷，唇角向下抿，一遍遍地用水冲刷着衣领和肩上的牛奶污渍，周围被低气压笼罩。

梁药没有丝毫怨言，像小媳妇似的低眉顺眼地站在他的旁边，表现得特别乖巧。

她非常理解楚昼现在的感受，他没有对自己发火就已经是仁至义尽了，要是她被泼成这样，肯定得提上一桶水泼回去。

可是他没有。

在“事故现场”，当谁都以为她完了的时候，楚昼只是沉郁地盯了她十几秒，然后转身去了附近的卫生间，一句话也没有说。

不愧是她未来妹夫，真温柔。

即使梁药脸皮再厚，也不可能当作无事发生，更何况，他是她的任务目标，于是，她灰溜溜地跟在了他的屁股后面，一直道歉到此刻。

她有些伤脑筋，游戏一开局就进入了地狱模式，后面要怎么办？

攻略难度瞬间翻了十倍。

不行，她必须把好感度拉回来！

梁药小心地偷瞄了一眼楚昼的脸色，努力做着补救：“为了表达我的歉意，我来帮你洗衣服吧，你这样好像洗不干净，上面的牛奶痕迹有点儿多？”

楚昼的动作顿了一下，似乎是终于忍受不了一般，缓缓地直起身子，抬起头看着她，眼神十分阴沉。

他修长的手指指着门口，薄唇轻启，开口的第一句话就是：“出去。”声音略哑，有着骨瓷般的冷感。

要是面对他的是真的梁雯，可能会被吓哭。可惜，此刻站在他面前的是梁药，她一点儿都不怕，眨巴着眼，无辜地说：“可是，你还没有原谅我。”

楚昼调整情绪，说：“这里是男厕所。”

梁药情真意切地说道：“为了和你道歉，我都跟着你进男厕所了，看在我牺牲这么大的分儿上，你就别生气了。”她放低了声音，像羽毛一般，轻飘飘的。

楚昼深吸了一口气，撩起湿透的刘海，水珠从光洁的额头上滚落，十分性感。他冷冷地看着她，再次放低了声音，语气里却带了几分威胁：“你出不出去？”

“……”

梁药出去了。

她觉得自己要是再不出去，他就会捏住她的衣领，把她丢出去。

外面传来一阵爽朗的笑声。

“哈哈哈，这还是我第一次见阿昼这么憋屈的样子。笑死我了，梁雯不愧是我的女神！”

“没办法，谁叫对方是个小姑娘，他总不能真对人家怎么样吧？”

“没想到女神吸引人的方法这么别致。”

“你是说，她是故意的？”

“必须是故意的啊。现场那么多人，谁都没沾上那牛奶，偏偏阿昼那么倒霉，被泼了一身？这也太巧了。”

“啧啧，那她也太有魄力了，知道用普通的方法搞不定阿昼，佩服佩服。”

梁药推门出去，看到楚昼的三个朋友在外面嘻嘻哈哈地聊天，一点儿都没有自己的兄弟被泼了一身牛奶后的同仇敌忾。

“女神出来了啊。”赵亿豪看到她，笑容满面地和她打了个招呼，“阿昼没事吧？”

“好像还好。”

毕竟，她活着出来了。

曹博也笑着看她，说：“我们是开玩笑的，你别放在心上。放心，阿昼不会真的和女生计较的。”

梁药假装腼腆，说：“谢谢。”

“喂，你们是不是都被美色迷晕了？明眼人都看得出来她是故意的，你们还对她那么和气？”

只有贺云东和他们的观点不一样，他不太友好地盯着梁药，说：“我管你是女神还是什么，这种吸引人的方法未免太恶心人了。这是阿昼脾气好，不和你计较，换成我，我一定让你全身湿着去上课！”

梁药淡淡地瞟了他一眼，什么都没说。反正，该说的她都和楚昼说了，信或不信都随他。

贺云东被她盯着，莫名觉得冷。

奇怪，梁雯不是萌妹吗？看着不像啊……

其他人也仔细打量着梁药，感觉有点儿奇怪。

虽然他们和梁雯不熟，但梁雯是大家公认的校花，出了名的漂亮温柔，眼前的梁雯和他们认知中的好像不太一样。

这时，卫生间的门开了，楚昼走了出来，他的黑发微湿，衣服的领口和胸前都有大片的水渍，整个人有些狼狈，但无损美貌。

“回去了。”他表情冷淡，连看都没看梁药一眼，对其他人说道。

“你不冷吗？”赵亿豪见他的衣服贴在身上，微微皱眉。

秋天寒气重，穿着湿衣服出去很容易感冒。

梁药觉得，献殷勤的时候到了。她立刻来到楚昼面前，翻出了书包里的衣服，说：“我刚好带了一件外套，你不介意这个颜色的话，就先拿去挡挡风？”

“不需要。”楚昼冷着脸拒绝了。他刚想离开，梁药已经把那件粉色的加绒外套从书包里拿出来了，然而，有样东西被带了出来，正好掉在了他的脚边。

他看过去，脚步立刻顿住了。

梁药也看到了，脸色一僵。

——那是一件黑色的胸衣，还是蕾丝边的。

两根带子大大咧咧地躺在地上，像是在朝他们招手。

众人再次沉默，气氛比刚刚楚昼被泼牛奶时还要尴尬。

在场的男生都傻愣愣地看着地上的胸衣，不受控制地看向梁药。

“梁雯同学，你的包里怎么会有……这个？”

梁药的脸色终于不自然起来。

——我怎么知道老爸给我的衣服里为什么会有老妈的胸衣？！

——真是见鬼了！

楚昼是他们之中最冷静的，也是最绅士的。他只扫了胸衣一眼，就收回了视线，盯着她的眼睛，缓缓地说道：“这就是你要给我穿的衣服？”

“……不是这件。”梁药不知该露出什么表情，“但是，如果你想要的话，我也可以免费送你。”

楚昼定定地看着她，退后了一小步。

想都不用想，现在，他看她的眼神绝对不是看正常人的眼神。

两秒后，梁药看到楚昼头也不回地走了，不带一点儿留恋。

“阿昼！等等我们！”

其他人如梦初醒，连忙跟了上去。

贺云东拍拍胸脯，叹道：“没想到梁雯竟然是这种人！”

曹博点头，附和道：“深藏不露啊。”

赵亿豪有些纳闷，说：“奇怪，以前，她明明很清纯的啊。阿昼，你觉得呢？”

楚昼解开领口处的衬衫扣子，露出精致白皙的锁骨，表情冷郁：“我怎么知道她以前什么样？”

“你……唉，算了！”赵亿豪摇摇头，“反正，她以前不是现在这样的。没事，只要有那张脸在，她永远都是我的女神！”

“女神？”

这是楚昼第一次觉得这个称呼刺耳，同时，他终于正视起梁雯。

他轻嗤一声：“女流氓还差不多。”

在他的印象里，女生似乎都是一样的——娇小，矜持，害羞。

这么厚颜无耻的女生，他还是第一次见。

上课铃早就响过了，男厕所门口冷冷清清的，只剩梁药一个人。她把粉色外套和碍眼的胸衣塞回了书包，内心有些惆怅。

没想到昨晚遇到的B大帅哥就是楚昼，这下麻烦了，本来他就不是她擅长应付的类型，现在又出现了这种情况，接下来她要怎么办？

梁药重新背上书包，思考着对策。

“雯雯！”身后有人喊她。

梁药转头，看到苏浅小跑着过来。她紧张地看着梁药，问：“你有没有事？楚昼他们没对你怎么样吧？”

“没事。”梁药笑了笑，“你不是先回教室去了吗？怎么过来了？”

“老师让我来找你回去，一二节课要考试，再不回去就来不及了。”

梁药笑容一僵，发出三连问：“考试？考什么试？什么时候说要考试的？”

梁雯没有告诉她今天要考试啊？！为什么已经上大学了还有这么多考试？！

“老师刚刚在群里说的。”苏浅叹了口气，“说是搞临时测验，考上一节课的内容——你突然捂住肚子干什么？”

“实不相瞒，其实，我来大姨妈了。”梁药弓着背，声音软软的，像是在忍耐着剧痛，“现在肚子痛得厉害，肯定考不了试了。浅浅，你帮我和老师请个假，我就先回家了。”

“啊？”苏浅有点儿蒙，看她痛苦的表情，一时不知道她是真痛还是假痛，“可是，请病假要去医务室开证明。”

“那我现在去开。”梁药“虚弱”地捂住肚子，拖着步伐往外走，“老师那里就拜托你了。”

苏浅有些担心，问：“要不要我扶你过去啊？”

“不用，你赶快去考试吧，别耽误了。”

梁药摇摇头，驼着背，加快脚步溜走了。

开什么玩笑？如果她去考试，那岂不是第一天就得穿帮！

梁药走出校门，打算回家画稿，却接到了王芹芹打来的电话。

她挑眉，接起来问：“我妹暴露了？”

不会这么快吧？

“不是，她适应得挺好的，是另一件事。”

王芹芹顿了下，激动地说：“你赶快上D大的贴吧看看，许艳向你道歉了！据说，她找的那些混混都解决了，还表示再也不敢找你的麻烦了！你是怎么做到的？真有一套啊！”

“等等，我去看看。”梁药一愣，挂掉电话，打开了贴吧，一眼就看到了王芹芹说的帖子。

“我是许艳，我为我的自私郑重地向梁药道歉，对不起，希望你能原谅我。”

有数千人顶帖，这帖子一下就火了。

梁药点进去看了看，帖子的内容和王芹芹说的差不多。三千字的道歉信，字里行间十分诚恳，许艳甚至招供了收买人教训梁药的事实。

许艳疯了才会主动承认这些，一定是有人逼迫她这么做的。

帖子太长，梁药懒得往下翻，直接截了图，找到微信里一个叫“罗穆”的人，把截图发了过去，问：“你干的？”

对方很快回复了一个字：“嗯。”傲娇又别扭。

“兄弟，谢了。”

她本来就想找时间解决许艳的事，既然有人仗义出手，她就不用多费功夫了。

罗穆是几家酒吧的大老板，和她有很多年的交情了，两人的关系很好。

“就一句谢了？”

“下辈子我做牛做马，涌泉相报。”

“我不要下辈子。就现在，轮回酒吧，你过来。”

现在去什么酒吧？

梁药想拒绝，罗穆已经发了地址过来，详细得连旁边有个公共厕所都标出来了。

行吧，确实好久没见老朋友了，聚一聚也好。

梁药先回了趟家，化了妆，打扮成原来的自己，然后才前往酒吧。

梁药不知道，逃课的不只有她，还有楚昼。

从厕所出来后，楚昼没有回教室，而是径自回家换衣服去了。

一进家门，楚昼就看到鞋架上多了双陌生的雪白色皮靴，一看就是年轻女孩穿的鞋。

他的脸色倏地冷下来。他脱了鞋进屋，还没到客厅，就听到女人交谈的声音，还伴随着阵阵笑声。

楚昼听到他妈说：“云欢啊，嫁过来给我当儿媳妇吧，阿姨真的好喜欢你。”

“阿姨，您说笑了，我哪儿配得上昼哥哥。”小女生的声音含羞带怯。

楚昼表情阴郁，刻意加重了脚步。果然，交谈声立刻停止了。

他走进客厅，便看到楚母和一个他不认识的女生坐在沙发上，她们看见他，都吃了一惊。

楚母连忙站起来，问：“小昼，你怎么回来了？不用上课吗？”

“换个衣服就走。”楚昼盯着那女生，冷声问，“她是谁？”

楚母有些不自在，说：“她啊，是我朋友的女儿，和你差不多大。”

“昼哥哥，你好。”女生看着楚昼清俊的容颜，心怦怦跳，害羞地说，“我叫……”

“没必要介绍。”楚昼不客气地打断她的话，漠然地说道，“你什么时候走？我叫司机送你回去。”

女生一怔，尴尬不已。

“小昼！”楚母微微皱眉，声音变得严厉，“对待客人要有礼貌。”

楚昼没说话，转身回了房间。五分钟后，楚昼换了衣服出来，全程没有任何表情，目不斜视地朝家门口走去，似乎真的像他说的，他只是回来换衣服，一秒都不会逗留。

楚母急忙过去拉住他的手臂，说：“小昼，你听我说，我不是故意瞒着你让云欢来的，我也没有逼你们在一起的意思。”

她知道儿子在生气，放缓了语气，说：“我只是想让你们交个朋友，你都这么大了，总得和女生相处相处。那件事都过去那么久了……”

“妈！”楚昼眉头紧蹙，仿佛回忆起了什么不堪的事情，有些烦躁，“你放心好了，我的事，我会处理好。你有时间管我，还不如多陪陪爸。”

说着，他甩开她的手，迈开长腿出了家门。

楚母望着他的背影叹了一口气。

“怎么了？我好像听到小昼回来了。”楚父从房间里出来，四处看了看，“人呢？”

“已经走了！”楚母生气地捶了他一拳，“都是你惯的，我不就是给他找了个女……生朋友，他就生气了。”

楚父不赞同地说：“你又不是不知道那件事情之后他多讨厌女人，干吗总去刺激他？万一他又被刺激出病来怎么办？”

“我知道……”楚母咬咬唇，“可他这样下去也不是个办法啊。”

“顺其自然吧。”楚父安慰道，“他还小，不着急，如果遇到了喜欢的女生，他会主动接触的，你别瞎操心了。”

楚母皱眉，问：“可万一他喜欢上了男生怎么办？”

楚父：“……”

梁药到酒吧后，看到罗穆和一群人在沙发上玩游戏，笑闹声不断。

罗穆是她在外面认识的朋友。他初中时辍了学，之后一直在外面跑，现在，他已经是多家酒吧的老板了。他为人讲义气，做事又有能力，好多人都愿意跟着他。

“药姐来了，快过来坐！”有眼尖的人看到了她，兴奋地朝她招手。

“来了。”梁药轻笑着走了过去。

罗穆靠着沙发背，嘴里叼着根烟，烟雾缭绕中，他的脸棱角分明，性感又迷人，他的腿上坐着一个婀娜多姿的女人，正在代他发牌。

罗穆眯了眯眼，盯着梁药没说话。其他人对梁药倒是很热情。

“药姐，你好久没来玩了。”

“你不知道你不在的日子里，穆哥有多想你。”

“是啊，他天天盼星星盼月亮，盼着你来呢。”

“我最近很忙，没空。”梁药在罗穆对面坐下，笑嘻嘻地向他打招呼，“好久不见，没想到你这么想我啊。”

“你这丫头懂不懂规矩？见着穆哥要喊哥！”罗穆怀里的女人不认识梁药，颇为不爽地看着她，示威般地抱紧了罗穆的手臂。

“放手。”罗穆淡淡地开口。

“啊？”女人愣住了。

“我说放手，从我身上下去。”罗穆不耐烦地说道。

女人张了张嘴，委屈地从他的怀里出来了。

梁药吃了颗花生米，见状，挑眉笑道：“对女孩子要温柔，这不是你常挂在嘴边的话吗？”

罗穆看着她，没头没脑地问：“交男朋友了？”

梁药愣了一下，说：“没啊。”

“那为什么不来？”

“都说了，忙。”

罗穆不爽地“啧”了一声：“说起来，你好像还没谢我。”

梁药问：“你想怎样？”

罗穆指着脚下的一箱啤酒，说：“拼酒。你赢了，这件事就过去了；我赢了——”他顿了顿，“你就做我的女人。”

这话一出，周围顿时响起一阵起哄声。

梁药并不意外，答应道：“行啊，陪你玩玩。”

一个小时后，罗穆烂醉如泥地瘫在沙发上，不省人事，而梁药神色如常地坐在他的对面，晃着手中的半杯酒，连脸都没红。

空气静默。

梁药对着旁边的人感叹：“你说，人为什么总是那么不自量力？”

确认老板昏死过去后，那人大着胆子说：“大概因为……蠢。”

谁都知道，药姐千杯不醉，酒量过人，这也是他们服她的原因。

梁药无聊地摇摇头，无意间瞥了一眼吧台，却看到了一个熟悉的身影，她的目光猛然顿住，惊讶地睁大了眼。

楚昼怎么会在这里？

梁药有些不敢相信地看了好几遍，确定她真的没认错人。

她看到有好几个女生找他搭讪，却全都被他无情地挡开了。

什么情况？学校的“高岭之花”，傲视群雄的荣誉榜风云人物，众所周知的好学生，怎么会出现在这种地方？

梁药若有所思：这是个了解楚昼的好时机。她现在是梁药，就算把他惹怒了，也和梁雯没关系。

想到这里，她拿着酒杯走了过去。

楚昼穿着白色高领针织衫，懒散地靠在吧台前。他低垂着眼，细碎的黑发自然地垂落，遮住了小半张脸，看不清表情。

这时，他的耳边传来一声轻笑。

“帅哥，一个人？”

梁药对自己现在的妆容很有自信，楚昼不可能认出自己。她一定要趁机打探出他喜欢的女生类型！

想到这里，梁药忽略了他周身“生人勿近”的气场，自来熟地凑近他，笑盈盈地说道：“小哥哥，既然我们这么有缘，就加个微信好友吧，说不定我们很聊得来哦。”

“离我远点儿。”楚昼垂下眸子，看着吧台上色彩斑斓的酒，声音冷淡地说道。

梁药没有气馁，接着问：“不加微信好友也行，那就告诉我你喜欢什么类型的女生，这样总可以吧？”

楚昼被她吵得有点儿烦，瞥了她一眼，问：“你到底想干什么？”

梁药想也不想便答：“追你呀。”她弯起眼睛，半真半假地说，“从我看到你的第一眼起，我就喜欢上你了。”

楚昼轻呵一声，不为所动，问：“你喜欢我什么？”

梁药见他不相信，微微眯起眼，忽然倾身向前，双手攀上他的肩膀，将嘴巴凑近他的耳朵，轻笑着吹了口气，说：“当然是——你的脸呀。”

梁药不知道梁雯喜欢楚昼哪点，反正，自己对他唯一的好感就来源于这张脸。

梁药说完便感觉到掌下温热的身体猛然僵住了，还没反应过来，她的手腕就被人用力地捏住。由于没站稳，她整个人重重地撞在吧台柜上。

面前罩下一片阴影，楚昼俯下身子，冷冰冰地盯着她，压抑情绪，一字一顿地道：“我说了，离、我、远、点！”

梁药的手被摁住，背脊处传来钻心的疼，但她连眉头都没皱一下，仰头看着少年近在咫尺的脸，那双漆黑的眼睛冷冽、阴郁，如深不见底的寒潭。

她又气又想笑。

现在是谁靠近谁啊？

梁药心里越生气，脸上就笑得越开心，她说：“干吗这么大的反应？不会是喜欢上我了吧？你的心跳声大得我都替你害羞。”

楚昼皱了皱眉，他还没见过这么厚脸皮的人。不对，今早，他碰到过一个。想到这儿，他仔细地打量起梁药美艳的脸，像是发现了什么，突然问：“你是梁雯？”

她的声音很耳熟，眉眼也与梁雯相似，从见面起，他对她就有种熟悉感。以前，楚昼对梁雯不熟，可今早，他们才有过惊心动魄的会面，他印象深刻。

当他把“梁雯”这个名字说出口时，梁药的脑袋空白了一秒。但她反应很快，趁他不备，手腕忽然发力，然后一把搂住他的脖子，故意嗲声地埋怨：“你抱我的时候竟然喊别的女人的名字，太过分了！”

楚昼果然被恶心到了，皱眉推开她，说：“滚。”

结账后，楚昼没有迟疑，转身就走，仿佛碰到了瘟神。

梁药在外面混了一天，吃完晚饭才回家。

梁雯早已回家了，看到梁药后，立刻兴奋地跑过来，问：“姐姐，怎么样怎么样？你见过楚昼了吗？”

梁药的表情有些复杂：“不仅见到了，还有了长时间的……会晤。”

梁雯很开心，问：“然后呢，你们之间发生了什么？”

梁药慢吞吞地说道：“就是……我成功地让你在他的心中留下了不可磨灭的印象，我觉得，短时间内，他应该忘不掉你了。”

“哇！姐姐，你果然好厉害！”梁雯很开心，“你觉得你能追到他吗？”

“当然。”梁药微微一笑，“如果追不到，我跟你姓。”

梁雯这才安下心来。

可高兴了没多久，她突然反应过来——你本来就和我一个姓啊……

接下来的日子里，梁药都准时去 B 大上学。她等待着时机，同时不动声色地找同学打听楚昼的事。

——家里有矿，“高岭之花”，富家子弟，得过奥数竞赛冠军。

梁药心想，他都这么超乎常人了，也没见他比别人开心多少，每天冷着张脸，仿佛别人欠了他几百万。

“他以前有过女朋友吗？”梁药问苏浅。

这才是她最想知道的。

“应该没有吧，我没听说过。”苏浅摇摇头，“他从来不靠近女生，更别说女朋友了，他一般只和赵亿豪他们来往。”

梁药沉默了两秒，问：“他不会喜欢男的吧？”

苏浅愣了愣，反问：“不会吧？”

最终，两人没能讨论出结果。

B 大的专业课特别多，每天都排得满满的，梁药感觉自己仿佛回到了高中，度日如年地熬完了这一周。休息两天后，学校迎来了一月一次的升旗仪式。据说，今天要给每个学院期中考试的前三名发放奖励。

下课铃一响，全校的学生就排成长队，如潮水般往操场的方向涌去。

梁药在女生中算是比较高的，她将手插在口袋里，懒洋洋地跟着大部队走。

她感受到了周围许多人的目光，或惊艳，或嫉妒，好在，无论是梁雯还是她，都早已习惯了别人的注视。

操场上很快站满了学生，黑压压一片。梁药试图找到楚昼的身影。

“楚昼在最前面。”苏浅发现了她的小动作，开口道，“楚昼一般都在最前面，给学校当门面，拍照时更方便一点儿。”

梁药好奇地问：“拍什么照？”

“学校的宣传照啊。”苏浅说道，“楚昼这样有才又帅气的人，次次都站在第一排，第一个给学校当宣传大使。把这照片往官网上一放，年年都能骗到不少小姑娘报名呢。”

说着，她奇怪地看了梁药一眼，问：“雯雯，你不是知道吗？你以前还梦想着和他一起拍宣传照呢。”

梁药打哈哈道：“一时忘了。”

这时，校长拿着话筒上台了，说：“大家安静一下，在升旗仪式开始前，我有一件事要说。自从新学期开始以后，我就反复强调，最近市里有领导来学校巡查，同学们要严格遵守学校纪律，不迟到，不早退，不旷课，谈恋爱的同学也要注意分寸，不要在校内做出引人注目的举动，一旦发现，严肃处理。之前，你们都做得很好，没有一个人违反纪律，可是——”

听到这里，梁药眼皮一跳，有种不祥的预感。

校长继续说道：“可是，就在上周，据学生会报告，竟然有两个人旷了一天课！”

梁药略感头疼。

与此同时，校长大声宣布道：“楚昼，梁雯，你们两个上来一下！”

全场鸦雀无声。

这两人都是好学生的典范，没想到他们竟然会双双旷课。

梁药面不改色，迎着大众异样的目光上台。

时隔多日，她终于看到了楚昼。他慢吞吞地走上台，表情同样淡然，只是看着没什么精神，眼皮耷拉着，有些漫不经心。

梁药怀疑他随时都可能当着校长的面打哈欠。

她沉默着站到他的旁边，两人装作不认识彼此，谁都没看谁。

校长看着他们，生气地说：“你们是学校里最优秀的学生，竟然也学不三不四的人旷课！现在，当着全校师生的面，你们诚实地回答我，旷课干什么去了？”

“楚昼，你先说！”他把话筒举到楚昼的嘴边。

楚昼抬起眼皮，言简意赅地说道：“换衣服。”

校长等了半天，发现没了后文，不可置信地问道：“就这样？没了？”

“嗯。”

校长忍了忍，又把话筒转向梁药，问：“梁雯，你呢？”

梁药还在想用什么理由敷衍过去，话筒就已经递过来了，她来不及多想，顺口说：“帮他换衣服。”

她的声音被麦克风放大，传到了每一个人的耳中。

旁边，楚昼打哈欠的动作顿住了，他缓缓地转过头看着她。

梁药这才意识到自己说了什么话。空气仿佛凝固了，场下数万人齐刷刷地望着她，目光灼灼，梁药第一次觉得有点儿吃不消。

校长蒙了，问：“你说什么？再说一遍。旷课那天，你们做了什么？”

可能是获取到的信息量太大，校长说话的声音都在抖。

梁药知道他误会了，立刻改口说道：“我刚刚是开玩笑的，我那天是来例假了，身体不舒服，所以才回家休息去了。”

“既然如此，你怎么没去医务室开证明？”

“……忘了。”

校长没打算放过他们，又把话筒转向楚昼，问：“楚昼，你说，你们在一起干吗了？”

楚昼明显不想回答这种问题，他将手揣在裤子口袋里，懒洋洋地站着，神情淡漠，没有要开口的意思。

校长看着眼前两张年轻的脸庞，觉得心在颤抖。

刚说完谈恋爱的同学要注意分寸，两人就在全校师生面前说出这种暧昧不明的话，他的面子往哪里放？

接下来，升旗仪式变成了梁药和楚昼的“批斗大会”。校长口才惊人，足足训了他们半个小时。

梁药和楚昼都一脸麻木。

在教导主任的提醒下，校长才发现时间已过去了一大半，勉强将发言收了尾，朝两个反面教材摆摆手，说：“你们下去吧。下面开始表彰我校的优秀学生。”

梁药和楚昼动都没有动，表情由麻木变成了无语。

校长不解地问道：“还站着干吗？赶紧下去啊。”

教导主任咳嗽了一声，说道：“他们也在表彰范围里。”

校长：“……”

既然人已经在台上了，为省事，表彰环节就从他们这里开始。按照流程，校长要先表扬他们，再发奖状，还要询问他们的学习方法。

校长颇为不自在，心想：刚刚才骂了他们一顿，现在又要夸？

可众目睽睽之下，他不得不挤出笑容，用两分钟的发言代替了时长二十分钟的赞扬稿，然后把奖状递给梁药，举着话请她发表获奖感言。

梁药说道：“我觉得，如果夸奖和批评时间一样长就好了。”

“……”

校长转而去问楚昼，希望他能继续保持沉默是金的优良美德，然而，楚昼总是不如他的意。

少年接过奖状后，平静地道：“我可以下去了吗？”

两个人被请下了台。

这件事还没完，升旗仪式结束后，梁药就被班主任“押送”到了校长那里。

“校长也是为你们好。”班主任的态度还算温和，“你和楚昼是学校的希望，学校对你们寄予厚望，所以看得重一些。待会儿，校长说什么，你应着就是，别顶嘴，他也不会太为难你们的。”

“谢谢老师。”梁药垂着眼乖乖地回答。

在校长室门口，她看到楚昼也被一个老师领了过来。

狭路相逢。

梁药自知现在的结果都是自己口误造成的，看他的目光仿佛在说——

“对不住，兄弟，我错了。事后要杀要剐，随你处置。求你千万别再降低对我的好感度了，已经低得可怜了！”

楚昼显然没看懂她满含歉意的目光，他根本懒得搭理她，看了她两秒就移开了视线，表情依旧波澜不惊，仿佛无论发生什么，都不能令他动容。

梁药打从心底里佩服他。

两个老师把他们送到门口就走了。

他们推门进了校办公室，校长正靠在椅背上等着他们。

“来了啊。”他看着两人说，“你们知道前几个月，有人在校内乱搞男女关系，并拍了视频传到网上的事情吗？”

梁药看了看楚昼，只见他漫不经心地嗯了一声。

“那件事造成的影响非常恶劣。现在正值特殊时期，市里的领导已经到了，不管你们之间是正当恋爱关系还是别的，我都有必要跟你们的家长说一声，避免产生严重后果。就从楚昼开始吧，报一下你家长的电话号码。”

楚昼淡淡地说道：“忘了。”

校长不信，反问道：“你的手机呢？”

“没带。”

“不说就不说。”校长“哼”了一声，从抽屉里拿出一沓文件，“你们以为我没有？”

校长接通电话后，声音变得和蔼起来：“是楚昼妈妈吗？是这样的，我想就楚昼的事情和你谈一谈，就在刚刚，我发现他可能谈恋爱了……”

“谈恋爱？”楚母问，“对方是男生还是女生？”

校长有点儿蒙，回答道：“女生啊。”

“真的吗？他竟然和女生谈恋爱了？”楚母猛然拔高声音，语气里带着浓浓的惊喜和不敢置信，音量大到在场的每一个人都能听见，“对方是谁？叫什么名字？我要亲自去她家拜访一下。不行，我现在就得过来。老师，您帮我看着点儿，要是把我未来的儿媳妇吓跑了，我跟你急！”

她的话还没说完，校长的手机就被楚昼抢走了。

“妈，都是误会。”他有点儿无奈，不咸不淡地说道，“就这样，挂了。”

他挂断电话，把手机还给校长，问：“可以了吗？”

“嗯……”校长从没遇到过这种家长，有些困惑，是他跟不上时代了吗？

他有气无力地挥手，说：“算了，你们都回去吧，让我静静。”

楚昼转身走了。

梁药迟疑了两秒，也跟着走了。她礼貌地说了一声“再见”，还贴心地帮校长带上了门。

“楚昼！”她追上少年，好奇地问，“你妈急着把你‘嫁’出去？”

楚昼淡淡地瞥了她一眼，眼神里带着警告的意味。

“啊，口误。”梁药连忙换了个说法，“我是说，你妈急着给你找对象？”

楚昼没理她，自顾自地往前走。

梁药仿佛感觉不到他的冷淡，笑着凑过去，问：“那我可以毛遂自荐吗？”

楚昼终于停下步子，转身看着她，声音微沉，问：“什么意思？”

“意思就是，我来当你的女朋友啊。”梁药顿了一下，缓缓地收起唇边的笑容，非常认真地凝视着他，“楚昼，我喜欢你，喜欢很久了。”

梁药站在清晨的阳光中，黑发柔软，眼睛澄澈。她抿起嘴角，白净的脸庞上泛起红晕，似乎很羞涩，可即使这样，她还是不躲不闪，勇敢地直视着他，非常真诚。

“我真的很喜欢你。”

楚昼静静地看着她，没有说话，却也没有马上离开。

下午有两节微积分课，也是他们班主任的课。

中午，梁药和苏浅在食堂吃完饭，早早地就去教室占座位了。

“什么，你和楚昼表白了？”苏浅十分震惊，“他怎么说？”

“他说——”梁药咬了口苹果，懒懒地靠在椅背上，回想当时的情景，学着楚昼冷漠的语气，“别在我身上浪费时间，我对你没兴趣。”

真是没有悬念的答案……

苏浅问：“那你怎么回他的？”

梁药轻松一笑：“我说，没事，我对你有兴趣就行了。”

苏浅见她的轻松不像是装出来的，不由得感叹道：“雯雯，你最近真的变了好多啊。”

“人总要学会成长。”

“可我怎么觉得，你越来越像你姐了？”

梁药猛地被苹果呛到——差点儿忘了，以前，她和苏浅也有过接触。

“哪有。”梁药不自在地偏头，突然有些好奇，“你觉得，我姐是个什么样的人？”

苏浅想了想，说：“不好接近，感觉有点儿凶。”

梁药又问：“那你觉得我凶吗？”

“不啊。”

两人到教室的时候，楚昼已经到了，赵亿豪等人坐在他的后面，一群人嘻嘻哈哈地聊着天，楚昼恍若未觉，认真地看着眼前的书，把其他人都当成空气。

边上有许多小姑娘偷偷地看他，一副想搭话又不敢的样子。

梁药哪管其他人，看到楚昼的身边还有座位，她眼睛一亮，又起了小心思。可她还没来得及付诸行动，就看到同班的一个女生进了教室，毫不犹豫地绕到了第三排，一屁股坐在了楚昼的旁边。

教室瞬间静默。

夏若晴在学校里也挺出名的，她爱出风头，喜欢打扮，交过很多男朋友，但谁都知道，她现在对楚昼是一心一意的。

楚昼淡淡地睨了她一眼，一点儿面子都没给，毫不客气地起身，坐到了旁边靠过道的座位上，恰好堵住了入口，让别人成为他同桌的可能性降为零。

夏若晴的脸色有些难看。

梁药挑眉看着这一幕，此时，老师抱着书进来。梁药站在门口问道：“老师，坐下后还能随意换座位吗？”

老师一愣，说：“快上课了，坐下之后就别换来换去了。”

老师说完，梁药便在大家的注视下不疾不徐地走到了楚昼前面的座位旁。正当他们以为她要坐在楚昼的前面时，她却又往里走了一步，到了旁边的座位上，然后转过身，双手撑在楚昼旁边的桌子上，利索地跳了进去。

全场鸦雀无声。

梁药在与楚昼同桌的座位上坐下后，随手将书放在桌子上，笑眯眯地朝他打了个招呼："请多指教啊，同桌。"

教室里很安静，熟知楚昼性格的人连大气都不敢出，生怕他下一秒就会抓起梁药的衣领，把她扔出去。

楚昼讨厌女生是出了名的，别说做同桌了，只坐前后桌他都会觉得烦。

比起惴惴不安的同学、朋友，当事人明显要镇定许多。楚昼看着梁药，沉默了至少十秒，才缓缓开口问："你真的一点儿脸都不要？"

梁药在脑海中搜索着前不久在网上看到的情话，无比深情地对他说："对你，我永远都不需要脸。"

楚昼漠然地把头转回去，不再看她。

太魔幻了！众人神色各异地望着梁药和楚昼。虽然校长在升旗仪式上问了话，但没几个人相信他们真的在一起了，可现在看来，他们可能……真的有点什么？

隔着一条过道，夏若晴难以置信地看着楚昼平静的侧脸，仿佛被人扇了一巴掌，脸上火辣辣地疼，委屈和嫉妒填满了她的整颗心脏。

陆陆续续有人进教室，看到楚昼和梁药坐在一起，大家都露出了诧异的表情。

赵亿豪和曹博坐在楚昼的后一排。

"女神，你也太彪悍了！"赵亿豪给梁药竖起了大拇指，满脸写着佩服，"我还从没见过哪个女的为了追人爬桌子的，你让我见识到了什么叫真爱！"

梁药谦虚说道："过奖。"

赵亿豪又看向楚昼，贼贼地说："阿昼，可以啊，嘴上说着不要，身体却很诚实。第一次和女生当同桌，什么感觉？"

楚昼冷冷地道："闭嘴。"

"不要害羞嘛，我知道，你的心里其实乐开了花……"

"你妈好像还不知道你的成绩。"楚昼没回头，用食指轻轻地敲了敲桌角，慢条斯理地问了一句，"你很想让她知道？"

“……我错了，昼哥，对不起。”

曹博忍着笑，拍了拍他的肩膀，说：“你别总去气他，你又不是不知道他的性子。”

梁药咽了咽口水，边整理书包边偷瞄楚昼。

少年白净的脸上满是不耐烦，周身的气压很低。

梁药很有自知之明地没吱声，她知道，楚昼肯定是不愿意和她坐在一起的，只不过是被她将了一军，堵住了退路，才不得不留在这里。

据她观察，楚昼性格是冷了点儿，但还是听老师的话的。

——又酷又乖的好学生。

班主任在讲台上拍拍手，说：“好了，大家都安静一下。由于开学的时候没有选班长，收发作业都不方便，今天上课之前，我们选一下班长。有人愿意当吗？”

底下的学生你看看我，我看看你，没一个举手的。

“没人举手的话，我点名了啊。”班主任看着花名册，沉默许久，开口问道，“楚昼，你来当班长，怎么样？学习好的班干部才能带动其他同学。”

梁药听完，神经紧绷地坐直了。如果让楚昼管纪律，以后她还有活路吗？她突然后悔坐在他的旁边了。

她听到身旁的少年毫不犹豫地拒绝：“不要。”

梁药放松了下来。

也是，楚昼这样的人，哪儿有兴趣管别人的事情。

班主任劝道：“当班长很轻松的，有什么事帮我通知一下同学们，平时组织一些活动就好。”在他看来，楚昼在班上乃至学校都颇有威信，有他帮忙管理班级，开小差的人会大幅减少。

楚昼哪里会管这么麻烦的事，他皱了皱眉，刚要再次拒绝，却无意间瞥到了梁药紧张的表情，他心中微动，轻描淡写地点了点头：“那好吧。”

梁药不敢相信自己听到了什么，转过头问他：“你是认真的？”

楚昼看着她僵硬的笑脸，胸口的郁气莫名消散了一点儿，他淡淡地回答：“不想让我管你的话，以后就坐得远一点儿。”

梁药有点儿笑不出来。

班主任很高兴楚昼答应了当班长，随后便开始上课。

下课后，老师一走，教室里立刻炸了锅。

“阿昼，你的脑袋没问题吧？你竟然愿意当班长！”赵亿豪看着楚昼，大呼不可思议，甚至伸手去摸他的额头。

“滚。”楚昼偏头躲开了。

赵亿豪又去看梁药，却发现她撑着头，望着窗外，表情忧伤。他也往外望了一眼，却什么都没看到，不由得奇怪地问：“女神，你在看什么？”

梁药叹了一口气，说：“我在看我失去的自由。”

赵亿豪心想：好文艺，不愧是女神。

楚昼平淡地看她一眼，说：“从下节课开始换座位，还来得及。”

梁药勾了勾唇，慢悠悠地转头看他，一副势在必得的表情，拉长声音道：“我才不要呢——”

她微笑着，上扬的语调像是有魔力般，一字一句地敲在他的心上。

楚昼沉默地拿起书，没再理她。

第三章
爱心早餐

来了没几天，梁药已经快崩溃了。她和梁雯学的是不同的专业，她是个地地道道的艺术生，让她每天听金融专业的课简直是一种折磨。

最让她难受的还不是这个，听不懂课也就算了，为了追到楚昼，她每天每节课都得厚脸皮地坐在他的身边。旁边坐着班长，她不敢玩手机，也没时间画画，每天一脸麻木地看着黑板。在外人看来，她似乎学得很认真；实际上，她的思绪早已飘到了外太空。

她觉得自己在浪费生命。

幸好梁雯自己做作业，不然，她早就撂挑子了。

相处久了，梁药总算对楚昼这个人有了一点点了解。

楚昼是真的不喜欢说话，除了被老师点名起来回答问题时会开口说几个字之外，其他时间，大家休想听到他的声音。

除此之外，他总是表现得很困，眼皮耷拉着，睫毛纤长细密，虽然没有黑眼圈，但总给人一种没什么精神的感觉。

虽然他看上去很困，但梁药从没见他在课上睡着过。有时候上高数课，讲到无聊之处，梁药都趴倒了，转过头，却看到她的同桌依旧聚精会神，他用一只手撑着下巴，另一只手转着笔。

不过，课后，他也会在桌子上趴一会儿，虽然他的眼睛是闭着的，但很奇怪，梁药就是觉得他并没有睡着。

梁药想起了初遇他的那天，他买的那几本书。

他可能真的有失眠症。

梁药还发现，楚昼其实很乖——字面意思的乖。

虽然他看起来不像是会听话的人，可老师在课上布置的任务和课题，他都会完成并上交。

追人要从他的兴趣点着手，可梁药观察了楚昼这么久，发现他真的是那种不抽烟、不喝酒、不说脏话的好学生，连手机都很少玩。

如果不是那天在酒吧碰见过他，她都怀疑他是不是真是不食人间烟火的圣人了。

他对任何事物都表现得很淡漠，仿佛要把自己和别人隔绝开来。

——难以下手。

和他相比，他的兄弟们简直就是欢脱的猴子——每天上课玩手机，下课打游戏，放学后还去 KTV 唱歌跳舞。

楚昼竟然没被他们同化，了不起。

但是，不管楚昼的态度如何，都没有打消她的积极性。

梁药努力地想要走进他的世界，几乎每天都在告白，以“我喜欢你”作为新一天的开始，以“你什么时候喜欢我”为这一天划上句号。

这样做的结果是——楚昼已经完全不理她了。

梁药整天唉声叹气，不知道是哪里出了问题。

“雯雯，你还要继续追楚昼吗？”这天早上，梁药和苏浅一起走着，苏浅担心地说，“你知不知道你现在在班上人的眼里已经成什么样了？”

“什么样？”梁药一边随口问着，一边推开了蛋糕店的门。

从今天开始，梁母的工作会很忙，她让家里人自行解决早饭问题。

“大家都说你倒贴什么的，反正，什么难听的话都有。”

“是吗？”梁药点点头，表示知道了，她看着橱柜里精致的蛋糕，对收银员姐姐说，“麻烦给我拿两块提拉米苏，谢谢。”

“两块？”苏浅一愣，“你吃得完吗？”

梁药拿出手机付款，说：“另一块给楚昼。”

她觉得，喜欢还是不能只靠嘴上说说，得拿出诚意。

“你有没有听进去我的话？”苏浅无可奈何地说，“雯雯，你已经沦为别人的笑柄了。”

梁药毫不在意：“我又不是活给别人看的，他们爱说，就让他们说。”反正说的又不是我，梁药心想。

梁药到教室时还早，楚昼没有来，她坐到座位上，把买来的蛋糕放在他的桌上，自己拿出另一块蛋糕吃了起来。

咖啡色的蛋糕散发着诱人的醇香。

梁药愉快地吸了一口气，觉得自己赚那么多钱为的就是这一刻。

吃得差不多时，她听到了熟悉的脚步声，抬头一看，果然是楚昼一行人。

楚昼依旧是那副没精神的样子，肤白唇薄，黑发有点儿乱，细碎地散在额前，稍稍遮住了那双狭长的眼。

“女神，早上好啊。”赵亿豪笑着朝梁药打招呼，紧接着发现了楚昼桌子上的包装盒，“咦，这是什么？”

楚昼脚步一顿，目光转向梁药。

“我给昼昼带的早餐哦。”

经过这么多天的相处，梁药早就改了对他的称呼。她笑着对楚昼说：“提拉米苏，希望你喜欢。”

“爱心早餐啊。”曹博接了一句，坏笑道，“阿昼，还不谢谢人家，正好你喜欢甜食。”

楚昼垂眸看着桌上的蛋糕包装盒，盒子上画着一个爱心。

他沉默片刻，把袋子扔给赵亿豪，说：“拿着。”

梁药收起笑容，直直地看着他。

赵亿豪看了梁药一眼，又看了看楚昼，犹豫着说：“人家送你的，给我……不好吧？”

“没叫你吃。”楚昼虽然是在对赵亿豪说话，眼睛却看着梁药。

“我是让你扔到后面的垃圾桶里。”

气氛瞬间变僵。周围的人都看了过来，幸灾乐祸地看着好戏，尤其是夏若晴，嘴角的笑意藏都藏不住。

赵亿豪觉得头都大了，在心里叹了一口气，心想：又来了。

以前也有过这种事，一般情况下，楚昼是不会太为难女生的，可如果那女生太缠人，他也不会手下留情。

从近日的情况来看，梁药一次次地踩在楚昼的雷点上，他已经忍无可忍了。

赵亿豪沉默地拿起蛋糕，不敢抬头，生怕看到女神那张满是泪水的脸，然而，他刚转身就被梁药叫住了：“等一下。”

赵亿豪一愣，转过头，惊讶地发现她还是那副表情，仿佛没有一点点难堪和窘迫。

“你……”

她是要收回蛋糕吗？

这是不是代表着她彻底放弃了？

赵亿豪刚张了张口，就见女神拿纸巾擦了擦嘴巴，然后递过来一袋垃圾，说：“这是我刚吃完的蛋糕。”

“啊？”赵亿豪没反应过来。

梁药微微一笑，说：“反正你要去扔垃圾，不如帮我带一下吧。”

全场静默了。

楚昼皱了皱眉，看着女孩无所谓的笑脸，第一次有把控不住事情走向的感觉。

梁雯好像和传闻中的不太一样了。

这是金融A411班的人达成的共识，大家都觉得梁雯变了，不再腼腆，不再文静，连身为女神的矜持都没了。

以前的梁雯虽然喜欢楚昼，但表达得比较含蓄，不会这么直白，只会通过制造偶遇来接近他，比较没存在感，所以，虽然她暗恋了楚昼一年，但楚昼对她毫无印象。

现在的梁雯可能是压抑得太久，为了把楚昼追到手，她显然已经无所顾忌，追人追得轰轰烈烈，全班上下，包括老师，没有人不知道。

本来，大家以为她的爱心早餐被楚昼扔了的事情能让她认清残酷的现实，多少能让她收敛一点儿。可是他们没想到，“梁雯”非但没有退缩，反而越挫越勇。

第二天，楚昼的桌上又出现了一份包装精美的蛋糕，粉色的包装盒上用缎带系了一个心形的蝴蝶结，别出心裁，十分少女。

虽然最后，蛋糕还是被楚昼扔了，但“梁雯”没有气馁，每天雷打不动地给楚昼送爱心早餐，一边送，一边微笑，温柔地说：“这不怪昼昼，一定是我哪里做得不好，他才会这样。没关系，我相信，总有一天，我会打动他的心。”

楚昼感不感动，大家不知道，但是班上绝大多数人都被她感动到了。这是什么宝藏女孩啊？！漂亮温柔又痴情，为了喜欢的人，连面子都可以不要！被她看上简直是八辈子修来的福气！楚昼，你还是不是人啊！

而以夏若晴为首的女生小群体对梁雯明里暗里的嘲讽声则被淹没在了广大群众感动的泪水里。最终，连楚昼身边的人都被“梁雯”感动了，包括一直对梁雯有偏见的贺云东。

“昼哥，你要不要和梁雯交往试试？”

午休过后，去上课的路上，贺云东笑嘻嘻地勾住楚昼的肩膀，说道：“我看她对你挺真心的。”

楚昼一言不发地甩开他的手。

贺云东像是早就习惯了，并不在意，只朝后面的赵亿豪扬扬下巴，问：“老赵，你说呢？”

“你不是不喜欢我女神吗？”赵亿豪低头玩着手机，头也不抬地道，“转性了？”

曹博笑着插嘴：“你是不知道，上次上老许的课，苏浅不知道哪根神经搭错了，竟然坐在了云东的旁边。现在，两人的关系好像还挺好，这姑娘让他看梁雯都顺眼多了。”

“要你多嘴！”贺云东羞恼地捶了曹博一拳。

赵亿豪摇摇头，收起手机，大步走到楚昼旁边，说：“阿昼，说真的，人家姑娘都为你做到这个份儿上了，你真的一点儿感觉都没有？”

楚昼垂着眼，沉默了几秒，终于开口问了一句：“你真觉得梁雯喜欢我？”

“啊？”赵亿豪愣了，“你这说的是什么话？人家不喜欢你喜欢谁啊？难不成喜欢我？”

一直以来，楚昼都比别人敏感很多，特别是在分辨谎言上。至今为止，有许多女生向他告白过，可没有一个像梁雯这样的。虽然她看着真诚，口口声声说喜欢他，他却感觉不到多少真心，甚至觉得她有些敷衍。

“你就算不喜欢人家，也不能怀疑人家对你的爱啊！”赵亿豪见不得女神被污蔑，“如果这样都不算喜欢，那天底下就没有真爱了！”

“闭嘴。”楚昼忍无可忍。

他们刚走到教室门口，就听到里面十分闹腾。楚昼推门进去，一眼就看到最中间的座位边上围了一群男生，几个人正在打牌。

梁药就是被围在中间的人。

她背对着楚昼，跨坐在凳子上，手里捏着一副牌，和旁边的男生交头接耳的，两个人的脑袋凑得很近，她的手还搭在那个男生的肩上，一点儿都没有距离感，眉眼弯弯，笑得很开心。

楚昼和她同桌这么多天，没见过她比现在更开心的时候。

赵亿豪惊呼一声："厉害，竟敢在教室里打牌……女神什么时候这么豪迈了？！"

他说完，转头看了眼楚昼，虽然楚昼的表情没什么变化，但周身的气压明显低了许多。

梁药到得比较早，看到一群男生在玩牌，她的兴致立刻被勾了起来。

其间，一个男生有事离席，梁药正好也想玩，就顶上了。她的性格本身就有点儿男孩子气，只要她愿意，便很容易和别人打成一片。

几个男生见女神想参与，还没有一点儿架子，自然十分欢迎。

只是他们没想到，女神不仅美，牌技也十分好。

已经连输多局的小胖欲哭无泪，说："雯姐，手下留情啊！"

他的队友拼命点头，说："最后一把了，再玩我就是狗！"

"啧，你们还是不是男人？"梁药嫌弃地说。

她的队友西瓜头跟着梁药赢了许多把，开心地附和着她："雯姐你等着，我这就去喊……"转身的一瞬，西瓜头惊恐地睁大了眼。

"怎么了……"梁药也跟着转头，发现身边不知何时站了一个人。

楚昼微微垂着头，脖颈修长，下颌瘦削，他的眼睛漆黑幽冷，正居高临下地俯视着她。

梁药闭上嘴，不动声色地拿走了桌上的牌。

她的动作自然逃不过楚昼的眼睛，他抬起手，轻轻敲了敲桌面，漫不经心地说："我好像是班长？"

没人敢吱声。

楚昼缓缓地说："你们公然在教室里打牌，严重违反了校规。"

"楚昼，"西瓜头大着胆子说，"我们只是玩玩而已，又没打钱，大家都是同学，低头不见抬头见的，给个面子，可以吗？"

楚昼淡淡地瞥他一眼，认出了他就是和"梁雯"勾肩搭背的人，问："你叫什么？"

西瓜头愣了一下，说："何才星。"

"我记住了。"

"……"

楚昼又望向对面的两人，问："你们呢？"

小胖和队友对视一眼，准备开溜，还不忘玩笑着说："我叫龙傲天，他是叶良辰，后会有期！"

“等等我！”西瓜头见势不妙，也赶紧溜了。

一瞬间，本来热热闹闹的座位上只剩下梁药和楚昼两个人。

“那个……”梁药舔了舔嘴唇，“其实，我叫马冬梅。就是那个，一直被劈腿，却始终对她的老公不离不弃的马冬梅。”直到现在，她都没忘记表白。

楚昼深吸一口气，压下内心的烦躁，冷冷地说：“进去。”

“啊？哦。”梁药吓得连忙往里面挪了一步。过了几秒，她才反应过来，这是楚昼第一次主动坐在她的旁边。

楚昼坐下后，没再理她，拿出专业课的课本读起来。

旁边，一张皱巴巴的十块钱纸币被小心翼翼地塞了过来。

楚昼动作一顿，紧接着便听到了女孩软软的声音，像在撒娇的小猫。

“给你十块钱，你别告诉老师，好不好？”

楚昼微微扬眉，偏过头去，问：“你这是在贿赂我？”

“嗯……”梁药看他的表情，以为他是嫌不够，又塞过去一张脏兮兮的五块钱，闭着眼，咬牙道，“十五块，不能再多了！”

楚昼觉得十分荒唐，甚至有些想笑。

她为什么会觉得他缺这又脏又皱的十五块钱？

“不行吗？”梁药可怜兮兮地看着他，水灵灵的眼睛眨啊眨。

楚昼沉默地看着她的眼睛，突然鬼使神差地接过了钱。

他刚刚只是随便吓唬他们一下，本来也没打算向老师告状——这种事，只有小学生会做。

多一事不如少一事，收钱让她闭嘴也好。

梁药没想到他真的收了钱，兴奋之下，她干脆又塞过来十五块钱，继续说：“好人做到底，我等会儿想睡觉，你别告诉老师，拜托啦。”

真是给点儿阳光就灿烂。

楚昼皱了皱眉，刚要推开她的手，却无意间发现她的眼下有一片很浓的乌青，他的动作又顿了顿，自然地收下钱，若无其事地问：“你昨天晚上没睡觉？”

梁药这下是真的震惊了——楚昼竟然会关心她！

熬夜当然是为了画画赚钱，可梁药不会说实话，她抓住机会，充分表现自己，情话张口就来：“我每天想你想得睡不着啊，只要一想到你，我的心就好痛，不，是跳得很厉害。一想到你未来会和别的女人在一起，我就难受得不能呼吸。我保证，我会听话，小鸟依人，你真的不考虑考虑我吗？”——就当是可怜可怜我，赶紧从了我吧！

梁药想到在B大过的糟心日子就觉得累，她已经很久没尝到自由的味道了。

可惜，她的情话并没有发挥作用，楚昼全程面无表情地听完，冷淡地说道：“不考虑。”

唉声叹气的梁药没有发现，此刻的少年有些不自在。

上课铃响了，梁药知道楚昼不会告诉老师刚刚的事情后，便放心地趴在桌上睡起觉。没过几分钟，楚昼就听到了她均匀的呼吸声。

楚昼看着书，没有管她，然而，麻烦的人连睡觉都很麻烦。她似乎睡得很不舒服，眉头轻轻地皱起，嘴里说着什么。

趴着睡也能做梦？

楚昼偏过头，冷漠地看着她。他居然有点儿羡慕她的睡眠质量。

她咂了咂嘴，说梦话的声音还不小：“我喜欢，好喜欢……”

楚昼抿起嘴，眼睫垂下，心神不定。

喜欢……难道她梦到他了？她真的这么喜欢他？

他这样想时，她的嘴中却直直地蹦出一个字——钱。

下课铃响，梁药迷迷糊糊地抬起头，按了按太阳穴。她睁开惺忪的睡眼，看到楚昼冷着脸，在桌上写着什么，她打了个哈欠，照常问了一句：“昼昼，你什么时候才能喜欢我啊？”

她刚睡醒，声音软软的，带着几分撒娇的味道。

梁药揉着眼睛，没指望他会理她。她嗓子干得难受，刚想出去买瓶水，却看到楚昼忽然转过身看着她，第一次正面回应了这个问题。

“下辈子吧。”

梁药有些摸不着头脑，发现自己的胳膊下好像压着什么东西，她低头一看——她给他的钱被原封不动地退回来了。

梁药莫名生出了一种彩礼被退的慌张感。

发生什么了？

“梁雯”追楚昼追得明目张胆，在得到大部分校友支持的同时，也激起了一小部分人的危机意识。

比如夏若晴。近日，她隔三岔五地来找楚昼套近乎，问课题、邀请他参加小组作业，不管楚昼怎么无视她，她都没有放弃，始终笑脸相待，似乎也学起了梁药死缠烂打的那一套。

有时，梁药坐在一边，撑着下巴看着夏若晴自问自答，会觉得她有点儿可怜——又一个被逼疯了的。

每个人都有追求幸福的权利，这很正常。梁药没有多管闲事，反正和她没关系，可夏若晴似乎看准了她脾气好，越来越不知收敛。

第二节是微积分课，梁药和苏浅提前用课本占了座，准备去小卖部买吃的。可回来后，梁药一眼就看到夏若晴坐在了她的座位上，一边对着镜子梳头，一边笑着和苏浅说话。

苏浅也看到了她，“咦”了一声，还没反应过来，就见梁药走了过去。

“啊，梁雯，你来得正好。”夏若晴看到“梁雯”过来，扬眉一笑，“我的视力不好，看不清黑板，这个座位你能不能让给我啊？”

她看起来是在征求“梁雯”的意见，可话里话外完全没给“梁雯”拒绝的余地，更别说她的屁股还紧紧地黏在凳子上，丝毫没有要离开的意思。

梁药淡淡地看着她，只说了两个字：“起来。”

“不就是个座位，别这么小气嘛。”夏若晴拨了拨头发，撇撇嘴，“而且，这个座位也不是你的，凭什么我就不能坐？”她这话说得很不客气，声音又大，一下子就把周围人的目光都引了过来。

苏浅有点儿怕她，拉着梁药的衣袖小声道：“雯雯，要不就算了，一个座位而已，她想坐就让她坐吧。”

夏若晴不是好惹的人，她十分嚣张，身后还有一群小姐妹，据说她还认过什么干哥哥，有许多女生都怕她。

梁药像是没听到苏浅的话，垂眼看着夏若晴，缓缓地说：“你是听不懂人话吗？我说了，起来，不然，我就不客气了。”

“我就不起来，你能把我怎么着？”夏若晴冷笑一声，认定了她是在虚张声势。

全校谁不知道梁雯好欺负？

梁药点点头，朝她走了一步，说：“行，既然你都这样说了……”

“楚昼回来了！”不知是谁喊了一句，声音十分洪亮。

梁药停住脚步，抬头望去。

楚昼在门口看到他惯坐的座位旁边又围了一圈人，微微皱了皱眉，将目光停在梁药的脸上。

“夏若晴怎么抢女神的座位？！”赵亿豪从后面探头，“人家都提前用书占好座位了！”

楚昼手插着兜走了过去。

梁药看着他越走越近，他表情冷漠淡然，辨不出喜怒。

一阵风吹过，他背对着她站定。

少年身形挺拔，此刻挡在她的前面，干净清冽的味道蹿进梁药的鼻中。

她眨了一下眼，看着背影清瘦的楚昼，心里莫名踏实了些。

“楚昼……”夏若晴一看到楚昼就表现出了委屈，刚想说点儿什么博取同情，却被楚昼冷冷地打断了。

“出来。”

夏若晴傻眼了，难以置信地看着他。

“快点儿。”楚昼对她的容忍度早就为零了，他阴沉地看着她，漆黑的眼里没有半点儿温度，“不要让我说第二遍。”

夏若晴的脸涨得通红，只觉得自己这辈子都没这么丢人过。她感觉到周围若有似无的目光黏在身上，像是在嘲笑自己。

她吸了吸鼻子，咬紧嘴唇起身，低着头冲出了教室。

事情至此告一段落。

楚昼来了之后，梁药便躲在他的身后看好戏。

她承认自己是有点儿幸灾乐祸的，她追了那么久都没搞定的人，怎么可能轻易为夏若晴就范？

就在她偷偷地勾起嘴角时，楚昼忽然转过身问她：“你不进去？”

“啊？”梁药一怔。

楚昼平静地问：“难道，你还想爬桌子？”

“进，当然进！”梁药听懂了他的言外之意，立刻坐进去了，生怕他反悔似的，边坐下还边打量着他。

楚昼没表现出任何异样，神色无比坦然，见她进去后，他便也慢条斯理地坐下了，还从抽屉里拿出了一本外国小说。

身后，赵亿豪和曹博的表情比梁药更夸张，两人一直盯着楚昼看，仿佛今天才认识他似的。

赵亿豪认真地问曹博：“我刚刚是不是见证了大型双标现场？”不等曹博回话，他忽然板起脸，学着楚昼冷酷的语气说，“出来，快点儿，不要让我说第二遍。”

接着，赵亿豪又捏起嗓子：“你不进去？难道，你还想爬桌子？不行！我舍不得！”

曹博趴在桌上笑抽了。

楚昼冷着脸，想也不想便把书摔在了身后人的脸上。赵亿豪捂着鼻子鬼哭狼嚎起来。

梁药也忍不住笑了，这俩人真是一对儿活宝。

经过刚才一番折腾，梁药有点儿饿了，这才想起来自己还没吃早饭。她从抽屉里拿出两个蛋糕盒。她今天起晚了，踩点到了教室，买了蛋糕都还没来得及吃。

按照惯例，她把其中粉色包装的蛋糕盒递给楚昼，认真地看着他，柔软的声音里充满爱意：“这是我精心给你准备的爱心早餐，虽然它马上就要被你扔掉了，但没关系，我会一直送，直到你收下为止。”

楚昼微微侧头，看着她真诚的笑容，没有说话。

梁药像是习以为常了，把蛋糕放在他的桌上，之后，便悠然自得地打开了自己那份。

她买的是黑森林蛋糕，巧克力味的蛋糕，一看就很美味。她弯了弯眼睛，拿着叉子吃了起来。

楚昼看她吃得那么开心，微微挑眉。

不过是吃一块蛋糕，她却露出了很满足的表情——有那么好吃吗？

“阿昼，你不吃就给我吧。”赵亿豪看着眼馋，咽了咽口水，伸手就要去抢楚昼桌子上的蛋糕，“反正你都是要扔的，我正好饿了。”

他的手还没碰到蛋糕，就被楚昼拍开了：“滚。”

“别那么小气嘛。”赵亿豪说着，却看见楚昼拆开了蛋糕盒上的缎带，他惊讶得都结巴了，“难、难、难道，您要亲自吃？”

曹博也惊讶地抬起了头。

一脸开心地吃着蛋糕的梁药脸色一僵，猛然转头，问：“你要吃？”

楚昼扬眉，偏头看她，问：“不是给我的？”

“不是，我的意思是，你的那块放太久了，可能变质了。”梁药目光游移，表情变得不自然起来，伸手想要把蛋糕抢回来，“明天，我给你带新的吧。”

她这副样子就表示——蛋糕一定有鬼。

楚昼眯着眼，躲开了她的手，说：“不用了，我就要这个。”

他一拿起盒子就发现了不对劲——盒子的重量特别轻，不像是装着蛋糕。楚昼罕见地露出了疑惑的表情，随后慢慢地拆开了蛋糕盒。

打开盒子后，他看到了一颗圆滚滚、孤零零的茶叶蛋。

“里面是什么啊？”赵亿豪和曹博看楚昼的表情不对劲，凑过来一看，瞬间目瞪口呆，“怎么会是茶叶蛋？”

梁药心虚地别开脸。

楚昼抬头看着她，问：“这就是你对我的爱？”

梁药咳了一声，说：“我是爱你的，就是……我家穷，经费不足。”

穷？楚昼看了一眼她桌上那块精致的蛋糕，陷入了沉默。

梁药从来不会在吃的方面亏待自己，每天早上，她都要吃那种昂贵的蛋糕，还不重样，有时是慕斯蛋糕，有时是千层蛋糕，一天换一种。

她今天吃的是黑森林蛋糕，最上面还点缀了一颗娇艳欲滴的草莓。

楚昼看着自己的茶叶蛋——不仅寒酸，还坑坑洼洼的。

她的蛋糕被层层的奶油包裹着，看着就很可口；他的蛋在盒内滚过好几圈，汁水飞溅。她的蛋糕配着一杯现榨果汁；他就只有一颗蛋。

“那、那个……”梁药看着楚昼的脸色慢慢地黑了下去，小心翼翼地问，“要不然，你吃我的？”

赵亿豪和曹博对视一眼，识趣地没吭声。

一直以来，楚昼最讨厌别人骗他，他什么都可以忍，只有这个他是忍不了的。

梁药犯了他的大忌。

就在他们以为她要完了时，楚昼忽然将手伸进盒子里，拿起了那个蛋，然后剥了起来。

他真的要吃？！

“你、你不用勉强自己的。”梁药也被吓到了，以为楚昼被气昏了头。

楚昼没有理她，他把蛋剥干净，看着她，命令道：“张嘴。”

“啊？”梁药下意识地张开嘴巴。

楚昼把光溜溜的蛋整个塞进了她的嘴里。

梁药哽住了：“喀、喀喀……”

赵亿豪被他的举动惊呆了，问：“你这是在干吗？”

楚昼拿纸巾擦了擦手，平静地回答：“扔垃圾。”

刚刚把蛋塞进梁药嘴里时，他的手指无意间触到了她的嘴唇，软软滑滑的，他有些不自在地拿纸把手擦了好多遍。

扔垃圾？

曹博和赵亿豪对视了一眼，感觉到了楚昼的不对劲——太不正常了！如果以前有人敢这样对楚昼，他早把那人塞进垃圾桶了！

不只他们感觉到了，梁药也有这样的感觉。联想到这些天他的不正常，她慢慢地咀嚼着茶叶蛋，若有所思地盯着他。

楚昼察觉到了她灼热的目光，像往常一样没有理会。

可梁药这次异常难缠，从下课开始盯着他直到上课，眼神直勾勾的。

楚昼忍无可忍地转过头，一字一顿地问道："你又发什么神经？"

"我就知道你肯定会理我。"梁药眨了眨眼，双眼炯炯有神地看着他，"喂，你是不是喜欢上我了？"

梁药是个自恋到只要男人多看她一眼，她就会觉得人家喜欢自己的人。更何况，楚昼是她的任务目标，她当然时刻关注着任务的进度。

这些天，楚昼种种的反常行为充分表明他开始在意她、维护她了！而就在刚刚，他竟然还打着报复的名义调戏她！

——他绝对喜欢上她了！

梁药看着少年白皙的脸庞，轻轻地弯起嘴角，得寸进尺地朝他靠过去，暧昧地贴在他的耳边小声说道："别不好意思了，你就承认吧，我不会笑你的。和我在一起后，我一定会让你幸福的！"梁药的眼尾向上挑着，像极了魅惑的狐狸精。

然而，她面前的人就是个木头，完全不为所动。他平静地把脑袋转回去，目视前方回道："我劝你还是看一下黑板比较好。"

"为什么？"

"老师一直盯着你。"

梁药心里咯噔一下，立刻抬头望向黑板，果然对上了英语老师严厉的目光。

讲课声不知何时停了下来，空气静寂了，英语老师抱着课本盯着她，同学们的目光也都望了过来，集中在她的身上。

梁药默默地和楚昼拉开距离，竖起英语书挡住了脸。

英语老师明显不想放过她，冷声道："第三排靠墙的同学，站起来！"

梁药乖乖地站了起来。

英语老师指着黑板上的一道选择题，问："告诉我，这道题选什么？"

梁药看过去，密密麻麻的英文看得她眼晕，她根本不懂是什么意思，随便猜了一个答案。

"为什么？"

"……不知道。"

"扑哧——"有人笑出了声。

"安静！"英语老师拍了拍讲台，生气地看着梁药，"这么简单的问题都不知道，你是怎么考进来的？我注意你很久了，你盯着旁边的男同学看了大半节课，他的脸上是有花还是有金子啊？"

梁药竟然还认真回答了："有金子。"

"哈哈哈——"后面的赵亿豪实在憋不住，笑得肩膀抖个不停，"女神太有才了！"

楚昼想起了她上次说的梦话——她喜欢的果然不是他，是他的钱。

英语老师十分生气，说："还和我贫嘴，你就这样站到下课，好好反省一下！"

梁药没作声，她知道这个时候说什么都是错。

"老师，她站着会影响后面的人上课。"楚昼缓缓地开口，嗓音干净，很有磁性。

他一开口就引起了不小的骚动，同学们不可思议地望了过来——楚昼竟然会帮别人解围？真是开眼了！

梁药也很意外，她低头看着他，感动的眼泪还没流出来，就听到他又说："所以，还是让她站到后面去吧。"

"……"

梁药收起了多余的表情，无声地用眼神谴责着他的冷血无情。

就算他们没在一起，他这样也未免太不讲情面了吧？

楚昼抬头与她对视着，眼神平淡如水，仿佛在说：我为什么要和一个给我送茶叶蛋当早餐的女人讲情面？

小心眼。

"说得有道理。"英语老师点点头，对梁药说，"你就站到后面去吧。"

"哦。"梁药应了声，转身走到教室的最后面。

楚昼收回视线，漫不经心地看向黑板。

身后，赵亿豪"啧啧"两声，暗叹：楚昼是魔鬼，不懂怜香惜玉。

他无聊地看着楚昼的后脑勺，随后像是发现了新大陆般瞪大双眼，问：“阿昼，你的耳朵怎么这么红？”

楚昼面不改色地道：“热的。”

梁药从来不是安分的人，她才站了不到十分钟，见没什么人关注她后，便趁着老师转身在黑板上写字时，偷偷地从后门溜走了。

出了教学楼，她拿手机看了看时间，还有十五分钟就下课了，待会儿，她可以直接去食堂吃饭。

现在还是上课时间，学校里空荡荡的，没什么人。

梁药无聊地逛了一圈，最后来到了人工湖旁的草坪边上。她坐在长椅上，看着灰蒙蒙的天空，有点儿烦闷地叹了一口气。

她本以为楚昼已经喜欢上她了，结果，他还是一点儿反应都没有。这人的情绪变化怎么这么大？真让人琢磨不透。

梁药抓了抓脑袋，感觉自己遇到了瓶颈。说来，她也没有追人的经验，以前，都是别人追她。

这个时候，就需要请外援了。

梁药在微信列表里找到王芹芹的头像，打开对话框问：“在吗？”

王芹芹很快就回了：“干吗？”

“现在还是上课时间，你竟然在线！你对得起父母和学费吗？”

“……你有病啊，在B大待久了，被同化了？”

“我就是开个玩笑。”梁药叹了一口气，“我遇到了点儿麻烦。”

“什么？”

“妹夫太难追。”

“当初是谁信誓旦旦地说一个礼拜就能搞定的？”

“我怎么知道他这么难搞？”梁药有点儿郁闷，“他和我以前接触过的男生都不一样，我怀疑他根本就不喜欢女的！”

抱怨的话出了口就停不下来，梁药听说王芹芹上的是体育课后，干脆打了电话过去，噼里啪啦说了一通，把近些天在楚昼身上受到的打击尽数倾诉了，最后又叹了一口气，说：“我都表白过无数次了，已经没招了。你说说，还有别的办法吗？”

“听你这么说，我想，他可能不喜欢太强势的类型。男人的自尊心很强的，你要把柔弱的一面展现给他看，让他有保护欲。然后，你记得要常常夸他，满足他的虚荣心。反正，我的前男友就是这样被我骗到手的。”

“你们怎么分手的？”

“在一起后，我本性暴露，他接受不了呗。”

“反正你是帮你妹追夫，你妹刚好是柔弱型的女生，说不定换回来后，楚昼会更喜欢她呢？”

“你这话我就不爱听了，”梁药忍不住吐槽，“我也不差吧？”

“你是不差，你是渣。”

“……”

“你哪次谈恋爱超过了一个月？每次把人甩了就玩失踪，害得他们跑到我这里哭诉！”

“……过去的就让它过去吧。”梁药转移话题道，“现在，还是妹夫比较重要。你确定你的方法有用？”

“放心吧，百分之九十的男人都喜欢楚楚可怜的‘小白花’，那个楚昼应该也是个正常男人，错不了。”

“行，我回头试试。”梁药觉得有道理，起身拍了拍衣服上的灰，“那就这样，我先去吃饭了。”

挂断电话后，梁药不知想到了什么，表情淡了三分，再抬起头时，便发现不远处有三四个女生朝她走来。她们虽然看起来都像是好学生，但表情不那么友好，个个眼神不善地盯着她。

为首的人是夏若晴。

“哎哟，这不是我们的小可怜嘛。”夏若晴慢慢地走到梁药面前，双手抱胸看着她，挑眉一笑，说话带刺，“怎么一个人躲到这里啊？楚昼终于受不了你了？”

梁药觉得有些头疼，揉了揉太阳穴，吐出一口气，说：“我现在心情不是很好，能麻烦你滚开吗？”

直到下课铃响，大家才发现梁药不见了。不过，教室里乱哄哄的，没人管她，大家三三两两地结伴去吃饭了。

路上，赵亿豪和曹博闹腾个不停，楚昼嫌吵，干脆戴上耳机，不理他们。

贺云东扑过来摘了他的耳机，说：“昼哥，咋了？脸色阴沉沉的，心情不好？”

赵亿豪笑嘻嘻地道：“我女神就是牛，才几天，她就把咱们的学神搞得心神不宁的。”

楚昼踹了他一脚，说：“没完了是不是？”

“那你说说，你对女神到底是怎么想的？”赵亿豪“嘁”了声，“大家都是兄弟，自从你出了那事，我们都清楚你有多讨厌女的。这么久过去了，我还是第一次见你维护一个女生。”

楚昼垂着眼，没应声。

他也说不清楚，虽然“梁雯”聒噪又麻烦，一天到晚地在他的耳边说话，但看到她被夏若晴欺负，眼巴巴地站在一边时，他莫名觉得很不爽。

不知不觉中，他已经习惯了她坐在自己旁边。

“哎！你们看，那是不是梁雯和夏若晴？”曹博忽然看着前方，大声道，“夏若晴带了一群人，这是要欺负人啊！”

楚昼脚步一顿，闻言望去，只见湖边的草坪上，“梁雯”被一群女生围堵着。不知道“梁雯”说了什么，夏若晴扬起手朝她挥过去，似乎要扇她巴掌。

楚昼眉头一皱，嘴巴下意识地张开了，想要阻止，可他还没发出声音，就见“梁雯”轻松地用左手抓住了夏若晴扬起的手，右手用力把巴掌甩了回去。

“啪！”清脆又响亮。夏若晴的左脸瞬间浮现出一道鲜红的掌印。

这一巴掌不仅让那些女生傻了，也让四个男生蒙了。

楚昼沉默许久，转头问赵亿豪：“我记得你说，梁雯变了很多？”

“哪里是很多……”赵亿豪一脸蒙地看着女神，“除了喜欢你这一点没变，其他没一样和从前的梁雯对得上！”

夏若晴被这一巴掌扇蒙了，火辣辣的刺痛感提醒着她刚才发生了什么，她捂着脸，不可置信地瞪着梁药，颤抖的声音里带着愤怒：“你还敢打我？！”

她身后的小姐妹们连忙围上来问：“晴姐，你没事吧？”她们一边问，一边警惕地看着梁药。

眼前的少女五官秀美，身材纤瘦，看起来柔弱又无害，一点儿都不像有攻击力的样子。可就在刚刚，她们都没看清她是怎么出手的，夏若晴就被甩了一巴掌。

梁雯有这么厉害吗？和传闻中的完全不一样啊！

听到夏若晴的问题，梁药甩了甩手，感到有些好笑，挑眉道：“同学，是你先动手的，我只是还手而已。你要是还想继续，就不只是这一巴掌了。”

“你……”夏若晴哪里受过这种委屈，气红了眼睛，使劲推着旁边的女生，“你们都愣着干什么？还不快上！什么女神，我要扒了她的衣服，让她在全校人的面前出丑！”

几个女生犹豫着对视了一眼，没有一个人敢上前。

现在正是放学的高峰期，大量学生从教学楼里涌出来，这地方人来人往，变得十分扎眼。

“晴姐，要不，暂时算了吧……这里人太多了，事情传到老师那里就麻烦了。”一个女生小声地劝道，“我们先撤吧，机会多得是。”

夏若晴闻言冷静了下来，觉得她说得有道理。这里随时可能有老师经过，确实不安全，反正来日方长，整梁雯的机会要多少有多少。

“今天算你走运。”夏若晴放着狠话，扬长而去，“我们走着瞧！”

梁药有些无语地看着她高傲的后脑勺，觉得自己真是冤：她还没把楚昼搞到手，夏若晴就恨她恨成这样；等她真搞到手了，夏若晴还不得杀了她？为了个男人，有必要吗？

梁药实在不懂现在的小姑娘在想什么。

她摇了摇头，准备去吃饭，却听到有人在背后叫她：“雯雯！”

梁药转头，看到苏浅慌慌张张地跑过来，一脸惊魂未定，说：“我看到夏若晴带人找你的麻烦，你没事吧？”

“没事。”梁药摇摇头，半开玩笑道，“你看到了都不来救我？”

“我当时太害怕了，没有反应过来。”苏浅内疚地道，“对不起啊。”

“我开玩笑的，你不用放在心上。”

苏浅这么真诚的道歉倒是让梁药有点儿不好意思，她和王芹芹那种心直口快的人相处久了，有些应付不来这种心思细腻的小姑娘。

“我们去吃饭吧。”

苏浅点点头：“嗯。”

去食堂的路上，苏浅仿佛还对刚才的事过意不去，挽着梁药的胳膊不停地道歉，一脸就要哭出来的表情，像是怕梁药再也不理她了。

梁药注意到苏浅提着一个小塑料袋，于是连忙转移话题：“你的袋子里装的是什么啊？”

“哦，这个啊——”苏浅把袋子里的东西拿出来，“这是我刚刚在小卖部里买的写真明信片。”

梁药接过来看了一下，花花绿绿的包装盒上印着一个美艳的女人，肤白如雪，穿着银色的亮片吊带衫，褐色的波浪卷像海藻般垂落在腰际，很漂亮。

舒又曼——梁药一眼就认出了这个女人。

她是家喻户晓的大明星，出演过多部电视剧和电影，是曾经的影后。别看她长得年轻，其实，她已经四十多岁了。

梁药算是看着舒又曼的电视剧长大的，她记得梁母以前很喜欢舒又曼。只不过后来，舒又曼结婚生子，慢慢淡出了大众的视野，很少出来接戏了。

“你竟然喜欢她？”梁药有些讶异。舒又曼比较受老一辈人追捧，很少有年轻的小姑娘喜欢她。

“嗯，很喜欢。”苏浅笑了笑，没有解释太多。她想把明信片拿回来，却被梁药挡住了。

“等等，我再看一下。”

梁药仔细打量着舒又曼的眉眼，不知怎的联想到了楚昼。他们很像，尤其是那双漂亮狭长的眼睛——眼尾细长，瞳孔略带褐色，睫毛又密又长。

不过，他们虽然像，给人的感觉却截然不同。每一张照片里，舒又曼的眼睛都是弯起来的，妩媚妖娆，让人想入非非；而楚昼，她压根就没见他笑过，他眼中满是冷意。

苏浅一愣，问：“怎么了？”

“我觉得舒又曼和楚昼有点儿像。”

“怎么会？是你的错觉吧。”苏浅笑着摇头，不着痕迹地拿回明信片，放进了袋子里。

她们来晚了，食堂里的学生不多，窗口也没什么人排队，显得有些空旷，所以，梁药一下就看到了坐在靠窗处的楚昼一行人。

楚昼看到梁药扇了夏若晴一巴掌后，沉默了很长时间，最后什么都没说就走了，剩下的三人默不作声地跟了过去。

女神这么牛，他们根本没有出场的必要嘛。

“看不出来，梁雯娇娇弱弱的，性格这么刚烈。”

食堂里，曹博回想着刚刚那一幕，依然觉得震撼：“她不会一直以来都是在装清纯吧？”他越想越觉得有可能。

“谁知道？”贺云东低头吃饭，“不过肯定不是什么正常人。”

“不准你说我女神的坏话！”赵亿豪郑重其事地说道，“只有我觉得她变得更有魅力了吗？那一巴掌真的好帅！我决定了，从今天开始，我要叫她女王，我心甘情愿地拜倒在她的石榴裙下——啊！”

楚昼抬脚踹上了赵亿豪的膝盖，漠然地看着他：“能不能闭嘴？”

“能……”赵亿豪瘪瘪嘴，忽然好奇起来，“阿昼，你还没说你是怎么看她的呢。”

“用眼睛看。”

“别啊。我是问，你有什么想法。”

“没想法。”

“……要不要这么没劲？”

楚昼没再接话，垂着脑袋，不紧不慢地吃着饭。

他确实没什么想法，在最初的微微惊讶后，他很自然地接受了。以前的梁雯是什么样，他不清楚；可是他认识的“梁雯”，做出这种事并不稀奇。

这是一个敢送茶叶蛋给他当早餐的女人，还有什么是她做不出来的？

一阵风飘过，玫瑰花露的幽香弥漫开来，混着淡淡的少女馨香。

楚昼抬起头，发现梁药端着菜盘坐到了他的身边，笑盈盈地说：“昼昼，你们竟然坐的六人座，是不是特意留着座位等我啊？”

楚昼沉默地看着她。

说曹操曹操就到，她这算不算阴魂不散？

苏浅也跟着坐了过来，腼腆地朝他们笑了笑，坐在了贺云东旁边的空位上。

梁药的出现无疑受到了几人的热烈欢迎。

赵亿豪带头鼓掌，说：“欢迎女王大人驾到，我们深感荣幸。”

梁药挑眉问：“什么女王？”

“就是……”赵亿豪才说了两个字就被曹博捂住了嘴。

“别当着她的面说，也许人家不想让别人知道自己真实的一面呢？”

赵亿豪恍然大悟。也是。

梁药看着他俩嘴贴着耳朵说着悄悄话，有些不明所以，不过，她没在意，毕竟，她全部的心思都放在了妹夫的身上。

她想到了王芹芹说的话：男人需要赞美，需要夸奖，需要源源不断的鼓励和支持！这是打开他心扉的第一步！

“昼昼……”梁药深情又肉麻地叫道，“我发现，你今天好帅哦！”

楚昼被米饭呛到了，其他人也打了个激灵。

梁药继续表演："你的声音好听，学习又好，还有眼睛、鼻子……啊，多完美，简直是老天爷的神作！我从来没见过比你更好看的人，如果你能笑一笑就更好了！"

楚昼看着她，问："你这是在报复我？"

梁药眨巴着眼，说："没有啊，我明明在夸你。"

楚昼点点头，说："打着夸奖名义的报复？"

"我是真心的，你不能因为我开的一两次无伤大雅的小玩笑而否认我对你的心意。"梁药的表情真挚而诚恳，"对你，我的心永远滚烫、炙热！"

楚昼轻轻"嗬"了一声，什么也没说。

他这是什么反应？和芹芹说的不一样啊。

梁药顿时没了兴致，闷闷不乐地咬着筷子，努力想着别的办法。

对面的苏浅却有些拘束，一直安静地吃着饭，只有贺云东和她说话时，她才会微笑着回应几句。

最开始，她把明信片放在腿上，可这姿势不太舒服，她便把明信片放在了桌子上。

贺云东一下就注意到了，看清盒子上女人的脸后，他的表情变得古怪起来，说："舒又曼？苏浅，你竟然喜欢舒又曼？"

贺云东的话一下引起了其他人的注意，包括楚昼。楚昼吃饭的动作顿了顿，抬眼望过来，神情有些微妙。

苏浅不好意思地笑了笑，说："嗯，我很喜欢她，看过很多她出演的剧。"

"难得难得，现在竟然还有小姑娘喜欢她……"赵亿豪笑着对楚昼使了个眼色，"你说是不是啊，阿昼？"

"滚。"楚昼骂完赵亿豪，看了苏浅一眼，小姑娘脸皮薄，脸一下就红了。

他淡淡地收回目光，一脸事不关己的样子。

"说起舒又曼……"梁药歪了歪头，凑近楚昼，盯着他的脸说道，"我发现，你和她挺像的，都是单眼皮的美人。"

楚昼有些生气，可表情看起来更像是有点儿无奈，他问："你就不能安静一点儿？"

——什么乱七八糟的话都说得出口。

曹博笑了，说："梁雯，不得不说，你的眼睛真毒。"

“啊？”

曹博边笑边摇头：“没什么。”

梁药没多问，眼看着时间一点点过去，饭都要吃完了，她和楚昼却没有一点儿进展，她正暗暗着急。这时，后面传来几个女生的谈话声。

“你听说了没有？学校附近好像有流氓出没。”

“不是吧？”

“是真的，前不久，一个学姐就被勒索了，还差点儿被……”

梁药听到这里，灵机一动，可怜巴巴地扯了扯楚昼的衣角，撒娇般地拉长了声线叫道：“昼昼……”

“又怎么了？”楚昼第一次觉得自己脾气真好。

梁药抽抽噎噎地装着柔弱：“她们说外面有坏人，我好害怕，我不敢一个人回家……”

“……”

完全不知道自己的真面目早已暴露的梁药还在努力地展现柔弱，她细声道：“你就送我回家嘛，好不好？”

楚昼冷酷地甩开她的手，拒绝道：“不好。”

“没事，”梁药接着说，“我跟着你去你家也是一样的。”

听到她说想来自己家，楚昼微微一愣，没有马上回答。

赵亿豪倒是很兴奋，说：“那敢情好啊，明天休息，我们正打算今天放学后去阿昼家里玩，女神，你也一起啊！”

曹博戳了他一下，说：“你疯了？阿昼怎么可能让女生去他家？”

赵亿豪反应过来后，讷讷地开口：“哦，也是。”

谁不知道楚昼讨厌女人？

贺云东张了张口，最终却什么都没说，只叹了口气。

“可不可以？”梁药装作没有察觉到这诡异的气氛，朝楚昼笑得极其灿烂。

楚昼静静地看着她，没说好，也没说不好。

“你不说话，我就当你同意了啊！”梁药自动把他的沉默解读为默许，她高兴地弯了弯眼睛，加快了吃饭的速度。

其他人一直在等楚昼拒绝“梁雯”，可等啊等，等到她的饭都快吃完了，楚昼还是一个字都没说，只慢条斯理地嚼着米饭，好像真的默许了一样。

有情况！几人面面相觑，看到了对方眼中浓浓的惊讶。

虽然赵亿豪平时总会打趣楚昼是不是对女神有意思，但基本都是在开玩笑，他知道楚昼对女生厌烦至深，避之如蛇蝎。可现在，他竟然主动，不，竟然被动地让一个女生去他家。

赵亿豪小心翼翼地向楚昼确认：“你真的愿意让女神去你家？”

楚昼没有搭理他，自顾自地吃饭，连眼皮都没抬一下。

到底什么意思啊？

三人又对视了一眼，实在搞不懂楚昼这是在闹哪出。

“那个……”听着几人的对话，苏浅有点心动，连忙问，“我能跟着雯雯一起去吗？她一个人，我不放心。”

“不能。”楚昼毫不犹豫地拒绝了她。

赵亿豪目瞪口呆道：“我好像又见证了一个大型双标现场。”

梁药十分感动，说道：“昼昼，我就知道我对你来说是特别的，你是不是喜欢上我了？不要害羞嘛，来，大声告诉我，是不是？”

楚昼却答非所问：“我从来不会让女生来我家。”

“我知道啊，所以，你肯定喜欢——”

楚昼淡淡地打断了她的话：“所以，你在我眼里不是个女的。”

“……”

大家都那么熟了，真诚一点儿不好吗？

不过，梁药还是很开心，觉得自己离成功又近了一步。

下午放学后，梁药背着粉色的书包，厚着脸皮跟在楚昼的身后，犹如一条甩不掉的小尾巴。

贺云东和曹博都说临时有事，所以，去楚昼家的人只剩下她和赵亿豪。

楚昼的身边鲜少出现女生，所以，在从学校走出去的路上，梁药享受了一把走红毯的滋味。周围有数百道目光聚集过来，而她神情自若，从容地微笑，优雅地将贴在侧脸上的发丝拨到耳后，故意露出自己三百六十度无死角的完美容颜。

美丽、知性、矜持，她就像传闻中的那样，是当之无愧的女神。

楚昼耷拉着眼皮，懒散地打了个哈欠。瞥见她的脸，他问：“你笑得那么恶心干吗？”

“……”

“好丑。”

梁药收起笑容。

他这个时候的话就挺多的！平时怎么就难开金口？！

楚昼看着女孩气鼓鼓的样子，连他自己都没有发现唇角向上扬起的弧度。

第四章
你紧张什么

梁药早就听说过楚昼家很有钱，住豪宅，每天有专车接送，像小说里的豪门少爷似的。不过，B大校门口的车辆很多，梁药早就见怪不怪了，她兴致勃勃地猜测着接送楚昼的会是什么车。

兰博基尼、玛莎拉蒂，还是法拉利？在有钱人的世界里，一切皆有可能。

当梁药看到楚昼走向校门口的一辆白色丰田车时，她有点儿不敢相信自己的眼睛。停在这辆车旁边的宝马和奔驰，越发衬得它朴实无华。

果然，一切皆有可能。有钱人是不是都喜欢玩返璞归真这一套？

车门已经被司机打开了，赵亿豪很有自知之明地坐到了副驾驶座上，楚昼坐在右后座上，梁药则坐在了他的旁边。

司机看到竟有个女孩子钻进来，吓得不轻，问道："小少爷，这……"

"客人。"楚昼淡淡地开口，这两个字的意思不言而喻。

司机便没问了，只沉默地发动车子。他表面看起来很平静，内心其实十分震惊——向来讨厌女生的小少爷竟然会带女生回家？！

梁药从小到大都晕车，而且比较严重。车子没开多久，她就觉得恶心，有点儿想吐，没那个心思骚扰楚昼了。她歪着脑袋靠在软软的车座椅背上，紧闭双眼，努力地压抑着那股冲动。

身旁的人突然安静下来，楚昼侧头看了女生一眼，发现她脸色苍白，像是不舒服，他微微皱眉，不动声色地打开了半边窗户。

"嘶，好冷啊——"在副驾驶座上低头玩手机的赵亿豪打了个哆嗦，嚷嚷道，"阿昼，你开窗干吗？关了关了，冷死了！"

楚昼望向窗外，薄唇微张，淡淡地吐出一个字："滚。"

私家车缓缓地驶进了市中心的别墅区，中途，梁药睁开眼睛，无精打采地看了窗外一眼。

一栋栋高大的白色洋楼从眼前闪过，路边种植着名贵的树木和花卉，远处还有一片湖，波光粼粼，折射出五彩的光芒。

——好像来到了另一个世界。

好在，梁药早就做好了心理准备，只享受着风吹在脸上的感觉。

殊不知，旁边的楚昼一直在看她。

少女乌黑的长发被风吹了起来，若有似无的玫瑰香在车内散开，她趴在窗边，夕阳的余晖照在她白皙的脸上，有种空灵的美。

楚昼看了她好一会儿，见梁药的脑袋动了动，似乎想转头，他才若无其事地收回视线，有些不自然地揉了揉发烫的耳朵。

车子停在了地下车库。

梁药好奇地跟着楚昼，经过了层层安保系统，才进入他家的别墅。

她随意地打量了几眼——房子很空很大，装修得很精致，以暖色调为主，地上铺着淡黄色的羊绒毛毯，看得出来，主人是个温柔细腻的人，只是家里看起来没什么人气，连用人都没有。

“那我们开始吧。”赵亿豪一屁股坐到沙发上，拿过书包翻找了起来。

“嗯。”楚昼坐在他的对面，也拿过了书包。

“你们是要玩游戏吗？”梁药兴奋起来，拿出手机说，“加我一个！”

这是一个了解楚昼的兴趣爱好的好机会！

楚昼不紧不慢地从书包里拿出了微积分练习册。

梁药又看向赵亿豪，发现他也拿出了一本。

梁药大为震撼：“你们在干吗？”

“写作业啊。来阿昼家不就是为了写作业吗？不然来干吗？”

她终于明白曹博和贺云东为什么不愿意来了。

赵亿豪眉飞色舞地说：“有阿昼在，我们今晚就能把作业全部做完，然后痛痛快快地过周末。嘿嘿，我是不是很聪明？！”

“啰唆。”楚昼拿出笔，看了梁药一眼，“不坐吗？”

“……坐。”梁药木然地抱着书包，一屁股坐在了赵亿豪旁边。

楚昼微微挑了一下眉，直直地盯着她。

“你坐在我旁边干吗？”赵亿豪有些受宠若惊，“发现我的魅力了？”

梁药当然是怕楚昼发现她不会做作业，会露馅，她随便编了个理由：

“我是为了看清昼昼的全脸，坐在他旁边只能看到他的侧脸。”

“你对他真是爱得深沉。”

楚昼用笔敲了敲桌子，说：“好了，开始吧。”

梁药默默地把作业从书包里拿出来，内心已经产生了回家的冲动。

我为什么要帮梁雯写作业？！我一道题都不会做！

我还要装作会做的样子，然后偷瞄别人的答案！

楚昼简直就像个监考老师，面对面地监督着梁药的一举一动。

好想回家……

其间，赵亿豪觍着脸来问题目：“女神，这道题怎么做啊？”

梁药头也不抬，说：“问学神去。”

“他总是骂我笨。”

梁药只好看了一眼他说的题目。

根本看不懂，于是，她冷漠地道：“这种题都不会做，你是猪吗？”

“……”赵亿豪随即去看女神的作业本，却发现她的进度和他的一样，答案也一样，“咦，你的答案怎么跟我的一样？”

“巧合。”

对面的楚昼抬起了头，若有所思地看着梁药，开口道：“过来。”

梁药不情不愿地拿着作业本坐了过去。

楚昼问：“哪道题不会？”

梁药见瞒不下去了，干脆道：“你应该问我哪道题会。”

楚昼皱眉道：“你考了第二名。”

“作弊得来的。”梁药在心里对梁雯说了句抱歉，“为了排在你的后面，我什么都愿意做。”

楚昼微不可察地叹了一口气，换了个问法：“哪里不懂？”

“哪里都不懂。”

楚昼放下笔，转头盯着她，默不作声。

梁药感受到了学神的强大气场。为了不暴露自己更多的短板，她心虚地转移话题：“对了，你家里怎么一个人都没有？平常都是谁做饭啊？”

楚昼没说话，赵亿豪便接了一嘴：“请了一个阿姨做饭和打扫卫生，不过，最近阿姨的女儿要结婚，她请假回家了，现在正在找合适的人顶替阿姨一阵子呢。”

闻言，梁药眼睛一亮，一脸期待地看着楚昼，问：“那我行不行？”

楚昼露出了“你知道你在说什么吗”的表情。

梁药飞快地道：“我会做饭和做家务，是贴心小女佣的不二人选！”

楚昼拒绝道：“不行。”

梁药假装哭泣，说：“你行行好嘛，我家里穷，上有老，下有小，还有个妹……姐姐要养，再这样下去，我连大学都读不起了……”

她说的鬼话，楚昼一个字都不信。

赵亿豪却对她口中的姐姐很感兴趣，问：“你还有个姐姐啊？长得好看吗？”

“比我好看多了。”梁药轻勾嘴角，不知谦虚为何物。

“哪天给我介绍介绍呗。”赵亿豪凑上来打趣道。

“想得美。”梁药嫌弃道，“她对你们这种小屁孩没兴趣。”

“好了。”楚昼轻轻地敲了敲桌子，“快写作业。”

见逃不过去了，梁药深深地叹了一口气，在学神大人的压迫下麻木地写完了全科的作业，一直写到天黑，甚至把思修老师布置的八百字小论文也给写完了。

到最后，梁药心里只有一个想法——下次再来楚昼家，我就是狗！

这时，玄关处传来了开门声，一道温柔的声音传了过来。

“儿子，我回来了，你带同学到家里玩了吗？”

这声音有点儿耳熟。

梁药闻声望去，发现一个漂亮的女人正走过来，女人一头大波浪卷，身材窈窕，打扮得时尚又年轻。

梁药呆滞地看着这个女人，发现她与自己今天在苏浅的明信片上看到的女人一模一样。

“舒……舒又曼？”

看到客厅里有个陌生的小姑娘，舒又曼惊呆了，拔高音量道：“女、女孩子？”

梁药还没反应过来，就有一股浓郁的茉莉花香扑鼻而来。

舒又曼快步走过来，一脸激动地按住她的肩膀，问：“你是女孩子，没错吧？”

“啊？”梁药还从没见过明星，一脸迷茫地回答，“应该……是吧？”

说完，她的脸就被捏了一下。

舒又曼揉着她的脸，又摸了摸她的脖子，边摸边兴奋地道：“你真的是女生。天哪，儿子，你竟然带女朋友回家了？！你们老师说你谈恋爱了，我还不信，没想到是真的！”

她笑呵呵地看着梁药，问：“小姑娘，你多大了？和小昼在一起多久了？进展到哪一步了？不用紧张，我不会对你们做什么的。”

“那、那个……”这是梁药有生以来第一次被一个女人温柔地抚摸，对方还是个大明星。她难得有点儿紧张，结结巴巴地道，“我、我今年二十岁了。”

“妈，够了。”楚昼及时出手，一把将她拽到身后，把她从舒又曼的“魔爪”中拯救出来，无奈地对舒又曼说，“她不是我的女朋友，只是我们的同学。你吓到她了。”

舒又曼点点头，说：“我懂，现在还在暧昧阶段，对吧？”

梁药这才回过神，接受了“楚昼的妈妈是舒又曼”的事实，她从楚昼的背后探出头，礼貌地问好：“阿姨好，我叫梁雯，是楚昼的同学。”

“阿姨？”舒又曼皱了皱眉。

“啊，不是。”

梁药以为她是觉得自己把她喊老了，刚要改口喊姐姐，就听到舒又曼说：“叫什么阿姨，直接叫妈吧。”

“你够了。”楚昼忍无可忍，不再理她，干脆把梁药拽走，“很晚了，我送你回去。”

“现在就回去吗？”舒又曼失望地说道，“留下来一起吃个晚饭吧。”

“不必了。”楚昼说完，一只手提起她的书包，另一只手拉着她，大步离去。

等到两人从视野里消失了，舒又曼才转头看向默默收拾书包、准备走人的赵亿豪，微微一笑，问：“亿豪，你想去哪儿？”

“不关我的事啊！”赵亿豪打了个激灵，“我什么都不知道，别问我。”

“我都说了，我只是关心一下。”舒又曼一把将他按回沙发里，坐到他的对面，“赶快把那个女孩的事和阿姨说说。”

“你妈竟然是舒又曼？”走出别墅后，梁药还有些不敢相信，捏了捏自己的脸，“我不是在做梦吧？你的命也太好了，星二代呢！”

“刚刚被她捏了那么久，还没醒？”楚昼完全不觉得这有什么值得高兴的，反而有些意兴阑珊，随手把书包还给她，“你的书包。”

“谢谢。”

梁药还想问什么，可看他实在兴致缺缺，便忍住了好奇心，静静地跟着他坐进了那辆白色的丰田车。

一路上，谁都没说话。

梁药的胃里翻江倒海，十分不舒服，加上连续学习了三四个小时，她的精神十分疲乏，她觉得，这次自己可能真的要吐了。她的脑袋很晕，再顾不上那么多，身体自然地往旁边靠过去，找了个舒服的地方靠着头。

楚昼侧头望着窗外，眼底映着茫茫夜色，他清冷的轮廓被街灯笼上一层光晕。突然，腿上一重，他低头一看，发现身旁的人竟然歪着身子靠了过来，还把脑袋枕在了他的大腿上。

楚昼整个人都僵住了，许久都没动一下。

他从来没和女生靠得这么近过。

女孩像是睡着了，长发掩住半边脸，面容恬静却略显苍白，纤长的睫毛垂落下来，有种柔弱的美。她似乎真的很不舒服，眉头紧紧地皱着，脸还在他的腿上蹭了两下。

楚昼的身体更僵了，不知道该拿她怎么办。来的时候，他就发现她有点儿晕车，没想到现在更严重了。

楚昼的手停在空中好久，最终落在了女孩的发端。他轻轻地揉了揉她的发，动作十分温柔，仿佛是在安抚她。

夜里的风带着丝丝凉意，见梁药缩了缩脖子，他怕她着凉，便拿过备在车里的毛巾毯给她盖上了。

“喀。那个，小少爷，打扰一下，有个问题，我想问一下……”司机不好意思地咳嗽了一声。

“什么？”

“这个姑娘的家在哪儿啊？”

“……”

司机从后视镜里看到楚昼的表情不对，猜到他也不知道，于是问他：“要不，把她叫醒问一问？”

“没必要。”

楚昼打了个电话给赵亿豪。

“喂，阿昼，怎么了？”

楚昼开门见山地问：“梁雯家在哪里？”

赵亿豪一头雾水，反问道：“你问我，我问谁？”

“老师那里有全班同学的家庭住址，你帮我问一下。”

赵亿豪蒙了：“女神不是在你旁边吗？你直接问她不就好了？”

楚昼淡淡地说：“她睡着了。”

赵亿豪实在没忍住，骂道：“你有病啊？！”

“快去问。”楚昼哪管他说了什么，“问到了马上给我发微信消息。”

挂了电话后，车内一片寂静。

司机是看着楚昼长大的，此时却完全摸不透他在想什么。

“那小少爷，我们现在去哪儿？”

楚昼想了想，说：“先回学校吧。”她家应该离学校不远。

“好。”司机打了下方向盘。

梁药趴在楚昼的腿上，无比清醒地听完了他们的对话。

她可以对天发誓，她绝对不是装睡，也不是故意偷听。她明明就是晕车，她什么时候说过自己睡着了？晕车那么难受，谁睡得着啊？

她枕在他的腿上只是为了缓解胃中的恶心感，顺便试探一下他的反应罢了，结果他又是摸头，又是给她盖被子，这一系列举动让她惊呆了。

为了避免尴尬，她便闭着眼睛装作睡着了，听到司机问地址时，她想，她终于该“醒了”，结果，楚昼绕了一大圈去问别人，依然不愿意叫醒她。

梁药根本猜不透他到底是不想和她说话，还是只是单纯地不想叫醒她。如果是前者，倒也情有可原；如果是后者，这是不是意味着，他真的喜欢上她了？可关键是，她都告白那么多次了，也没见他回应过一次，他到底要怎样？

梁药觉得好累。

这时，她听见司机大叔好奇地问：“小少爷，算我多嘴，问你一句，你和这姑娘是在谈恋爱吗？”

问得好！梁药在心里偷偷给大叔点了个赞。她现在非常想知道楚昼是怎么看待她的。

楚昼正在看微信消息，赵亿豪已经把地址发过来了，闻言，他头都没抬，说道：“同学。”

这两个字无比精准地概括了他们现在的关系。

司机大叔非常八卦，笑着问：“可我看，你好像很喜欢她啊，你是不是暗恋人家？”

梁药心想：这是什么神仙助攻？爱了！

梁药紧张地等待着楚昼的回复。只差一步，她就可以恢复自由之身了！

过了许久，梁药才听到他轻轻地问：“什么是喜欢？”

梁药又想：这是什么偶像剧男主的台词？

司机没想到他会问出这么个问题，愣了一下后，回答道：“这个啊，我想想……大概就是，你希望她一直陪在你的身边，看见她，你就觉得很高兴、很满足。”

楚昼思考了一会儿，薄唇微启，刚要回答，余光瞥到女孩的脸——她纤细的睫毛正在不停地颤抖。

——她竟然醒着。

楚昼的脸色突然古怪起来，他把话咽了回去，顿了两秒，才道：“开不开心我不知道，但每次看到她，我都是真的想讨厌她。”

梁药想：还是不要醒来好。

楚昼把她的住址报了出来，说：“不说这个了，她家在城西，到前面的十字路口右转。”

“好嘞。”司机踩下油门，加快了车速。

梁药已经不指望楚昼开窍了，干脆在他的腿上继续装睡起来，反正枕着他的腿还挺舒服的。不知不觉中，她真的睡着了。

二十分钟后，车子开到梁药家楼下。

楚昼将梁约摇醒：“到了。”

“啊？”梁药迷迷糊糊地睁开眼起身，声音有些沙哑，“谢谢你送我回来，拜拜。”

她边打哈欠边打开车门，一只脚刚踏下去，前面便传来一道清脆的声音：“姐姐，你怎么这么晚才回来啊？”

梁药一惊，瞬间就清醒了。她猛地抬头望去，梁雯素面朝天，穿着便衣站在楼道口，正惊讶地看着她。

两张脸一模一样的人遥遥对视着。

“姐姐？”闻言，楚昼缓缓地探过头去，想看看是谁在说话，“我记得，你说你是妹妹？”

梁药见楚昼要探头去看，想也没想便将脚收了回去，同时重重地关上了车门，用身体挡住窗户，隔断了他的视线，故作镇定地说道：“那是我的表妹，她父母出差了，她这几天都住在我家。”

楚昼微微扬眉，说：“你表妹的声音和你挺像的。”

刚刚听到的时候，他差点儿以为是她在说话。

“有吗？是你的错觉吧？”梁药干笑两声，“我们一点儿都不像。”

楚昼看着她，问：“你紧张什么？”

梁药眨了眨眼，说：“哪有？我一直都这样啊。”

在楚昼的注视下，她的声音一点点地变小，听着怪可怜的：“好吧，我承认，我就是不想让你见到她。我的表妹长得很漂亮，从小到大，只要我喜欢上谁，对方都会对她一见钟情，你说，我能不紧张吗？你现在是我的心头肉，我绝对不能让你被别的女人勾走！”

“是吗？”楚昼的表情没什么变化，也不知道是信了还是没信。

“要不然呢，我有必要骗你吗？”

梁药知道他对女人不感兴趣，也不喜欢多管闲事，所以才编出了这种理由。她见楚昼的脸色并无异样，才将心慢慢地放回肚子里，说：“好了，我要回去了。明天见。”

她摸着车门的拉手，打算用最快的速度下车，将梁雯带离现场。然而，她的手刚一放上去，楚昼的手也伸了过来，牢牢地握住了她的手。他的手指骨节分明，手背上青筋凸起，显得格外瘦削有力，掌心略带凉意。

梁药的心重重一跳，问：“你要干吗？”

“有点儿好奇——”楚昼低沉的嗓音在她的耳边悠悠响起，十分悦耳，“你的表妹是有多漂亮，才把你吓成这样。”

他不容拒绝地握住她的手，与她一起将车门打开。

梁药的脑袋瞬间空白，车门只开了一半，她就看到梁雯还傻傻地杵在那里。

楚昼自然也注意到了梁雯。他微眯着眼睛，刚想仔细看清她的脸，领子便忽然被用力一扯，他的脑袋也低了下去。还没等他反应过来，一股香味袭来，脸上也有了温热湿润的触感。

梁药亲了他。

楚昼瞳孔微缩，这回，轮到他的脑袋空白了。

女孩身上浓郁的玫瑰清香萦绕着他。

“这是告别吻。”梁药看着僵住的少年，勾起唇角，心想：跟我斗，你还嫩了点儿。她迅速下车，甩上车门，飞快地说道，“今天玩得很开心，谢谢了。回家注意安全，拜拜！”

说着，梁药快步走向梁雯，捏住她的后颈，把她带走了。

“啊——疼！姐，你干吗呀？！”

“还看，赶快给我进去！你下来干吗？竟然还把妆卸了！”

“妈妈叫我下来倒垃圾。我都回家了，干吗还顶着一脸的妆啊。”

……

司机没想到现在的女孩会这么奔放，吓了一跳。他转头看向楚昼，关切地问：“小少爷，你还好吧？”

楚昼捂住刚刚被亲过的地方，久久未能回神。

“小少爷？”司机又担心地叫了一声，心想，楚昼那么讨厌女生，不会是被亲出毛病来了吧？

“没事。”楚昼回过神来，表情重回平静。他摇下车窗，看向对面——她们果然已经走了。他沉默地收回视线，又把车窗摇了上去。

“我们回去吧。”

“好。”司机发动了车子。

中途，他控制不住地多次从后视镜里偷瞄楚昼的脸。最后，他实在忍不住问道：“小少爷，要不，您还是打开车窗透透风吧。”

“什么？”

司机含蓄地道：“你的脸……有点儿红。”

——岂止是有点儿，是非常红。

少年皮肤白，衬得这抹红更加明显，从脸颊到脖子根，像初绽的桃花，让他向来清冷的五官有了几分艳丽的色彩。

楚昼没说话，淡淡地扫了他一眼，仿佛脸红的不是自己。

司机咳了声，没敢再提，他心里明白，楚昼关上窗纯粹是不想让外人看见自己这副模样，他也只是想逗逗楚昼而已。毕竟，看到楚昼展现出这个年龄的人该有的一面很难得。

司机内心感慨万千：他家少爷的春天果然要来了。

“姐姐，怎么回事啊？是谁送你回来的？”

梁雯被梁药硬拽着上了电梯，一头雾水。

梁药忍了忍，捏了捏她的小脸，问：“你是不是傻？”

明明和聪明的自己长着一样的脸，她怎么会这么笨呢？！

“你才傻！”梁雯委屈地捂住脸，问，“刚刚那个男人到底是谁啊？”

那人被梁药挡住了大半的身体，她只看到了一个模糊的身影。

“你不是猜到了吗？”梁药将手插在口袋里，懒懒地靠着电梯的扶手，说道，“楚昼啊。”

“真的是他？你们进展到哪一步了？”

梁药看她的表情就知道她在想什么，故意拖长了音：“亲了——”

梁雯瞪大了眼，一脸震惊地说：“什么？！”

“……脸。”梁药慢悠悠地补充道，“还不是你害的。”

梁雯急得跺脚，说：“姐，你别耍我了！快说，到底是怎么回事？”

梁药倒也没什么好隐瞒的，三言两语把刚才发生的事说给她听了。

“至于进展到哪一步，说实话，我也不是很清楚。不过，我感觉他是有点儿喜欢我的。”

梁药见梁雯表情纠结，耸耸肩，说：“你要是介意我和他接触，那就趁早换回来吧。现在的情况很明了了，你再加把劲，应该能追到他。”

“别，还是你来吧。你好不容易才让他动了心，我怕换成我会搞砸。还是等关系确定了，再换回来吧。”梁雯下了很大的决心，小声说道。

虽然她确实有些难受，但一想到梁药是顶着她的身份，她又觉得也没什么。反正，最后和楚昼在一起的是她。

想到这里，梁雯又开心起来，问：“对了，姐姐，你在B大还好吗？没有露馅吧？”

梁药沉默了两秒，心虚地移开视线，说：“应该没有吧。”

“那就好。”

“你在D大过得怎么样？有人欺负你吗？”

“挺好的，没人欺负我。我装得可像了，不信，你去问芹芹姐。”

梁药倒不怀疑，她们姐妹俩在外面都挺会装的，外人对梁雯的评价总是温婉聪明、乖巧文静……可这些全是假象。在家里，梁雯就是一个傻白甜的娇气大小姐。

家里已经开始吃饭了，梁远国和梁母坐在餐桌旁。

“雯雯，你怎么才上来……”梁母转过头，看到梁药后立刻皱起眉，“梁药，你还知道回来啊？你看看现在都几点了！你又跑到哪里鬼混去了？”

“你管我。”梁药看都没看她，低头换了鞋，不咸不淡地回了一句。

“你——”梁母气得撂下筷子。

梁远国无奈地劝道：“行了，孩子都回来了，你少说两句不行吗？”

“可你看她的样子，哪里像是一个学生？别忘了，她现在还顶着雯雯的身份！”

“妈妈，我没关系啦，你就别骂姐姐了。”梁雯上前挽住梁母的胳膊撒娇，软声哄她。

梁远国不断地朝梁药使眼色，希望她也学着梁雯，说两句好话哄哄梁母。可梁药当没看到，自顾自地去厨房盛了碗饭出来，坐在离梁母最远的地方吃起来。

梁远国无奈地叹了口气。

幸好，有梁雯在，家里的气氛不会太差，梁雯随便说点儿学校的事，就能把梁母逗得乐个不停。

梁药边吃饭边看手机，有几个客户找她约稿，正在询问价格和排单情况。消息振动个不停，她有些回复不过来，吃饭的动作就慢了下来。

梁母见到，又忍不住皱眉训斥："我都说多少遍了，吃饭的时候不要玩手机！我告诉你，再这样下去，迟早有一天，你会死在手机上！”

梁药打字的手指顿了顿，“啧”了一声，压抑住内心的烦躁，站起身来，说：“行吧，我不吃了，你们慢慢吃。”说完，她抬腿就走。

“站住！”梁母也站起身来，横眉怒斥，“我才讲你几句，你就受不了了？我哪里说错了？你看看你现在，不好好读书，没日没夜地玩电脑、玩手机，天天到处鬼混，像话吗？我还以为你去B大后能改改你那副臭德行，没想到还是老样子！出了门，我都不好意思说你是我的女儿！”

“那你别说不就行了。”梁药冷着脸转回身去，背对着她，淡淡地回道，“反正，你有梁雯做你的女儿就够了。”

她走后，餐厅陷入了长久的沉寂。

梁母气得说不出话，梁雯和梁远国面面相觑，都叹了一口气。

梁药回到房间后仰躺在床上，对着天花板发了会儿呆，然后才慢吞吞地爬起来，把床底下囤的一箱零食搬出来，从德芙到奥利奥，再到可可松露小蛋糕，一应俱全，还有一箱巧克力牛奶。

全都是巧克力味的食物。

梁药打开一包威化饼干，边吃边继续回复客户们的消息。

过了半个小时，她才和所有人敲定好细节，并收取了定金。

对话结束时，她已经吃了五六包饼干，差不多吃饱了。她清理掉垃圾，拆开一盒牛奶，打开电脑，看了看文件夹，还有二十多张订单没处理。

——真是要命。

她吸了一口牛奶，皱起眉叹气，烦躁地抓了抓头发。她静不下心来，集中不了注意力就没有灵感，什么都不想画。

说起来，她已经好久没直播了。

梁药摸了摸下巴。这个时候，就应该让小天使们给她爱的温暖。

说干就干，她打起精神，起身坐到梳妆台前，化了个美美的妆，然后回到电脑前，打开了直播间。刚一进去，屏幕上就跳出了弹幕。

“哇！药药，你终于想起你的密码了吗！”

“撒花，失踪人口回归！”

“药药竟然开了摄像头，我的女人还是那么美！”

“有的人长得好看还会画画，我只会馋。”

随着时间的推移，弹幕越来越多。

梁药笑了笑，对着麦克风说：“抱歉啊，我最近学业繁忙，抽不开身，等过了这个月就好了。”

弹幕一片祥和——

“没事没事，药药千万别累着，要多注意身体呀！”

“这个月还有时间吗？我想约稿！”

“我也是我也是！不过，我知道我肯定约不上……”

“对了，药药，粉丝数已经破十万了，你什么时候让我们看你素颜的样子啊？”

梁药逐一回答着问题，看到这条弹幕时愣了，说：“我有说过吗？”

“你说过，粉丝数破十万就给我们看素颜的样子，我还录下来了！”

“就是就是，我也记得！”

“截图为证！”

他们这么一说，梁药记起好像是有那么一回事。当初她还是个小透明，为了涨粉，什么海口都夸下过，她都忘了。不过，承诺还是要兑现的。

“素颜有点儿不好办，”她想了想，“要不这样，我随机抽三个人送头像稿吧。”

“不行，我就要看素颜！”

“素颜！”

瞬间，弹幕全成了“素颜”二字。

——如果时间能重来，她宁愿睡觉也不会选择开直播。

楚昼到家的时候已经晚上九点多了，舒又曼正在沙发上煲电话粥。

“我告诉你件事，你别被吓着……对，没错，就是我儿子，他有女朋友了！真的，我没骗你。他今天还把人带到家里来了，长得可水灵了！”

舒又曼“疯”了——这是全家上下的共识。她现在整个人容光焕发，逮着一个人就要分享她即将成为婆婆的喜悦，激动之情溢于言表。

刚回到家的楚父听得一愣一愣的，也很激动。他一把抓住路过的楚昼，声音颤抖地问：“儿、儿子，你真的……有了？”

——有你个大头鬼。

楚昼面无表情地甩开他的手，拿着衣服去浴室洗澡了。

楚昼出来时已经晚上十点了，他打算回房睡一觉——虽然很可能睡不着。他的黑发还湿着，搭在额前，发梢的水珠顺着脖子落入衣服里。他一边拿毛巾擦着头发，一边漫不经心地想着今天用哪本书助眠，脑海里忽然浮现出梁药的脸。

女孩的脸只有巴掌大小，瓷白小巧，漂亮的眼睛总是弯弯的，盛满着笑意。一想到她，楚昼就不可控地想到了那个吻——温热而柔软，混着玫瑰花露的甜香。

楚昼闭了闭眼，觉得今天无论看多少本书都没用了。

这时候，赵亿豪的电话打了过来。

楚昼刚接起电话，就听到他在尖叫：“阿昼阿昼，你在吗？！”他语气激动得像是发现了什么不得了的秘密。

楚昼才不会回答这种无聊的问题，直接问：“什么事？”

赵亿豪语无伦次地说道：“就……我刚刚，像平常一样看游戏直播，结果不小心点进了绘画区，你猜，我看到谁了？”

楚昼一点儿都不感兴趣，玩笑着说：“你妈？”

“对，就是……呸，才不是！是我女神！”赵亿豪还在尖叫，“就是梁雯，她竟然还是一名绘画主播！”

楚昼愣了两秒，把门锁上后才平静地问：“在哪里看直播？”

赵亿豪报了一个软件的名字。

楚昼挂了电话，到床边坐下，拿手机下载了那个软件。打开软件后，他进了绘画区，里面有几百人正在直播，楚昼径直点开了排在第一位的直播间——据赵亿豪说，人气最高的就是她。

直播间名叫“药药的小画室”。此刻，有六万多人在看她的直播，而绘画区人气排名第二的直播间只有五千多人观看。

梁药喝着牛奶，没看镜头，长发随意地散在肩头，衬得那张脸更小了。

“啊啊啊——我死了，我终于看到药药素颜的样子了！药药竟然这么漂亮，根本没必要化妆嘛！”

“我还以为会很丑，结果……”

“不愧是我的女人！”

“啊啊啊——药药，妈妈爱你！”

药药……楚昼注意到了这个称呼，心想：是昵称吗？

他看着屏幕里的女孩，觉得有点儿不真实。他从来没想过她还是个主播，还有……她平时都会化妆吗？

楚昼若有所思，发现自己好像从来没有真正了解过她。

“药药今天画什么？”

“嗯……今天不画画稿了，我随便画一个人吧。”

不知道是不是楚昼的错觉，她说话的语气好像要比平时冷一点儿，还带着几分慵懒。

弹幕里一片叫好声：“期待期待！”

楚昼看到她切换了镜头，屏幕里出现了她绘画的界面。

她真的开始画画了。这个过程比较枯燥，弹幕也慢慢减少了。

楚昼静静地看着她勾勒出一个人的轮廓，竟然也没觉得无聊。

随着时间的流逝，她画的人逐渐清晰起来——温暖的午后，明亮的教室里，少年撑着下巴，无聊地看着黑板，表情漠然。

楚昼一怔，很快认出——她画的人是自己。

弹幕又多了起来——

“这个小哥哥好帅啊，画得好逼真！这是我第一次看药药画水彩画。这是你男朋友吗？”

“我赌一包辣条，药药绝对喜欢他！”

楚昼心中微微一动，却听到梁药否认：“不是，他是我的新‘儿子’。”

楚昼：“……”

梁药又说：“他叫二狗子。”

弹幕瞬间刷屏了——

“哈哈哈，出现了！药药独特的取名方式！”

“继一根筋、二傻子后，二狗子终于诞生了！热烈欢迎！”

“当药药的崽崽真可怜，哈哈哈！”

不得不说，梁药的画画水准还是很高的，画到一半就有人想买。

梁药却说：“我的‘儿子’是非卖品，就算再穷，我也不会拿‘亲生骨肉’去换钱。”

楚昼听到这里，心情莫名舒畅了一些。

直到有个富婆发了条弹幕：“我出六百块！”

梁药马上改口：“私信我，我们加个好友详谈。”

梁药自认是非常宠粉的主播，虽然现在暴露素颜有点儿危险，但楚昼那种老古董应该不会看直播，所以，她便没什么顾忌地卸妆了。

她今天确实没什么心情画画稿，干脆想到什么就画什么，开心嘛。

她第一个想到的人就是楚昼。那张脸，不当素材简直太浪费了。

在此之前，梁药已经画了两个“儿子”——是时候给他们添个弟弟了。于是，二狗子就这么诞生了。

正当她暗喜时，却看到了一条新的弹幕：“我出一千块。”

梁药欣喜若狂——“儿子”，你太争气了！

同时，梁药在后台收到一条私信，内容是一个微信号。梁药迅速加了那人的微信，对方的头像和昵称都是两个字母——“CZ”。

——感觉酷酷的。

梁药没想那么多，好友申请通过后，她立刻给对方发消息：“小可爱，事先声明一下，我自认为那幅画是不值一千块的，但如果你真的那么喜欢，我也不是不能忍痛割爱。”

对方沉默了许久，回道：“小可爱？”

——重点是这个吗？

梁药又回：“抱歉，这个是我对客户的常用称呼，如果你听着不舒服，我可以换成别的。”

CZ：“不是二狗子吗？”

“啊？”

“你刚刚，不是还在叫我二狗子吗？”

梁药看着对方发来的消息，好半天都没反应过来这是什么意思。什么叫她刚刚还在叫他二狗子？二狗子明明是她给新“儿子”起的名字！

等等！梁药睁大了眼，想到了一个微乎其微的可能性。

对面的人……该不会是楚昼吧？！

她后知后觉地发现他的微信名刚好就是“楚昼”两个字的缩写字母。

梁药咽了咽口水，试探地问：“昼昼？”

“CZ”毫不领情地反问：“不是你儿子了？”

……这是什么离奇的世界？概率这么低的事都被她碰上了？

对面，楚昼发完那条消息后就没动了，他靠着床头，静静地看着手机，耐心地等待着她的回复，他倒要看看她这次要怎么圆。

可不知怎的，五分钟过去了，对面的人一点儿动静都没有。

楚昼微微皱眉，实在等不下去了，便又发了条消息：“说话。”

系统突然跳出一行字——“对方开启了朋友验证，你还不是他（她）朋友。请先发送朋友验证请求，对方验证通过后，才能聊天。”

楚昼有点儿蒙。生平第一次，他竟然被好友删掉了。对方甚至连声招呼都没打，没留下只言片语，干脆利落。

对面的梁药惊魂未定，连忙喝了几口牛奶压惊。

这是她本人的微信号，也是她唯一的微信号，里面有很多私密信息，朋友圈里甚至还有几张她和梁雯的合照。

如果楚昼闲着没事翻一翻，那她的一切都会被他发现。

现在好了，他不仅知道了她是个学渣，还发现了她会画画，是个主播，说不定，他连她以前录制的视频都看了，那可是她带妆录制的！

想到这里，她立刻回到电脑前，忍痛把以前上传的美妆视频全都删了，坚决不给楚昼留下半点儿影像信息。

可能已经晚了，她只能暗暗祈祷他还没看到。

梁药叹了一口气，有些装不下去了。她已经暴露了这么多，楚昼要是哪天知道梁雯有个双胞胎姐姐，估计就知道真相了。

毕竟，他的智商比普通人要高很多。

她必须努力补救回来！

梁药拿过手机，登了梁雯的微信号。梁雯很早就把微信号和密码给她了，为的就是加楚昼微信好友这一天。

她以梁雯的身份重新向他发送了好友申请：“刚刚是我的小号，这才是我的大号，求通过。”

两秒后，系统提示：“对方已拒绝。”

梁药重新组织语言，又发了一次好友申请：“昼昼，我错了，我再也不敢了，我给您磕头认错。”

正当梁药绞尽脑汁哄楚昼时，房门被人敲了敲。

“姐姐，你睡了吗？”

梁药一愣，起身去开门，便看到梁雯抱着枕头站在门口。她眼泪汪汪地看着梁药，样子十分委屈，惹人怜爱。可对着这张脸，梁药一点儿感觉都没有，毕竟，她看梁雯就跟照镜子似的。

“什么事？”

梁雯嘟嘴道：“今晚，我想和你睡，我们好久没一起睡过觉了。”

“别。我睡得很晚，会打扰你休息。听话，快回房间。”

“可是，我有很多话想和你说啊！”梁雯蹙起眉，“姐姐，你不觉得，自从上了大学后，我们的距离就越来越远了吗？以前，我们俩的感情明明那么好，现在你都不怎么理我了！”

“很正常吧。”梁药垂眼，淡淡地道，“我们上了不同的学校，认识了不同的人，处在不同的圈子里，过着完全相反的生活，哪里还有什么共同话题？”

“可是……”

“你不用想那么多。”梁药打断她的话，轻轻地笑了声，“爸妈的话，听听就得了，别放在心上，你好好读你的书就行。”

“你们永远都把我当小孩子。”梁雯瘪着嘴，一脸不服气。

“行了行了，快回去。”梁药挥手赶人，顿了下，又道，“对了，关于楚昼，我还得和你报备一下。”

“什么？”

“我不小心把你塑造成了学渣人设，并且还让你拥有了绘画技能。”梁药不好意思地一笑，“你有空可以练习一下画画，以后别穿帮了。”

“……”

梁雯闷闷不乐地回到房间。她不开心倒不是因为要练习画画，她本来也会一点儿。

小时候，梁母把她们管得很严，给她们报了无数的兴趣班，什么书法、画画、钢琴、跆拳道。

梁雯很听话，一直都是乖乖女，所有的课都会去上，什么都会一点儿，只是学得不深。梁药就不一样了，她从小就很有主见，只对画画和跆拳道感兴趣，经常逃掉别的课去上这两门课，所以学得更精。

不知从什么时候开始，两人之间的隔阂越来越深了。

梁雯有些伤感，把枕头扔回床上。

今天，梁药难得帮她写了B大的作业，一时之间，她无事可做。

梁雯实在无聊，蹲下身子，从床底翻出一个箱子，里面装的是她们初中时的课本。

梁雯翻了一会儿，怀念着她们青涩的过去，怎么也想不通为什么她们之间的距离越来越远了。突然，她看到语文课本上歪歪扭扭地写了一首诗——《我的傻妹妹》。

我有一个傻妹妹，傻呀傻妹妹。

她长得聪明又漂亮，但是她很傻。

她学习成绩顶呱呱，可她还是傻。

全家上下最宠她，幸好她很傻。

看完后，梁雯陷入了沉默，然后把东西都装回了箱子里。

梁雯骗了梁药，其实，她在D大的日子也不怎么好过。虽然没有人敢欺负她，但教室的装修、上课的氛围，还有老师的教学质量，和B大比，简直是一个天，一个地。

每天上课时，教室里都乌烟瘴气的，大部分学生玩着手机，剩下的人睡觉的睡觉，聊天的聊天。老师的课讲得也敷衍，都是走个流程，完成任务，完全不管学生的感受。

一次高数课的小测验，梁雯一不小心考了全班第一。她永远不会忘记周围的人望向她时像见了鬼一样的表情。

王芹芹在旁边“恨铁不成钢”地道：“我不是说了吗？不要认真考！你姐的数学成绩就没上过三十分！”

梁雯十分委屈：“可我只答了选择题！”她真没想到自己只答选择题还能得第一。

“你知道D大是全市最差的大学吧？”

“我知道啊。”

“那你知道我们班是全校最差的班吗？”

从此，梁雯收起了作为优等生的尊严，战战兢兢地过日子。

可没过几天，她上完厕所回教室时，旁边突然蹿出两个男生，一人抓住她的一只胳膊，拽着她走。

“你们是谁？”梁雯吓得花容失色，“你们想干吗？救命啊！”

“喊什么喊，我们老大找你！”其中一个男生瞪着她道。

梁雯迅速反应过来——这是梁药留下的烂摊子。她真是哑巴吃黄连——有苦说不出。

两个男生把她拽上了天台，说着黑社会一样的台词。

“老大，人带来了。”

梁雯怯怯地抬头，看到一个瘦高的少年靠在栏杆上抽烟。他穿着黑色外套，染着一头银色头发，不过，那张脸竟意外地不难看，剑眉星目，十分俊朗。除了他之外，旁边还有几个打扮得不三不四的男生，好像都是他的小弟。

梁雯傻傻地看着陌生的少年，不知道该说什么。

如果梁药在这里，一眼就能认出这个少年是D大的林韩熙。之前，他班上的女同学和梁药发生了一点儿纠纷，他带人来，反被梁药一脚踹出教室，从此两人结下了梁子。

梁雯没听梁药说过这事，不认识林韩熙。她一边想着从这里逃走的办法，一边努力地对他笑。

“那个，你找我有什么事吗？没事的话，我就先回去了。”

“回去？你走一步试试。”林韩熙抬头看向她，弹了弹烟灰，吊儿郎当地走过来，笑容痞痞的，“梁药，我总算逮着你了。我早就和你说了，上次的事没完。”

梁雯看到他靠近，吓得连忙后退：“你、你想干吗？”

“当然是打架啊。”林韩熙的嘴里还叼着烟，他捏了捏拳头，似笑非笑地看着她。

一般来说，他怎么也不会和一个女孩子计较，可是梁药在他眼里根本就不算女的。哪个女的会踹人，会拿铁簸箕当武器打人？

想到曾经受过的屈辱，林韩熙的表情淡了下去，又往她那边走了几步。

见他要来真的，梁雯吓得结巴起来：“你、你别过来，我不会打架！”

她不断地往后退，忽然脚下一滑，好像踩到了什么。她低头一看，她的脚下竟有一只灰黑色的老鼠！

“啊！”梁雯的脸色瞬间变得煞白，她发出惊天动地的尖叫声，不顾一切地往前冲，一头撞进林韩熙的怀里，抱着他惊慌地道，“老鼠！有老鼠！”

周围陷入了寂静。

小弟们震惊地看着钻入老大怀里的小姑娘，眼珠子都快瞪出来了。

那个横行霸道、打败过老大的女魔头，竟然怕老鼠？

林韩熙愣住了，嘴里的烟也吓掉了。一开始，他见她冲过来，还以为她是要揍他，他都调整好防御姿势了，结果她完全不按常理出牌，紧紧地贴了过来，用纤细的胳膊圈住了他的腰，把他弄蒙了。

——这是美人计吗？

换个角度看，这种攻击比上次那一脚还有效。

林韩熙望向她所说的老鼠——它一动不动地趴在地上，已经死了。

梁雯缓过神来，发现自己抱着那个男人，连忙撒手，说："对不起，我不是故意的，是老鼠太可怕了。"

林韩熙开口道："它已经死了。"

"那也可怕。"

"……"

梁雯见他一脸探究地看着自己，似乎还是不打算放过自己，便咬了咬牙，把一切都招了："那个，我不是梁药，我是她的妹妹梁雯，我们是双胞胎，你找错人了。"

梁雯没告诉对方她们交换的真正原因，只说是为了体验对方的生活，一个月后就会换回来。

"就是这样。你要找她的话，等一个月后吧。"

梁雯交代完，转身想走，却被对方叫住了："等一下。"

"干吗？"

林韩熙眯着眼问："你是B大的？"

"是啊。"

"那你的成绩好吗？"

"……还好吧。"

林韩熙勾唇一笑："既然这样，那我以后的作业都交给你了。"

"我为什么要帮你写作业？"梁雯瞪大了眼睛，她还从没遇到过这么不可理喻的男生，"我都说了，我不是姐姐！"

林韩熙一脸无赖样，懒散地开口："你一说我就信？这种事要拿出证据来，如果你能把我的作业都写对，那我就相信你。"

他还特别强调："是每天的作业哦。"

梁雯生气地道："我要是不写呢？"

林韩熙一笑，说："那我就把你不是梁药的事公之于众。"

被捏住了把柄的梁雯无话可说。

就这样，梁雯水深火热的生活开始了。

有一天，她实在憋不住了，跑去问梁药："姐姐，如果有男生欺负你，你会怎么做？"

梁药挑眉道："当然是欺负回去咯。有人欺负你？"

"没，我就是问问……"梁雯不敢告诉她真相，"能不能教我一两招？"

"我想想啊。"梁药沉吟一会儿，找来了一个大的兔子玩偶，"假如这个兔子是男人，耳朵是他的头发……"

她迅猛地抓起兔子的耳朵，将它的脑袋往墙上一撞。

"看清楚了吗？"梁药边示范边解释，"先让他和墙亲密接触，然后再出脚，踹他的肚子。"

梁雯看着被蹂躏得惨不忍睹的兔子，沉默了几秒。

"当我没问。"

第五章
你敢喜欢别人试试

不只是梁雯，梁药的生活也十分水深火热。最近，楚昼又不理她了，似乎是她画的“二狗子”给他带来了严重的“心理创伤”。

“对不起，我错了。”下课的时候，梁药缠着旁边的少年，软声哄道，“我真的不是故意叫你二……”

楚昼的笔尖一顿。

“那、那个的。”梁药及时改口，“这真的只是我的个人习惯，我的上一个‘儿子’还叫二傻子呢！”

“……我没有生气。”楚昼转过头，终于愿意理她，他抿着薄唇看着她，眼睛黑沉沉的，“我只是不喜欢别人骗我。”

“我骗你什么了？”梁药眼皮一跳，理直气壮地反问。

楚昼答不出来。

确实，她好像没骗过他，无论是画画，还是当主播，她都只是没告诉他而已，可是……楚昼直直地看着她，缓缓地开口：“我总是有一种感觉——你说的每一个字都是在骗我。”

多么可怕又敏锐的直觉啊，不愧是学神。

“一定是你想多了。”梁药故作轻松地说道，“你不是很讨厌女的吗？所以，你对女生天生就有种不信任感。”

“也许吧。”楚昼轻描淡写地回应，并没有纠结于此。

“那我们可以把微信好友加回来吧？”梁药喜滋滋地发送了好友申请。

“嗯。”楚昼拿出手机，“但是，我只加你的小号。”

梁药笑容一僵，问：“小号是指……”

楚昼慢条斯理地道："就是你删了我的那个微信号。"

梁药收起笑容，一本正经地说："我觉得同桌之间应该多点儿信任。"

"你是女的。"

梁药气不过，说："你昨天还说我是男的呢！"

"昨天是昨天，今天是今天。"

梁药被气得说不出话。

楚昼微微扬眉，问："还加吗？"

"不加了。"梁药"嘁"了一声，玩起了手机，"谁稀罕。"

楚昼没有强求，把手机放回抽屉里，淡淡地说："看来，同桌之间并没有信任可言。"

梁药正生着闷气，王芹芹发来了微信消息："在吗？有件事，我不知道当讲不当讲，你听了应该会很生气。"

梁药趴在桌上，无精打采地回："什么？"

王芹芹："那个疯狂追求你的酒吧老板罗穆来找我了。"

梁药顿时生出了不好的预感。

王芹芹："他问我你在哪儿。我本来是不想告诉他的，但他实在太烦人了……我一不小心就招了。他现在应该在去往 B 大的路上。"

"什么？"梁药惊得从座位上弹起来，"多久了？"

"有半个小时了吧。"

梁药："你怎么才告诉我？！"

王芹芹："我在组织语言。"

梁药刚想问她是不是故意的，教室的门突然被人一脚踹开，面色阴沉的罗穆出现在门口。他一身黑衣，难掩戾气，与这里的学习氛围格格不入。

"梁雯在吗？"他冷声问道。

全班人齐刷刷地望向梁药。

楚昼抬头看了罗穆一眼，皱了皱眉。梁药默默地捂住了自己的脸。

罗穆顺着众人的目光看到了梁药。一开始，他还有些惊讶，他从没见过梁药素颜的样子，没想到这么清纯动人。但他很快反应过来，冷着脸，大步走过去，命令道："跟我走。"

"你是谁啊？我不认识你。"梁药眨巴着眼睛装无辜。

"别装了，快给我出来。王芹芹说你在这里追男人，这像什么话！"

罗穆的脸色很不好看，伸手想要拽她出去。

梁药刚要躲，一只手便紧紧地扣住了罗穆的手腕。

“你动她试试？”

楚昼看着罗穆，眼睛漆黑而冰冷，低沉的嗓音透着几分阴郁。

罗穆冷冷地看向楚昼，说：“小屁孩，我和她的事，你管得着吗？”

楚昼沉静且坚定地看着罗穆回道：“她是我的同学。”

“同学……”罗穆觉得特别可笑，“你知道她是谁吗？”

这个突然闯进教室的男人体型高大，棱角分明，煞气十足，看着就不像是好人。他明显是冲着梁雯来的，也不知道梁雯这样文静柔弱的小姑娘哪里惹到了他。

班里的人安静极了，没人敢作声，怕引火烧身，只有几个男生偷偷从后门溜出去找老师。

“你什么意思？”楚昼看着罗穆，微微眯眼，脸色冷下来，一字一顿地问道，“什么叫我不知道她是谁？”

“这不是明摆着吗？”罗穆甩开他的手，冷笑一声。

听说梁药来B大上学的事，他本就极度不爽，现在见她身边还坐着个长得不错的小白脸，他更是怒火难耐，打算说出真相：“坐在你旁边的人根本就不是——啊！”一本书砸到他的脸上，打断了他的话。

“谁！”罗穆刚张开嘴，又砸来了一本书，这回正中他的脑门。

所有人都愣住了，只见梁药冷着脸，不停地往罗穆身上扔书。

刚刚还威风凛凛的男人见到梁药朝他扔书，一下就没了气焰，有些狼狈地躲闪着，无奈地央求道：“姑奶奶，别扔了，你的胳膊不酸啊？我错了，行了吧。”

梁药心情很差，冷冷地看着他，扬起下巴，指了指门口，命令道：“这里是学校，来这里闹事，你有病吧？赶紧的，滚出去。”

她一点儿面子都没给他。这世上，也只有她敢这么和他说话了。

罗穆忍了忍，说：“那你……”

“我随后就来。”梁药不耐烦地摆摆手。

于是，众人惊奇地看到男人一声不吭地出去了。他被“梁雯”骂得服服帖帖的，没有任何怨言。“梁雯”也太厉害了，竟然能制服这种男人！

梁药哪有空管别人怎么想，她皱起眉头，拍了拍楚昼的肩，说：“让让，我出去一趟。”

楚昼看着她，唇角紧抿，没有要动的意思。

“我只是出去一下，马上回来，不用这么看着我吧？”梁药敏感地察觉到他生气了，可现在，她也只好耐着性子哄他，“昼昼，拜托啦，起来一下好不好？”

楚昼没起来。他不仅没起来，还故意往后一靠，用背抵住了后面的桌子，完完全全地堵住了她的去路。

“你故意和我作对？”

“上课了，学生不能随便出教室。你忘了我是班长？”

……平时怎么没见你管过谁？

梁药没耐心了，弯下腰在他的耳边小声威胁：“你要再不让开，我就像上次那样亲你了！”似乎是觉得话不够狠，她又恶狠狠地补了一句，“我会在全班人的面前亲你的嘴！”

和她预料的情况相反，楚昼没躲开，反而微微一愣，平静地看着她说：“来吧。”

她见楚昼软硬不吃，实在没办法，从桌子上翻了出去。

楚昼见她急匆匆地冲出教室，微微抿了抿嘴，眼眸阴沉。

罗穆在教室门口等得不耐烦，见梁药终于出来了，脸色才缓和了一点儿。他还没来得及开口，她就抢先质问了一句：“你来干什么？”

“当然是来找你。”罗穆沉着脸道，“要不然，我跑这么远来重温校园生活啊？我有病？”

梁药“嗬”了声：“你本来就有病。”

罗穆深吸一口气，说：“我还想问你呢，你知道你在干什么吗？”

梁药想也不想便说：“你管我啊。”

罗穆一噎。

罗穆顿了顿，说：“不管你在干什么，赶紧脱身，别追什么男人了，留在我身边就行。”

梁药抚额，无奈地说：“我说过很多遍了，我不喜欢你，现在也没那个心情谈恋爱，你怎么听不进去我的话？”

“我哪里不好，让你这么嫌弃？”

梁药脱口道：“你霸道幼稚，狂妄自大，大男子主义，控制欲强，拽得跟二五八万似的，每次看到你我都想打你！你都快三十岁的人了，能不能别每天想着老牛吃嫩草，我又不是‘大叔控’！”

“……你是不是每天都在心里骂我？不然怎么能骂得这么顺？还有，我才二十六岁，怎么就快三十岁了？”

“四舍五入一下不就是了？”梁药摆摆手，“好了，你赶紧回去，以后别缠着我了，要不然，我们连朋友都没得做。”

“我才不要。”罗穆“哼”了声，“刚刚那个小白脸就是你要追的人？如果我把真相告诉他，你说，他会是什么反应？”

梁药眯着眼道：“你威胁我？”

“是又怎样？”罗穆耍起无赖，“不希望我说出去，你就跟我走。”

“随便你去说。”梁药冷笑道，“你要是真这么做，我这辈子都不会再见你，我说到做到。”

罗穆心头一震，知道她不是在开玩笑，论狠心，谁都比不过她。

“算你狠！”他抓了一把头发，咬牙道，“不过，我不会这么轻易放弃的。体验生活是吧，我等你体验完。到时候，你给我等着！”说完，他就转身离开了。

梁药见他终于走了，微微松了一口气，转身回了教室。

她一推开门，几十道目光便射了过来，不过，她并不在意。她摆出个笑脸走到楚昼旁边，说：“昼昼，我回来了，能不能让我进去啊？”

楚昼在看书，闻言，他抬头看了她一眼，神情比之前更冷淡了。

梁药一看就知道他的气还没消，她默默地退后两步，正打算再次爬桌子时，楚昼却忽然一声不吭地站了起来。

梁药有些惊讶，很快开心起来。她眉眼弯弯地道谢：“谢谢啊，我就知道，你对我最好了。”

楚昼坐下后沉默了几秒，问：“刚刚那个男的是谁？”

“他是我姐姐的朋友，因为找不到我姐了，所以来问我姐姐的下落。”梁药半真半假地道。回来之前，她已经找好了理由。

楚昼的脸色却更加阴郁了，他说道：“你说谎，他就是来找你的。”楚昼肯定地说。他又不瞎，那人对梁药的占有欲都写在脸上了。

他沉声问道：“你们是什么关系？”

“我……”梁药张了张嘴，想找个借口搪塞过去。

楚昼见她的眼珠转得飞快，就知道她又想撒谎，他的脸色彻底沉了下去：“我说过，我讨厌别人骗我。你要是不想说，可以直接说‘我不想告诉你’，没必要说谎。”

梁药沉默了三秒，真诚地说道："那，我不想告诉你。"

梁药感觉自己说完这句话后，楚昼好像更生气了。他的脸绷得紧紧的，细细地盯了她一会儿，然后转过身去，不理她了。

梁药一头雾水。

不是你说我可以拒绝回答的吗？怎么还生气了啊？男人心，海底针。

"不理我就不理我，有本事，你这辈子都别再看我一眼啊！"梁药也是有脾气的，见哄不动他，干脆就不哄了，转过头去，不再看他。

真是惯的，她以前对谁这么低声下气过？

之后，两人都没有再说一句话，开始了冷战。

曹博小声问赵亿豪："你怎么看？"

"能怎么看？"赵亿豪毫不在意，低头玩着游戏，"小两口吵架，床头吵，床尾和。多吵吵还能增进感情，随他们去吧。"

就在这时，台上的老师说要找三位同学上台做题。他在黑板上出完了第一道题，题目里有一长串的数字和字母符号，看起来很难。大家都默契地低下头，放轻呼吸，想要降低存在感。

老师看了一圈，找到了理想人选。

"这道题有点儿难，梁雯，你上来做一下吧。"

梁药在心里叹了一口气，不情不愿地站了起来。她想向楚昼求救，但想到他们此刻还在冷战，便咬牙放弃了。

她不仅有脾气，还有尊严！

梁药慢吞吞地上去了。

楚昼抬起头，只看到了她悲壮的背影。

梁药捏着粉笔站在黑板前，漫不经心地看着题目。她能感觉到台下有无数的视线聚焦在自己身上，好在她脸皮厚，能忽视掉。

一旁，老师出完了第二道题，说："我再找一个同学，第二题……咦，楚昼，你竟然会主动站起来？真难得，那就你来吧。"

梁药一愣，身旁有清冽的风经过。楚昼站到了她旁边，手里同样捏着粉笔，已经开始解题了。他目不斜视地看着黑板，薄唇却轻轻地张开了，轻轻吐出两个字："不会？"

他的嗓音低沉，只有他们两个人能听到。

他是特意为她上来的！梁药被感动了。

多么伟大高洁的人啊！他们还在冷战，他竟然不计前嫌、不惧艰难地给“敌人”送温暖！她错怪他了，她不该那么小心眼，她对不起他！

“嗯，不会。”梁药凑近他，老老实实地承认。由于被感动了，她的声音都变得柔软多了。

楚昼淡淡地对她说：“我会。”

梁药有点儿激动，说：“我知道你会！”——赶紧的，报答案啊！

楚昼不疾不徐地做完了他的题，扔掉粉笔，说：“我不想告诉你。”

好耳熟的话。不久前，她刚说过一模一样的话。

楚昼潇洒地走了，没有一丝迟疑。

梁药反应过来了——他是在报复她！他上来只是为了羞辱她！怎么会有这种人？

梁药痛定思痛，觉得不能和楚昼计较。她好不容易才让楚昼对自己有了好感，不能功亏一篑，一定要趁此机会把他拿下！

放学后，她又厚脸皮地跟在楚昼的屁股后面，说：“昼昼，你今天真的很奇怪，好端端地，生什么气啊？我到底哪里惹到你了？”

梁药偏头看着他没有表情的脸，笑道：“喂，你不会是吃醋了吧？”

她不过是随便一猜，内心并不觉得他们的关系足以让他吃醋，可话音一落，她就看到楚昼的表情微微一僵，神态变得有几分不自然。

梁药睁大了眼睛，问：“你真的吃醋了？”接着又兴奋地问，“你真的喜欢上我了？”

“没有。”

“喜欢就喜欢嘛，有什么不好意思承认的？”梁药兴奋得忘乎所以，她觉得，再添一把火，自己就能功成身退了。

“喜欢我又不丢脸，我这么漂亮，哪里配不上你了？你要再不接受我，我就去追别人了！”

话音一落，楚昼的脚步猛然顿住。

梁药猝不及防，撞到了他的背。她喊道：“啊！你停下来干什么？”

楚昼转过身看着她，眼神十分危险。

“刚才的话，你再说一遍。”

“说就说！”梁药毫不畏惧，“我也是有人追的好不好？别以为我会吊死在你这棵歪脖子树上。你要是再不答应我，我就去找别人——”

她还没说完，脸就被重重地捏了一下。少年不爽的声音在她耳边响起。

“你敢喜欢别人试试？”

“你、你这话是什么意思？”梁药盯着楚昼，不敢眨眼，心猛然加速跳动，像是要跳出胸口一般，紧张又期待。

“字面意思。”楚昼看她那么开心，脸色缓和了一些。他没有收回手，又捏了捏她的脸。这次，他的力道不是很重，比起刚刚的警告，这次的举动更像是亲昵的示好。

她的脸光滑细腻，他舍不得放开手。

楚昼又低声说道：“除了我，你不准喜欢别人。”他的嗓音低沉，有些撩人，虽然话说得强势，语气却很温柔，不会让人有被强迫的感觉。

梁药一直都知道，楚昼是个温柔的人。虽然他看起来冷酷，让人望而生畏，但深入接触后，她发现他的脾气比她认识的大多数男生都要好。

他似乎没有要撤手的意思，从捏她的脸变为摸她的脸，又从她秀气的眉毛慢慢地摸到她小巧的鼻子。

这是什么情况？怎么一下子发展得怎么快了？

梁药不自在起来。再怎么说，眼前的人都是她未来的妹夫，她可从来没想过要占他的便宜，之前亲他也是迫不得已的。

她还在纠结怎么脱身，却感觉到他的手已经滑到了她的嘴唇上，他的指腹不轻不重地在她的下唇瓣上蹭了一下。

梁药的身体僵住了，再也顾不上别的，猛地侧过头，与他拉开了距离，问：“你干吗？”

楚昼微微扬眉，神情自然地收回手，问：“你不是喜欢我吗？”

“可是光天化日之下，旁边人来人往的，你不觉得不好意思吗？”梁药从来不知道他还有这么直接的一面，“而且，我们还没确认关系吧？”

楚昼垂眼看着她，很有耐心地问：“你想怎么确认关系？”

“当然是你告白，我接受，然后再正式开始交往啊！”梁药有点儿崩溃，“哪有人什么都不说就上手的？你是渣男吗！”那些让人害羞的事，能不能等真的梁雯回来了再做？！

楚昼沉默了一会儿，说道：“要交往也可以，但我有条件。”

“你还敢有条件？”梁药瞪他，“是谁追谁啊？”

“不是一直都是你追我？”

梁药憋屈地问道：“什么条件？”

只要答应了这件事，她就可以解放了。反正，完成条件的人是梁雯，又不是她。这么一想，她的心情又好了起来，于是她真挚地说道：“你想要什么，我都给你，就算是天上的星星，我也给你摘下来！”

“不用那么麻烦。”楚昼不紧不慢地道，“你只需要诚实地告诉我，下午来的那个男人是谁。”

梁药一怔，下意识地回答：“他是我姐姐的……”

“我说了，要诚实。”楚昼打断她，“别想着骗我，我分得出来真假。”

梁药咬咬牙，说：“反正无论我说什么你都不会信！”

楚昼平静地说道：“谁都能看出你和那个男的关系匪浅，我合理怀疑，他是对你死缠烂打的前男友，或是和你藕断丝连的还没分手的现男友。”

“……”

“而你还天天对我示好，明显就是吃着碗里的，看着锅里的。”

“……”

“渣女。”

“我才没有！我和他真的没关系，是他缠着我不放。你爱信不信！”

楚昼勉强认可了这个解释，说：“那我换个问题。”

梁药没好气地道：“什么？”

“他之前说的那句‘你知道她是谁吗’是什么意思？”楚昼盯着她的脸，郑重地问道。

真会挑重点。罗穆说了那么多句话，你怎么偏偏记住了这句？梁药现在真的怀疑楚昼生来就是克她的，和他多说几句话，她都会折寿几年。

“……我觉得，他应该是想说——”

梁药是经过大风大浪的人，怎么会被一句话打倒？她接着说道：“你知道她是谁吗？你这种只会读书的小白脸怎么配得上她？！也不撒泡尿照照，看看自己是谁！”

“……这是你的心里话？”

梁药干笑道：“怎么会，我只是代入他的性格，对他的话进行补充。”

“我看你的表情好像挺赞同这些话的。”

“……这是你的错觉吧。”梁药咳了一声，“好了，回到正题上，你到底答不答应和我在一起啊？”

楚昼沉默了几秒，缓缓地摇头，说：“暂时不行。”

“什么？”梁药气得牙痒痒，“你刚刚都摸我的脸了，还不打算负责？”

果然是渣男！

“我总感觉，我一答应你，你就会离我而去。”楚昼淡淡地解释。

这个男人的第六感怎么比女人的还恐怖？

“所以，我觉得，我们还是暂时互相观察一段时间吧。”楚昼下了结论。

梁药郁闷地问：“要观察到什么时候？”

“一个月后吧。”

梁药憋着一肚子火回了家，吃完饭才勉强消了气。回到房间，她重新整理了一下追楚昼的事情，觉得这样下去是不行的。

毫无疑问，楚昼喜欢上她了，她跟他确定关系只差临门一脚了，可不知道为什么，他的疑心那么重，不肯接受她。

虽然楚昼喜欢上了她，但是好像……他根本就没相信过她！

真是麻烦的男人。

梁药叹了口气，又看了一遍梁雯当初发给她的楚昼的资料，想看看从哪里下手比较好。

姓名，年龄，星座，出生日期，性格特征……梁药皱着眉，从上看到下，发现资料里净是些没用的东西。

等等，出生日期是十一月二十日？那不就是明天吗？

梁药振奋起来，勾了勾唇角，决定在换回身份之前，让他过个难忘的生日。生日过后，不管怎样，她都要和梁雯换回身份。

剩下的，还是让梁雯自己搞定吧。

第二天，梁药特意早早地去了学校。

她想了一晚上都没想好该送什么礼物给楚昼。人家是富家子弟，名副其实的大少爷，什么都不缺，她买再贵的东西，说不定在他眼里都不值钱，她觉得还是直接去问他想要什么比较好。

此时，教室里还没什么人，虽然楚昼的学习成绩好，但他每天都只提前十分钟到教室。

坐到座位上后，梁药随手把书包塞进抽屉里，一边玩手机，一边想着怎么给楚昼过生日。

时间一点点地过去，其他同学陆陆续续进了教室，楚昼的身影却一直没有出现。眼看就要打上课铃了，楚昼还是没有来。

梁药皱起眉，心想：怎么回事？平常这个时候，他早就已经来了啊。

又过了五分钟，赵亿豪和曹博进了教室，但还是不见楚昼的身影。

“楚昼呢？”梁药奇怪地问他们。

“他好像不舒服，请假了。”曹博打了个哈欠，一屁股坐在她的后座上。

赵亿豪见梁药皱着眉头，以为她很担心，安慰道："放心吧，他只是得了小感冒而已，明天就会好的。"

梁药的眉头还是没松，问："那他的生日怎么办？"

"生日？"两个男生一愣。

"是啊。"

"说起来，他的生日好像是今天来着。"赵亿豪恍然道，"我都忘了。"

曹博点点头："我也是。"

梁药嘴角微抽，说："你们真是他的兄弟吗？连生日都能忘？"

赵亿豪叹了口气，说："自从发生了那件事，他已经好多年不过生日了……"

曹博用胳膊肘戳了他一下，说："喂，别随便说出来啊。"

"没事，阿昼对女神是什么态度，你也看到了，我觉得让她有个心理准备比较好。"

梁药蹙眉道："有什么话就直说。楚昼以前出过什么事？"

"嗯。"赵亿豪的表情严肃了些，"你知道他为什么那么讨厌女生吗？"

"为什么？"

"他初中时被绑架过，差点儿死在了外面。"

梁药一愣。

赵亿豪继续道："绑架他的是他家的保姆。楚昼那么聪明，身边也一直有保镖跟着，按理说，不会轻易被绑架的。可是，他太相信身边的人了。那个保姆算是他的奶妈，从小看着他长大的。可就在他生日那天，保姆去学校接他，以帮他庆祝生日为名，把他拐走了。"

梁药脑海中浮现出很多不好的猜想，张了张口，声音有些哑："拐去哪儿了？"

"卖给绑匪，绑匪再向他的父母勒索。"

赵亿豪苦笑道："如果能用钱解决，也算是容易了。可你也知道，舒阿姨是明星，她家不管出什么事都会被报道得沸沸扬扬。舒阿姨每次带着警察去赎人都会闹上新闻，搞得绑匪根本不敢出面交易……最后，他们一怒之下扬言要撕票，然后就再也没联系过他的家人。"

梁药怔怔地问："后来呢？"

"过了一周，阿昼一点儿音讯都没有，舒阿姨每天以泪洗面，所有人都觉得阿昼凶多吉少了。"

“后来，警察找到他了吗？”

梁药问完才发现自己问了个傻问题——要是当时警察没找到楚昼，现在他怎么可能还活着？

“没有。”赵亿豪摇了摇头，“是他自己逃出来的。”

他见梁药有些震惊，笑了笑，说：“他被送到医院的时候可惨了，浑身都是血，瘦到脱形，肋骨断了好几根，整个人非常虚弱。我们都很难想象他是怎么活下来的。从那以后，他就很讨厌女人了，并且再也没过过生日。你最好也别和他提生日的事情，让他想起那些事就不好了。”

梁药沉默了许久，也不知道有没有听进去。

十一月下旬，已经入冬了，室外刮着刺骨的冷风，天气也变得阴晴不定，上午还是晴转多云，下午就下起了暴雨。

楚昼发烧了。早上醒来时，他感觉自己的脑袋昏昏沉沉的，浑身没有一点儿力气，于是，他让赵亿豪帮他请了假，在床上躺了一个上午。

他不想量体温，也不想吃药。

家里空荡荡的，没有人在。前两天，楚父去外国考察市场了，舒又曼则接了部戏，去了剧组，要待一个月。

楚昼不想打扰他们，发烧又没什么大不了的，睡一觉就好。于是，他睡得分不清晨昏昼夜，错过了早饭时间和午饭时间。中途，他的手机铃声响了两次，他皱起眉，用被子蒙住头，继续睡觉。

铃声响了一会儿就停了，接着手机又振动了几下，大概是收到了短信。

楚昼对此一无所知。

又过了快三个小时，楚昼才被外面的雷声吵醒。家里的窗户没关，雨水飞溅进来，飘到他的脸上，湿湿的。

楚昼难受地睁开眼，挣扎着下床。他脚步虚浮地去关窗，回来时拿起手机，想看一下时间，却看到了好几条短信和好几个未接来电。

他发现短信和电话都来自同一个陌生号码，愣了一下。

“昼昼，你在家吗？”这称呼一点儿都不陌生，他一下就猜到了是谁。

“昼昼，我来你家找你啦，快出来！”

“你不会在睡觉吧？还是，你不想见我？”

“我不管，我会一直等到你出来为止。你快来开门！”

“你真这么绝情啊？竟然舍得把一个貌美如花的姑娘丢在外面淋雨，

也太不是男人了吧？你到底喜不喜欢我啊？！”

最后一条短信是两个小时前发的。她应该已经走了吧？

楚昼抬头看了一眼外面的倾盆大雨，抿了抿嘴，套了件衣服往外走。他拿上一把伞，打开大门，冰凉的空气便涌了进来。

天暗沉沉的，大雨滂沱，门口果然没有人。

果然是他想多了。

楚昼垂下眼，刚要关门，却忽然想到了什么。他撑起伞，鬼使神差地步行到小区的出口处，四处看了一圈，目光在保安亭那儿顿住。

楚昼不敢相信自己的眼睛。

不远处，一个穿着白色羊毛衫的长发女孩蹲在屋檐下，正无聊地玩着手机。这里寒气重，她似乎很冷，肩膀缩成一团，尖尖的下巴抵着膝盖，看起来可怜兮兮的。雨水不时地溅到她的身上，她却仿佛感觉不到一般。

楚昼直直地盯着她看，心脏飞速跳动着。他不知道这是不是发烧引起的幻觉，不敢前去确认。

“你可算来了，我等你好久了。”梁药敏锐地发觉有人靠近，抬头看见他，一下就笑了，撑着膝盖站了起来。

因为发烧，楚昼神情有些恍惚，思维变得迟钝，过了半晌，才轻声地问道：“你来干什么？不用上课？”声音哑得可怕。

“我请假了，来给你庆祝生日啊。”梁药笑了笑，看了一眼手机上的时间，接着道，“虽然距离零点已经过去了十六个小时二十八分五十四秒，但我还是想做第一个亲口祝福你的人——生日快乐。祝你心想事成，美梦成真。”

梁药说完，便看见楚昼朝她走了过来，脸色有些阴沉。她不由自主地退后了一步，以为他生气了。

果然是她自作多情吗？梁药有些无奈地想。

这次来给他过生日，其实已经不只是为梁雯了。她听到他悲惨的过去后，同情心泛滥，一冲动就跑了过来。

她觉得，他不能永远活在过去。就算不过生日，也不代表什么都没发生过，那还不如盛大地庆祝一番，用快乐的记忆代替悲伤的回忆，这样，他才能向前看。

不过，楚昼要是嫌她多管闲事，她也无话可说。

不多时，楚昼已经走到了她的面前。他目光沉沉地看着她，呼吸略显急促，脸上有着不正常的红晕，嘴唇淡得连一点儿颜色都没有。

梁药一愣，说："你——"

她刚说了一个字，少年就抱住了她。他一句话也没说，只紧紧地环着她的腰，将脑袋埋在她的颈间，气息异常灼热。

"喂，你怎么了？"梁药一下僵住了，没有马上推开他。他的身子烫得不像话，他几乎把所有重量都压在了她的身上，像是虚脱了一般。

梁药皱了皱眉，伸手摸向他的额头。

好烫——他竟然在发烧！

她听赵亿豪他们说，楚昼只是得了小感冒，她还以为只是咳嗽、流鼻涕之类的，没想到已经严重到发烧的程度了。

"喂，你能站稳吗？我扶你回去。"梁药拍了拍他的肩膀，问道。

楚昼闻着她身上浓郁的玫瑰清香，闭着眼，良久才低低地应了一声。

可他靠在她的身上没有动。

梁药有点儿无奈，用一只手捡起被他无情地扔在地上的伞，又用另一只手挽住他的胳膊，强行拽着他前进。

"好了，赶快回去躺着。外面下着这么大的雨，你也不嫌难受？"

她暗自叹息。她在这里蹲了几个小时，本来还想装晕倒，在他的怀里博个同情，顺便巩固一下她的柔弱人设，没想到他竟然比她先晕倒，她还要辛辛苦苦地把他扶回去！她想拿一回柔弱女主剧本，就这么难吗？

梁药费了好大的劲才把楚昼扶到家，又把他扶到床上。一路上，风雨那么大，一把伞根本挡不住什么，两个人的衣服都湿了。

梁药从他的衣柜里拿了干净的衣服让他换上，又找来吹风机，想吹一下自己的衣服。

"你量体温了吗？多少度？"

梁药端了盆冷水过来，把毛巾浸湿，盖在他的额头上。

楚昼乖乖地躺在床上，垂着眼道："没。"

"吃了药吗？"

"没。"

"……你不会从早上一直躺到刚刚吧？"

"嗯。"

"你爸妈呢？"

"不在。"

梁药有点儿想骂人：我当然知道他们不在！我就是想问他们去哪儿了，什么时候回来！

她看他捏着被角，像根没人疼的豆芽菜，有气也发不出来。最终她只叹了口气，站了起来，说："你好好休息吧，我……"

"你要走？"楚昼敏感地抬眼看她，语气里竟然带着一丝紧张。

梁药再怎么冷血也不会把病人独自扔在家里，耐着性子哄道："我不走，我去给你煮点儿粥。要走也得等你的病好了再走。"

楚昼沉默了两秒，接着说："病好了你也不能走。"

梁药懒得理他，径自去了厨房。

楚昼生病后和平时判若两人，有些孩子气：她给他吃药，他嫌苦，要放糖；她煮粥给他喝，他嫌烫，要她吹一吹，还要她一口一口地喂他；哄他睡觉，还必须握着她的手，否则，就一直盯着她不眨眼。

这些梁药都忍了，她将楚少爷服侍得十分周到，终于把他给哄睡着了。

她吐出一口气，坐在床边，看了眼少年安静的睡颜，又看了眼两人紧紧交握的手，心情一时有些复杂。

看到他手腕上的淡淡的疤痕时，梁药皱眉。她知道，这是他被绑架后留下的。

赵亿豪告诉她，楚昼被绑架时受到了绑匪的虐待，虽然最后逃出来了，但患上了严重的抑郁症。他在家里待了一年多，晚上睡不着觉，神经敏感又脆弱。

那个时候，楚父和楚母放下了手头的所有工作，一直陪着他，他的情况才渐渐有所好转。但他依旧讨厌女人，不相信任何人。

所以，让他敞开心扉接受别人有多难，可想而知。

一旦他发现自己又被骗了……梁药不敢深想，有些罕见地觉得愧疚。

"早知道你的情况这么特殊，我就不来了。"她极小声地说着。

"我真没想到你这么惨。"

"不过，换个角度看，你也赚到了。从小到大，梁雯都比我更讨人喜欢，你肯定也会喜欢她的。她没什么心眼，学习成绩又好，和你很配。"

"反正你也分不出我们。"

"所以……应该没关系吧？"

梁药小声地说了很多梁雯的优点，最后轻叹道："真的很对不起。"

"对不起什么？"床上的人忽然睁开了眼睛，迷茫地看向她。

梁药吓了一跳，问：“你醒了？”

“嗯。”楚昼的嗓子有点儿哑，咳了一声，“你刚刚在说什么？”

“没什么。”梁药含糊其词，“你好点儿了吧？”

“嗯。”楚昼应了一声，看着天花板，忽然轻轻地叫了一声，“梁雯。”他的声音缓慢又清晰，语气十分认真。

梁药一愣，这好像还是他第一次开口叫她——虽然这不是她的名字。

“怎么了？”她问。

“昨天你说的话，还算数吗？”

“什么话？”

“你问我，要不要答应和你在一起。”

“……当然算数。怎么了？”

“我答应了。”

“啊？”梁药一怔，“你不是说，还要观察一段时间吗？”

“我等不及了。”楚昼弯了一下唇，轻声道，“我发现，我比我以为的更喜欢你。”

突如其来的告白让梁药愣在了原地。

“你、你是认真的？”

“嗯。”

“可是……”

“没有可是，你不愿意？”

“……不，我很愿意。”

第六章
甘愿沉沦

时间过得很慢，梁药觉得现在的每分每秒都是煎熬。

还在发烧的楚昼突然说要和她在一起，而她也稀里糊涂地答应了。像做梦似的，她一点儿都没有完成任务的轻松感。

而楚昼听到她答应后，像是安心了一般，闭上眼，又睡了过去，到现在都没醒。他眉峰微皱，冷汗浸湿了鬓角，似乎病得不轻。

梁药给他换毛巾时发现他的额头烫得吓人，情况似乎比刚才还要严重，退烧药也没能发挥什么作用。

梁药皱眉看着他，心情复杂。她犹豫要不要带他去医院，保险起见，她先发微信消息问了赵亿豪："楚昼高烧不退，我能带他去医院吗？"

赵亿豪回得很快："什么？！他发烧了？不是小感冒吗？"

看来楚昼没告诉他们实情……

"可能是小感冒引起的发烧。"

"我把他家私人医生李医生的号码给你，具体情况，你和李医生说。"

"好。"

赵亿豪发来了一个号码，梁药打了过去。

李医生听闻楚昼病了，表示马上赶过来。

梁药道谢后挂掉了电话，看着床上昏睡的少年，轻声说："赶快好起来吧，今天可是你的生日。"

十五分钟后，李医生赶到了。梁药打开门，看到门外站着一个穿着白大褂的中年男子，相貌儒雅，气质温和，戴着黑色边框的眼镜。

他一看到她就笑了，说："接到电话时我还不敢相信他家竟然会有小姑娘，没想到是真的。”

梁药也笑了一下，说：“很多人都这么说。”

梁药带李医生来到楚昼的床前。

作为楚昼的私人医生，李医生对楚昼的身体情况格外了解。他只看了楚昼几眼，便从药箱里拿出一瓶药，倒出两粒喂给了楚昼。

药似乎很苦，楚昼紧闭着眼，怎么都不愿意吞，李医生用手捏开他的嘴，强迫他就着水把药吞了下去。

整套动作行云流水，令梁药叹为观止——好像很“解气”的样子，她也想试试。

吃了药后，楚昼的身体确实有好转，脸上的红晕也慢慢消了。

“好了，他的身体已经没有大碍了，我还要检查一下他的精神状况。”李医生收拾好药箱，笑着对梁药道。

“精神？”

“对，我还是他的心理医生。你是……”

“我叫梁雯。”

李医生扶了扶镜框，说：“好的，梁小姐，我能问你几个问题吗？”

“你问。”

“你和楚昼的关系是……”

梁药张了张嘴：“女朋友……吧？”

“你好像不是很确定。”

“毕竟，刚确认关系不久。”

李医生愣了一下，莞尔道：“看来，他这次发烧也不全是坏事。”

梁药不知道他这话是什么意思，只跟着笑了两声。

“你们认识多久了？”

梁药想了一下，说：“快一个月了吧。”

李医生非常惊讶：“不到一个月，他就接受你了？”

梁药咳了一声，说：“呃，应该说是被迫接受？”为了追到他，她可谓是无所不用其极，连她自己都佩服自己。

李医生喃喃道：“不可思议……你知道他以前经历过什么事吗？”

梁药点点头：“我知道他被绑架过。”

“对，但你可能不清楚，当时，他除了身体受到了伤害，还有了严重的心理障碍。回来后的两个多月，他没有开口说过一句话。从那以后，他就不再相信任何人，必须靠药物才能睡着，讨厌女人到只要碰一下女人就会呕吐。”

李医生缓缓地继续说道：“幸好他有一个温暖的家庭，父母也足够耐心，他才一点点地从深渊里被拉了回来。但是，他依旧很难和别人——特别是女性正常相处。所以，梁小姐，你知道你有多特殊吗？”

梁药在内心吐槽：我不是很想知道。

李医生笑道：“不要紧张，放轻松。我和你说这些没有别的意思，只是希望你能真心对他。我相信你也是非常喜欢他的。楚昼这个孩子，虽然看着冷了点儿，但心地是好的，只要你不撒谎，他一定会是个很不错的男朋友。”

“……这样啊。”

两人说话间，楚昼已经醒了。他动了动眼皮，缓缓地睁开眼，迷茫地看着天花板，仿佛突然想起了什么，他看向自己的手，发现手里是空的，他的脸色立刻阴沉下来。

他撑着身子坐起来，侧头望去，看到梁药就站在不远处，并没有离开，他才松了一口气。可见到她旁边的男人后，他的眉头又是一紧。

“你来干什么？”楚昼看着医生，目光防备，声音低哑，带着鼻音。

“给你看病啊。我要再不来，你的小女友就要扛着你去医院了。”李医生见他醒了，调侃道。

“你终于醒了，身体有没有好一点儿？”梁药摸了摸他的额头，惊叹道，“哇！不烫了！那药真灵。”

楚昼的脸色缓和了些，他将她的手握在手心里，说：“我没事了。”

梁药觉得他这举动太暧昧了，想不着痕迹地抽回自己的手，却动弹不得。

李医生又说：“梁小姐，你能出去一下吗？我有话想问他。”

“好。”梁药巴不得赶紧走，刚要加大力气抽出手，却被楚昼攥得更紧了。

楚昼面色不善地看着李医生，说：“没什么好问的，我很正常，你回去吧。”

李医生一笑，说：“每个病人都这么说。”

楚昼的脸色沉了下去，说：“我都说了，我没病。”

见他那么排斥接受心理咨询，李医生只好对梁药说：“梁小姐，你能帮我问他几个问题吗？”

“可以啊。”梁药和楚昼不一样，她觉得医生的话还是要听的。

楚昼皱起眉，张了张口，却什么都没说。

李医生走到梁药身边，附在她的耳边小声说了什么。

梁药的脸色慢慢变得古怪起来，她问：“这个……真的要问吗？”

李医生笑着说：“我这是为了他的心理和生理双重健康着想，如果你问不出口，我也不勉强。时间不早了，我先回去了。你们好好增进感情，有事随时给我打电话。”

他说完就走了，还贴心地给他们带上了房门。

“他要你问我什么？”楚昼抬头问梁药，眉头紧皱。

“……也没什么特别的，就是一些普通的问题。”梁药故作轻松地坐到他的床边，笑道，“我开始问了——你以前有过女朋友吗？”

楚昼毫不犹豫地道：“没有。”

“有过喜欢的女生吗？”

“没——”楚昼顿了一下，看着她说，“现在有了。”他直直地盯着梁药看，而后拽住她的手臂，把她往怀里带。

梁药的心跳漏了一拍，像受惊的小兔子从他的怀里跳出来，却没站稳，一屁股坐在了地上。

女孩的耳朵红透了，表情又羞又窘。

楚昼懒懒地靠着床头，轻笑了声：“原来你也会害羞啊。”

梁药愣住了。

他笑了！

这还是她第一次见楚昼笑。那双狭长含情的眼眸微微弯起，像初春和煦的风，吹化了冰川积雪，他的气质都变得柔和起来，干净，清透，撩人心弦。

梁药看呆了，反应过来后，很快怼回去，说：“原来你也会笑啊。”

“我又不是木头人，为什么不会笑？”楚昼歪头看她，唇角微微勾着，轻笑着朝她伸出手，“还不快起来？地上凉，小心感冒。”

“你怎么忽然对我这么温柔？”梁药没敢碰他的手，自己慢慢地爬起来，神情不太自然地道，“你的人设崩了，你知不知道？”

“你是我的女朋友，我不对你好对谁好？”楚昼见她好像对自己疏远了许多，皱了皱眉，“倒是你，怎么反而变客气了？”

“有吗？可能我还不太习惯，明天就好了。”梁药干笑了两声，决定明天就跟梁雯换回身份，现在的楚昼太恐怖了。

楚昼还想说什么，手机却响了，只好先接电话。

梁药正琢磨着什么时候提出回家才不突兀，便见楚昼挂了电话，她随口问：“谁啊？”

“赵亿豪。”楚昼顿了顿，“他说订了 KTV 包厢给我庆祝生日。”

“哦？那很好啊。”梁药为他感到高兴。

看来，赵亿豪被她说服了，也觉得应该给楚昼组织一次盛大的生日聚会。

“你会来吧。”

他说的是陈述句，而不是疑问句。

梁药抿起嘴，垂下眼：“不好意思，我妈刚刚催着我回家，我不能在外面待到太晚。”

楚昼不信，说：“你上次从我家回去的时间更晚。”

“……所以我被骂了，之后不能晚归。”

“我会和你妈解释。”楚昼不容她拒绝地说道，“正好，和你确认一下关系。”

梁药无言以对。

“你还有哪里有问题？”

“……没了吧。”

“那你来吗？”

“……嗯。”

梁药知道楚昼的直觉有多可怕，一直拒绝只会引起他的怀疑，她只好硬着头皮答应。反正，过完今天就好了。

楚昼的烧已经完全退了。他出了一身汗，于是去浴室洗了个澡。等他换好衣服出来时，看到梁药窝在沙发上玩手机。她咬着嘴唇，一脸凝重，不知道在想什么，连他出来了都没发现。

楚昼不动声色地靠近她，问：“你在干什么？”

“啊——”梁药回过神，“看小说而已。你就洗完了？”

楚昼应了一声，突然道：“你想看电视吗？”

“好啊。”梁药无所谓地点点头。

于是，楚昼打开了液晶电视。他随便调了个台，然后坐在她身边。

梁药有心事，头都没怎么抬，直到一双手从背后环住了她的腰。

“你干吗？”等她反应过来时，整个人已经靠坐在了楚昼的怀里。

他抱着她，修长的双臂紧紧地圈着她那柔软的腰，将下巴抵在她的肩上，表情平静地说道：“看电视啊。”

“哪有人这样看电视的？”梁药的身体僵硬得不像是自己的。他的手温热有力，存在感太强了，她想忽视都不行。

她想挣脱，又怕引起他的怀疑，进退两难。

楚昼低头嗅着她身上的香味，漫不经心地回道：“情侣不都是这样看电视的？”

“……”

楚昼偏了偏头，问：“你很讨厌这样？”

“不是。”梁药一脸麻木，“我就是有点儿不适应。你不觉得，我们进展得太快了吗？”

“不觉得。”楚昼再次搂紧了她纤细的腰，抱着她软绵绵的身子，柔声道，“那你从现在开始适应吧。”

“……”

既然躲不掉，梁药只好尽量放松身体，她告诉自己：冷静下来，不就是抱一抱吗？没什么大不了的，梁雯也会理解的。

就在这时，她突然感觉到楚昼的头凑近了，嘴唇贴着她脖颈处的皮肤，呼出的气息灼热滚烫。

梁药的身体又是一僵，紧接着从脖颈处传来湿润的触感，软软凉凉的，又酥又痒。

他竟然还亲了一下！

正当梁药在心里反复默念“人生处处是惊吓，煎熬何时是个头”时，赵亿豪终于打来了电话，说自己已经到了包厢，催他们过去，随后便发了个地址过来。

楚昼温柔地对她说道：“我们走吧。”

“好。”梁药松了一口气，“我去外面等你。”说完，她便逃命一般溜出了门。

楚家的司机今天休息，他们只好去别墅区外打车去 KTV。

出了别墅，梁药打开手机地图，装作认真看路线的样子，想要借此来掩饰自己的不自在。

“我看一下去哪里好打车啊。”

“没想到这么远……”

“对了，这家KTV有好多个分店，赵亿豪订的这家店旁边有个蓝盾大酒店，别搞错了。”

一路上，梁药的嘴巴就没停过。

楚昼忽然对她伸出手，说：“给我。”

“什么？”梁药下意识地护住手机。

“手。”楚昼道，“我们牵着手去。”

“这么短的距离，没必要牵手吧？”

“你刚刚不是还说很远吗？”

“……”

见她没有动，楚昼自然地牵起她的手，顺便把她的手机也拿走了，还说：“走路看手机不好，到KTV了我再还给你。”

梁药决定忍，可楚昼接下来的一句话让她的心提到了嗓子眼儿。

“你听说过打赌追人吗？”

“什么？”

“就是和别人打赌追某个人的无聊游戏。”楚昼看着前方，淡淡地道，“前段时间，学校里好像很流行这个游戏。”

“有吗？我怎么不知道……”梁药立刻明白了他的意思，干笑一声，“你突然说这个干什么？”

“没什么，只是随口一说，我相信你没有参与。”

“……”

楚昼顿了一下，接着道：“赵亿豪跟你讲过我过去的事吧？”

“嗯，讲过一点儿。”

“那他有没有告诉你，那个保姆后来怎么样了？”

“这倒没有。”

楚昼侧过头看着她，平静地说道：“她死了。”

“……”

“既然我们已经开始交往了，我觉得，你还是提前了解一下欺骗我的下场比较好。”

“……”

知人知面不知心啊！梁雯到底看上他哪点了？！

两人很快就打到了车，二十几分钟后，到了KTV。

包厢里有十几个人，大多坐在沙发上喝酒打牌。桌上摆着一个漂亮的生日蛋糕，上面插着蜡烛，歪歪扭扭地写着“祝昼哥生日快乐”。

梁药望了周围一圈，发现不仅赵亿豪、曹博和贺云东在，连苏浅都来了，还有一些她没见过的陌生面孔，应该都是赵亿豪叫来的朋友。

楚昼牵着梁药刚进门，包厢里便响起了哄笑声和口哨声。

“昼哥，这还是我们第一次见你带女生来！”

“她是谁啊？还不快介绍一下！”

楚昼揽住梁药的肩，大大方方地介绍：“梁雯。”

梁药挤出一抹僵硬的笑，对众人打招呼道：“你们好。”

随后，她默默地坐到沙发角落里，努力把存在感降到最低，想着如何脱身。

“雯雯，你和楚昼在一起了？”

梁药抬眼，看到苏浅走了过来，满眼震惊，看不出喜悦之情。

“你猜？”梁药笑意盈盈，挑了挑眉，不答反问。

“一定是在一起了，毕竟你这么漂亮。”苏浅愣了一下，露出微笑，祝福道，“我也算是你们爱情的见证人了。”

“谢谢啊。”梁药淡淡地笑了笑，没有解释。

楚昼不知何时坐到了她的身边，对着众人说道：“我们开始吧。”

他在哪儿，人群关注的焦点就在哪儿。周围的人见他们这么亲密，不时发出一阵哄笑声。

此时，一个女生踩着高跟鞋走了过来，穿着紫色的呢子衣和紧身牛仔裤，烈焰红唇，摇曳生姿。

梁药看到她便愣住了：“芹芹？”

王芹芹也是一愣，随即望过去，说：“梁雯……不对，你是……”

“你们认识啊？”沙发上有个卷毛男站了起来，笑容满面地搂住了王芹芹的肩，“那可真是太巧了。我来介绍一下，这是我的女朋友，王芹芹。”

“哇！远哥，恭喜啊！”

“这是不是双喜临门？！”

别人都在笑，只有梁药的内心在咆哮，她只希望王芹芹能有点儿眼色，千万别在这个时候暴露她的身份。

还好王芹芹智商不低，见楚昼紧紧地搂着梁药不放，而梁药一脸难堪，她一下就明白过来发生了什么，靠在男朋友怀里放声大笑：“不是吧，太好笑了，你也会有这一天？真是恶人自有恶人磨！”

梁药面无表情地道："王芹芹，你够了。"罗穆的事，她还没找王芹芹算账呢。

王芹芹似笑非笑地道："你叫我什么？雯雯妹妹，你平常可不是这么叫我的。"

梁药咬牙道："芹芹姐，别玩了，行吗？"

卷毛男奇怪地问："芹芹，你和雯姐认识啊？"

王芹芹笑着推开他，一屁股坐在了梁药旁边，说："朋友的妹妹，认识好几年了。你说是不是啊，小雯雯？"王芹芹在梁药的耳边放声大笑。

楚昼看了王芹芹一眼，并没有在意，淡淡地道："既然人齐了，我们开始吧。赵亿豪，切蛋糕。"

赵亿豪一愣，问："现在就切？你不许愿吹蜡烛吗？"

"没必要。"他看了旁边的梁药一眼，轻轻地道，"我的愿望已经实现了。"

梁药："……"

周围又是一阵哄笑声，这当中属王芹芹笑得最放肆，她笑道："你看看她那表情，笑死我了！"

梁药只想打人。

切完蛋糕就到了送礼物的环节，除了赵亿豪三人，其他人或多或少都有表示。

苏浅别出心裁地送了一条围巾，梁药瞄了一眼，好像是手工编织的。

楚昼没怎么看他们的礼物，只盯着梁药不说话。

梁药有些无奈，又觉得有点儿好笑。她从口袋里拿出一个红色的护身符，说："有点儿突然，我没怎么准备，只去精品店里买了个护身符，保佑你无病无灾。"

这种十几块钱的小玩意儿，一般人还真看不上眼，楚昼却笑了。

这是梁药今天第二次见他笑。

他伸手接了过来，轻轻一笑："我很喜欢，谢谢。"

梁药觉得，再待下去，她的心脏恐怕会承受不住，便不断地朝王芹芹使眼色。

王芹芹心领神会，咳了一声："那什么，妹夫，雯雯家的门禁时间很严，她该回去了。我回家和她顺路，正好送她一程。"

楚昼顿时皱起眉，说："不用，我送就可以了。"

“别啊。”梁药立马道，“你难得过生日，和朋友们好好玩一玩，别因为我扫了兴。明天又不是见不了面，我们来日方长嘛。”她撒娇道。

楚昼犹豫了一下，见她都快哭出来了，心想：确实不能操之过急。于是他点点头：“那好吧，我送你到门口。”

“嗯！”梁药飞快地应道，生怕他反悔。

王芹芹和她男朋友已经下去了，估计是想来个法式吻别。

楚昼牵着梁药下了楼。在门口，梁药看到，王芹芹和那个男生果然抱在一起。

楚昼摸了摸她的头，眼神十分温柔，说：“明天见。”

梁药脚步一顿，笑着点头：“嗯，明天见。”

楚昼回到包厢时，里面正热闹，一群人拿着话筒鬼哭狼嚎。赵亿豪搂着一个姑娘的肩，声嘶力竭地唱着《吻别》。

“我和你吻别，在无人的街——”

楚昼瞬间就有了回去的念头。事实上，他也这么做了。但他刚一转身，就被正在拼酒的曹博发现了。曹博连忙拉住他，问：“阿昼，你去哪儿？你是寿星，你走了还有什么意思？”

“什么？！阿昼，你要走？”激情澎湃的赵亿豪听到了，吓得连忙看向楚昼所在的方向，对着话筒喊，“别啊，你走了，其他女生肯定也待不下去了。你都有女朋友了，给我一个谈恋爱的机会吧！”

是的，这才是赵亿豪给楚昼组织生日聚会的真实目的——联谊。有楚昼在，愿意来的姑娘大有人在。

只是，谁都没想到，楚昼一来就公布了女朋友，把男神见面会搞成了大型失恋现场，刚刚已经有一部分女生哭着走了。

楚昼来的时候看到这么多女生，就知道他们有别的目的。要是以前，他早就甩脸走人了，不过，今天因为梁药在身边，他没有那么做。好像只要和她在一起，无论在哪儿，他都无所谓。

“行了，你唱你的，想要女朋友，靠阿昼有什么用？你自己加把劲吧。”曹博笑着调侃了赵亿豪几句后，拉着楚昼坐到了角落里，“阿昼，你还没和我们说呢，你是怎么和梁雯在一起的？”

虽然楚昼的脸上依旧没什么表情，但曹博能感觉到，他的心情应该不错。正常来说，女朋友走后，他肯定也待不下去了，可是他回来了。

按照曹博对他的了解，他这是有倾诉欲的表现，说明他现在的心情真的很好。

楚昼看了他一眼，说："告诉你也没用，你又没有追求者。"

"……"

"也没有暧昧对象。"

"……"

"所以，也不会有女朋友。"

"……"

他算是看出来了，楚昼不是来倾诉的，他是来炫耀的！

曹博被气笑了，说："你是不是忘了，前不久，你还对女生唯恐避之不及，女生碰你一下你都反胃呢？"

楚昼开了一罐啤酒，云淡风轻地道："以前是以前，现在是现在。"

"你这是被虐待后人格扭曲——"他的声音猛地一顿。

这是楚昼的雷区。

楚昼看曹博的表情就知道他在想什么，他轻"嗤"一声，缓缓地抿了一口酒，说："那些陈年旧事，只有你们耿耿于怀。"

也许在别人看来，那段经历很惨，但在现在的楚昼眼里，那早就成为过去了，除了偶尔因对黑暗敏感而失眠外，他的生活根本不受影响。

他的心智本来就强大，要不然，他也不能活着回来。

对女生的感觉也是如此，虽然那时候，他确实很厌恶她们，但恢复过来后，他觉得也没什么，只是觉得她们很麻烦，所以依旧不接触女生。

但这却让父母坚定地认为他的厌女症还没好，火急火燎地给他挑媳妇。

楚昼对此很无语。

曹博怔了一下，说："是，屁大点儿的事，确实没什么好说的，看来我的担心多余了。说说呗，你到底是什么时候喜欢上梁雯的？我是真的好奇。"

楚昼懒懒地靠在沙发上，看着手中的啤酒罐，淡淡地道："很早。"

"不是吧？"曹博很意外，"有多早？"

楚昼没说话。

多早？这种模糊的概念哪儿是三言两语说得清的？他只知道，当他发现时，他已经能在她身边安心地睡着了。

少女像只慵懒的猫，吵时很闹腾，安静时不搭理人。她永远不认真听课，不是在打哈欠，就是在走神，打瞌睡时，那张小脸总是迷迷糊糊的。

楚昼看着她，第一次觉得女生可爱，连带着他都泛起了阵阵困意。

梁药不会知道，她亲他的那一天，他做了一晚上的梦。梦中，女孩的脸一直是模糊不清的，宛若被浓雾笼罩着一般。虽然他知道那是谁，但他还不愿接受。

直到今天，看到她等在小区门口的那一刻，他的心被击中了。他终于放弃了抵抗，缴械投降。

发着高烧时，半睡半醒间，他又做了那个梦。这次，女孩的脸无比清晰，她有双会笑的眼睛。他甘愿沉沦，哪怕万劫不复。

他要让梦变成现实。

离开KTV后，梁药没有立马回家，而是和王芹芹一起去了烧烤店吃夜宵。两人点了两瓶酒和一盘烧烤，聊起彼此的近况。

梁药拿着酒杯，问："你什么时候找新男朋友了？我都不知道。"

王芹芹咬了一口羊肉串，笑道："就是最近找的啊，他也是B大的。偶尔和好学生谈恋爱也不错，没想到他和你妹夫竟然认识……不说我了，倒是你，看刚才那情况，你已经把人追到手了吧？"

梁药叹了口气，闷闷地"嗯"了一声。

"喂，你该不会动真感情了吧？"

"怎么可能？"梁药想也不想便干脆地否认，"我只是有点儿愧疚。明天我就和梁雯换回来，不玩了。"

"愧疚？"王芹芹认真地问道，"你送他的符是在哪儿买的？"

"精品店啊。"梁药不假思索地说。

"去精品店要走两万多步？"王芹芹举起手机，上面是微信运动的排行榜。第一名是梁药，两万四千三百多步。

梁药嘴角一抽，骂道："你变态！"

王芹芹慢悠悠地道："那个符，是你去寺里求的吧？我看到符上有那里的刺绣。"

梁药尴尬地咳了一声，说："我听说那里的符比较灵。"

"你都做到这个分儿上了，还敢说没动真感情？"

"都说了，我只是愧疚。我哪知道他以前那么惨，所以就……"梁药叹了口气，又喝了口酒，"算了，你是不会懂我的心情的，反正，我明天一定要和梁雯换回来。"

“我总觉得他不会那么容易被骗，你小心点儿吧。”

梁药很有自信，说：“这世上，能分清我和我妹的人还没出生，况且，他不知道我们是双胞胎，这事不可能露馅。”

王芹芹耸耸肩，说：“希望如此。”

两人吃完夜宵就散了。

梁药回到家，敲响了梁雯的房门：“雯雯，你在吗？”

门没锁，她推门进去，只见梁雯正兴高采烈地整理着衣服，地上是一个行李箱，她正把叠好的衣服一件件放进去。

“你要出远门？”梁药愣了下。

“是啊！”梁雯开心地点头，“我们班组织了野营活动，去城郊的山上玩三天，班里的人全都报名参加了，明天就出发。姐姐，你有什么要我带的礼物，要提前和我说哦。”

她正说着，手机一亮，一个备注是“讨厌鬼”的人发来了微信消息：“猪，记得多带点儿衣服。你这么蠢，别冻感冒了。”

梁雯立刻回复：“你才蠢，不用你说我也会带的！”她回复完就把手机放下了，继续整理着衣服，看上去十分期待这次出游。

“虽然有点儿扫兴，但我还是要说，明天你去不了，别整理了。”梁药走过去，拿走了她手上的衣服。

梁雯一愣，问：“为什么？”

“因为，要去的是我。”梁药微微一笑，“你呢，就乖乖地回B大吧。”

梁雯愣了好几秒才反应过来，惊喜道：“姐，你把楚昼追到手了？这么快？好厉害啊！”

“嗯，所以，我们是时候换回来了，我看你最近身体也好一些了。我待会儿和你说一下我和他相处的细节，你一定要牢记在心。”

“可是……”梁雯犹豫地看了行李箱一眼，“我还是想先去露营。我都期待好久了，也想和在D大认识的朋友道个别……”

她双手合十道：“姐姐，就等我三天。三天后，我们立刻换回来！”

“不行！”梁药斩钉截铁地道，“明天必须换！”

“为什么？”梁雯失望地问，“不就三天嘛。我从小到大都没怎么和朋友出过远门，这次是难得的机会啊！姐姐，算我求你，好不好？”

“什么叫才三天？你知不知道这三天我和楚昼可能发生什么？你就一点儿都不担心？”

“你们才交往多久啊，哪能发展得那么快？而且，我相信姐姐啊。”

“……不行就是不行！”梁药态度坚决地拒绝了，“明天……不，今天必须换回来，没得商量！”

梁雯瘪瘪嘴，撒娇说：“我不要，我不要，我就要三天后换嘛！姐姐，我求你了！”

要是以前，梁药可能一时心软就让着她了，可是现在，梁药只觉得烦。

“我都说了不行！”梁药拔高音量，“必须换回来！”

梁雯被吓到了，看着梁药阴沉的脸，说不出话来。这还是梁药第一次对她发脾气。

梁雯又怕又委屈，眼睛立刻就红了。她张了张口，想说，那就换回来吧，她不去露营了，可声音没出来，眼泪先流了出来。

梁药见妹妹哭了，愣了一下，慢慢地冷静下来。就在她打算心平气和地讲道理时，门外传来一声怒骂：“梁药，不准欺负妹妹！”

梁母在客厅听到梁药大声地训斥梁雯，立刻赶了过来。见到哭泣的梁雯和面无表情的梁药，她瞬间怒火中烧，对着梁药就是一顿骂：“你凶你妹妹干什么？你不知道她身体弱，受不得刺激？她想去露营就让她去，才三天而已，你就等不了了？何况，一个月还没到呢，你身为姐姐，不能让着点儿妹妹吗？”

“妈，我还是跟姐姐换回去吧。”梁雯不想把气氛弄得那么僵，抹去眼泪，哽咽道。

“不行！”梁母哪舍得让她受委屈，“露营的钱是给你交的。你好好收拾一下，明天高高兴兴地去玩。”

“可是……”梁雯偷看了一眼梁药的脸色，心里直打鼓。

“这是我说的，你什么都别担心。”梁母拍了拍她的背，安抚道。

梁药看着这一幕，心里一片冰凉，她边笑边点头，说：“行，听你们的，不换。到时候你们可千万别后悔！”

说完，她就头也不回地走了。

梁药很生气，生气到想撂挑子，可这就相当于彻彻底底地伤害楚昼了。

她骗了他那么久，本就怀着愧疚，知道他的过往后，她还产生了一些杂七杂八的小情绪。内心深处，她是真心希望他能幸福的。

第二天，梁药顶着黑眼圈，还是去了B大。

她昨天没睡好，做了一晚上的梦，梦的内容是楚昼发现真相后她的一百种死法，真实到她现在想起来都心惊胆战。

所以，虽然有点儿对不起他，梁药还是决定骗人骗到底。一定要把这尊大佛送到梁雯的手上，她才能没有后顾之忧！

她又检查了一遍手机——没有未接来电，没有短信，所以，楚昼一定还没有特别喜欢她！

梁药安慰完自己，刚进教室，便发现楚昼已经来了。

她愣住了，这还是她头一次见他来这么早。

少年坐在座位上看书，微垂着头，轮廓分明，细碎的阳光洒在他的脸上，勾勒出金黄色的轮廓，他看上去清俊而冷淡，像是一幅画。

梁药看得出了神。

她一直都知道他长得很好看。第一次在书店见到他时，她还不知道他的名字，就因为他的脸想要和他搭讪，却被他的性格劝退。

深入接触后，她发现他其实是一个温柔又细腻的人。

可惜，他终归是要成为她的妹夫的。

楚昼抬头看见她，轻轻地勾了勾唇角：“来了？”

梁药也笑了一下，硬着头皮走过去，问：“你怎么这么早就来了？”

楚昼起身让她进去，自然而然地道：“想你了。”

梁药当没听到，沉默地坐下，却意外地看到桌上有一个粉色的蛋糕盒，问：“这是什么？”

“早餐，给你带的。”楚昼也坐了下来，偏头看着她，“你不是喜欢吃蛋糕吗？”

梁药盯着蛋糕没说话。

楚昼轻柔地说道：“放心，里面不是茶叶蛋。”

……他果然对那件事耿耿于怀。

梁药默默地打开蛋糕盒——咖啡色的糕点精致小巧，散发着巧克力的甜香，上面铺着一层可可粉。梁药一时辨不出这是什么蛋糕，它像是黑森林，又有点儿像提拉米苏，看上去比她以前买的要高级许多。

“你在哪家店买的？”

梁药拿起叉子尝了一口蛋糕，甜味适中，入口即化，非常好吃。她以后也要去买！

“我家里的厨师做的，你要是喜欢，我可以每天都给你带。”

梁药艰难地张了张嘴：“那个，楚昼……”

楚昼打断她，说：“你以前叫我昼昼。”

“……行，昼昼，”梁药咽了咽口水，“你能不能别对我那么好？”

楚昼微微皱眉，问：“你在说什么傻话？”

“就是，我有点儿害怕。”

“怕什么？”

“我总感觉，你现在对我越好，我以后死得就会越惨。”梁药不敢看他，“万一哪天，我不小心惹到你，让你生气……”

“不会。”楚昼接过她手里的叉子，叉起一块蛋糕喂到她的嘴边，看着她的眼睛说道，“只要你一直待在我的身边，我就不会生气。”

“……”

“乖，张嘴。”

梁药见他还要喂，连忙阻止道：“不用，我自己来就行了。”

楚昼似乎觉得有点儿可惜，但他没有强求，把叉子还给了她。

梁药埋下头，三下五除二就把蛋糕解决了。

楚昼看她吃得那么快，以为她是真的很喜欢，开心地哄她：“慢点儿吃，不要急，以后多得是。”

梁药很想哭。

两人一时之间变得这么亲密，班上一下传起了八卦。

短短一个上午，梁药就收获了许多人“友善”的目光。她有点儿不好意思，扯了扯楚昼的衣服，问：“你说，我们是不是太张扬了？”

楚昼宠溺地说：“没事。”

两人都不知道，他们的亲密引起了某些人的极大反感。

夏若晴难以置信地看着他们，问身边的人：“楚昼真的和梁雯在一起了？怎么可能？楚昼怎么会喜欢那种女人？！”

自从上次被扇了一巴掌，她就想找机会报复回去，可“梁雯”一直黏着楚昼，让她无从下手。这才过了多久，她还在绞尽脑汁地想怎样能离楚昼更近一点儿，“梁雯”就已经把楚昼搞到手了？

夏若晴接受不了。她最讨厌的就是这种喜欢装可怜、博同情的人。

苏浅就坐在夏若晴的后面，闻言抬起头，貌似不经意地说道：“可我觉得他们挺配的啊，郎才女貌，天生一对。”

“你是那个女人的朋友，当然会这样说！”夏若晴被彻底激怒了，转过头，红着眼冲苏浅吼道，“你给她传话，让她给我等着，别让我找到机会，否则，我一定整死她！”

苏浅没再吭声。

夏若晴等的机会很快就来了。

明天就是楚昼爷爷八十大寿的日子。在云南老家那边，楚昼爷爷位高权重，声望颇高，整个家族的人必须都出席，楚昼当然也不例外。

虽然——他很不情愿。

“你要不要和我一起回去？”楚昼低声道，“我不要和你分开。”

知道楚昼要请假回老家，梁药还挺高兴的，她终于不用提心吊胆了。见楚昼想带她去，她立马说：“别别别，千万别！你们家里人一起吃饭，我去像什么话？”

“你是爷爷的孙媳妇，他不会介意的。”

“……我们还没结婚吧？”

“迟早的事。”

梁药费了好大的工夫劝他，才让他打消了这个念头。

楚昼只好看着她说：“你等我，我很快回来。”

“嗯，等你。”梁药笑了笑。

第二天，楚昼就坐飞机回家了，还带上了赵亿豪、曹博和贺云东。他们几家是世交，同样收到了老爷子的邀请函。

到教室后，看到周围一下子空出了四个座位，梁药还有些不习惯。不过，她没有想太多，坐下后开始生无可恋地写老师布置的作业。

夏若晴来到教室时，见“梁雯”身边竟然没人，目光闪了闪，走到“梁雯”旁边，阴阳怪气地笑着道：“哎呀，楚昼呢？今天怎么没见到你的护花使者？”

梁药写题写得正心烦，懒懒地趴在桌上，闻言，她连头都没抬，不想搭理夏若晴。

夏若晴担心楚昼随时会进来，忍下这口气走了。随后听说楚昼今天请假了，她高兴得忘乎所以，肆无忌惮起来。之后的一节课，夏若晴带着朋友坐在了梁药的后边，她们大声地聊天，吃东西，把瓜子皮吐得满地都是。

梁药从来不跟幼稚的人计较，没理她。可中午，梁药和苏浅去食堂吃饭，苏浅指着梁药的衣服说：“雯雯，你的衣服后面好脏啊。”

梁药愣了愣，脱下来一看，才发现衣服后被人用笔画得乱七八糟。

这件衣服是白色的，所以那些痕迹格外显眼。

衣服正中间还歪歪扭扭地写着四个大字——我是蠢货。能做到这种事的，只有今天上课特意坐到她后面的夏若晴。

第二天，上午有两节思修课，上完第一节课，楚昼还没回来，梁药去了趟厕所。等她回到座位上，却觉得不对劲。她站起身，便发现凳子上涂满了胶水，坐下去时还沾到了许多。

不仅如此，她桌上的课本和笔都不见了。

梁药脸色阴沉，开始四处找书。

有同学看不下去，小声提醒道："刚刚，夏若晴把你的书扔、扔到后面的垃圾桶里了……"

梁药的动作顿住，随后转过头，看到夏若晴正懒洋洋地在座位上玩手机。

见"梁雯"看过来，夏若晴毫不惧怕地瞪回去，脸上挂着嘲弄的笑，仿佛在说"是我做的又怎样"。

梁药静静地走到垃圾桶前，低下头，看到了很多熟悉的东西——她的课本、笔、包包，这些东西被各种食物沾染上，变得肮脏不堪。

梁药大步走到夏若晴面前，将夏若晴从座位上拽了起来，拖着她走到垃圾桶旁边。

夏若晴痛得五官扭曲起来，发疯一般地大叫："你有病？！放手！"

教室里的人都被吓到了，没有一个人敢出声。

"我和你拼了！"夏若晴气红了眼，挥着手对梁药又抓又打，像是要和她拼命。下一秒，她整个人跌坐到了垃圾桶上。

垃圾桶被打翻，里面的垃圾也撒在了夏若晴的身上，散发着恶臭。夏若晴坐在垃圾堆里，似乎都忘了要站起来。

苏浅是第一个反应过来的，连忙走过去拉住梁药，说："别打了！已经够了！"

"我没有打她啊。"梁药甩开苏浅的手，蹲在夏若晴的面前，微笑着说，"你说是不是，夏若晴同学？"

这时，不知是谁倒吸了一口气，说："楚昼，你什么时候来的？"

梁药的笑容凝固了。

教室静得连呼吸声都能听到，夏若晴的哭泣声便更清晰了。她已经从垃圾堆里爬起来了，浑身脏兮兮的，有果核、辣条等食物残渣，头发上还有牛奶渍。

离夏若晴近的人都忍不住干呕，更别说夏若晴本人了，她哭得不能自已，边哭边掐着自己的脖子呕吐。

楚昼一回来就看到这一幕，他微微一愣，梁药已经把头转向了他这边。她远远地看着他，干净的脸上没有表情，气质和往日反差极大。

楚昼是第一次看到她的这一面，她看起来冷冰冰的，仿佛终于撕开了面具，露出了本来的面目。

梁药只看了他一眼，便把头转了回去，垂着眼不说话。她没有任何表示，仿佛突然间就不认识他了。

楚昼皱了皱眉，刚要走过去，老师就过来了。看到眼前的景象，即使是老师也不由得震惊了。

老师的脸色严肃起来，当机立断地让两位女同学扶着夏若晴去卫生间清理，然后让梁药跟着他去办公室。

梁药拍了拍手上的灰，无所谓地跟着班主任走，和楚昼擦肩而过时，没有看他。

楚昼凝视着她的背影，若有所思。

真正的她，原来是这个样子的……

他没有跟上去，阴沉着脸，随便抓住一个男生，问道："到底发生什么事了？你一五一十地给我说清楚。"

这件事闹得挺严重的。虽然老师无意把事情闹大，但夏若晴哪受得了这种委屈。缓过神后，她立刻哭着向老师告状，还给父母打了电话。

她家境富裕，父母都是做生意的，也都是本地人，通完电话后，他们立刻赶了过来，火冒三丈地闹着要给女儿讨个说法。

梁药的家长也被叫了过来。梁远国上班忙，梁母请了假赶来。她听到梁药似乎打了人家的女儿，同样火冒三丈，甚至连事情的经过都没问清楚，便认定了是梁药的错。

梁母气得浑身发抖，脸涨得通红，指着梁药破口大骂："我上辈子是造了什么孽，怎么会生出你这个祸害？！你走到哪儿哪儿就不安生，当初在医院，我真该直接掐死你！"

梁药将手插在口袋里，吊儿郎当地站着，无所谓地说："那你该庆幸你没动手，不然你就得进监狱了。"

夏若晴还在旁边哭，她都哭了快半个小时了，眼睛肿得像核桃。她对父母说道："爸，妈，我不管，你们一定要给我出气，她太欺负人了！"

"放心，女儿，妈一定替你讨回公道！"夏母心疼得不得了，连忙拿纸巾给她擦眼泪。

夏父愤怒地看着梁母，说："看看你教出来的好女儿！这件事，你打算怎么处理？这可不是赔钱就能解决的事情！"

"对不起，是我没管好她，回去后，我一定好好教训她！"梁母不停地道着歉。

接下来的时间里，梁药欣赏着自家老妈的变脸现场——她一边卑躬屈膝地给人家低头认错，一边对着梁药骂个不停，比京剧变脸还精彩。

老师也没见过胳膊肘拐到天边去的母亲，擦了擦冷汗，劝道："那个，请你们先冷静一下，我有话想说。刚刚，我和梁雯谈了谈，她说是夏若晴先欺负她的。夏若晴不仅在她的衣服后面乱涂乱画、在她的凳子上涂胶水，把她的书本扔进垃圾桶……夏若晴，这是真的吗？"

"当然不是！"夏若晴想也不想便否认，"我才没做过！"

"可是梁雯说……"

夏母生气地打断老师的话，说："凭什么她说什么就是什么？你们有什么证据吗？我女儿的为人，我最清楚，她怎么可能做这种事？"

梁母感到难堪，道歉道："对不起，都是我们的错……"说着，她又瞪了梁药一眼，"你哑巴了？还不赶快向人家承认错误！"

梁药挑了一下眉，冷笑道："我怎么会摊上你这种妈。"

"你——"梁母气急败坏，高高地扬起手，朝梁药的脸上挥去。

梁药见她要打自己，下意识地往后退了两步，不仅如此，她还顺便把旁边的夏若晴拉过来，挡在了自己前面。

夏若晴没反应过来，就被重重地甩了一巴掌，整个人都蒙了。

梁母不可思议地瞪大了眼。

良久，梁药才慢吞吞地说："条件反射，不好意思。"

"对、对不起，阿姨不是故意的……"梁母摸着夏若晴的脸，一下子慌了神。

"女儿，你没事吧？"夏父夏母连忙推开梁母，担心地打量着夏若晴。

夏若晴这才反应过来，哭得更凶了，大喊道："梁雯，我要杀了你！"

第七章
药药的攻略日记

校办公室里，众人乱成一团，班主任一个头两个大。这时，一个高挑的少年从门口走来，眉眼精致，鼻梁高挺，衣衫一尘不染，表情十分淡漠。

——是楚昼。

"你怎么来了？"

楚昼没说话，目光在梁药的脸上顿住。她正看着自己，似乎有些意外。

楚昼走过去，不着痕迹地挡在了梁药身前，对班主任说："我来还原真相。"

"什么？"

楚昼的语气十分冷淡："昨天早上八点三十六分，夏若晴在梁雯的衣服上乱涂乱画；今天上午九点十三分，她在梁雯的凳子上涂了胶水，并且把梁雯的书本扔进垃圾桶里。这些事情，我都有监控视频为证。"

众人被他说得一愣一愣的，他提到的时间点都很精确，不得不说，可信度很高。

梁药也被唬住了，她的脑海里只有一个想法：他是怎么记住那些数字的？

夏若晴听得心惊肉跳，她根本不知道自己做这些的时候是几点几分，不过，从时间上推测，还真可能是他说的那样。教室后面的摄像头常年关着，只有举行大型考试时才会打开，她没想到自己这么倒霉，摄像头竟然开着。可听到最后一件事时，她忍不住叫起来："其他事情我承认，但我没撕她的书！你认错人了吧？！"

话音一落，老师立即皱眉道："所以，那些事真是你做的？"

“不是梁……梁雯欺负人？”梁母愣住了。

夏若晴涨红了脸：“我看她不爽，不行啊？”

夏父若有所思地看着楚昼，一直没说话。夏母推了他一把，说：“老公，你说两句啊！”

夏父终于开口了，不过，他的话是对楚昼说的：“你是楚沈河的儿子吗？”

楚昼看了他一眼，微微颔首，没有说话。

夏父讪笑道：“不久前，我在商务宴会上看到楚总带你出席了，没想到这么巧，又在这里碰到你了，幸会幸会。”他的态度有了一百八十度的转变，让人措手不及。

夏母一听，愣了。楚沈河？那不是YM集团的老总吗？去年，他还上了全国富豪榜。

楚昼没有理他，对老师道：“老师，既然真相已经明了，我就带梁雯出去了。”

“这……”老师犹豫着看了夏氏夫妇一眼，怕他们不乐意，却发现他们一脸讨好，丝毫没了刚才嚣张跋扈的样子，也没有要拦人的意思。

“好吧，你们先出去。”老师见状，点头放他们走了。

出去后，梁药还觉得有点儿不真实，没想到他们竟会这么轻易地放过自己。远远地，她还听到夏若晴埋怨：“爸，你就这么放过她了？”

“你闭嘴！”男人低吼道。

“哇，看来你家很有背景嘛。”梁药一下就猜到了是怎么回事，笑着朝少年道谢，“谢了，没有你，我恐怕都不能活着出来了。”

楚昼没回话，沉着脸把她拉到了一个偏僻的地方。他转过头，便看见女孩的脸上有了笑容，和当时他在教室门口看到的模样大相径庭，他知道，她又在装了。

楚昼不爽地“啧”了一声：“不想笑就不要笑，在这里，没人逼你。”

梁药愣了一下，慢慢收敛了笑容。

“还有，我希望你能更依赖我一点儿，别把什么事都闷在心里。”

梁药沉默了几秒，没有回答，只轻轻地问：“摄像头真的录到了吗？”

楚昼神情自若地道：“没有。”

“我就知道。”梁药又笑了，不过这次的笑容是真心实意的，她轻声道，“谢谢啊，昼昼。”

楚昼垂眸看着她，问道："只有谢谢？"

"……你想怎样？"

楚昼沉默了两秒，说："亲我一下。"

"啊？"梁药有些错愕。

"嘴。"

梁药的嘴角抽了抽，说："不、不好吧，光天化日的……"

"这里没人。"

"可是……"

梁药还想拒绝，却见少年微微抿起了嘴角，似乎有点儿受伤。

她不忍心了。

这是个多么可怜的孩子啊！长这么大，他第一次交女朋友，女朋友还不主动，他本来就有厌女症，可别又让她弄出心理阴影了。

"那你闭上眼。"梁药叹了口气，无奈地说道。

楚昼怀疑道："你不是要跑吧？"

"不要就算了！"

楚昼没再说话，闭上了眼睛。他静静地等了一会儿，玫瑰花香味靠近了，接着，他的唇上传来软软的触感——可是……有些不太对劲。

他睁开眼，入目的是她含笑的眼睛。

两人靠得很近，呼吸交错，宛如在接吻。

然而，嘴与嘴之间隔着她的手。

她用手心盖住了他的嘴巴，而她亲在了自己的手背上。

"这是利息。"梁药笑着退开，"本金先欠着，以后还给你。"

楚昼定定地看了她一会儿，忽然牵起她的手，低下头在她刚刚亲过的手背上轻轻地落下了一个吻。

"这可是你说的，我记住了。"

不知道老师是怎么解决这件事的，总之夏氏夫妇带着女儿回了家，没有纠缠不休。事情解决后，梁母就走了，她没有去见梁药，仿佛什么都没发生过。

至少，在梁药回到家之前，她是真的以为那些都过去了。

放学后，一进家门，她就听到父母在吵架。

梁母歇斯底里地发着脾气："梁远国，你知不知道你女儿今天又干了什么好事？！”

梁远国说道：“好了！都过去了！你都骂了快一个小时了，不累吗？而且，明明就是那个女孩的错，你能不能消停点儿？！”

“明明是她不让我消停！从小到大，她给我惹过多少祸，我数都数不清，再这样下去，我非被她逼疯不可！”梁母崩溃地大吼，“要是她没有出生就好了，我只要雯雯一个女儿就够了！”

“你胡说什么呢？！”梁远国的脾气也上来了，他阴沉着脸，大声斥道，“手心手背都是肉，你能不能别总那么偏心？！敢情药药就不是你的女儿了？她不欠你什么，今天那件事明明就是那个女生的错。如果去学校的是我，我骂他们一家人都来不及，道什么歉！”

两人吵得不可开交，梁药心里倒很平静，可能是已经麻木了。

她清了清嗓子：“那个，二位，你们能不能别吵了？这么大声，也不怕街坊邻居听见？不嫌丢人啊？”

她这话一出，屋里猛然一静，梁母和梁远国都看了过来。

梁远国结结巴巴地道：“药药，你、你什么时候回来的？”

梁药微微一笑，说：“在妈说‘要是她没有出生就好了’之前。”

梁远国连忙解释道：“你妈说的是气话，你不要当真。”

梁母脸色有点儿不自在，哼了一声，小声嘟囔：“我有说错吗？”

“那行。”梁药平静地点头，对梁母说，“既然这样，我现在就搬出去，不碍您的眼。”

此话一出，梁远国立即严肃地说：“这种事不能乱开玩笑，你想都别想！”

梁母冷笑道：“搬出去？你哪儿有钱搬出去？我告诉你，你别指望家里给你一分钱！”

梁药慢慢地走过去，朝她晃了晃手机，把存款余额展示给她看，说：“您放心，本来我也没指望过您。”

梁母看到了她的存款余额——五万六千多块钱。

“你哪儿来的这么多钱？”梁母提高了音量，吃惊地说道。五万块钱虽然说不上多，但对于一个二十岁的年轻人来说，已经是一笔巨款了。

梁母想到了一种可能性，满脸狐疑地问道：“你该不会是做了什么见不得人的事吧？”

“……”

梁药被气笑了，她什么都没说，转身回了房间。再出来时，她的手里多了个行李箱，还有一沓厚厚的纸。她走到梁母面前，将那沓纸重重地甩在了梁母身上。

无数纸张在空中散落开来，缓缓地飘到了地面上。

梁母捡起一张纸看了看，愣住了。这是收款明细的打印单，每笔钱的来源、金额、汇款人，都写得清清楚楚。除此之外，还有一些聊天记录截图，都是约稿记录。

每一笔钱都是她自己赚的。

“这样总可以了吧？”看着母亲呆愣的脸，梁药平静地道。

这些收款明细，梁药很久以前就打印好了，为的就是有一天可以拿出来给梁母看看，告诉她，自己比她想象的优秀很多，也存着几分她能以自己为骄傲的念头。

她从没想过这些单据会是在这样的情况下被梁母看到。

为了彰显自己画稿的价值，梁药特意挑了贵的单子打印，而梁母手中的单子是别人找她约全身画稿的单据，还是带复杂背景的那种，这一张画就卖了一千五百块钱。

梁母看着打印纸上的交易记录，不敢相信自己的眼睛。就这么一幅看不出什么名堂的画，竟然有人付了一千五百块钱！

如果没有聊天记录证明那个人是主动找梁药约稿的，她都怀疑梁药骗了人家的钱。

她观念陈旧，认为只有勤勤恳恳地上班才能赚到钱，所以，考上一个好的大学才能有出路，可这些纸上的内容颠覆了她的价值观。

也就是说，梁药的一幅画就抵得上普通人半个月的工资？

梁母知道梁药一直在画画，以前，她都当梁药是不务正业，不知悔改，可是看着这么多钱，梁母有些迷茫。她记得梁药是从寒假开始闷头画画的，这才九个月，梁药就赚了快六万块钱，折合起来，梁药一个月的收入竟然比她还高？

怎么会有这种事？！她才多大啊？

梁母难以置信。

梁远国也捡了几张纸看了看，他虽然也有些惊讶，但更多的是欣慰和自豪。

梁药懒得管他们会怎么想，只觉得神清气爽。她瞥了一眼呆若木鸡的梁母，一句话也没说，提着行李箱，转身就走。

“药药，你别冲动啊！”梁远国连忙抓住她的手腕，“这么晚了，你能去哪儿啊？听爸爸的话，你先冷静下来，我们好好谈一谈，你妈妈她……”

“我和她没什么好谈的。”梁药甩开他的手，冷淡地回道，“你觉得我现在还不够冷静吗？”

梁远国哑口无言。

从开始到现在，梁药的脸色一直很平静，做出这个决定不像是冲动行事。

“好啊，你走！”梁母如梦初醒，彻底被激怒了，威胁道，“我告诉你，你今天踏出这个家门一步，就永远别想回来！”

梁药一顿，随后毫不留恋地大步向前，连头都没回一下。

“你少说两句会死啊！”向来温和的梁远国脸色一变，急忙追上去，“药药，等等我！”

梁母气得瞪大了眼，说：“梁远国！你敢追上去，你也别回来了！”

梁远国没理她，追上已经走出一段距离的梁药，忧心忡忡地道：“药药，你——”

“爸，”梁药打断他，“如果你真的关心我，就让我走。”

“这么晚了，你能去哪儿？”

“先去王芹芹那儿睡一晚，明天去租房子。”

梁远国见她表情坚决，叹了口气，说：“那好，我不拦你，但你让我送你一程总可以吧？大晚上的，你一个女孩，我不放心。”

梁药没说话，看意思是随便他。

梁远国跟着梁药一路到了大街上，小心翼翼地打破沉默：“药药，你和你妈——”

“不可能。”梁药斩钉截铁地回道。

“……我还没说完。”

“反正，我不回去，也不会和她和好。你想说什么？”

“……你和你妈之间的矛盾太深了，如果你们能够心平气和地谈一谈就好了。”

“看在母女一场的分儿上，我会去听她的临终遗言的。”

“乌鸦嘴。”梁远国又叹了口气，“对不起，我们亏欠了你太多。”

事到如今，他也看开了，如果梁药真想离开这个家，他也不会强迫她留下。

到王芹芹家，梁药停下脚步，对梁远国说："到了，爸，你回去吧。"

"嗯。"梁远国满脸不舍，怜惜地摸了摸她的脑袋，"照顾好自己，找到落脚处后，一定要告诉我。天气冷了，你多穿点儿衣服，别感冒了。还有……"

"放心吧，我都知道。你赶快回去吧。"梁药无奈地推着他走，"我搬家后会让你过来吃饭的。"

梁远国犹豫了一下，说："你妈那边，我会努力做工作的。如果我保证以后她不会骂你了，你愿意回来吗？"

梁药想说不愿意，但又不想让他太难过，便说："到时候再说吧。"

反正，以梁药对梁母的了解，让梁母低头是不可能的。这些年，梁远国为了她，不是没和梁母吵过架，但他没有吵赢过一次。

梁远国性子太软，是典型的妻管严。

听了她的话，梁远国终于放下心，说："行，那我先回去了。我保证会让你妈和你道歉的。"

"嗯。"梁药应得敷衍，压根就没打算回去，"路上注意安全，拜拜。"她朝他挥手告别，随后，打了个电话给王芹芹，要王芹芹下来接驾，说是要在这里借住一晚。

王芹芹什么都没问，只让她自己上去。

梁远国走后，想了想，还是觉得不放心。女儿出门在外，要花钱的地方那么多，五六万哪儿够啊？他拿出手机，从私房钱里给梁药转了一万块钱。

他还在想用什么理由让她收下，她自尊心那么强，说不定不会再要他的钱了。可下一秒，他就看到他发出去的红包被领走了，一点儿都不带犹豫的。

梁药客气地回复："谢谢爸爸。"

"……不客气。"

看来是他想多了。

王芹芹的父母常年出差，她经常一个人在家。以前，梁药就时常来她家过夜。

两人点了外卖当晚饭，王芹芹听梁药说她离家出走了，倒不觉得意外，只问：“那你明天怎么办？”

梁药整理着衣服，头也不回，反问道：“什么怎么办？”

“就是——你是去B大，还是D大？”

“……”

梁药动作一顿。差点儿忘了，按照原计划，梁雯今晚回来后，她就把和楚昼相处的点滴细节告诉她，结果，现在……

梁药叹了口气，打了个电话给梁雯，简要地说明了情况。不等对方开口，她便下了结论：“反正，就是这样，明天我还是去B大。到时候，我会把细节写下来交给你，你背下来，后天，我们就换回来吧。”

梁雯怔怔地道：“你不回来了吗？”

“嗯。”

“可是……”

“没有可是，挂了。”说完，她就挂了电话。

王芹芹笑着吹了声口哨，一副看热闹不嫌事大的表情，说：“看来，你和你的妹夫还得共处一天。真是剪不断，理还乱啊。”

“啰唆。”梁药翻了个白眼，整理完衣服后便去洗澡了。

直到转天去学校，她都没找好住处。

下课铃响后，梁药无精打采地趴在桌上，看着手机，一句话也没说。

楚昼侧过身子看着她，警告似的叫了她一声：“梁雯。”

“干吗？”梁药有气无力地应道。

她正在为落脚处感到迷茫。为什么现在的房租这么贵啊？！

“应该是我问你才对。”楚昼皱着眉问，“你今天怎么了？发生什么事了？”

他从没见过她这么丧气的样子。

“没有啊，我很好。”梁药的眼睛没有离开手机，懒懒地道，“什么事都没有。”

话音刚落，她的手机就被楚昼抽走了。

“喂！”梁药睁大了眼，连忙去抢，“快还给我，别看……”

可楚昼已经看到了——租房信息网。

“你在找房子？”楚昼脸色微沉，看着她问，“到底怎么回事？”

梁药缓缓地叹了一口气，拿过手机，说：“不是我，是我姐姐。她最近和家里闹翻了，在找房子住。”

“真的？”

“真的呀。”梁药唇角弯了弯，“我可是家里的小公主，爸妈疼都来不及，哪儿会赶我走？”

楚昼沉默地看了她几秒，忽然抬手轻轻地捏了一下她的脸：“我说过，不想笑就不要笑，很难看。”

不出意外，今天将会是她和楚昼在一起的最后一天。梁药总以为现实里的告别会像电视剧里那样轰轰烈烈，催人泪下。然而，什么都没发生。

楚昼像往常一样，没有追问她任何事，好像真的全心全意地信任她。梁药觉得他真笨，哪儿有这么一根筋的人——不信她时连半个字都不信；信了便一心一意的。

多傻，多……温柔。

这一天就这么平淡地过去了，平淡到梁药以为他们明天还会再见。

放学后，楚昼被老师叫走了，好像是因为数学竞赛的事。梁药在校门口等他一起回家——虽然她回的已经不是原来的那个家了，但演戏还是得演全套。

梁药无聊地玩着手机，忽然听到一阵杂乱的脚步声，她抬眸，看见了一群人。

为首的人是罗穆，他穿着一身黑色皮大衣，嘴里叼着烟，脖子上还挂着一条金链子，像电影里的古惑仔。

梁药一脸冷漠，想装作不认识他。

“一个月已经到了吧？”他走到她面前，开门见山地问，表情有几分不爽，“现在可以跟我走了吧？”

他身后的小弟都是梁药熟悉的面孔，纷纷起哄喊着“在一起”。

梁药问：“为什么你觉得一个月到了，我姐就会喜欢你了？”

“你姐？少给我来这套！”罗穆扬了扬眉，见她迟迟不动，伸手拽她，“行了，跟我走，我带你去个好玩的地方。”

梁药刚要闪开身子，忽然被人往后一拽，下一秒，楚昼高瘦的背影出现在了眼前。他一句话都没说，挥着拳头砸向罗穆。

他的动作很快，众人都没反应过来。

罗穆捂着脸，面色不善地看着楚昼。发现他就是上次那个小白脸，罗穆怒火攻心，威胁道：“我今天要打死你！”

楚昼将梁药护在身后，面无惧色。

“喂，你们都住手！”梁药怎么也没想到事情会变成这样，她连忙拉住楚昼的胳膊，上前一步，挡在他们中间，看着罗穆，计上心来，“我是梁雯，真的不是姐姐。小穆哥，你再仔细看看清楚？”

罗穆一愣，仔细地打量着眼前的人——齐刘海，巴掌脸，乌黑的长发柔顺地散在肩膀上，眉目如画，一双水灵灵的眸子看着他，像是会说话，整个人纯洁得像一张白纸。

罗穆见过梁雯，只有她会叫自己小穆哥，她的气质也确实是这样的，但他不能排除梁药伪装成梁雯的可能性。

“昼昼是我的男朋友，我们都交往一周了。你看在我的面子上，放过他吧。”

这句话别有深意，等于是说梁药一周前就帮妹妹把人追到了手，现在的梁雯是真的梁雯。

罗穆打消了疑虑，脸色却依旧不太好看，他对着楚昼冷哼一声，说：“看在妹妹的分儿上，我放你一马！”他朝小弟们挥手，“我们走！”

随后，一行人浩浩荡荡地离开了。

梁药松了一口气，挽住楚昼的手臂，说：“你看，我说了，他是来找姐姐的。”

“可他纠缠你两次了。”楚昼神色阴郁，“你认识他？”

“是啊，他是姐姐的朋友。”

“他叫什么名字？”

“罗穆。”

“做什么的？”

“酒吧老板。”梁药答得顺口，“怎么了？”

“我记住了。”

“啊？”

楚昼摇摇头，没说什么，牵着她走向了私家车——依旧是那辆白色丰田车。

楚昼似乎心情不太好，上车后一句话都没说。梁药也不知道说什么，只好垂着脑袋装哑巴。

楚昼看了她好几眼，最后无奈地发出一声叹息，妥协道：“明天有空吗？”

明天是星期六。他这是想跟她约会？

梁药飞快地摇头，说：“没有。”

“后天呢？”

“也没有。”

楚昼沉默了很长时间。当罪恶感快要把梁药淹没时，她终于听到他轻轻叹息一声，说：“那就星期一见。”

“……那我走了，你赶紧回去吧。”梁药朝他挥挥手，走进了楼道。

上楼梯时，她回过头，发现车子并没有马上开走。于是，她等了一会儿才敢转身去王芹芹家。

到王芹芹家后，梁药刻不容缓地把自己和楚昼相处的细节写了下来，洋洋洒洒五千字。她将文档发到了梁雯的微信上，让她趁周末牢牢记住。

梁雯回复道：“谢谢姐姐，我会全部背下来的！”

本来到这里就没什么好说的了，可梁药像舍不得儿子的老母亲一样，忍不住叮嘱了一句：“一定要装得像一点儿，不要让他发现……”

——不要让他受伤。

当然，最后一句，梁药没说。她只重复了一遍：“不要让他发现。”

梁雯回复得很爽快：“放心吧，姐姐，我不会露馅的。”

梁药发现，自从自己从家里搬出来后，梁雯对她的态度变得小心翼翼起来，好像不太敢过问她的事，生怕触及她的“雷区”。

梁药叹了口气，她没空管那么多，只想抓紧时间找房子落脚。虽然王芹芹说她住多久都没关系，但王芹芹的父母随时都可能回来，怪不好意思的。

周六，梁药终于在D大附近找到了一个便宜的出租屋，一室一厅，对她来说足够了。当天她就搬过去了。整理完行李，她打开电脑，开始画画。

这些天的生活犹如过坐山车，惊悚又刺激，她根本就没时间画画。

正当梁药打算忘却所有，重整旗鼓时，星期天的上午，她被一通电话吵醒了。来电的人是罗穆的小弟。

“什么事？”梁药的表情十分阴郁。

“药姐，救命啊！穆哥被警察带走了！”小弟十分惊慌，“而且，他名下所有的酒吧都被查了！”

梁药一下清醒了过来，听到他那边乱糟糟的，皱起眉，问：“怎么回事？”

“就是那个楚昼找的关系，要找我们老大的麻烦！”小弟愤恨地说道，

“没想到他的后台这么硬，连警察都认识。”

梁药一怔，问：“你怎么知道是他？”

“废话，他和警察一起来的！这种人，看着是个小白脸，其实心肝比谁都黑！”

梁药有些蒙，这颠覆了她对楚昼的认知。她缓了缓神，继续道：“如果酒吧是正常营业的，警察也不能随便抓人吧？”

小弟讪讪地道：“不是正规的……酒吧连经营许可证都没有。”

“……帮不了，拜拜。”

“别啊，要是穆哥这回真栽了，你忍心吗？”

“你想要我怎样？”

“你妹妹不是和他在一起了嘛，我想让你妹妹向他求个情。拜托了，药姐，现在，只有你能救穆哥了！”

梁药想拒绝，但她毕竟是罗穆的朋友，见死不救说不过去，而且，这次的事也算是她害的。

“救他也可以，但我有个条件。”

“什么？”

“让他以后别老缠着我，烦不烦！”

“……”

小弟很快再次打来电话，说罗穆同意了，还形容了一下罗穆当时的表情是多么沉痛和悲伤，仿佛失去了整个世界。

梁药没兴趣知道，马上挂了电话。

她在想怎么和楚昼说，扮成梁雯肯定是不行的，毕竟，站在梁雯的角度，她没理由为罗穆求情。而且，楚昼是个醋缸子，用梁雯的身份求情很可能起反作用。

看来要用自己的真身上了，毕竟，罗穆是梁药的朋友。反正，她也已经厌烦扮演梁雯了。

事不宜迟，梁药画了个烟熏妆，涂了厚厚的粉底液，戴上红棕色的波浪卷假发，用了以前从来没有用过的香水。

她还是第一次画这种妆，连王芹芹都不一定认得出她。

准备完毕后，梁药便出发去了楚昼家。

她想得很简单，她是梁雯的姐姐，不看僧面看佛面，楚昼肯定会网开一面。

梁药到别墅区后，被保安拦住了去路，问她找谁。

梁药早就轻车熟路，自信地笑了笑，说道："我找二十三栋的住户。"

保安帮她打通了电话，楚昼的声音传了出来："喂。"

"楚先生是吗？"保安看了梁药一眼，"这里有位自称是梁雯姐姐的小姐找您。"

楚昼毫不迟疑地说道："不见。"

梁药的笑容僵住了。

正当楚昼要挂电话时，梁药抢过话筒，说："喂，楚昼，不是吧？看在我妹妹的分儿上，见我一面会死啊？！"

一气之下，她完全忘记了伪装声音，用了本来的声线。

楚昼顿住了，沉默几秒后，他说："进来。"

梁药松了一口气。

保安打开门让她进去了。她穿过熟悉的小路，来到了楚家的别墅前，刚要按门铃，门开了。

楚昼穿着白色毛衣和黑色长裤，好像刚洗过澡，头发有点儿湿，凌乱地散在额前。

他看着她，眼睛漆黑沉静，气场极强。

梁药不由得退后了一步，眼前的楚昼让她觉得陌生。但她很快调整好了状态，勾起一抹笑容，说："初次见面，我是梁雯的姐姐，梁药。"

眼前浓妆艳抹的少女有着红棕色的波浪卷，五官精致小巧，脸上不知擦了多少粉底液，白得吓人。她的眼线描得很深，黑灰色的眼影铺在眼窝处，妆容格外夸张，有些烟熏感。

这么冷的天，她穿着咖啡色的方格短裙和粉色的针织毛衣，保暖的黑丝长筒袜包裹住了两条纤细笔直的腿，十分勾人。

楚昼微眯着眼，打量着女孩的脸。她看起来很成熟，辨不出年龄，身上传来浓郁刺鼻的香水味，味道有些廉价。

少女长相美艳，妖而不媚，单看这夸张的妆容，和梁雯天差地别，可楚昼看着她弯弯的笑眼，竟意外地觉得熟悉。

因为是姐妹，所以她们长得像吗？居然连声音都一模一样。

刚刚，楚昼在电话里听到她的声音，差点儿以为是梁雯在那头。

而且，梁药……药……

他记得，"梁雯"直播时的昵称就是"药"，而且，她的粉丝说，她以前一直都是带妆直播的。她似乎很会化妆，但是他从来没见过她化妆后的样子。

“那个，楚昼同学？”

梁药见他一直看着自己不说话，心里直打鼓。她在他的面前晃了晃手，笑得小心翼翼，说：“我们可以进去聊吗？门口有点儿冷。”

“请进。”楚昼垂下眼帘，长长的睫毛覆盖下来，遮住了眼底的情绪，他不动声色地侧身，让她进门。

梁药很淑女地道了谢。她自认是一名优秀的演员，虽然已经来过他家好几次了，但她依旧努力露出羡慕的表情：“哇，你家好大、好漂亮哦！”

身后，楚昼轻轻地“嗬”了一声，意义不明。

梁药矜持而优雅地坐在了他家的沙发上，抬头看到楚昼去厨房给她倒水了。

他转性了？

梁药惊奇不已，心想：才一天不见，他变得这么有礼貌了？以前她来的时候，他都没给她倒过水，都是直接拿习题册！

真是一段不堪回首的回忆。

楚昼端了两杯水过来，将其中一杯水放到梁药面前，波澜不惊地道：“请用。”

“谢谢。”梁药礼貌地道谢，捧住玻璃杯，一摸杯子，却发现不对劲。

怎么是冷的？大冷天的，他给她喝冷水？

梁药望向他。

楚昼坐在了她的对面，手里拿着一个保温杯，里面冒着热气。他喝了一口水，慢条斯理地说道：“梁小姐，你找我有事？”

梁药深吸了一口气，告诉自己要忍耐。

“我是来求情的。”梁药开门见山，真诚地说道，“我听说，罗穆因为违法经营，被警察抓走了。”

楚昼“哦”了一声，淡淡地道：“关我什么事？”

还装蒜！

梁药的笑容快要维持不下去了，她说：“我知道是你找的人。希望你能看在我是雯雯姐姐的分儿上，网开一面，放他一马。我发誓，绝对不让他再去骚扰雯雯了。”

楚昼沉着脸看她，问：“你和罗穆是什么关系？”

梁药本想说是朋友，又觉得这层关系不够密切，于是，她咬咬牙道："他是我的男朋友。"

此话一出，梁药就发现楚昼的脸色瞬间冷了下去，他捏紧了保温杯，直直地盯着梁药的眼睛，略带不爽地说："你再说一遍。"

"男、男朋友啊，怎么了？"梁药吓得有些结巴。

楚昼沉默了几秒，语气又变得平静："要我放过他，可以，但是你得卸妆。"他一字一顿地道，"就在我面前。"

梁药蒙了。

他发现了？什么时候？怎么发现的？

梁药极力保持着镇定，说："我长得丑，所以才化妆的。而且，这里也没有卸妆水。"

楚昼说："我妈有，我可以拿给你。至于你长得丑不丑，和我没关系，我只是确认一下。"

确认一下？确认什么？

虽然楚昼没有明说，但两人心知肚明。

"那算了，我先回去了。"梁药把杯子放在茶几上，"谢谢你的冷水。"

楚昼微微扬眉，说道："不救你的男朋友了？"

"不救了。"梁药放弃得十分爽快，飞快地起身离开，"让他死在牢里吧！"

她几乎是跑到门口的。她的手刚碰到门把手，包里的手机便响了，她一边打开门，一边接起了电话。

然而，对方没有出声。

梁药想到了什么，猛地转过头去，便看到楚昼站在离她不远的地方，一只手插在口袋里，一只手拿着手机，直直地看着她。

场面一度十分尴尬。

梁药默默地挂掉电话，低下头，不敢看他；想跑，却怎么也迈不开腿。

面前突然降下一片阴影，楚昼走了过来。他缓缓地握住她放在门把上的手，一点一点地将门重新关上，将微弱的光线及渺茫的希望挡在了门外。

"解释一下？"楚昼抬起一只手，撑在她的脑袋边，看着她，目光沉沉，声音低哑，语气里暗含着危险。

他呼出的热气喷洒在她的头顶上，烫得她冷汗都要出来了。

梁药睫毛轻颤，紧张得不敢看他，声音不自觉地放软了许多，结结巴巴地道："昼、昼昼，你冷静点儿，事、事情不是这样的……我和罗穆真的只是朋友，没有任何关系！我怕我亲自来找你会让你误会，所以才扮成姐姐的样子过来求情。对不起嘛，我再也不敢了！"

楚昼抬手轻轻地抚上她白皙的脸颊，漫不经心地问："你姐和你长得很像？"

"就……有一点儿像。"梁药抬眼看少年，辨不出他的喜怒，"那个，你不生气了吧？"

"你说呢？"

楚昼看着她粉嫩的唇一张一合，眸光幽深，再也克制不住，抬起她的下巴便重重地吻了上去。

梁药睁大了眼。

反应过来后，梁药马上挣扎起来，可他像是吃准了她，扣住她的手腕，向前更近了一步。

梁药又羞又气，被动承受着来自他的嫉妒之火，想挣扎又不敢用力，十分绝望。

梁药感觉到少年喘着气，在她的耳边喃喃低语，声音沙哑又性感。

"你是我的。"

他们的唇终于分开了，梁药也不知自己抽什么筋，还在问："哦，那你到底答不答应放人啊？"

她的想法很简单：都亲了这么久了，他总该消气了，也该同意把人放了吧？

哪知，这话一出口，少年的脸色又沉了下去，然后……她的嘴又被堵上了。

她太难了。

直到下午，他才终于肯放她回家了，却始终没说放不放人。

梁药也没敢再问，并拒绝了他送她回家的提议。

楚昼知道今天可能吓着她了，也没有勉强，只是又亲了她一口。

梁药木着一张脸回了家，决定再也不见楚昼了。还有梁雯，她也不想见了。

当天晚上，因为深深的负罪感，她又写了两万字的小作文，把她和楚昼之间发生的各种事更加详细地写了一遍，包括事件发生的时间和地点——当然，省略了那个吻。

她将文档发给梁雯，美其名曰“补偿”。

梁雯看着两万字的文档，含泪道谢：“谢谢姐姐，我就算熬夜也会背完的。”

梁药这才安下心，舒舒服服地在自己的出租屋里睡起了大觉。

然而，她不知道，她离开楚家后，楚昼站在落地窗边凝望着她的背影，沉默了好一会儿，最终打了一个电话。

“帮我查一个人。梁雯，我想知道她的家庭情况，特别是关于她和她姐的事……”

次日，背了一晚上爱情故事的梁雯无精打采地回到了B大。

按理说，马上就要见到楚昼了，她应该觉得激动和紧张才对，可是她现在很困。

她来到教室，睡眼惺忪地望过去，一眼就看到了坐在座位上看书的楚昼，窗外的光落在他的身上，十分美好。

梁雯的心跳漏了一拍，睡意消失得无影无踪。毕竟，再怎么样，这都是她喜欢了好久的人。

她有些害羞地上前，清了清嗓子，刚要说话，楚昼突然抬头看了她一眼，皱了皱眉，问：“你是谁？”

这冷冷的三个字让梁雯僵在了原地。她看着少年漠然的眼神，有些不知所措。

暴露了？怎么可能？不只是梁药，梁雯也从来没遇到过能完全分清两姐妹的人。而且，她一句话都还没说，楚昼是怎么看出来的？

她的第一反应是：难道梁药早就已经告诉楚昼真相了，然后故意耍着她玩？

梁雯很快打消了这个念头。梁药的为人，她再清楚不过，就算梁药真的喜欢上了楚昼，也会明明白白地和她讲清楚，光明正大地和她竞争，不会耍这种小手段。

她定了定心，模仿着梁药的表情，朝楚昼笑道：“我当然是梁雯啊。昼昼，这才不到一天，你连自己的女朋友都不认识了？”

梁雯将梁药的神态和说话的语气都模仿得活灵活现。姐妹俩从小一起长大，互相扮演对方简直是家常便饭。

她又朝楚昼走近了一步，撒娇道："好了，快让我进去吧。"

楚昼不为所动，完全没有要起身的意思，脸色越来越冷，说："你不是梁雯。我再问一遍，你到底是谁？"

"我真的是梁雯！"

"你不是。"

"我真的是！"梁雯有点儿崩溃，"要给你看我的身份证吗？"

他们的对话引起了后排人的注意。

赵亿豪抬起头，奇怪地看了看梁雯，又看了看楚昼，说："阿昼，你的脑子没问题吧？这明明就是梁雯啊！别告诉我你突然失忆了。"

曹博也纳闷地看着梁雯，说："就是。她不是梁雯，谁是啊？"

两人你一句我一句，大家都觉得梁雯没问题，有问题的是楚昼。

梁雯的心稍稍放下了。

楚昼却置若罔闻，神情冷淡地看着她，问："如果你是梁雯，那你告诉我，昨天，我们之间发生了什么？"

梁雯很有底气，张口就说："我因为罗穆的事去你家找你求情。"

"在家里做了什么？"

"呃……玩手机？"

这个……梁药没有说啊！

楚昼一字一句地道："我们亲了一个下午。"

"不可能！"梁雯脱口而出。

这么重要的事情，梁药怎么没有告诉她？！

楚昼彻底失去了耐心，他神色阴郁，问道："到底怎么回事？梁雯去哪儿了？你们又是什么关系——"他突然想起了什么，顿了顿，说道，"难道，你就是她姐姐？"

"……"

梁雯已经不知道该说什么了。楚昼好像并不知道真相，只是单纯地发现了她不是姐姐。

梁雯还不死心，硬着头皮继续撒谎："其实，我有双重人格，昨天的事，我记不太清了。"

楚昼缓缓地道："我们昨天亲得挺激烈的。"

"……"

"她的嘴还被我咬破了。"

梁雯瞪大了眼睛，不敢相信自己听到了什么。

看热闹的群众也安静了。

“不仅如此——”楚昼看了梁雯一眼，“你的头发比她的长了五厘米，黑眼圈也没了，眼角处还多了一块雀斑，耳垂很干净，之前打耳洞的痕迹也没了。你是要告诉我，你的第二人格还有另一具身体？”

楚昼说的都是她们之间真实存在的不同，除此之外，她的神态和说话方式也让他感到违和，所以，他一眼就认出了眼前的人不是之前的那个人。

楚昼话音一落，众人都沉默了。

赵亿豪瞠目结舌半晌才发自内心地佩服道：“阿昼，你的眼睛是显微镜吧？你不去参加比拼智力的节目真是可惜了。”

楚昼懒得理他，冷冷地问梁雯：“你为什么要代替你妹妹来上学？梁雯现在在哪里？”

梁雯不知该摆出什么表情，木然地说着一句大实话：“我真的是梁雯。”

楚昼皱了皱眉，还想问什么，抽屉里的手机这时振动了一下。他拿出来看了一眼，是一条微信消息。

“昼哥，你昨天要我查的东西，我已经查到了。梁雯家经济条件普通，爸爸是做销售的，妈妈是物业的文员。梁雯有一个双胞胎姐姐，叫梁药。据说她们性格相差挺大的：妹妹比较文静，学习好；姐姐性格泼辣，喜欢打架闹事……这都是我听街坊邻居说的。”

楚昼看着形容姐姐的词汇，瞬间便意识到了什么。他抬眼看着梁雯，眸光黑沉沉的：“难道，和我在一起的人，一直都是你姐？”

“什么意思啊？”赵亿豪和曹博听得一脸蒙，都被楚昼说迷糊了。

梁雯再也装不下去了，哭丧着脸招了，说：“好了啦，我确实不是你认识的梁雯，以前追你的……都是我姐姐，梁药。”

梁雯有气无力地把事情的经过说了一遍。

她怎么也没想到，才刚来学校不到五分钟，就露馅了。

赵亿豪听后觉得不可思议，说：“你和你姐互换身份上学，还让你姐来帮你追阿昼？她吃饱了撑的啊？图什么啊？”

梁雯诚实地回答：“我最近在养身体，而且，爸妈答应她的条件了。”

条件……

楚昼的表情变得十分可怕，下颌绷紧，薄唇紧紧抿成一条线，看起来十分危险。

曹博已经很久没见他这么生气了，连忙问道："姐姐也不一定是为了利益啊，说不定，她追着追着就追出感情来了呢？你说是吧，梁雯妹妹？"

"不会啊。"梁雯撇了撇嘴，有点儿郁闷，"她还给了我一个两万字的文档，要我全背下来，千万不要露馅呢。"

楚昼微微眯眼，问道："什么文档？"

"就是她和你相处时的点点滴滴啊。"

"给我看看。"

梁雯不情不愿地拿出手机，找出文档给他看。

楚昼接过手机，看到的第一行字就是——《药药的攻略日记》。

"十月二十九日，我的牛奶洒在了他的身上，虽然我不是故意的，但成功地引起了他的注意！"

"我给妹夫的早餐，他终于吃了！"

"妹夫喂我吃卤蛋，离脱离苦海的日子不远了！"

……

满满的"妹夫"和满满的套路。

楚昼的脸彻底黑了下去。

第八章
全是假的

与此同时，梁药回到了D大。她画了个美艳的妆容，斜挎着书包，穿着烟灰色的条纹毛衣和牛仔裤，懒懒散散地走进了全年级最差的班。

里面闹腾得要命。一部分男生你追我打，抱在一起；还有一部分在最后一排玩游戏，嘻嘻哈哈，没个正经。女生大多在座位上聊天，看剧，桌上摆着一堆小零食。

梁药在教室门口站了一会儿，恍如隔世。

她在D大待久了，好像都不太习惯这样的班级氛围了。

梁药叹息着摇摇头，走向自己的座位。王芹芹递来一根棒棒糖，欢迎她回来，没什么诚意地说道："恭喜你啊，终于脱离苦海了。"

梁药看着棒棒糖，有点儿嫌弃，问："怎么是草莓味的？"

"有就不错了，你还挑。不吃就还给我！"

梁药已经撕开了包装纸，将棒棒糖塞进嘴里。她叹了口气："算了，凑合吧。"

王芹芹打量着她，问："心情不好？"

"没有啊。"

王芹芹像是没听到一样，接着问："因为妹夫？"

"都说了，没有！"

"你真的喜欢上他了？"

"你有完没完？"梁药翻了个白眼，转移话题道，"我不在的时候，没露馅吧？"

"放心，你英明神武的可怕形象依旧深深地烙印在同学们的心中。"

毕竟，梁雯和梁药不一样，身边有王芹芹帮衬着，被人怀疑的概率小之又小。而且，梁药以前的行事作风让很多人畏惧，没几个人敢接近她。

王芹芹忽然想到了什么，顿了顿，说："等等，我差点儿忘了他！"

"什么？"

"就是你妹妹，她——"

正说着，王芹芹就看到一个熟悉的身影出现在了教室门口。

"……说曹操曹操就到。"

"什么？"梁药奇怪地望过去。

一个银色头发的男生吊儿郎当地朝她走来，手上拿着几本书。

她一愣，回忆了半天才认出他是林韩熙。他来干什么？又想打架？

这么会儿工夫，林韩熙已经走到了她的跟前。他笑容懒散，把手里的本子全都扔在了她的桌子上。

"这是我昨天的作业，今天也麻烦你帮我写，拜托了。"

梁药怀疑自己听错了，缓缓地直起身来，问道："你再说一遍，要我写什么？"

林韩熙挑眉道："作业啊。你不会这么快就忘了还有把柄在我手上——"

他话还没说完，梁药就拿起桌上的作业本重重地朝他的脸上砸去。

"是你疯了还是我疯了？我自己都懒得写，还要帮你写？你算老几啊？"

教室里的吵闹声不知何时停了下来，大家都偷偷地看向梁药。

这一个月以来，梁药对林韩熙唯命是从，敢怒不敢言。有人以为梁药是屈服于他的淫威之下了；更多的人认为，梁药喜欢上了林韩熙，两人早就秘密交往了，平时都是在打情骂俏。

没想到还没过几天，梁药就腻烦了林韩熙，开始发脾气。

林韩熙被作业本砸蒙了，捂着脸反应了半晌，才震惊地说："难道，你是真的梁药？"

梁药冷眼看向他，问："你说呢？"

林韩熙脸色一变，也不顾自己的尊严，紧紧地抓住她的肩膀问："那梁雯呢？她去哪儿了？"

"当然是回 B 大去了。"梁药不客气地甩开他的手，"还有，别乱碰我！"

“回B大……”林韩熙喃喃道，“那她还会回来吗？”

“她肯定得好好地守着男朋友，跟他相亲相爱啊……”梁药反应过来，“哎，你怎么知道梁雯的？”

林韩熙已经听不进去任何话了，他的大脑已经被那句“男朋友”填满了。他的脸色一阵青，一阵白，最后骂了一句，转身跑了。

“喂，你的作业不要了？”梁药喊了一声，纳闷地问王芹芹，“到底是怎么回事？他和我妹发生了什么吗？”

王芹芹叹了口气，说：“这个就说来话长了。”

“那你就长话短说。”

王芹芹挑了重要的部分告诉她。

梁药皱眉问：“她被欺负了，你怎么不告诉我？”

“也不算欺负吧，”王芹芹耸耸肩，“周瑜打黄盖——一个愿打，一个愿挨。你要是再不回来，人家说不定都擦出爱情的火花了。”

“别乱说。”梁药顿时失笑，没把这句话放在心上。

两人聊了一会儿后，上课铃响了。梁药下意识地闭了嘴，却听到周围的人还在吵闹，这才想起来自己在D大。

在B大时，教室里总是安安静静的，老师不在还有楚昼管纪律，反正没人敢造次；但在D大就不一样了，老师根本不管他们，底下闹哄哄的也无所谓。

梁药以前觉得没什么，只低着头玩手机；可现在，看着这场景，她觉得有点儿难受。

她撑着下巴听了一会儿课，突然发现楚昼以前讲的题派上了用场，她竟然能听懂老师讲的部分内容了。

不得不说，这老师讲课的质量真不行，东凑一句，西拼一句，听得人云里雾里的。

还没楚昼教得好。

梁药有些心不在焉。王芹芹侧头看了她一眼，察觉到她的情绪突然低落起来。不过，王芹芹什么都没问，只朝她晃了晃手机，说：“你看看这个。”

“什么？”

梁药看过去，屏幕上赫然是六个粗体大字——金冬绘画大赏。

“这是什么？”

“绘画比赛啊。你画画不是挺厉害的嘛，可以去试试看。举办地点是H市，那儿的风景也不错，你就当是去旅游散心了。”

“在南方啊。太远了，不去。”梁药想也不想便拒绝了。

王芹芹看着手机，又念道：“一等奖奖金十万块，二等奖奖金五万块，三等奖奖金两万块……”

“怎么报名？”梁药立刻抢走了她的手机。

梁药仔细看了看规则，发现这是一个打着比赛名义的培训项目，要想参加比赛，得先交一万块的学费，进行两个月的封闭式训练。报名日期截止到今天，后天到H市的画廊集合。

从这里坐火车到H市至少要十个小时，也就是说，如果她要去，明天就得出发。

“怎么样，去不去？”王芹芹的眼睛亮亮的，“你要是去的话，我陪你啊。反正，D大这学校，我们请假两个月也不会有人管。”

“你又不会画画，参加什么？”

“你再往下面滑。”

梁药看向屏幕下方，发现还有个“明星追梦人”的活动，参加的条件和绘画大赏的差不多。

王芹芹激动地说：“我有没有告诉过你？我的梦想是成为大明星！”

“我记得那是你的梦话，不是梦想。”梁药冷漠地把手机还给她。

“去不去？”

梁药有些犹豫，说：“我再考虑一下吧。”

在D大上课实在无聊，梁药听了两节课后便没耐心了。她一下被打回原形，逃了课便和王芹芹去外面玩了。

王芹芹豪爽地包揽了所有的游玩费用，说是要正式庆祝她获得自由。

两人前脚刚走，楚昼后脚就来了她们班上。

突然看到一个俊美的少年闯入，同学们纷纷睁大了眼，一脸好奇。

“他长得好帅啊！”

“哪个班的？”

“不知道，没见过。”

大家议论纷纷。

楚昼置若罔闻。他看了教室一圈，并没有看到梁药，脸色又难看了几分，随便找了一个男生问：“梁药在哪儿？”

男生猜，这肯定又是梁药欠下的风流债，战战兢兢地道：“不知道啊，她刚走。”

“去哪儿了？”

“不知道。她的事，我们哪儿敢管？！”

“她常去的地方是哪里？”

“不知道……”

楚昼不耐烦地打断他：“你知道什么？”

男生含泪道：“我什么都不知道啊……”

楚昼二话不说，扭头就走。他让司机开车去梁药家里找人，虽然梁雯说梁药已经搬出去了，但他不死心。一路上，他不停地打着她的电话，得到的永远是冷冰冰的一句：“您拨打的号码是空号，请核对后再拨。”

她竟然把手机号给注销掉了。

楚昼的脸色阴沉到极点，胸腔内的气血在翻涌，他紧紧地攥着手心里的红色护身符，指节逐渐发白。

某网吧。

梁药根本不知道楚昼在找她，她戴着耳机，和王芹芹组队打着游戏。不知道是不是状态不好，大半天了，她连人都没瞄准过，反而被人杀了好多次。王芹芹都嫌弃她了，毫不犹豫地把她踢出队伍，一个人玩了起来。

梁药也没有玩下去的心情了，她清楚地知道自己现在不对劲，而不对劲的原因，她很明白，但不愿承认。

梁药在心里叹着气。

她本以为甩掉了楚昼这个大麻烦，她应该很高兴才对，怎么会变成这样？

梁药纠结了一会儿，在QQ上给梁雯发了条消息：“妹妹，怎么样？没露馅吧？”

她注销了手机号，还没去办新卡，微信也登不上了。

梁雯在上课，收到梁药的消息，她无比愤怒。

她还有脸来问自己有没有露馅？！根本是破绽百出！

她赌气地回道：“没有啊，他一点儿都没察觉到！”

梁药怔了一下，回复道：“哦，那就好。”

随后，她静静地发了一会儿呆。

楚昼果然没认出来——也是，世界上根本没人能区分她和妹妹。

梁药深吸了一口气，甩了甩头，把不该有的杂念都抛开。

不管了，还是前途更重要！她——梁药，怎么可能因为一个男人一蹶不振？

梁药振作起来，打开了“金冬绘画大赏”的报名页面。她毫不犹豫地点了“报名”，填写起个人信息。

一边的王芹芹见梁药在报名，连忙摘掉耳机，说：“你真打算去啊？我是说着玩的……算了，去就去，你等我啊，我也要报名！”

梁药填着身份证号，头也没回地说：“你没必要非得跟我一起去，我是因为……你也知道，我现在离家出走了，出去也没人管。”

“说得好像我有人管似的，我家一天二十四小时都没人在。”

梁药笑了笑，说：“那行吧，一起。”

王芹芹也咧嘴笑了，说：“那你要不要考虑画漫画啊？如果出名了，卖了影视版权，我这个大明星可以免费担任你的女主角。”

“你什么时候能从白日梦里醒来？”

“不是有人说嘛，人总是要有点儿痴心妄想的，万一见鬼了呢？”

梁药笑了笑，没说话。

就这样，她们报了名，而后立马回学校找老师请假。

二十岁的小姑娘做事容易冲动，不计后果。她们早熟又叛逆，但也比别人更清楚自己想要的是什么。

第二天一早，天刚蒙蒙亮，梁药和王芹芹便提着行李箱坐上了前往H市的火车。

梁药不知道的是，就在她走后不久，楚昼把所有她可能去的地方都翻了个遍。只是她仿佛凭空消失了一般，到处都不见人影。

好在，走的时候，梁药借了王芹芹的手机给梁远国发了条短信，说自己要去外面游山玩水，两个月后回来，勿找，勿念。

梁远国又气又急，如果不是梁母拦着，他都要报警了。

楚昼听闻后，如坠冰窖。

他一言不发地离开了她的家，背影瘦削英挺，带着一股寒气。

梁药走后，梁家发生了很大的变化，为了梁药，梁父动不动就和梁母吵架。

梁药的离开像根导火线，彻底点燃了梁父的怒火。现在，他一口咬定是梁母把孩子逼走的。

一开始，他还想心平气和地和她谈，动之以情，晓之以理，让她好好去和女儿道个歉，他们一起把女儿接回来。

然而，梁母执迷不悟，尖酸地说："要去你自己去，我才不想管她。她现在不是长本事了吗？有本事就一辈子别回来啊！"

梁远国气得全身发抖。这是一个母亲该说的话吗？

他以前觉得，虽然她总是骂梁药，但爱之深，责之切，那都是因为太过关心；可现在看来，她是真不想管梁药的死活。

梁远国指着她，张口就骂："你能不能有点儿当妈的样子？药药现在行踪不明，你不担心啊？我当初真是瞎了眼才会娶你这个女人！"

梁母瞪大了眼，吼道："你再说一遍？梁远国，你胆子大啊，想离婚是不是？！"

梁远国的火气上来了，什么都不怕了，梗着脖子吼："离就离！男子汉大丈夫，谁怕谁？！"

梁雯在房间里听到他们的争吵声，连忙开门出去，劝阻道："爸，妈，你们别吵了！"

梁远国看到女儿泪汪汪的眼睛，压下满腔的怒火，大步往门口走，最后重重地甩上了门。

梁雯舒了一口气，见梁母的脸色还是很难看，她小心翼翼地道："妈，你就让姐姐回来吧。我也觉得她没做错什么，是你天天骂她——"

"行了，你别管。"梁母摆摆手，打断梁雯的话，坐到沙发上，看着自己的小女儿，突然看她也不顺眼起来，"雯雯，你也是，明明读的大学比你姐好，学校每个月不给补贴生活费也就算了，花的钱还比你姐多好几倍。要不，你也去打份工好了。"

梁雯低着头，不敢吭声。

梁雯本以为梁母只是心情不好才这样，可她没想到，这只是个开始。

之后的日子里，梁母的出气筒变成了她。无论她做什么，梁母都会忍不住抱怨，将她从头数落到脚，家里始终不得安宁。

梁雯变得沉默了许多。

林韩熙不知从哪里弄来了她家的地址，隔三岔五地跑来找她，可梁雯对他能躲就躲。

林韩熙来找她的事情终究是被梁母发现了。

那天回到家后，梁雯还没反应过来，就被梁母狠狠地甩了一巴掌。她被扇蒙了，脸上火辣辣的，愣在了原地。

梁母痛骂道："你竟然背着我和男生偷偷见面？要是楚昼也就算了，这个一头白发的男生一看就是个不学无术的小混混！梁雯，你真是堕落了！"

梁雯麻木地捂着脸，只会重复一句话："我没有……"

"还不承认！"梁母气得失去了理智，一时忘记了梁雯从小体弱，竟找来了梁远国的皮带，往她的身上抽去，"一个是这样，两个也是这样，你们是不是都想气死我？你真是太让我失望了！"

梁雯感到一阵剧痛，努力地躲闪着，脸色苍白无比，喘不过气。她多希望自己能像小时候那样发烧到晕厥。

夜里九点，拘留所里。

楚昼一脸冰冷地站在罗穆对面，窗外银白色的月光洒在他的身上。他犹如地狱里的阎罗，哑着嗓子，轻声问道："她在哪里？"

"不知道，不知道！都说了我不知道！"罗穆崩溃地大吼，"你还要问我几遍啊？！我都被关在这儿了，难不成还能把她藏起来？！"

楚昼沉默了片刻，极其不情愿地开口："你是她的男朋友，她很可能来找过你。"

"男朋友？什么时候的事？"罗穆一脸蒙。

楚昼冷冷地道："她亲口说的。为了救你，她还来求过我。"

"有这种好事，我怎么不知道？"

"……"

楚昼彻底失去了和他交流的欲望，冷着脸转身就走。

罗穆在后面大喊："喂，臭小子，我什么时候能出去啊？！"

罗穆名下的酒吧本身是没有问题的，只是没有经营许可证而已，办好后，他自然就被放出来了。

罗穆出来后，楚昼让人跟踪了他几天，并把行程汇报给自己。然而，罗穆一出拘留所就去酒吧喝酒庆祝了，喝了三天三夜，完全没提到过梁药。

这件事似乎真的和他没关系。

楚昼彻底疯了，内心的黑暗面几乎将他吞噬殆尽。他每天都在不停地找她，可直到C市开始下雪，依旧没有她的消息。

二十一岁这年，他在最寒冷的日子里遇到了一个最温暖的人，可他刚得到她，她就不见了。

——全是假的。

梁药在外地待了一整个冬天，连过年她都没回家，只发了条短信告诉梁远国，自己一切都好，不用担心。

比完赛后，她和王芹芹跑去昆明过冬，游山玩水半个月，连开学都没去学校报到。

两人彻底玩了个过瘾后，才恋恋不舍地回了家。她们离开时，C市刚刚入冬；回来时，已经是草长莺飞、万物复苏的春天了。

梁药回来后，先打扫了一下自己的出租屋，然后联系梁远国，告诉他自己回来了，说要请他吃顿饭。

梁远国当即在电话里骂起来，骂声里含着哽咽："你个小兔崽子，翅膀硬了，还知道回来啊？！"

梁药笑了笑，说："我想你了呗。"

她请梁远国去高级的西餐厅吃了牛排。

西餐厅的装修是欧式风格，灯光是暖黄色的，壁画很漂亮，轻音乐优美动听，环境舒适而温馨。

梁远国见到几个月不见的女儿，有些感慨。

梁药妆容精致，肤白唇红，明艳又美丽。她把长发染成了亚麻色，披在肩头，有种漫不经心的慵懒感。

——好像成熟了一点儿。

梁远国从没来过这么高档的地方吃饭，他正襟危坐，小声地对她说："女儿啊，在这里吃饭是不是很贵？要不，我们还是去普通饭店点两个菜吧？"

"来都来了，怕什么？又不要你出钱。"梁药其实也很少来这种餐厅，但她就是想带老爸来一次。

她点了两份七分熟的菲力牛排。

服务生把牛排端上桌时，梁远国还有点儿纳闷，问："怎么全是刀叉？没有筷子吗？"

他笨拙地拿起叉子戳了戳牛排。

“西餐哪儿来的筷子？”梁药翻了个白眼，把他的牛排移到自己面前，拿刀切成块再还给他。

梁远国尝了一口，肉质松软，笑着点头，说：“还挺好吃，药药，你也尝尝！”

梁药也笑了。

“你说你去参加什么画画比赛，怎么样，赢了吗？”

“唉，不要提了，”梁药叹了口气，“没拿到十万块。”

梁远国“啊”了一声，以为她落选了，安慰道：“胜败乃兵家常事……”

梁药又叹了口气，说：“只拿到了五万块。”

梁远国把安慰的话都咽了回去：“第二名也不错了。”

“哪里不错？我明明画得比第一名的毕加索风格好多了！网友也都选的我！”梁药一想到这件事就来气，愤愤不平地道，“那些评委真是瞎了眼！”

梁远国不懂这些东西，笑呵呵地附和了两句，突然想起什么，有些犹豫地问道：“药药，你还记得楚昼吗？”

好久没从别人嘴里听到这个名字，梁药微微一愣，说道：“认识啊，妹夫嘛。”

她的语气听起来相当自然，没有任何异样。

梁远国咳了一声：“那个，我想问你很久了，你对他——有没有什么特殊的感觉？”

“怎么可能？”梁药以为梁远国担心她和妹妹抢男人，淡淡一笑，“我对他没有那种感情。”

“这样啊……”梁远国打着哈哈，“是我想多了。”

他本来还犹豫要不要把楚昼在找她的事告诉她，听到她这样说，他便打消了这个念头。楚昼那孩子看着阴郁又偏执，被他缠上了也麻烦，只要梁药现在过得好就行。

父女俩边吃边聊，气氛十分融洽。

梁远国劝梁药和梁雯联系一下，说梁雯很想她。

梁药轻笑着摇头，说：“再说吧。”

她现在不想面对梁雯。她总觉得，因为楚昼的事，她和梁雯的关系变得有点儿尴尬。

还是等她真正放下的时候再说吧。

“对了，药药，我还有一件事想和你说。”梁远国迟疑着开口，“就是，我和你妈——”

“别！”梁药立刻摇头打断，“她的事，我不想知道，别和我提她。”

梁远国张了张口，无奈地叹了口气，说：“那算了，我们吃饭。”

梁药回D大后先去补办了报到手续，而后去教室上课。她闪亮登场时，全班人都被吓了一跳。

开学这么多天了，这时候才来上课的人真是少见。

在场的学生小声地嚼着舌根。

“梁药怎么又漂亮了？！”

“哈哈，开学这么多天才来上课，不愧是她。她不怕挂科吗？”

“好像已经挂了，人家等补考呢。”

“……”

梁药见怪不怪，见王芹芹已经来了，她背着书包走过去，问：“你怎么这么早就来了？”

王芹芹正对着镜子画眉，闻言，她撇撇嘴，说道：“我爸妈回来了，现在，他们轮流教育我，烦死了。”

梁药坐到她的旁边，问道：“不是挺好的吗？”

“好什么？！”

梁药一笑，没说什么，整理着刚领到的新书。

这时，前座的柯遇思忽然转过头来，小心翼翼地看了她半天，说道：“那个……”

梁药抬头看了他一眼，问：“什么事？”

“上学期，有个男生一直来学校找你。你都几个月没来了，他还隔三岔五地来打听你的情况。”

梁药突然愣住，很快又装作不在意地说：“哦，他长什么样子？”

柯遇思想了想，说：“高高瘦瘦，又帅又酷，看着冷冰冰的。”

梁药动作一顿，抬了抬眼，问：“他叫什么名字？”

柯遇思皱眉想了好久，说：“好像叫什么土豆……对，就是土豆！”

“……”

梁药的脑中浮现出了楚昼那张俊美寡淡的脸。

他现在应该和妹妹相亲相爱着吧。

时间不紧不慢地过去，梁药回来上课已经一个多星期了。这段时间，她没有再像以前那样动不动就逃课，变得安分了不少。

星期五的下午，梁药趴在桌上懒洋洋地玩手机，忽然听到班长跑进教室大喊："我刚刚听到一个劲爆的消息！关于这次的知识竞赛，B大要派学生过来和我们学校的学生比！"

全场一静，然后便是一片哗然。

"是我知道的那个B大吗？"

"这还用比嘛，我们有能上的人吗？"

"这可说不定。我们学校不是新转来了一个叫沈宸的吗？他以前就是B大的，和那个楚昼的成绩差不多好呢！"

闻言，梁药玩手机的动作顿了顿。

班里人还在议论着——

"楚昼是谁啊？"

"就是B大的镇校之宝啊，很厉害的学神。你连他都不知道？"

"我听说，他也会参加这次的比赛。"

楚昼要来D大？梁药神色古怪地眨了眨眼。

是他变了，还是她对他的了解不够深？原来，他是这么热血且有担当的有志青年吗？

梁药正感叹着物是人非，忽然听到教室外面的女生发出了花痴的尖叫声。

"啊！我看到楚昼了，长得也太帅了吧！一看就很高冷。嘿嘿，是我喜欢的类型！"

"喂，你们能不能有点儿集体荣誉感？要记住，对面的是敌人！敌人！"学习委员恨铁不成钢地说道。

"有本事你过来看一下啊，我保证你也会一秒沦陷！"

"看就看。"学习委员高冷地走过去，往楼下望了一眼，"不就是个男人——好吧，我承认，也是我喜欢的类型。"学习委员瞬间变脸。

忽然，一股玫瑰清香飘过。学习委员侧头，看到了一张漂亮的脸——是梁药。

"你也对帅哥感兴趣？"学习委员有点儿惊讶，毕竟，梁药已经很久不惹事了。

“还好吧。”梁药直直地望着楼下的楚昼，随口道。

楼下，五个B大的学生走在小道上，三男两女，气质都十分出众，尤其是最中间的那个。

梁药静静地打量着楚昼，觉得他好像变了，又好像没变。

少年穿着藏青色的校服外套和黑色长裤，线条平整，校服里白色衬衣的扣子一直扣到领口处，身材清瘦。他的脸上没有任何表情，矜傲寡淡，只顾着向前走。

很快，他就从梁药的视线范围内消失了。

他好像瘦了很多，身形有些单薄。

是梁雯没照顾好他吗？

虽然D大对上B大，无异于以卵击石，但D大的领导们依旧很重视这场比赛，校园里到处挂着励志的横幅，老师们也鼓励他们去观赛和加油。而他们班的人在B大的刺激下，学习热情空前高涨，立誓要打败B大，扬眉吐气。

比赛可以输，但气势不能输！

比赛那天，梁药磨蹭了好久，不断地做着思想斗争，最后，她还是没忍住好奇心，偷偷地溜进了大礼堂里观赛。

梁药本来还想找顶帽子，可转念一想，她为什么要躲躲藏藏的？楚昼有发现她的身份吗？没有！她有做什么见不得人的事情吗？也没有！

楚昼和梁雯都在一起这么久了，感情已经稳固了，她有什么好心虚的？毕竟是一家人，她也不可能躲着妹夫一辈子。

想到这里，梁药挺胸抬头，双手插在兜里，大摇大摆地走进了大礼堂。

梁药进去得晚，一进去就看到了楚昼和沈宸的精彩对决。

观众分为两个阵营，欢呼声和加油声如潮水般涌入她的耳朵里，比赛比她想象的还要激烈。

观众席上，B大的女生激动地吼着：“楚昼！楚昼！B大之光！”

D大的啦啦队不甘示弱：“沈宸！沈宸！D大的王！”

……

梁药往台上一看，终于见到了传说中的沈宸——他长得还挺帅，气质干净。

她只瞥了一眼，目光便转向了站在他旁边的楚昼身上。

她还是觉得妹夫更帅一点儿。

沈宸和楚昼双双站在桌前，手里捏着笔，身体微微前倾。。

很快，主持人出了题。

梁药看到楚昼迅速地写完并放下了笔，主持人随后公布结果："楚昼的答案正确，B大得一分！"

全场掌声如雷。

她不得不承认，她妹夫是真厉害。

梁药完全忘了自己是D大的人，勾起唇角轻轻地笑，为楚昼感到自豪和开心。

她目光一转，看到不远处有个漂亮的小姑娘眼睛一眨不眨地看着台上。起初，她还以为她在看楚昼，之后才发现并不是。她看的是沈宸，怀里好像还抱着沈宸的衣服。

梁药猜女生大概是沈宸的女朋友，瞬间起了逗人的心思。她气定神闲地走过去，笑着在她的耳边问："你觉得谁会赢？"

女生微愣，不明所以地看了她一眼，笃定地答道："D大。"

梁药扬起下巴，指了指楚昼，说："我赌一百块，他会赢。"

女生平淡地说道："那我赌一千块。"

"挺有钱啊。"梁药笑了，看向楚昼的目光里满是自信，"结束后，别忘了给我转账。"

她妹夫怎么可能会输？

可随着比赛的推进，梁药发现，沈宸好像还真不是个省油的灯。

比赛到了最后，谁赢谁输完全是看运气。

梁药看到沈宸把分追平了，有点儿急。这时，她又听到了那个女生给沈宸加油的声音。

加油声的效果是显著的。沈宸听到之后，便像打了鸡血一样。

想了想自己的一千块钱，梁药一冲动，也大声地朝楚昼喊了一嗓子："昼昼，加油啊！你永远都是第一名！"

她对他的称呼完全是习惯使然，一时间忘了改，话一出口，她就后悔了，捂住嘴巴，暗叫不好。

台上，从比赛开始一直十分冷静的楚昼听到这个声音，脸色倏然变了。他猛地转过头，梁药来不及躲闪，猝不及防地对上了他幽暗漆黑的眼眸。

四目相对，时间如同停止了一般。

梁药默默地退后了两步，躲到了沈宸女朋友身后。

主持人奇怪地问："楚昼，你怎么了？"

"……没什么。"楚昼紧紧地盯着那抹纤瘦的身影，深吸了一口气，慢慢地把头转回去，强迫自己集中注意力。

"好，最后一题了！"

"哇！"在场的人都欢呼起来。

在数千道期待的目光下，楚昼再一次抢先完成了这道题，并且，他的速度比之前还要快。

主持人公布了结果："沈宸的答案全对。我们再来看一看楚昼的，第一位数字……咦，第一位数字就错了？"

全场哗然。

梁药：我好像为校"争光"了。

楚昼没想到会在这个地方、这个时间碰到梁药。

之前，他来D大找了她无数次，就连开学她都没来报到。

要不是有人知道她，楚昼都怀疑她是自己幻想出来的一个人，不然怎么自己找了这么久，连一点儿线索都没有？

她就像一缕清风，拂面而来，又烟消云散，温柔又残忍。除了一个名字，她什么都没给他留下。

可是，她现在就在自己的面前，是个活生生的人。

她穿着橘粉色卫衣，又高又瘦，紧身裤包裹着笔直修长的双腿，亚麻色卷发在肩头，随意地披散开来，衬得那张脸愈加精致小巧。她的肌肤白如象牙，双唇却殷红似火，艳得惊心动魄。

楚昼虽然没见过她这副妆容，但他凭直觉认定她一定是梁药。

D大胜利了。

大礼堂空前安静，随后，D大的学生爆发出一阵热烈的欢呼声，B大的学生则发出了一片唏嘘声，情绪低落。

台下，B大的校长也在观战，此时，他的脸色变得铁青。

楚昼哪里在乎他们的感受？

比赛结束后，他立刻望向梁药的方向，却发现她又不见了，他的脸色瞬间沉了下去。

梁药趁乱溜走了。

楚昼刚才的表情很不对劲，那双漆黑阴郁的眼睛盯得她发毛，在还没搞清楚状况之前，她的身体比大脑更快做出了反应。

她回到教室时，里面没什么人，大多数人都在大礼堂看热闹。王芹芹一直在教室里玩手机，似乎是在和人聊天。看到梁药来了，她眼睛一亮，朝梁药招了招手，说："罗穆听说我们回来了，让我们去 KTV 玩，他请客，去不去？"

梁药一愣，问道："他没事了？"

她已经很久没联系他了。

"他早就没事了，你妹夫还算有点儿人性。"

梁药迟疑了一下，摇摇头，说："算了，我不想见他，麻烦。"

"别啊！"王芹芹起身挽住她的手臂，"我们回来后也有段时间没出去玩了，多难得的机会啊！而且，我问了罗穆，他保证不再骚扰你了。走吧！"她连拖带拽地带梁药往外走。

坐在前排的柯遇思见她们真的要走，连忙道："你们真去啊？马上就要上课了！"

王芹芹潇洒地摆摆手，说："你帮我们请个假。"

柯遇思："……"

两人走了不久，楚昼便赶来了。他问了许多人，终于打听到了梁药在哪儿。

他的到来让班上一阵骚动。

柯遇思一下就认出了他就是上学期每天来找梁药的那个男生。

历史仿佛正在重演，楚昼没找到人，脸色阴沉无比。还没等他开口问，柯遇思朝他大声喊道："梁药刚刚和王芹芹去时光 KTV 了，才走不久！"

楚昼脚步一顿，远远地望了他一眼，颔首表示道谢，转身就走。

柯遇思有些欣慰，仿佛终于看完了一部苦情剧。

明明是白天，KTV 的光线却十分昏暗，巨大的音乐声响起，震耳欲聋。

梁药的心情不是很好，来了之后，她没说几句话，只沉默地坐在一边喝酒。

王芹芹在另一桌划拳打牌，兴奋得完全无视一边的梁药。

罗穆实在忍不住，抢走梁药的酒瓶，说："你有那么讨厌我吗？进来之后，连个正眼都不给我，只知道喝酒，讨厌我也没必要虐待自己吧？”

“你管得着吗？”梁药已经醉了，脸颊酡红，两眼迷离，斜了他一眼，把酒瓶抢了回来，“还给我！你说请我们的，我要喝够本才行！”

“够了！你看看你现在成什么样子了！”罗穆觉得头疼，这姑奶奶真难伺候，“发生什么事了？有人欺负你了？你跟我说，我去给你报仇。咱别喝了，行吗？”

梁药哪儿听得进去，只抱着酒瓶不撒手。

罗穆有些无奈。这时，他突然瞥见门口出现了一个熟悉的身影——那个让他恨得牙痒痒的小白脸楚昼！

罗穆一看到他就来火，刚好梁药也在这里，他故意大声道：“梁药，你该不会假戏真做，喜欢上了那个叫楚昼的吧？为了个男人要死要活，你真是堕落了。”

“啊？”梁药已经神志不清了，他的话成功地刺激到了她。她把酒瓶重重地往桌上一放，霍地站起身，瞪着眼怒骂，“我呸！我才不喜欢他呢！”

楚昼一进酒吧，就听到了这句话，一下僵在原地。

随后，他又听到她说——

“我只把他当妹夫！妹夫，你懂吗？就是妹妹的老公！我怎么可能和自己的妹夫在一起？！而且，他这么烦人，每天就知道逼我学习！喜欢他，我疯了吗？”

服务生端着盘子准备进门，见楚昼站在门口不动，奇怪地问道：“这位客人，你不进去吗？”

“当然进去。”楚昼的脸色冷得可怕，唇角绷直，眼神阴沉。

他缓缓地解开了衬衣最上头的那颗纽扣，扯了扯衣领，一字一顿地对服务员说：“我现在就进去。”

梁药头很晕，醉得不知今夕是何夕。恍惚之中，她的手里被人塞了个话筒，有人要她点歌，她还没说出歌名，话筒就被抽走了。她转过头，便看到了楚昼的脸。

少年神色冰冷，漆黑的眼眸深不见底，仿佛在极力压抑着什么。他直直地看着她，嗓音低哑：“你闹够了没有？”

“你……”梁药努力地眨了眨眼，她不仅意识模糊，连视线也开始模糊了，她看不清他的脸，只隐隐看得出一个英挺的轮廓和一双寒凉的眼。

——好熟悉。

“你是谁啊？”她笑吟吟地凑近他，睁大了眼，似乎是想看清楚他的样子，“怎么那么像楚昼？”

楚昼没想到她会主动靠近自己，呼吸滞了一瞬。他垂下眼，看着她泛着红晕的脸颊，轻声道：“我就是。”

“怎么可能？”梁药不信，“他现在肯定在我妹妹身边，怎么会在这儿？”

“你一定是假的！”说着，她大胆地去掀他的衣服，“我记得昼昼的小腹上有颗痣，我要检查一下。”

楚昼脸一僵，立刻抓住了她蠢蠢欲动的手，心想：她真是欠收拾。原本他是很生气的，可看她这个样子，他根本不知道该拿她怎么办。

他的掌心温度很高，烫得梁药有点儿难受。她努力挣扎了一下，但没能挣脱，也就随他去了。

梁药半闭着眼，打了个酒嗝，总算消停了下来。她的脑袋昏昏沉沉的，顺着他抓着自己的这股力，一头撞进了他的怀里。

楚昼下意识地抱住了她软绵绵的身子。

他还什么都没做呢，她就这么醉过去了？

边上的人见好戏落了幕，遗憾地收回了视线。

王芹芹见梁药落入了楚昼的怀里，没有过多的担心，表情反而变得有些玩味。她嗑着瓜子，津津有味地看着好戏。

她就知道，这两人剪不断，理还乱。

罗穆看到楚昼要抱着梁药离开，也没有过激的反应，就像他答应梁药的那般，他不会再纠缠着她不放。他倒不是怕了楚昼，而是已经知道梁药心里真的没有自己。

“小子，我劝你，不要陷得太深。”罗穆点了根烟，对着楚昼的方向吐了一口烟雾，声音淡淡的，“我认识她这么久，可以明确地告诉你：她没有心，不会爱上任何人，她和你也只是玩玩而已。不，连玩都谈不上，她顶多就是帮妹妹读个书，顺便追个男人。”

楚昼脚步微顿，神情并无变化，只是周身的气压更低了一点儿。他头也不回地抱着梁药离开，没留下只言片语。

他们走后，一个小弟小声地问罗穆：“老大，不对啊，我看药姐对他还是有点儿意思的，刚刚药姐借酒消愁，也是为了他吧？”

“还用你说！”罗穆拍了下他的脑门，极度不爽，“你当我瞎，看不出来啊？”

“那你刚刚为什么那么说？”

“我失恋了，报复一下情敌都不行？”

“……”

楚昼抱着梁药出了门，她家离KTV不远，他让司机先开车回去，他亲自送她回家。

他只是想和她待在一起罢了。

喝醉的小姑娘懒洋洋地窝在他的怀里，闭着眼睛，又翘又长的睫毛像羽扇般覆盖住眼睑，肌肤白得几近透明。

她的呼吸声很浅，嘴唇微张，呼出的热气轻轻地落在他的脖颈处，带着难言的诱惑。

楚昼颈部绷得很直，熟悉的玫瑰清香再次萦绕着他，钻入他的鼻间，渗入他的心脏。而搅乱了他的心的人正没心没肺地睡着觉，丝毫不知道他的心情。

楚昼的脑中不断地回响着罗穆说的那些话，他的脸色十分阴沉，忍不住轻声问怀里的人：“你真的没喜欢过我吗？一点儿……都没有吗？”

梁药眼皮微掀，迷糊地问了一句：“谁啊？”

楚昼怀疑她在装醉：“我。”

“你是谁啊？”

楚昼忍了忍，自我介绍道：“楚昼。”

梁药迟钝地“啊”了一声，说：“你说妹夫啊。”

“……”

“也是我的儿子——二狗子。”

“……”

“虽然他有很多身份——”梁药凑到他的耳边，神神秘秘地道，“但我还是挺喜欢他的。你别告诉他。”

楚昼一怔，她说得这么自然，让他分不出她所说的是哪种喜欢。

不过，听她“妹夫”“妹夫”地叫着自己，他想想也知道，她说的喜欢不是他所想的那种。

怀里的梁药说了一些醉话，又睡了过去。

走进她家小区时，楚昼忽然想起，她好像已经从这里搬出去了，虽然具体过程他知道得不是很详细，但她应该是不想回来的。可他又不知道她现在住在哪儿。

楚昼没有犹豫很久，转过身，打算把她带到自己家去，却正好碰到了放学回来的梁雯。

“姐、姐姐？”梁雯看到楚昼时愣了一下，随后便发现了睡在他怀里的梁药，她连忙担心地走过去，“她怎么了？出什么事了？”

楚昼不着痕迹地退后了一步，淡淡地道：“她喝醉了。”

梁雯有些惊讶，这还是她第一次见姐姐醉得这么厉害。她说道：“那赶紧把她背回家，让她好好休息吧。”

楚昼没动，似乎有些顾虑。

梁雯猜到他在想什么，苦笑一声，说：“放心，你很久没来我家了，可能不知道，我妈已经不在家了。”

说完，她转过身，似乎是想给他带路。

就在楚昼迟疑时，他听到梁药难受地哼了一声，似乎是头很疼，于是，他不再犹豫，抱着她跟了过去。

梁雯让楚昼把梁药抱到自己的房间。梁药的房间空了太久，还没铺床，不适合休息。

楚昼打量了一眼屋里的陈设，发现比上次来时冷清了很多，很空旷，梁母确实不在，梁远国好像也没回来。

他上了个厕所，回来时，看到梁雯在给梁药喂水。梁药已经醒了，睡眼蒙眬地问：“妹、妹妹吗？”

“嗯，是我。”梁雯放下水杯，扶着她躺下，“姐，你好好休息吧。”

梁药却抓住她的衣角不放，断断续续地说：“那、那个，关于妹夫，我有话想问你。”

“什么？”梁雯不由得瞄了楚昼一眼。他只静静地倚着门框，看着梁药，并没有进来。

梁药皱着眉，问：“你是不是没照顾好他啊？”

梁雯愣住了：“啊？”

梁药突然起身，睁大了眼，说：“你没发现吗？他瘦了那么多！”

“呃……”

“你肯定没有仔细看我给你发的注意事项！”梁药体力不支，缓缓躺下，念叨着，“妹夫这个人很麻烦的。他既怕黑，又怕吵，晚上睡不着，还挑食，这个不吃，那个不吃，特别难伺候。而且，他很敏感，动不动就要人哄，跟个娇滴滴的小姑娘似的……”

很明显，梁药还没完全清醒，说起话来有些语无伦次。

“那个，姐，你别说了……”

梁雯见楚昼的脸越来越黑，拳头捏得很紧，不由得咽了咽口水。他就像高中时凶巴巴的教导主任一样，让她有些不自在。

她都忘了自己当初是怎么喜欢上他的。

“不，我就要说，你必须都记住！”梁药喝醉后，任性得不得了，“他的肠胃不好，你不能给他吃冷的或是辣的东西，平时要多熬点儿姜汤给他喝……”

“……”梁雯快待不下去了，这算是另类的秀恩爱吗？

“梁雯，能麻烦你出去一下吗？”楚昼站直了身子，沉声道。

“哦，好。”梁雯没想当电灯泡，立即起身离开，把房间让给了他们。

“哎，我还没说完呢！别走啊！”梁药猛然坐起，朝她离开的方向伸出手。

下一秒，她的手就被另一只手握住了。那是一只骨节分明的手，手指修长白皙，指甲修剪得整齐，指腹处有薄茧，手掌温热宽厚——是男人的手。

梁药愣了一下，抬起眼，这才注意到房间里还有另一个人。

高大清瘦的少年居高临下地看着她，眼神深邃，情绪不明。

楚昼轻轻地坐在她的旁边，垂着头，漫不经心地捏着她的手，问道：“还记得我吗？”

梁药直直地看了他许久，蹦出一句：“啊，妹夫，你也在啊。”

话音刚落，她的掌心一痛，少年的语气瞬间变得危险起来：“你再叫一句‘妹夫’试试？”

梁药叫得果断又迅速：“妹夫！”

“……”

楚昼脸一黑，手上的力气不自觉地重了几分。

梁药感觉到痛，委屈地望着他，眼底升起雾气，衬得她那双狐狸眼水汪汪的，透着几分娇憨。

“昼昼，好疼呀。”梁药像小猫一样，蹭着楚昼的脖颈对他撒娇，声音娇软，听得他心都要化了。

听到这熟悉的昵称，楚昼的理智渐渐回笼，胸腔里的火莫名其妙地就没了。他脸色缓和，抬手揉了揉她的小脑袋，温柔地说了声："抱歉。"

他有许多话想对梁药说，却又不知道从何说起。他的愤怒、委屈、悲伤，在再次见到她的那一刻，似乎统统消散了，只剩下了疼惜。

梁药昏昏沉沉的，最后干脆枕着他的大腿睡着了。

楚昼没办法，只好轻轻地给她盖好被子，然后静静地看着她恬静的睡颜，眸色晦暗不定。

"楚昼，姐姐好了吗？"房间的门被敲了两下，梁雯的声音传了进来。

楚昼回过神，神情重新变得冷漠，问："什么事？"

梁雯有些拘谨地说："已经晚上七点了。我就是问问你，要留下来吃饭吗？我在煮饭。"

楚昼见她穿着围裙，沉默了两秒，摇摇头，说："不了，我先回去了。麻烦你照顾好她。"

梁雯有些讶异，她本以为他好不容易找到了姐姐，肯定会寸步不离地守着姐姐。但此刻，她什么都没问，只点了点头，顺口道："好，姐夫慢走。"

"嗯。"楚昼无比自然地应了一声，没觉得有任何不妥之处。

临走时，他突然想到了什么，对梁雯说："如果她醒来后什么都不记得了，别告诉她我来过，也先别告诉她真相。"

梁雯一愣，问："什么真相？"

"我知道了她假扮你来追我这件事。"

"为、为什么？"

"现在还不是时候。"楚昼的语气淡淡的，"要是她知道了，估计还会跑。"

梁雯刚想说"不至于吧"，就听到楚昼说："留个联系方式吧。她有任何动向，麻烦你第一时间通知我。"

"……哦。"

不知为何，她又想到了教导主任板着脸教训坏学生的样子——教导主任冷冷地警告他们，如果下次再敢逃课，就在他们的身上装个导航。

而不知怎的，她变成了梁药的"导航"。

第九章 是我的女朋友

梁雯做好晚饭时，梁父还没回来。她如同习惯了一般，独自吃完饭，把剩下的饭菜放进冰箱，然后边写作业边等梁药醒来。

然而，梁药醉得太厉害了，一觉睡到隔天早上六点半才悠悠醒来。她迷茫地看着白色的天花板，缓了好久才清醒过来。

这里是……梁雯的房间？

梁药看着屋内熟悉的装潢，连忙撑着身子坐起来，有些惊疑不定。

她怎么又回来了？

她难受地揉了揉太阳穴，只觉得头痛欲裂，昨天去 KTV 后发生的事，她都记不太清了。

“啊，姐，你醒了？”趴在桌上睡了一晚的梁雯迷迷糊糊地抬起头，困倦地打着哈欠道。

“嗯……”梁药这才发现梁雯，有些恍惚。她已经好久没见到梁雯了。

“我是怎么回来的？”

梁雯惊讶地道：“你真的不记得了？”

——还真被楚昼说中了。

闻言，梁药脑中浮现出了楚昼的脸。应该是梦吧？

“忘记了。”梁药摇了摇头。

梁雯想起楚昼的嘱托，含糊道：“就、就是你喝醉了，然后，被人送回来了。”

“哦。”梁药心不在焉地点点头，犹豫了一下，装作不经意地问道，“你和楚昼，相处得还好吗？”

梁雯想说他们根本就没在一起过，可楚昼又不让她说出真相，她只好含含糊糊地“嗯”了一声。随后，她决定试探一下梁药，说：“姐，如果我露馅了，楚昼发现你才是追他的人，你准备怎么办啊？”

“当然是收拾东西逃跑了！”梁药想也不想便道。

“……”

楚昼果然是神一样的男人，连这个都猜到了。

“为什么啊？”梁雯不太理解，“你不是喜欢他吗？”

梁药感到莫名其妙，问道：“我什么时候说我喜欢他了？”

梁雯实话实说道：“你喝醉后，还一直要我照顾好他。”

梁药像被雷劈了一样，不可置信地道：“真的假的？”

梁雯没说话，只直直地看着她。

“好吧，我承认，我是对他动过心。”梁药招架不住她的视线，缓缓地叹了口气，“不过，你放心，我不会跟你抢楚昼的。”

梁雯张了张口，犹豫地问道：“……是因为我吗？”

“和你无关。”梁药平静地回答，“是我和他性格不合。我跟他都不是温柔细腻的人，换句话说，我跟他都不是会照顾人的人，你明白我的意思吗？”

“对我来说，我跟楚昼适合谈恋爱，但不适合结婚。他更需要温柔懂事的人细心地照料他，我呢，则需要一个开朗温柔的人惯着我的臭脾气……你懂我的意思吧？一时的心动不代表什么，合得来才最重要。”

梁雯惊讶地说：“你竟然想了那么多。”

梁药笑了笑，说：“我现在找对象都是以结婚为前提的，玩弄别人的感情不好。”

“而且，他都分不清我们两个人……”梁药撇撇嘴，“我找男人的要求不高，只要能分清我们就行。要是有这样的人，不用他追，我当场嫁给他！”

“呃……姐，其实楚昼……”梁雯犹豫着要不要告诉梁药，其实两人换回去后，楚昼第一时间就发现了她不是梁药。

“好了，别和我提他了。说了那么多，我也该回去了。”梁药觉得心情畅快了许多，似乎已经能把楚昼彻底放下了，翻身下床，对着梁雯说，“祝你和他幸福。”

“你要回去吗？”梁雯连忙上前抓住她的手，“姐，你就留下来吧！

妈现在不住这边了，我和爸真的很想你！”

梁药穿鞋的动作一顿，问：“妈去哪儿了？”

梁雯苦笑道：“你走后，爸爸妈妈每天吵架。一个月前，妈被爸气回娘家了。之后，她一次也没有回来过，他们应该算是分居了吧。”

“这么严重？”

梁药有些意外，这是她第一次见梁远国展现如此硬气的一面。她又仔细地打量了一眼梁雯，不由得皱眉道：“我说呢，你好像变了好多。这些日子，你应该过得不太好吧。”

以前的梁雯有多娇气，现在的梁雯就有多成熟，她似乎一下子长大了许多，不像以前那样动不动就哭了，但也不爱笑了。

梁雯闻言，眼睛有点儿酸。她低下头，勉强扯出笑容，对梁药说：“姐，对不起，以前是我忽略了你的感受，我才发现你这些年来这么难过，真的对不起。”

梁药沉默了几秒，笑着揉了揉她的脑袋，说：“行了，说这些干吗？都过去了。爸在吗？”

梁雯摇了摇头，说：“他现在天天加班，有时候一晚上都不回来。”

“……那你怎么吃饭？”

“中午在学校吃，晚上自己做。”

“……”

梁药的心情有些复杂，她没想到，当初那个衣来伸手、饭来张口的小公主会被生活磨炼成这个样子。

梁雯看着她，恳切地说：“姐，你就留下来吧，我来做晚饭。”

“呃……”

就在梁药犹豫着要不要留下时，门外传来了一阵脚步声，梁远国的声音由远及近，随后，房门被打开了。

“雯雯，你怎么还没起床——药药？你回来了？！”

梁远国不敢相信地看着房间里的两个女儿，眼眶一下子就红了。他声音颤抖地问：“药药，你终于肯回来住了？”

“……”

这下，她是真的走不掉了。

梁药无奈地一笑，说：“我先说好，妈回来的话，我还是要走的。”

难得团聚，梁雯煮了三碗面端了上来。

“药药，你以后有什么打算？”梁远国看着梁药，问道。

梁药吸溜了一口面条，问：“什么？”

“你缺了这么多节课，万一到时候毕不了业怎么办？”梁远国很担忧，“我听你的同学说了，万一以后补考没过，连毕业证都拿不到的。你啊，从现在开始，要好好学习！”

梁药敷衍地点点头，说：“我会努力的。”

梁远国还是很担忧，说：“要不要找个家庭教师辅导你一下？爸爸出钱。”

“……别了吧。”梁药有些无语，都大学了还找家教，丢不丢人，“让妹妹教教我不就好了？”

梁远国叹了口气，说：“你妹妹自身都难保，最近，她的成绩排名掉了十多名。”

梁雯有些窘迫，把脸埋在碗里不敢见人。

“你这样下去真的不行。”梁远国严肃地看着梁药，“这个家教老师，我请定了。不管花多少钱，我都要让你把成绩提上去。我这就去打听打听！”

梁药摆了摆手，说：“行吧行吧，你高兴就好。”

她本以为梁远国只是一时兴起，没多久就会把这件事抛诸脑后，没想到他还真放在了心上，还在网站上发了招聘家庭教师的帖子。找工作的人很多，第二天就有人上门面试了。

梁药在沙发上玩手机，听到门铃声后，朝门口走去。

“谁……”

打开门，看到门外站着的人时，她的声音立刻顿住了。

楚昼穿着整洁的白衬衫，高瘦清俊，气质清冷。他平静地看着自己，表情疏离淡漠，仿佛这是他与她的初次相见。

梁药愣了好半晌才回过神，问：“你找梁雯吗？我去叫她过来。”

“我找你。”楚昼平淡地开口。

“找我干什么？”

她和他应该没什么交集了才对。

“我来面试家庭教师。”

梁药“啊”了一声，不可思议地道：“你吃饱了没事干？怎么想做这个？”

楚昼看着她说："为了钱。"

梁药想关门了。

"你的学习成绩那么好，收费应该很贵吧？我家很穷，大概请不起你，你还是请回吧。"

"不多。"楚昼慢条斯理地道，"五千块就够了。"

……

梁家客厅。

梁远国严肃地坐在楚昼的对面，女儿一左一右地坐在他旁边。大女儿美艳，小女儿温婉，两人一人挽住爸爸的一条手臂，同样对楚昼严阵以待。特别是梁药，她皱着秀气的眉，瞪着楚昼，脸上的抗拒十分明显。

楚昼似乎没有察觉，挺直背脊，脸色平静从容，对她的抗拒视而不见。

"爸，快把他赶走！"梁药小声地对梁远国道，"我才不要什么家教，而且，他和妹妹都私订终身了，他给我辅导课业像什么话？你说是不是啊，妹妹？"

"我觉得无所谓。"梁雯感受到了楚昼的目光，忙不迭道，"只要你的学习成绩能提上去，我把他送给你都行！"

"啊？"梁药瞪着梁雯道，"你知道你在说什么吗？！"

"好了，你们两个安静一点儿！"

梁远国咳了一声，拿出作为父亲的威严，认真地审视着楚昼——这个曾经勾走他两个女儿的心、现在又同时被两个女儿嫌弃的男生。

"楚同学，我们以前见过，我就不客气地直说了，我要给药药找的老师，至少要有教学经验，你自己还是个学生，可能不太合适。"

楚昼像是早有准备，从文件袋中拿出一沓纸递给他，说："请您先看看这个。"

什么东西？

梁药靠在老爸的胳膊上，忍不住看了一眼，发现那一沓纸都是他的成绩单，大大小小的考试的成绩单都在这里。

毫无例外，他每一次都是第一名，考得最好的时候，他只差两分就能拿满分。

"爸，你千万不要被这些迷惑了，考得好不代表教得好啊！"梁药义正词严地道。

可梁远国已经听不进去了，他看着楚昼的成绩单，说不出话来。他早就听说楚昼的学习成绩不错，但毕竟只是听说，直到今天，看到这些货真价实的成绩单，他才真正地对楚昼产生了几分钦佩感。

可是，他再怎么好，女儿不愿意的话……

梁远国有些犹豫不决。

这时，楚昼又开口道："我对您女儿的学习情况有一定的了解，我有把握，在一个月内让她的成绩飞速提升。"

"那就这么定了！"梁远国瞬间做出了决定，他十分信任学神，说，"我女儿就交给你了，请你务必好好监督她学习。"

"爸！"梁药睁大了眼，没想到自己就这么被"卖"了。

"药药，你不能老是那么任性，成绩还是很重要的。"梁远国安抚完她，又看向楚昼，"楚同学，那我们就说好了，你教药药一个月，薪酬五千块，可以吧？"

"嗯。"楚昼应了一声，看了眼满脸写着不情愿的梁药。

梁药看了梁雯一眼，希望她能管管楚昼。可梁雯好像真的不太在意，低头抠着指甲，仿佛一切与她无关。

那边，楚昼整理完成绩单后站起来，居高临下地看着梁药，柔声道："事不宜迟，我们现在就开始吧。"

"……"

楚昼就这样留下来给她当家教了，梁药还有几分踩在云端上的不真实感。

她是真的想和他断了来往，可他就像个幽灵，随时随地出现在她的生活里，让她防不胜防。

梁药正思索着怎么赶走他，浑然不觉自己已经把他带进了房间。明明在客厅也能补习，根本没必要带他进房间单独相处。

当梁药意识到这个问题时，楚昼已经神色坦然地坐在了她的旁边。他说："你把课本全都拿过来。"

"哦。"梁药不情不愿地应了一声，不明白事情怎么会变成这样。

楚昼为了钱来给她当家教？

她不信。

那他是为了什么？和女朋友见面？

那也应该去隔壁教梁雯啊！

梁药思索着，心里隐隐地浮现出一个大胆的猜测。

楚昼不着痕迹地打量着她。女孩穿着浅蓝色的家居服，露出的半截手臂白得晃眼，身材纤瘦单薄。她蹲在地上翻书包，脖颈细长，蓬松柔软的卷发搭在肩头，遮住了大半张脸。从他的角度看，她秀气的眉紧紧地扭在一团，看起来十分纠结。

楚昼静静地看着她，直到她找完书即将转身时，他才收回视线。

“都在这儿了。”梁药抱着一大摞书走过来，把书重重地放在他的面前，斜了他一眼，故意吊儿郎当地道，“事先声明，我的成绩惨不忍睹，上学期有四门课挂科，你确定还要教我？”

楚昼的神情没什么变化，他随手拿过高数教材翻了翻，说：“竟然还有四门课没挂科，不错。”

他不咸不淡地表扬了她一句，在她听来却像是在讽刺。她双手抱胸道：“你少瞧不起人。说吧，你到底想干吗？”

楚昼垂着眼：“我说了，赚钱。”

“你骗谁呢？”梁药冷笑道，“你家里那么有钱，妈妈还是大明星，怎么可能缺这五千块？”

楚昼抬眼看她，问：“你怎么知道的？”

梁药一噎，心虚地说：“……妹妹告诉我的。”

“看来，你很了解我？”楚昼平静地合上书，缓慢地道，“说起来，今天是我们第一次正式见面，可刚刚在门口，你好像一眼就认出了我。”

梁药面不改色，避开他的眼神说道：“你在B大那么有名，还来D大参加了比赛，我肯定认识你啊。”

“是吗？”楚昼的声音听不出情绪，他又垂下眼，把书翻到第一页，“你的高数成绩最差，就从高数开始吧。拿上笔，搬个凳子，坐过来。”

他似乎真的只是想给她补习。

梁药看不出他有什么目的，微微皱起眉。她原以为他发现了她扮作梁雯追他的事，可他的反应这么平淡，看着也不像啊。

楚昼见她迟迟没有动，抬头瞥了她一眼，问：“怎么了？”

“我就老实和你说了吧，我才不要补什么习。”梁药的表情不爽又不甘心，她扬起下巴，“而且，我为什么要听你的？”

扮演梁雯时，她是因为要追他才好声好气地哄他。可现在，她恢复了本来的身份，怎么可能再惯着他？她从出生起就没屈服于任何人！

“我是老师。”

“那又怎样？”梁药不屑地道，“别告诉我你真的会向老爸告状啊。”

楚昼将书本铺平，修长的手指压着纸页，轻描淡写地道：“如果你不听话，也未尝不可。”

梁药微微皱眉。老爸那边确实有点儿麻烦，他从来不会逼她做什么事，但是他会抹眼泪，会可怜巴巴地问她是不是他做得不好。这比逼迫更有用，梁药每次都就范了。

可她真的不打算乖乖学习。

梁药有些头疼地看着楚昼。他脸色平静，好像无论发生什么事，都不能让他有情绪起伏。

他好像从没变过，又好像完全变了。

她认识的他绝对不会辅导女孩学习，毕竟他有厌女症……

对了，厌女症！

梁药眸光微微一闪，无声地勾起唇角。她忽然弯下腰，倾身靠近他，嘴唇贴近他的耳朵，暧昧地吹了一口热气。随后，她看到他的脸色终于有了细微的变化，身体僵住了。

梁药笑了，用纤细白皙的手指勾住他的下巴，强迫他转过脸看自己，低声诱惑道：“小哥哥，你和我妹妹是不是闹矛盾了，所以故意气她？如果是这样，要不要直接投入我的怀抱？我会比她对你更好的哦。”

梁药故意嗲声嗲气的，把电视剧里坏女人的形象演得淋漓尽致，另一只手有意无意地抚上他的胸膛，期待他能一把将自己推开，最好被自己吓走。

梁药笑得十分自信，可她等了半天，发现他没有任何举动——楚昼看着她，始终保持着沉默。

梁药的笑容有点儿僵。就在她勾住他下巴的手微微发酸时，楚昼终于动了，不过，他不是伸手推开她，而是穿过她柔顺的发丝，把她环住了。

梁药有点儿蒙，一时忘了反抗。

明白过来后，梁药一巴掌拍开他的手，问：“你怎么还上手了？老师！”

楚昼看着她，懒散地说：“不是你先开始的吗？”

梁药被噎住了，过了半晌才说：“我是梁药啊。”

“我知道。”

“梁雯的姐姐！”

“嗯。”

“那你还——”梁药的脑子乱到无法思考，“我们这算是在偷情？”

楚昼靠在桌子上，姿态懒散。闻言，他掀了掀眼皮，无所谓地道：“听起来挺刺激的，你说是就是吧。”

梁药惊呆了。

如果别的男人敢这样对她，她早就一个过肩摔把对方放倒了。可这个人是楚昼，她本来就对楚昼怀有愧疚。

这才多久，他就已经堕落到这个地步了？

“给你一分钟，冷静一下。”楚昼平静地转过脸去，敲了敲桌面，嗓音低沉，“然后，搬个凳子坐到我的旁边。老师的耐心是有限度的。”

梁药默默地退后一步，夺门而逃，只留下一句：“我去上个厕所！”

她冲进梁雯的房间。梁雯在写作业，听到响动，被吓了一跳，转过头问：“姐，怎么了？”说完，她就看到梁药直冲冲地跑了过来。

梁药激动地抓着她摇晃：“你知不知道楚昼刚刚对我做了什么？啊？他竟然借着补课的名义占我的便宜！禽兽不如！”

梁雯被她晃得头晕，哭笑不得道：“你冷静一点儿，放开我，行吗？”

梁药的动作顿住了，她打量着梁雯脸上的表情，放开手，问：“你为什么不生气？”

梁雯淡淡地一笑，说：“姐，其实，你早就猜到了，何必自欺欺人？”

梁药的脸色变了又变，没有说话。

梁雯叹了口气：“这是我们欠他的。”

“我才不欠他什么。”梁药道，“当初，是你要我帮你追他的，别把责任都推到我身上，你自己捅的娄子自己收拾！”

“可他喜欢的又不是我。”

“……”

梁药还想说什么，背后冷不丁地传来一道冷淡的声音。

“你上完厕所了吗？”

梁药身体一僵，缓缓地转过头——楚昼出现在了门口，抱着胳膊，倚着门框，正看着她。

两人四目相对。

梁药不知道该说什么好。猜到自己暴露了是一回事，但承认是另一回事。她对着他干巴巴地道：“好、好像完了。”

楚昼点点头：“跟我回去。”

梁药没有动，看起来不是很愿意。见状，楚昼干脆走进来，一把抓住她纤细的手腕，强硬且霸道地把她拽走了。

梁雯见梁药撇了撇嘴，满脸写着不开心，却没有反抗，乖乖地跟着他走了，有些惊讶。她从来没见姐姐这么迁就过一个男生。

“喂，你可以放手了吧？我不跑了！”梁药被拽得手疼，气呼呼地道。

到了房间，楚昼顺从地放开她，问：“你去找梁雯干吗？”

“我找我妹都要向你汇报了？”梁药没好气地翻白眼。

楚昼只说：“我担心你影响她学习。”

“啊？”

“你能不能有点儿自知之明？”楚昼道，“笨是会传染的。”

梁药忍了忍，问：“那你怎么没被我传染？”

楚昼拿了个凳子过来，淡淡地答道：“我们的智商不在一个级别。”

梁药没和他一般见识，无奈地叹了口气，坐到了他的旁边，彻底放弃了抵抗。

行，她欠他的，他说什么就是什么吧。

她真搞不懂楚昼想干吗，明明知道了她的身份，却不戳破，就这么不上不下地吊着她，磨得人心痒。他好像在用行动告诉她：你是我的，跑不掉，不管你是人还是鬼，是姐姐还是妹妹。等等，他该不会还把她当成他的女朋友吧？说起来，他们确实没有正式分手。

不过，她想得再多，这次的补习都肯定是逃不掉了。

楚昼翻开书，问她：“知道导数是什么吗？”

梁药想了想，说：“好像在哪里听过。”

“……”

楚昼看着她懵懂的样子，轻叹了一口气，又拿了本草稿本过来，从第一节课的内容给她讲起。

梁药乖乖地听他讲着，虽然看起来安分下来了，但思绪游荡在外。她无意识地看向楚昼捏笔的手，他的手很好看，干净白皙，握笔时，拇指和食指微微弯曲，青色的脉络依稀可见，显得格外有力，就连写出的字都像是字帖模板。

梁药又看了看自己的字，陷入沉默。

说起来，楚昼的条件真的不错，长得帅，又有钱，学习成绩还好，完美满足了女生对异性的一切幻想。

她正想着，就被他用笔敲了敲脑袋：“别走神，专心听讲。”

他的声音透着几分严厉，和他们的老师一模一样。

梁药回过神来，暗暗提醒自己：坚决不能被美色迷惑，要不然，她的未来会是一片灰暗！

她集中注意力，开始认真听他讲课。她得争取通过补考，把这尊大佛送走。既然他假装没看出来，那她也假装不知道。

楚昼感觉她突然认真了起来，还主动找他问问题，不由得看了她一眼，却什么都没说，只按照自己的节奏一步步地领着她前进。

不知不觉，一个小时过去了。

可能是因为楚昼讲得好，梁药竟没觉得学习的时间难熬，还有种豁然开朗的感觉，但她还是感到有点儿累了。

“我们休息一下吧。”她蔫蔫地趴在桌上，眼巴巴地看着楚昼，“我好累啊。”

楚昼看了眼时间，点点头，说道：“休息十分钟。”

梁药欢呼着扑到床上玩手机。她穿的上衣有些宽大，动作幅度一大，细腰就露了出来。

楚昼看着雪白的一条线，不自在地移开眼，轻轻地咳了一声。

梁药什么都不知道，晃着两条细白的腿，给王芹芹发消息：“我觉得我要死了！”

“咋了？”

“你知道现在谁在我旁边吗？”

王芹芹马上回道：“妹夫？”

“你怎么知道？”

“那天，你喝醉了，他送你回来，我就知道他对你图谋不轨。”

“他送的我？”

“对啊，你不知道？”

梁药不可抑制地想起了自己醉后做的梦……难不成那些都是真的？

更要命的是，另一个当事人当时就在她的旁边。

“好了，十分钟到了，起来。”楚昼此时的声音宛如恶魔的低语。

“不要！”梁药没脸见他，故意盯着手机，“我忽然有点儿不舒服，你回去吧。”

楚昼微微眯起眼，说：“我再说一遍，起来。”

“不要。”梁药很倔，连看都不看他。

随后，楚昼走到她的身边，居高临下地看着她，表情阴沉。

“你要干什么？”梁药见他俯下身，朝自己伸出手，脑海中立刻浮现出许多画面，脸颊一下子变得通红，手机也被吓掉了。

梁药闭上双眼，随后，她感觉到他温热的掌心擦过了自己腰侧的肌肤，像是有电流划过。

梁药面色绯红，忍不住要抬脚踹他时，周身突然一空，热度消失了。楚昼收回了手，好像拿了什么东西出来。

梁药定睛一看，是她的手机！

“这个先没收。”拿到手机后，楚昼直起身子，动作行云流水，“补习结束后还给你。”

梁药的反应慢了半拍，难以置信地问：“你刚刚……只是为了拿走我的手机？”

楚昼挑眉看向她，反问道：“不然呢？”

梁药别过头去，一声不吭地下了床，气得连话都不想和他说。

接下来的时间，他们终于开始正经地补习。没有了手机，梁药不喊累了，冷漠地听他讲着课。

她一口一个“老师”地叫着，像是要和他划清界限，再也不越雷池一步。

时间一晃而过，一个下午很快过去了。楚昼给梁药讲了两节课的内容，并让她把学到的公式全部背下来。

梁药的态度十分懒散，随便背了几个公式，竟都背错了。楚昼看出了她的心不在焉，却没有点破，只平静地说道：“错一个，罚抄五十遍。”

梁药一下子就被吓醒了，问：“你是认真的？”

“嗯。”楚昼丝毫不留情面，把草稿本递给她，“现在就抄。”

真狠！梁药咬牙切齿地想：他是在报复自己吧？绝对是！

抄完公式时，梁药的手都快断了。托楚昼的福，她这辈子都忘不了这两个公式了。

补习结束时已经很晚了。梁远国回家后，检查了一下女儿的补习成果，惊喜地发现她已经会做一些数学题了，连公式都背出了好几个。

梁远国高兴得忘乎所以，连带着对楚昼的印象也好了起来，甚至开口留他在家里吃饭。楚昼巴不得呢，便答应了。

梁家人口味偏辣，梁雯炒菜时都会放朝天椒。

餐桌上，梁远国见楚昼只吃饭，不夹菜，还以为他是不好意思，便夹了两块辣子鸡给他，说："小楚，别光吃饭啊，把这里当自己家，不要客气。"

楚昼的筷子顿了顿，垂眼看着沾着红油的鸡块，面不改色地吃了下去，并道谢："谢谢伯父。"

旁边的梁药微微皱眉，阻止了老爸继续给楚昼夹菜的动作，说："爸，别夹了，他不能吃辣。"

楚昼心中一动，下意识地看了她一眼。

梁雯端着一盘菜从厨房里走出来，说："姐，你焖的小白菜好了。"

"谢谢。"梁药接过菜，放到楚昼面前，"你吃这个吧，将就一下。"

这小白菜没什么油水，但至少不辣。

楚昼盯着梁药看了一会儿，轻声道："谢谢。"

"不客气。"梁药舀了一勺辣子鸡里的红油到饭里，搅拌了一会儿后，边吃边说，"你的火气太旺了，正好，给你消消火。"

"……"

吃完饭后，楚昼拿纸巾优雅地擦了擦嘴，礼貌地说他该回家了。梁药的心情瞬间好了起来，一点儿要留他的意思都没有，假惺惺地说："老师再见，一路顺风。"

楚昼看着她，问："你不送我吗？"

"我为什么要送你？"

"学生不应该尊师重道吗？"

梁药想说：得了吧，我不拿扫把赶你就不错了，还想让我送你？

正当她想敷衍过去时，梁远国开口了："药药，你就送送他吧。人家辛辛苦苦教了你一下午，做人要懂礼貌。"

梁药不情不愿地将楚昼送下楼。她走在他的前面，问："你家的车在楼下吧？"

楚昼一边给司机发短信让他把车开走，一边平静地回答："不在。"

"那你是怎么来的？"

"打车。"

梁药"哦"了一声，又随口问道："你怎么知道我在找家教？"

楚昼盯着她后颈处瓷白的肌肤，漫不经心地道："在网上看到的。"

"不可能吧？我爸昨天才发布的。"

"巧合。"

梁药不太信，却也没追问到底。事已至此，她只好顺其自然了。

她家附近有条美食街，晚上很是热闹。

梁药送楚昼到街边打车，路过一家烧烤摊时，不由得多看了两眼。老板正在烤羊肉串，烟雾缭绕，孜然混着辣椒粉的香味让梁药忍不住咽了咽口水。

"想吃？"楚昼注意到她的细微动作，停下脚步。

"……不想。"

梁药本打算返程时自己买，楚昼却已经去点单了，让她有些无奈。

楚昼站在烧烤摊前静静地等待。虽然他穿着普通，但自带矜贵气质，一下子就从人群中脱颖而出了。

这样的人竟然在街边的小摊上给她买羊肉串。

梁药觉得有点儿好笑。

烧烤摊的老板好奇地和楚昼搭着话，然而，楚昼没有搭理他。他接过羊肉串后，来到梁药身边，说："拿着。"他买了三串，全都给了她。

梁药不客气地接过来，说："你不吃吗？"她咬了一口肉串，语气略带遗憾地道："啊——有辣椒，你不能吃。"

"我没说不吃。"楚昼听她这么说有些不爽，忽然抓住了她拿着肉串的手，低下头，从她吃着的那串上咬下了一块肉，嚼了嚼，"还不错。"

"你疯了？"梁药连忙把羊肉串拿远了一点儿，"你别勉强自己啊。万一你吃坏了肚子，你妈不得杀了我？！"

楚昼"啧"了一声，皱眉看着她，问："在你心里，我就这么娇弱？"

"不然呢？"梁药一边咀嚼一边说，"你除了在学习上是头狼，其他时候都是一朵花。"

梁药说的是实话。

他被绑架后落下了病根，特别是胃。据说，当时，他为了活下去，还吃过虫子之类的东西，逃出来后还洗了一次胃。经过这些年的调理，他已经恢复过来了，但太过刺激的东西还是少吃为妙。

还好楚昼本来就是个清心寡欲的人，偏好清淡的食物。

梁药觉得自己和他合不来——兴趣不合，喜好不合，连口味都不合。

这也是她犹豫着要不要接受他的原因之一。

不知不觉中，她把三串羊肉串都吃完了。

楚昼看了她一眼，忽然叫她别动。

“啊？”梁药抬起眼。

只见他微微躬身，认真地看着她，温柔地给她擦嘴。

梁药的脸瞬间红了，内心的天平急剧地向他倾斜过去。

她和他确实合不来，但是……这谁扛得住啊？！

他们在路边没等多久便打到了车。楚昼坐进车里，正要走，突然叫住梁药：“等一下，我有一件事忘了说。”

梁药的心猛地一跳，心想：不会是告白吧？一定是告白！既然都到这个时候了，她也不想挣扎了，和他试一试也未尝不可。

她佯装冷静地回头，十分淑女地微笑着道：“还有什么事吗？”

楚昼说：“我忘记布置作业了。回去后，我会给你出一张卷子，涉及的知识点都是我今天教过你的。答错一题，抄十遍。”

梁药：“……谢谢你。”

楚昼淡淡地点头：“不客气。”

梁药甩上车门，瞬间恢复清醒。她发现，每次她对他产生一丝幻想，他都能马上打破。她怀疑他是故意的！

回家后，梁药气冲冲地闯进梁雯的房间，说：“妹妹，赶紧把你和楚昼之间发生的所有事情都告诉我！他到底是什么时候发现的？又是怎么发现的？真是见了鬼了！”

梁雯放下书本，看向她，说：“他第一天就发现了。”

“我当天还问了你。”梁药皱眉道，“你不是说他没有发现吗？”

梁雯歉疚地道：“我当时很生气，所以骗了你，对不起啊。其实，他看见我的第一眼就发现了。”

梁药彻底怔住了。

“你是说，他一眼就看出你不是我了？”梁药震惊地看着梁雯，“你不会在骗我吧？”

“是真的。我连一个字都还没说，他就问我我是谁。”

“居然有这种事……”梁药喃喃道，心跳前所未有地加速起来。

她沉默了好长时间，才轻轻地问：“他有说他是怎么发现的吗？”

“他说，我的头发变长了，黑眼圈没有了，耳洞也没有了。”

“就这些？”梁药有点儿失望，“有没有更深层次的不同？比如我不经意的小习惯、神态上的细微差别……反正就是——我的身上有没有什么独特的东西，让他一下就看出来了？”

“没有吧。”梁雯想了想，“我还没说话就暴露了，都不需要看你的内在。”

“后来呢，暴露后发生了什么？”

“后来他就去找你了啊。可你那时不是去H市了嘛，还换了号码，谁都联系不到你。他疯狂地找了你两个多月，经常去D大看你有没有回来。”

梁药的眼睛有点儿酸涩，不知道该说什么。她没想到自己对楚昼来说这么重要，不，她其实猜到了，可她不敢深想。她怕自己做出和妹妹抢男人的事情，所以一直努力地把他的感情和自己对他的感觉忽略掉。

她骗了他，他知道真相后会愤怒，会难过，会找她算账，这是理所当然的。

等等，算账？

梁药想到了事情的关键，问梁雯：“那他现在是想干吗？他千辛万苦地找到了我，却什么都不说，天天吊着我，玩呢？”

“我也不知道……”梁雯摇了摇头，“不过，我觉得，他应该是喜欢你的。”

“喜欢我？”梁药冷笑了一声，“我今天被他按在桌上抄了好多遍数学公式，手都起茧子了，可他一点儿都不心疼。谁会对喜欢的人做这种事？他明明就是为了报复我！”

“呃……”

梁药越说语气越笃定：“他装作什么都不知道地接近我，就是为了让我爱上他，然后再把我一脚踹开，就像我之前对他做的一样。他就是想让我也尝尝被人抛弃的滋味！”

“我觉得，楚昼应该不是这样的人吧……”

“你怎么知道？”梁药冷哼一声，“我才不会上他的当呢！”

梁雯无奈地道：“姐，那你想怎样？”

梁药说：“我要去B大。”

“啊？”梁雯一愣，脸瞬间白了，“难道你又要和我……”

梁药点点头，笑眯眯地说：“老妹，我们再交换一次身份吧，我要亲自去会会他，摘下他虚伪的面具，看看他到底想干吗。”

“不行！”梁雯的反应异常激烈。

“为什么？”

梁雯低下头，小声道：“我、我现在人缘不好，会连累你的……”

“什么叫人缘不好？”梁药见她的脸白得像纸，皱眉道，“难道，有人欺负你了？”

梁雯咬唇不语，只摇了摇头。

“你不说，代表肯定有事，那我明天更要去了。”梁药不容拒绝地道，“就这样决定了！”

梁雯为难地张了张嘴，似乎有什么难以启齿的事想说，但最后，她只说道：“那就只换一天。明天正好有节专业课，你和楚昼一起上，你跟在楚昼身边，别乱跑。”

“你还担心起我来了。”梁药啼笑皆非，“你该不会觉得，我会被人欺负吧？”

梁雯抿着嘴，不愿多说。

她越是这样，就越说明有鬼，但梁药没有逼她，只说：“事不宜迟，我们现在就去理发店吧。”

梁雯傻傻地问：“去理发店干什么？”

“剪头发啊。”梁药指着自己的头发，“我总不可能就这样去学校吧？”

“可是……”梁雯还在犹豫。

“走啦！”梁药强硬地拉着她出了门。

到了理发店，梁药让理发师把自己的发型弄得和梁雯的一模一样，连刘海的长度都要一样，她倒要看看，楚昼这次还能不能分出她们。

理发师是个帅哥，大概是很少见到双胞胎，觉得新奇又好玩，尽心尽力地给梁药换着造型，还用尺子仔细量了量两人头发的长度。

梁药很满意，开心地和帅哥聊起了天，没一会儿就和他互加了微信好友。她有些感慨：这才是正常男人的反应！想当初，她在楚昼那里碰了那么多次壁，都开始怀疑自己不够有魅力了。

梁雯低着头不说话，整个人失魂落魄的，似乎有心事。梁药看得难受，逼问了她一通，她依然只含糊地说在班上受了排挤，没人理她。

梁药便没再问，反正明天去学校就能知道了。

第二天，梁药认真打扮了一番。她现在和梁雯几乎一模一样——齐刘海，马尾辫，巴掌大的脸蛋白净无瑕，不施粉黛。

梁药在校门口照了好久的镜子才进去。根据课程表，她找到了上第一节课的教室。

教室里面本来闹哄哄的，她背着书包进去后，教室里安静了片刻，同学们神色各异地看着她，眼神让她十分不爽。

梁药皱了皱眉，一个个瞪了回去，有些人被吓得收回了视线。

她随便找了个位置坐下，身旁的人没看她一眼，只笑着和旁边的人说话，似乎把她当成了空气。

梁药总算明白梁雯说的是什么意思了，一番试探后，她发现全班的同学都不怎么理她。

这是彻头彻尾的冷暴力。

梁药有点儿生气，不明白梁雯怎么会过成这样。这短短几个月里，到底发生了什么事？

两节课结束，梁药觉得非常压抑。她和梁雯生得漂亮，从小走到哪儿都是众星拱月的，哪儿受过这种冷眼？

第三节课是要和楚昼一起上的专业课，在实验楼的大教室。

梁药拿着书，跟着同学一起换了教室。在大教室里上课时，通常都是关系好的坐在一块儿，梁药不出意外地落单了。她一个人坐在倒数第二排，没有人愿意坐到她的旁边。

梁药玩着手机，没在意周围形形色色的目光。这时，她听到坐在前面的蘑菇头和一个女生兴奋地低呼："快看，楚昼来了！"

"他往我们这边看了，不知道他今天会坐在哪里。"

闻言，梁药抬头望去，果然看到了楚昼。

高挑清瘦的少年双手插兜，懒懒散散地走进教室。他的眼皮耷拉着，神情淡漠，看起来精神不太好。

这让梁药想起了他们刚接触的那段时光，那时，楚昼也是这样，每天都无精打采的，难道他昨天又没睡好？

楚昼确实又失眠了。昨晚回到家后，他深刻地检讨了自己，发现自己好像做得有点儿过火。他没想那么快戳破真相，因为他不确定梁药到底喜不喜欢自己，如果喜欢，喜欢的程度又有多深？万一他把她逼急了，她会不会再次把他甩开？

他不敢赌。为了和她有话题聊，他故意提出要出一张卷子考她。回家后，他出好卷子，重新加了她的微信，在微信上将文档发了过去。他希望她遇到不会的题，可以来问自己。

可不知怎么的，她的态度变冷淡了，无论他发什么过去，她都只回复“嗯”“好”“哦”，最后只说了一句“谢谢老师”。

没追过女生的楚昼不知道问题到底出在了哪里，自然而然地失眠了。

“我女神又是孤零零的！”赵亿豪看了教室一圈，见女神一个人坐在后面，毫不犹豫地往那边走去，“我这个护花使者该出动了！”

曹博习以为常地跟着他过去了。

梁雯被孤立已经不是一天两天了，一般情况下，他们能帮一点儿是一点儿。

楚昼也漫不经心地走了过去。正准备坐到曹博旁边时，他无意地扫了女生一眼，一下愣住了。

赵亿豪坐在梁药身边，大大咧咧地笑着道：“女神，好久不见啊。”

总算有人愿意理自己了，梁药有点儿感动。她腼腆一笑，说：“叫我的名字就好。”

现在，她听到“女神”两个字都觉得讽刺。

一片阴影忽然罩了下来，她疑惑地抬头，发现楚昼也走到了她的旁边，正看着她，眼眸狭长。

梁药的心猛然一跳。

他不会发现了吧？怎么可能？！

“那个，”她舔了舔唇，小心翼翼地问，“楚昼同学，你有什么事吗？”

楚昼向来是人群中的焦点，一举一动都受着关注。察觉到这边的动静，班上的同学不由自主地静了下来，齐刷刷地望着他。

赵亿豪也奇怪地抬头，问：“阿昼，怎么了？”

楚昼冷漠地道：“起来。”

赵亿豪一脸蒙，问：“什么？”

“你旁边的——”楚昼轻敲了一下桌面，缓缓地道，“是我的女朋友。”

他这句话音量不大不小，刚好能被全班人听到。

众人纷纷露出不可置信的表情。

“啊？哦……”赵亿豪反应了几秒，惊疑不定地看了梁药好几眼，然后起身给楚昼让座，“您请坐，是我眼神不好。”

楚昼神色自若地坐到了梁药身边的座位上。

梁药无法相信自己就这么被看穿了，她甚至怀疑梁雯在骗她，实际上，梁雯和楚昼相处得很好。

她勉强地笑了笑："你今天怎么了？怎么好像变了个人似的？"

"我一直都这样。"楚昼把书放在桌上，侧头看她，"倒是你，怎么忽然和我生分了？"

"……"

"你前不久还叫我昼昼。"

这下子，梁药确定，楚昼是真的发现了真相。

梁药直直地看了楚昼一会儿，抿了抿嘴，突然拿着书起身，拍了拍曹博的肩："换个座位，拜托了。"

曹博"啊"了一声，不解地看了看她，又看了看楚昼，但他没问什么，爽快地和她换了。

楚昼微微挑眉，看了梁药一眼——她的脸上罕见地有几分不知所措。

楚昼知道，她又在逃避了。他没去逼她，只想慢慢来。

她今天能来B大，对他来说，已经是莫大的惊喜了。

梁药确实在逃避，她觉得自己需要冷静一下。从来没有人能那么快认出她们姐妹俩——楚昼的直觉太可怕了！

她被认出来了，然后呢？接下来她将面对的是道歉、坦白，还是……嫁给他？

梁药想到以前说的戏言，脸不由得一红，羞耻地把脑袋埋在了臂弯里。

"那个，你是姐姐吗？"旁边的赵亿豪小心翼翼地问。

"你也认出来了？"梁药猛地抬起头。

"我看不出来。"赵亿豪嘿嘿一笑，"可看阿昼的反应，你准是姐姐。你不知道，你刚走那会儿，阿昼的样子有多恐怖。"

"是吗？"梁药不想聊这个，转移了话题，"对了，你知道梁雯为什么会被排挤成这样吗？"

"其实，我也不太清楚是怎么回事。"赵亿豪叹了口气，"不过，前段时间，你和梁雯换回了身份，阿昼和梁雯的关系自然也就断了。那时候，学校有人传出谣言，说梁雯脚踩两只船，除了楚昼，还勾搭着外校的男生……反正，什么难听的话都有。而楚昼那时候天天去找你，和梁雯的关系也很冷淡，一不小心坐实了谣言。等他反应过来的时候，梁雯在别人眼里已经成了水性杨花的女人了……”

赵亿豪困惑地挠了挠头，说：“不过我觉得这也不算什么啊，不知道为什么，那么多人都排挤她，把她当成透明人……”

梁药皱了皱眉，也觉得奇怪。

梁雯的性格很好，人际关系怎么会在短时间内变成这样？

回去后，一定要问问她，梁药心想。

忽然，她的余光瞥到一抹白色的身影，随后，她看到苏浅走到了楚昼面前，浅笑着问他：“楚昼，下节是体育课，老师要你和体育委员提前去器材室拿垫子，好像要考仰卧起坐。”

楚昼看了她一眼，微微点头。

梁药眯了眯眼，打量着苏浅，她的变化似乎很大。如果说梁雯变内向了，苏浅则完全相反，性格开朗了许多。虽然她跟楚昼说的都是公事，但也说了好几分钟。

结束对话后，苏浅抱歉地对楚昼笑了笑：“对不起啊，耽误你这么长时间。因为你总是不在，所以，我一看见你就想把事情一次性说完。”

楚昼没有理她。

梁药一直盯着苏浅。似乎是察觉到了梁药的目光，她侧头看了过来。看到梁药后，她的表情有些不自然，淡淡地笑了笑就走了。

上课铃响后，梁药托着下巴，无聊地望向窗外，无意间又看到了正好坐在窗边的苏浅。

她认真地看着黑板，坐姿很端正，手里拿着笔，一看就是专心听课的好学生。贺云东坐在她的旁边，脸也对着黑板，但明显没有她认真。他时不时地看向苏浅，有些心不在焉。

梁药忍不住地对赵亿豪说：“贺云东怎么不和你们坐一起了？”

“唉，别提了。”赵亿豪叹息着摇头，“那小子重色轻友得很，现在整天忙着追苏浅呢，哪儿有闲心搭理我们？”

梁药眯着眼“哦”了一声。

B 大的教学进度快，难度又大，梁药听了一会儿课，发现完全理解不了老师讲的内容，便放弃了。

她无所事事地在草稿纸上画画，忽然间有些惆怅，不知道未来该从事什么职业。就算是走绘画这条路，也有很多选择，是画插画、漫画，还是当个普通的美术老师，抑或是挑战自我，进入游戏行业或动画行业？

梁药有点儿茫然。虽然选择很多，但她不知道自己喜欢什么，适合什么，该往哪条路走。她必须走出舒适圈，重新规划自己的未来。

梁药敛眉思索时，浑然不知“危险”正在逼近。当她发现老师的存在时，桌上的草稿纸已经被抽走了。老师皱着眉，晃了晃纸，说：“这位同学，我的课就这么无聊吗？”

周围的目光唰地集中了过来，大家都有点儿幸灾乐祸。

梁药咳了一声，说：“我就是随便画画，您不要怀疑自己的教学质量。”

“随便画画……”老师瞅了一眼草稿纸上的涂鸦，“看着还挺像模像样的，这人体结构画得不错啊，以前一定学过吧？”

梁药自知理亏，没有应声。

老师还想说什么，楚昼突然淡淡地打断了他的话：“老师，黑板上第三道计算题，你的答案错了。”

“什么？”老师的注意力立刻被吸引了，他扶了扶眼镜，望向黑板，仔细地又算了一遍，发现答案还真是错了，他把“9”写成“6”了。

他的脸上浮现出尴尬的神情，马上走过去修改答案，说：“同学们，老师刚刚不小心写错答案了，看来，全班只有楚昼同学一个人在认真听讲，你们都给我打起精神来！”

班上发出了一片嘘声。

梁药松了一口气，拿笔戳了戳楚昼的背，小声道：“谢谢啊。”

楚昼没有回头，淡淡地“嗯”了一声。

梁药觉得自己已经完全摸不透他的心思了。

如果他是为了报复自己，为什么还要帮自己？难道他喜欢自己？

不，不可能，他绝对是在报复自己！现在她这么难受，说明他的报复十分成功。

梁药想过很多次，假如她是一个断情绝爱的女生，忽然有一天，一个如阳光般温暖的男生打开了自己的心扉，可到头来却发现这是一场骗局，男生只是帮弟弟追自己，从头到尾，他都在欺骗自己的感情。她知道真相后会怎么做？

梁药想来想去，觉得只有一个结果——让他滚。

所以，楚昼会怎么对她，她心里一点儿底都没有。她觉得时间好像又回到了以前，他对她越好，她越不安……

第十章
我在追你

下节课是体育课，要考仰卧起坐。

考仰卧起坐意味着要有同伴帮忙，而“梁雯”现在受人排挤，是个异类。

早春时节，空气清新，阳光温暖，微风温柔地吹过操场，此时，好几个班都在上体育课，各班在体育老师的指挥下排列得整整齐齐。

梁药站在女生队列的最边缘，跟着大家一起做操。她觉得，自从上节课后，班上的同学看她的眼神好像更不友好了，甚至掺杂着一丝若有似无的嫉妒。

她当然知道这是因为什么。无论谁和楚昼那个香饽饽扯上关系，都会被当成眼中钉吧？

热身完毕，体育老师吹了一声口哨，让体育委员把垫子搬过来，接着说道：“仰卧起坐考试开始，大家找好搭档，女生先来。第一排，准备——”

不出所料，梁药看到边上的女生立刻抱成团，完全把她排挤在外。

虽然她不屑和这群女生一般见识，可总被排挤在外，她的心情总归好不起来，也不知道梁雯是怎么熬过来的。

正当她心烦意乱时，旁边的人忽然发出了一阵笑声。

楚昼被人众星拱月地围在中间，不时有女生上前搭话，他并不理会，却无损人气。

梁药不由自主地望了过去——少年穿了一件白色T恤，脖颈修长，黑发薄唇，清俊的轮廓利落分明，神色沉静。

他仿佛自带光芒，只要往那儿一站，就会有大批的人朝他涌过去。

和她简直有着天壤之别。

梁药有点儿不开心，唇角微微下压。不知怎么回事，她竟然生出了一点儿自卑的情绪，感觉自己十分渺小，根本配不上他。

楚昼像是感觉到了什么，忽然朝她望了过来。

两人四目相对，梁药的心猛地一跳，连忙收回了目光。

“咦，同学，你还没找好搭档吗？”体育老师见梁药一个人站着，奇怪地问道。

梁药无所谓地摇头，说：“没有，老师，你帮我做……”

她话还没说完，周围忽然响起一片吸气声，所有人都看向了她的身后，惊讶地睁大了眼。

体育老师也很惊讶，问：“楚昼，你怎么来女生这边了？”

“找搭档。”楚昼平静地说。

随后，他蹲在一脸蒙的梁药面前，按住了她的脚踝。见她傻傻地看着自己，他微挑了一下眉：“你那是什么表情？”

梁药神色复杂，说：“感动的表情。”

他逆光而来，无视所有流言蜚语，那么理所当然。

以前，他对她好，她理所当然地认为他是对梁雯好。现在，他知道她是梁药，却依旧背向人群，坚定地走到了她的面前。

有那么一瞬间，她有了一股向楚昼主动认错的冲动。

班上的人神色怪异地看着楚昼在“梁雯”面前蹲下，他的右膝比左膝位置更靠下，很容易给人一种他正单膝跪地的错觉。

他这是在求婚吗？

女生们嫉妒又不服。

梁药则一脸戒备地看着楚昼，生怕他下一秒就把她给打了。

“你过来干吗？”

楚昼平静地回答：“你刚刚一直在看我，不是在向我求救？”

“我才没有，你别乱说好不好？”

体育老师倒是没再说什么，见每个人都有搭档了，她吹了一声口哨，说：“好了，大家准备。一，二，三，开始！”

梁药立刻收起杂念，双手抱头，开始做仰卧起坐。

楚昼直直地看着她。

少女淡唇微抿，十分认真，身体起起伏伏，动作很大，柔顺的黑发在空中荡出好看的弧度。她的身体素质不错，速度明显要比旁边的女生快许多，且脸色不变，喘息声很小。

楚昼有些讶异。他静静地看着，突然发现了什么，目光一顿，有些不自在地移开了视线。

她出汗了。

春夏季衣衫薄，而且有点儿透，出汗后，衣服容易贴在身上。梁药里面穿的吊带此刻若隐若现。

楚昼耳尖微红，集中精力压住她的脚，她的脚踝白皙纤细，有种莫名的脆弱感。他的掌心覆在上面，忍不住轻轻地摩挲了一下。

梁药的动作一缓，抬头瞪了他一眼，说道："你乱摸什么呢？"

楚昼面不改色："谁让你不穿袜子。"

"谁说我没穿？我穿的是船袜！船袜——听过没有？"

楚昼干脆地回道："没。"

时间到了，体育老师吹了一声口哨，说："好，大家停下来，报一下成绩。"

女生们几乎都做了三四十个，楚昼报的数字却是五十五，梁药的成绩惊呆了一群人。

梁药站起身，呼出一口热气，胸口的郁气总算散了不少。

体育老师登记完成绩后，又说："现在换人，大家做好准备！"

楚昼应该要走了吧？梁药正这么想着，就看到他已经坐在了垫子上，屈着长腿，双手枕在脑后，仰着头对她说："拜托你了。"

梁药认命地蹲下来，抱住了他的小腿。

体育老师刚喊完"开始"，楚昼就动了，他的速度很快，表情却没什么变化，看不出在做剧烈运动。

梁药差点儿没能压住他，为了减轻负担，她干脆直接用膝盖压着他的脚。

刚才，楚昼摸了她的脚，梁药有点儿想报复回去，可看着他绷紧的下颌，她想了想，觉得还是算了——认真的男人最帅，她有点儿舍不得报复他，而且，他一直都在帮她。

想到这里，被压在心底的愧疚又冒出了头，她想和他道歉。她抿了抿嘴，忽然低低地叫了他一声，说："我有件事想和你说……"

"嗯？"楚昼抬眼看她，动作没停，鼻音有点儿重。

“就是……”梁药舔了舔唇，有点儿难以启齿，不敢看他的脸。

她的目光不由得飘到了别处，看到一群男生在操场上跑步。

梁药一下子就被吸引了，她的目光停在男孩们的身体上，瞬间忘了自己要说什么：“就是，呃，就是……”

“就是什么？”楚昼皱了皱眉，顺着她的目光看去。

他听到梁药小声地感叹：“真好……”

楚昼的脸一下就黑了。

梁药的目光还落在体育生身上，压着楚昼的力气逐渐减小。

这时，楚昼起身的动作幅度猛然增大，她一时没压住，被他往下带了过去，整个人趴在了他的身上，鼻尖重重地撞到他腹部硬邦邦的肌肉上，疼得整张脸都皱起来了。

“你有病啊？”梁药“嘶”了一声，捂着鼻子瞪楚昼。

楚昼躺在软垫上，就这样看着她，懒洋洋地说：“不太好吧？”

“什么？”

“大庭广众之下对我投怀送抱，没想到你这么主动。”

“我……”

梁药这才发现他们的姿势特别暧昧，也特别容易让人误会。

全场安静得可怕，同学们都一脸震惊地望着他们。毕竟，在外人看来，是她丧心病狂地扑倒了楚昼。

梁药沉默地从楚昼的身上爬了起来，起身前，她还不忘报复般地重重地按了一下他的小腹，板着脸说道：“楚昼同学，你不觉得你越来越不一样了吗？求求你，赶快恢复正常好不好？！”

“或许吧。”楚昼站起身来，“遇到你以后，我就没正常过。”

梁药张了张嘴，不知道该说什么。

楚昼的成绩被宣布无效，体育老师单独给他计时考试。

考完仰卧起坐后，老师便让他们解散了。

梁药玩了一会儿手机，总算听到了下课的铃声。

楚昼也没回班上，陪在她的身边。他什么都没说，两人各怀心事。

赵亿豪走近他们，调侃道：“阿昼，我说，你们腻不腻啊，连体育课都要黏在一块儿。看来，论重色轻友，云东还是比不上你。”

“我才没有！”贺云东刚好带着苏浅过来了，听到这话，他笑着捶了赵亿豪一拳，对楚昼说，“昼哥，等会儿一起吃饭吧？好久没和你们一块儿吃饭了。”

苏浅则有些不好意思，说：“我能和你们一起吗？不行的话，我就先走了。我怕给你们添麻烦。”

“哪里添麻烦了？你不是有好多不会的题想问昼哥吗？正好可以问问！”贺云东连忙说。

楚昼侧头问梁药：“一起吃吗？”

“我想上厕所，就不跟你们一起了。”梁药摇了摇头，“你们先去吃吧。”

楚昼抬手揉了揉她的脑袋，问：“那我给你带？”

梁药愣了愣，情不自禁地点头：“好。”说完，她觉得自己的反应太平淡了，又补充道：“谢谢。”

楚昼轻轻地笑了一声，说：“在教室等我。”

梁药的脸有点儿热。这个男人太犯规了，她现在都不知道怎么和他相处，总感觉有点儿别扭。

以前明明不会的。

“我们走吧。”苏浅看了眼时间，“去晚了，菜就被抢光了。”

“走走走！”赵亿豪大手一挥，“我快饿死了！”

梁药点了点头，和楚昼说了声“拜拜”，转身走了。楚昼被曹博和赵亿豪推着往反方向走去。

苏浅很自然地走在楚昼身边，她的另一边是贺云东。贺云东怕她尴尬，一直在找话题和她聊天，苏浅笑着应答，没有任何不自在，只是有时候，她会若无其事地偏头看向楚昼。

楚昼鼻梁高挺，下颌线分明，侧脸清隽，连黑发划过耳畔的弧度都那么好看。

他的手插在口袋里，目不斜视地向前走，连余光都没分给她丝毫。

就在这时，有两个女生迎面走了过来，看起来不太好招惹。

“你们看到梁雯了吗？”其中一个女生的目光不经意地扫过苏浅，笑着问道，“老师在找她。”

“她说去上厕所，应该在教学楼里吧。”苏浅不假思索地道。

“谢了。”女生朝苏浅挥了挥手，与另一个女生扬长而去。

楚昼皱了皱眉，第一次正眼看苏浅，问：“你认识她们？”

“不认识啊。”苏浅愣了一下，摇了摇头。

楚昼没再说话，只是加快了脚步。

回教学楼后，梁药在一楼的卫生间上厕所。现在是午饭时间，教学楼里没什么人，空荡荡的。

B大的厕所十分干净，每天都有阿姨定时打扫，比D大的好太多。

梁药大概是昨晚睡觉时着凉了，肚子有点儿不舒服，上完厕所后好了很多。她走到洗手池边洗手，顺便洗了一把脸，而后摘掉橡皮筋，重新扎了头发。

梁药看着镜中重新打起精神的自己，暗自下定决心——不能再拖了，这次，无论结果如何，她一定要和楚昼摊牌，毕竟，是她欠他的。

她给自己鼓了鼓劲，深吸一口气，准备出门。就在这时，她听到“咔嚓”一声，卫生间的门好像被人锁上了。

梁药一怔，转过头，便看到两个女生大大咧咧地堵在卫生间门口。两人一个留着黑长的披肩直发，一个长着娃娃脸，虽然都穿着校服，却都给人一种黑社会的感觉。梁药注意到，她们的手指甲上涂满了指甲油，耳垂上还有许多个耳洞。

“你们找我有什么事吗？”梁药确定自己不认识她们。

“梁雯，现在只有我们三个人，你装什么装？”

“黑长直”明显是老大，似笑非笑地看着梁药，看起来十分危险。

“你挺厉害啊，这么快又勾搭上楚昼了。”她的语气里满是嘲讽，“看来，你这张脸确实挺讨男人喜欢。”

“所以呢？”梁药微微挑眉，“你是特意过来称赞我的脸长得好看的？”

“喂，你怎么说话的？”“娃娃脸”阴冷地瞪着她，上前了一步。

“别激动。”“黑长直”拦住她，“我们这次不动手，好好和她谈。事先声明，我对楚昼没什么兴趣，只是，有他在，我不好找你。”她抱胸看着梁药，“我呢，也不是不讲道理的人，只要你待会儿当着楚昼的面和一个男生亲一下，我就放你一马。还有，上次说好的一千块钱，你到底什么时候给我？已经拖得够久了。”

“啊？”梁药觉得滑稽，“所以，你是在勒索我？”

“你该不会好了伤疤忘了疼吧？”“黑长直”不耐烦地说道，“才几天你就忘记教训了？你该不会以为有楚昼罩着你，你就能高枕无忧了吧？”

她拿出手机，找出一张照片，扬扬得意地说道：“别忘了，这个还在我手里！”

梁药看到照片，脑袋一蒙，眼睛瞬间红了。

照片里，梁雯被一群女生按在地上，衣衫不整。她死死地捂着胸口，脸苍白得没有血色，表情惊慌又无助，满脸是泪，异常狼狈。

这是她的妹妹，更是家里人最疼爱的、从小宠到大的宝贝。

梁药觉得自己全身的血液仿佛在逆流，她不敢相信自己的眼睛，一句话都说不出，手在不停地颤抖。

“黑长直”见她不说话，以为她被震慑住了，很满意，说：“识相的就乖乖听话，不然我就把照片传到网上。啊，你说，让你最喜欢的楚昼也欣赏一下，怎么样？”

她话音刚落，梁药就抽走了她的手机，往地上一砸。

“黑长直”还没反应过来，头皮便一痛，梁药狠狠地抓着她的头发，将她重重地按到了墙上。

梁药的双眼布满了血丝，拽着她的衣领怒吼道：“你怎么敢这样欺负我妹妹！”

“黑长直”的后脑勺重重地磕在墙上，一阵剧痛袭来，她还没缓过来，梁药又一拳揍在了她的脸上。

“黑长直”挨了一拳，疼得大叫，感觉自己的骨头都要裂开了。同时，她的鼻子一热，好像有什么东西从鼻子里流了出来。

她愣了愣，伸手去摸，看到了满手的鲜血，眼前一黑，差点儿没背过气去。她的表情终于慌张起来，脸色苍白地看着梁药，说：“你、你竟然……”

旁边的“娃娃脸”吓傻了，怎么也想不到“梁雯”会变得这么厉害。回过神来后，她急忙上前帮忙，吼道：“梁雯，你住手！”

可她哪里是梁药的对手？

梁药从小练习跆拳道，初中就拿到了黑带，不少男生都不一定打得过她，更何况，她现在处于极端愤怒中。

梁药看到“娃娃脸”冲了过来，想也不想便一脚踹了过去。“娃娃脸”被踢中肚子，疼得半跪在地上。她终于发现对面的人不是自己打得过的，于是连滚带爬地打开门冲出厕所，惊慌失措地大喊：“来人哪，梁雯疯了！

快来人啊！”

楚昼有些心神不定。他没在食堂吃饭，打包了自己和梁药的饭后，就撇下了赵亿豪他们，回教室了。

他刚踏进教学楼，就看到同学们慌张地涌入厕所，有人边跑边大叫：“快来两个男生，梁雯发疯了，谁都挡不住！”

楚昼眉头一皱，立刻跟了过去。许多人认出了他，纷纷给他让路。

楚昼到了女厕所门口，看到了骇人的一幕——梁药被两个男人死死地按住了肩膀，两眼通红，正瞪着地上的一个女生。

楚昼一眼认出地上的女生就是之前问梁药在哪儿的那个。

“你们放开我！”梁药挣扎着，情绪激动地指着“黑长直”，哑着嗓子喊道，“你把之前对……对我做的事一五一十地说清楚，否则，我跟你没完！”

她仿佛丧失了理智，只想和“黑长直”拼命。她好不容易奋力地挣脱了两个男生，下一秒，便被人从后面抱住了。

“乖，没事了。”

温暖的气息环绕着她，梁药的动作顿了顿，有些迷茫。随后，她听到那个熟悉的声音在耳边响起：“下面的交给我。”

楚昼把梁药转过来抱入怀里，轻轻地拍着她的背。

梁药逐渐冷静下来，吸了吸鼻子，把事情的经过和他说了。

因为有外人在场，她便以梁雯自称。

楚昼听到后，皱了皱眉，当机立断地让人看住“黑长直”和“娃娃脸”，别让她们乱跑。然后，他捡起被梁药摔在地上的手机，仔细地看了看有没有坏。

“黑长直”看到他捡起手机，猛地想起来手机里还有证据，她的神色变得慌张，顾不得身上的伤，手忙脚乱地想爬起来，对楚昼喊道：“把手机还给我！”

可她刚一站起来，就被旁边的人拽住胳膊按了回去。

楚昼俨然成了这群人的主心骨。他在众人心中威望极高，大家都听他的话，场面瞬间就被控制住了。

此事非同小可，闹得尽人皆知，不过，大多数人都不太清楚事情的经过，只知道“梁雯”把“黑长直”给打了。

“黑长直”是学校里有名的人，恶贯满盈，恃强凌弱，没少做欺负同学的事，只是，大家都选择睁一只眼闭一只眼，谁都不想引火烧身。

听说她被打了，众人虽然嘴上不说，但心里都莫名觉得舒爽和痛快。

和梁药上次与夏若晴的纠纷不同，这次，这件事情引起了学校的重视，还惊动了校长，由他亲自到校办公室询问情况。

梁药的家长第一时间被请了过来。

听说女儿出事了，梁远国立刻请假赶到了学校。“黑长直”的家长也赶了过来，一群人在校办公室里吵了起来。

梁药这才知道“黑长直”本名叫蒋香霜，是梁雯的同班同学。

蒋香霜的脸都肿了，皮肤青一块，紫一块，还带着血迹，要多狼狈有多狼狈。只不过，她没有哭得死去活来。进校办后，她就把眼泪擦干了，恶狠狠地瞪着对面的人，眼底残留着几分怨毒和畏惧。

而“娃娃脸”心理素质差，早被吓破了胆，一直在旁边哭。

蒋香霜的妈妈来得很快。看到女儿被打成这样，她勃然大怒，吵着要对方付出代价。她不信自己的女儿会欺负别人，一口咬定是对方先打的人。

梁药见她一脸嚣张，气得差点儿没忍住上去踹她两脚。

幸好这次来的人是梁远国，他和梁母相反，事情还没搞清楚，他就开始护短：“付出什么代价？我家药——雯雯不会不分青红皂白地打人，肯定是你女儿的不对！”

两人争得不可开交，校长和班主任劝得头疼，都不知道该信哪一方。

就在这时，关键证据终于被楚昼拿了过来。他、赵亿豪和曹博都在校办，几人进来后就在帮忙修手机。

梁药摔得挺狠的，手机屏碎了，怎么也开不了机。蒋香霜也是看准了这点，才有恃无恐。

赵亿豪家正好是开手机厂的，平时耳濡目染，能解决一些小问题。在摆弄了十分钟后，手机终于能正常开机了。他立刻点进相册，看到梁雯那张照片后，一下蒙了。随后，手机就被楚昼抽走，交给班主任了。

在场的人仔细地看了手机里的照片，都感到难以置信。

梁远国只觉得血液冲上了头顶，气得脸红到脖子根，狠狠地给了蒋香霜一巴掌，指着她，声音颤抖地问：“世界上怎么会有你这种学生？怎么会……”

他过于气愤，词汇量又贫乏，只一遍遍地重复着同一句话。

蒋香霜见事情败露，脸色有些难堪，低着头不吱声。

蒋母没想到女儿竟然真的做出了这种事，脸色一白，差点儿晕过去，指着她骂："你真是太让我失望了，这种事也做得出来！"

她骂完，又忙着给梁远国道歉："实在对不起啊，我平时工作忙，对她的管教不够。多少钱我都愿意赔给你们，请你们放她一马。"

"不行！"梁远国气得浑身哆嗦，双眼赤红，"必须严惩！"

说着，他一把抱住梁药，痛心地道："我可怜的女儿啊，你受苦了，怎么不早点儿告诉爸爸啊？！"

梁药配合地在他的怀里放声大哭，抽噎着告状："爸、爸爸，她……她折磨得我好惨。她打我、骂我，考试时要我告诉她答案，还勒索我，威胁我，让我不要告诉老师，否则就把照片传到网上……呜呜，我不要活了……"

"雯雯别哭，爸爸一定为你讨回公道！校长，听到了没？我告诉你，这件事要是没个结果，我把你们整个学校都告上法庭！"

楚昼终于知道梁药的"戏精"属性是遗传谁了。

"我一定要她们好看！"赵亿豪义愤填膺地说道，"我真是猪脑袋，怎么没早点儿发现？！"

楚昼沉默地看着梁远国怀里的梁药。

少女细瘦的肩膀一抖一抖的，像是哭得喘不过气来。另外几人以为她只是在演戏，楚昼却清楚地看到了她脸上浅浅的泪痕。

她真的在哭。

楚昼目光沉了沉，抿了抿唇，脸色变得有点儿冷。

校长和班主任意识到了这件事的严重性，厉声逼问蒋香霜真相。

蒋香霜见瞒不过去了，不情不愿地承认了欺负梁雯的事实，无所谓地说："谁让梁雯那么弱，看起来就好欺负，活该。"她看了眼"梁雯"，扯了扯嘴角，接着说道："就是没想到，兔子被逼急了真的会咬人。不过，这可不只是我的错，这件事，班上的人几乎都知道，他们也都没告诉老师啊。"

梁药心里一凉，这才明白梁雯在班上为什么不受待见，因为谁都不想多管闲事。

蒋香霜一看就是在班上作威作福惯了的，再加上梁雯的名声变差，男生懒得管，女生不愿意管，事情才会演变成现在这个局面。

梁远国气得说不出话，又想冲过去甩蒋香霜耳光。校长连忙拦住他，说：“梁雯爸爸，你冷静一点儿。我知道，你心里肯定很难接受，但这毕竟关系到一个孩子的未来……”

校长在气愤的同时依然想维护学校的面子。这么恶劣的事情，一旦传出去，会对学校的名声带来巨大的负面影响。

“校长。”楚昼忽然出声，语气平淡，却有种说不出来的压迫感，“这件事，学校会公正处理的，对吧？”

校长一惊，侧目望去——楚昼在不远处靠墙站着，双手插在口袋里，平静地看着他，双眼宛如深不见底的寒渊。

曹博和赵亿豪一左一右地站在楚昼旁边，收起了平日吊儿郎当的劲儿，表情很认真，说：“这件事我们都知道，您必须给个说法！”

“当然，这件事的性质太恶劣了，我们绝不姑息！”校长表情严肃，对班主任道，“这件事交给你处理，必须找到其他参与这个事件的人，一个都不能放过！”

这起事件很复杂，虽然来龙去脉已然明了，但惩罚方式有待商榷，领导与家长争执不下，梁远国不肯退让一步。

楚昼以“梁雯”受到惊吓、身体不舒服为由，把梁药带了出去。

梁药垂着脑袋，没什么精神，没走几步就蹲在了地上，把脸埋在膝盖上，闷闷地对他道：“抱歉啊，我好像有点儿脱力，走不动了，你先回教室上课吧，不用管我。”

楚昼背对着她蹲下身子，言简意赅地说道：“上来。”

梁药呆愣地抬头：“啊？”

楚昼说：“我背你。”

楚昼的背宽厚又结实，像是能撑起一片天。梁药没有矫情，伸手搂住他的脖子，安静地把身体贴了上去。

楚昼问：“抓稳了没？”

梁药小声回答：“嗯。”

楚昼托着她的腿，轻松地站起身，将她背了起来。

梁药趴在他的背上，难得安静温顺。见他拐过了走廊转角，竟没有回教室，而是下了楼梯，她不禁歪头问：“你要去哪儿？”

“医务室。”

“去医务室干吗？”

楚昼顿了下，满是心疼地问：“你的手不痛吗？”

梁药一愣，低头看向自己的手，这才发现自己的手伤痕累累，应该是在厕所的时候伤到的。大拇指和食指的指甲断了，指关节也破了皮，伤口很深，能看到肉，渗出来的血已经干了，与雪白的皮肤形成鲜明对比，十分吓人。

被他一提醒，梁药才觉得痛。

楚昼轻声道：“其实，我挺生气的。”

梁药发着呆，下意识地问了句：“气什么？”

“气你总是擅自行动，”楚昼放低了声音，像是在压抑着什么，嗓子略哑，“从来不会依赖我。”

梁药沉默了。

从小到大，她都不知道依赖别人是什么感觉。父母一直叮嘱她要照顾好妹妹，妹妹身体差，性子弱，娇生惯养，不能没人看着，她必须要保护好妹妹，所以，无论发生什么事，她都习惯了一个人扛，也不觉得会有人来帮自己。

她微微偏过头，看着楚昼的侧脸。他好像真的在生气，表情冷淡，眉峰如刃，瘦削的下颌紧紧地绷着，唇角不悦地下垂，看起来有点儿可怕。

可梁药一点儿都不怕，她紧了紧抱着他脖子的手臂，将头静静地靠在他的肩膀上。

这还是第一次有人因为这个朝她发火。

“这是最后一次。”楚昼看着前方，沉声说道，“以后有什么事，先和我说，知道吗？”

梁药低低地应了一声，也不知道自己为什么这么听他的话。

楚昼背着她到了医务室，门虚掩着，校医好像不在。他把梁药放到床上，找来创可贴和碘酒，用棉签给她上药。

小姑娘蔫不唧儿的，垂着脑袋，不仅手受了伤，脸上也有抓痕。她的头发不知何时散开了，松松垮垮地披在肩头，衬得她的脸蛋越发小巧，那几道抓痕也变得更加刺眼。

楚昼温柔细心地在她的脸上贴上创可贴，遮住碍眼的伤口，然后用碘酒给她手上的伤口消毒。

梁药很乖，忍痛能力一流，一声没吭。

楚昼认真地给她上药，见她像块木头似的，一点儿反应都没有，他轻轻皱眉，说："痛就说，不要忍着。你平常没事总喜欢说自己这里痛那里痛，怎么真受伤了，反而一句话都不说？"

他刚说完，便看到梁药掉眼泪了。她一眨不眨看着他，漂亮的眼睛泛着红，泪水像断了线的珠子，不停地往下掉。

楚昼微微一怔，有点儿手足无措，问："怎么了，我弄疼你了？"

梁药摇摇头，往后一倒，用被子遮住脸，哽咽着说："昼昼，我错了。我当初不该扮成梁雯来追你。我欺骗了你的感情，我罪该万死。我郑重地向你道歉，要杀要剐随你便，精神损失费我也愿意赔，你想怎样我都随你。我只求求你，能不能别这样，我真的受不了了！"

梁药的道歉太过突然，楚昼有点儿蒙。就在他想着"我怎么了"时，他听到她壮士断腕般大喊了一句："求你，放过我吧！"

楚昼立刻明白了她的意思。

她说了一堆有的没的，全都是为最后一句话做铺垫。

她想离开他。

楚昼的脸色瞬间阴沉下去，他倾身靠近她，一只手撑在她的头边，一只手扯着被子，说："梁药，你看着我的脸说清楚，你什么意思？"

梁药第一次听他叫自己的名字，浑身一颤，哭得更厉害了。她捂着被子不肯露脸，哭着说道："就是字面意思。我承认，我对不起你，你要怎么样都行，只求你放我一马……"

她觉得自己真的承受不住了。妹妹遭遇了那种事，她本来就很难过；楚昼对她的温柔成了压垮她的最后一根稻草，如潮水般汹涌的愧疚感几乎要把她淹没。

"不可能。"楚昼的脸色更冷了，周身的气压低得可怕。

他使劲一扯，把她挡脸的被子拽走。

小姑娘哭得鼻尖都红了，漂亮的脸蛋上满是泪水，狐狸眼湿漉漉的。她边哭边难以置信地问："什么？难不成，你打算折磨我一辈子？！"

梁药吓得眼泪都止住了："我、我真的不是故意骗你的，我真的很爱画画，很想摆脱我妈。当时，我妈好不容易答应我，毕业以后不论我做什么，去哪里，她都不管了，我也是一时猪油蒙心……"

她有些语无伦次，最后干脆闭上眼，绝望地说："你别报复我了好不好？我已经够惨了，你可是第一个把我弄哭的男人！”

楚昼还是第一次见她展现出脆弱的一面。小姑娘红着眼眶，可怜巴巴地咬着嘴唇，声音很轻，像撒娇一样，惹人怜爱。

楚昼的心瞬间软得不像话，哪儿还有半点儿火气？听到最后，他气笑了，问：“你觉得我是在报复你？”

“不然呢？”梁药被他看得不好意思，移开视线，“我说这些话的意思挺简单的，就是想正式和你做个了结……”

“我说了，不可能。”楚昼的脸越来越黑，抑制着怒气，一字一顿地说，“我这辈子都不可能放过你。”

梁药有点儿崩溃：“我都认错了，你到底想怎样？”

楚昼垂眸看着她，声音忽然变轻，慢慢说道：“我在追你。”

梁药怀疑自己听错了，下意识地接了句：“追上后，再把我甩了？”

“你为什么会这么想？”楚昼皱了皱眉，“我看起来很无聊？”

梁药不假思索地说道：“因为我对你就是这么做的啊。”

楚昼轻“嗬”了一声，说：“你还挺有自知之明。”

“等等，让我缓缓。”梁药发现自己从一开始就想错了，“所以，你只是在追我？你被我深深地伤害过后，竟然还喜欢我？”

高冷的楚昼别扭地“嗯”了一声。

“那个——”梁药突然觉得他们的姿势有点儿不妥，推了推他，“你能不能起来说话？”

楚昼看了她好一会儿，才不紧不慢地站起身。梁药连忙坐起来，理了理衣服和头发。

楚昼没给她缓神的机会，把药物放回原处，说：“去吃饭吧。”

梁药这才发觉自己很饿——中午没吃饭，又打了一架，不饿才怪。

“食堂已经没饭了吧？”

“去外面吃。”楚昼看了她一眼，“难道你还想回教室？”

梁药摇了摇头，说：“不太想。”

楚昼牵起她的手，说：“那走吧。”

梁药看着他们相握的手，沉默了好久，还是叫了他一声：“昼昼。”

“嗯？”

“今天，谢谢你了。”她轻声道谢。

“没事。”楚昼坦然接受了，“以后要还的。”

梁药只当没听到，感叹道："原来，你对我那么好是因为在追我，我都不知道。"

"你一直以为我是在报复你？"

梁药想了想，说："也不全是。"

"那是什么？"

"温水煮青蛙。"

"……"

楚昼和梁药在外面吃完饭后，梁药被老爸的一通电话叫回学校了解情况，被询问了一个下午。梁药被问得一肚子火，心想：要是梁雯在这里，非得被他们逼得崩溃不可。

梁远国也是这么觉得的。他怕露馅，不敢让梁药多说。于是无论对方问什么，梁药都说太可怕了，不想回忆，千错万错都是对方的错，必须严惩。

梁远国越想越气不过，干脆报了警，梁药又被警察审问了好几个小时。而经过蒋香霜指认，其他参与欺凌的女生都被找了出来，全被带到公安局接受批评教育了。

蒋香霜妈妈在现场哭得肝肠寸断，把过错全揽到自己身上，求他们再给女儿一次机会；而蒋香霜没有一点儿要反省的意思，事不关己地坐在一旁，时不时发出两声冷笑，一副天不怕地不怕的姿态。

她无所谓地劝她妈："有什么好哭的？梁雯现在不是好好的吗？我也没把她怎么样啊，警察没一会儿就会放了我的。"

不仅梁远国听了这话生气，老师和警察的脸色也都难看了起来。校长当场发怒："我们学校怎么会培养出你这么个不知悔改的学生，必须给予退学处理！"

梁药在公安局待了好久。结束后，她和爸爸一起回家，发现梁雯早就放学回来了，还煮好了饭，正等着他们。

听到开门声，梁雯跑过来迎接他们，奇怪地问道："爸，姐，你们怎么这么晚才回来啊？而且，你们怎么一起回来了？"

梁药仔细地看了看她，发现她的心情似乎还不错，脸色红润有光泽，比之前精神了许多。

梁药鼻子发酸，哑着嗓子问："你在D大过得怎么样？"

“挺好的。”梁雯笑了笑，“姐，你知道吗？林韩熙竟然和我道歉了，还说再也不要我帮他写作业了！”

“正常。”梁药接着说，“我昨天和他说了，如果他还敢使唤你，我就打断他的腿。”

“那你在B大过得怎么样呢，没人……欺负你吧？”梁雯迟疑着开口，说完，她就被梁远国紧紧地抱住了。

四十多岁的大男人红着眼眶，号啕大哭：“雯雯，你被人欺负了，怎么不和爸爸说啊？！”

梁雯瞳孔猛缩，脸一下就白了，问：“你们、你们都知道了？”

梁药点了点头。

她和梁远国商量了许久，最终决定告诉梁雯真相。梁雯毕竟是当事人，也是受害者，必须自己跨过这个坎儿。

“我和蒋香霜打了一架。”梁药实话实说，“她现在还在公安局里受教育呢。”

梁雯怔住，眼泪不听话地流了出来。

“至于照片，取完证后，我都已经删了。”梁药说，“你放心，你们班主任问了班上的同学，他们虽然知道你被蒋香霜欺负，但具体怎么回事，没人清楚。所以，除了我们，没人知道。”

梁药见梁雯只看着自己哭，一句话也不说，以为她还在介意照片的事情，安慰道：“就算她们留了一手，私存了照片，只要她发到网上，那就是犯罪，我们完全可以告她。你不用怕。再不济，万一被人看到，你就说那是我，反正我们长得一样。”

梁雯在梁远国的怀里哭得喘不过气，抽噎着说：“姐，爸，对不起，我、我本来不想给你们惹麻烦的。真的对不起……”

“傻孩子，说什么呢，这怎么能叫麻烦？以后，你要是再被欺负，一定要说，知道吗？”梁远国拍了拍她的背。

梁雯哭着点了点头。

当天夜里，梁雯拒绝了梁远国的陪护，说想和姐姐一起睡。梁药当然不会拒绝这个请求，于是，姐妹俩难得地再次睡在了一张床上，敞开心扉聊了好久。

梁雯身子微微发抖，好像还没缓过来，紧紧地抱着梁药不说话。梁药安抚般地拍了拍她的背，轻声问："这么大的事，为什么不告诉我？"

梁雯低声说："那个时候，你在 H 市，我联系不到你，也没那个脸。"

她抽泣着说："姐，你知道吗？你走后，妈妈天天骂我，有时候还拿皮带抽我。我那个时候特别想死，真的。我第一次知道，原来你活得这么累。所以我觉得很羞愧，没脸去找你……"

那段日子就像一场噩梦，梁雯过得浑浑噩噩的，变得极度不自信，内向又自卑，在班上不爱说话，也不怎么搭理人。后来，不知怎的，同学们把她的沉默当成了高冷，开始有意无意地孤立她，她就自然而然地成了蒋香霜欺凌的对象。

"妈是不是疯了？"梁药头一回听说这件事，没想到梁母会对梁雯这么不好，"那你怎么不和爸说？你是没看到，爸今天都被气哭好多次了。"

"那时候，爸妈天天吵架。妈走后，爸消沉了好久，几乎每天都加班，过得很累，我也不好麻烦他，而且——"梁雯顿了一下，语气变得有点儿慌张，"除了拿照片威胁我，蒋香霜还说，如果我敢告诉别人，她就放火烧了咱家。姐你不知道，她是个疯子，她真的做得出来。怎么办？你今天这么对她，她一定会来找你算账的！"

"那也要她出得来。"梁药冷笑道，拍了拍梁雯的背，"你啊，不要什么都信，她就是在恐吓你。她又不蠢，和你也没什么深仇大恨，不敢那么出格的。"

梁雯沉默地点了点头。

"对了，问你一件事。"梁药顿了一下，假装若无其事地问，"我们换回来后，苏浅和你有过联系吗？我今天碰到她了，感觉她的变化挺大的。"

"你说浅浅？"梁雯一愣，"还好吧？就是没有以前那么亲密了。"

梁药看她一脸迷茫，叹了口气，说："说你傻——算了，不能说，越说越傻。"

梁雯不服气地说："哪里傻，我的成绩比你好。"

梁药笑了笑，说："所以，你明天是回 B 大，还是继续去 D 大？"

梁雯有点儿犹豫，说："我想……"

"没事，想去哪儿都行，别顾忌我。"

“D 大。”梁雯的声音很小，“D 大的同学都很好，我待得很舒心。”

梁药点点头，说：“那就先这么着，等你身体再好一些了再换回来。”

“嗯。”梁雯抱紧了她，“谢谢姐姐。”

“傻不傻。”梁药笑了，摸了摸她的脑袋，“睡了，我关灯了。”

“嗯。”

楚家别墅里。

楚昼洗完澡后，赵亿豪打了个电话过来，幸灾乐祸地道：“阿昼，蒋香霜被刑拘了。”

楚昼轻轻地应了一声，问：“会判几年？”

“看情况。她欺负过的好像不止女神一个人，行为更恶劣的也有，其他的还在调查取证中，估计三年是少不了的。”

“那就好，挂了。”

“等等。”赵亿豪说，“你说，这事要告诉姐姐吗？”

楚昼沉思了几秒，说：“暂时别说。结果出来后，她自然会知道。”

苏浅知道蒋香霜被警察带走后，一直心神不宁，整个下午都没怎么认真听课，回到家也没什么精神。父母担心地询问她，她只摇头说没事，然后便回房间写作业了。可才看一题，她就卡壳了。

正当她发着呆时，手机忽然响了。

苏浅胆战心惊地接起来：“喂，您好。”

对面传来沉静的女声：“你好，这里是 ×× 公安局，有关你的同学蒋香霜的案子，我可以问你几个问题吗？”

苏浅心头一紧，声音颤抖起来：“为、为什么找我？”

“据蒋香霜所说，你也和这起事件有关。”

“我没有参与！”苏浅惊慌失措起来，大声喊道，“和我没有任何关系，我只是、只是当作什么都没看到而已！要说真的做了什么……我也就是和别人说过一些梁雯的坏话，这这不犯法吧？”

对面的人是警察，她不敢有丝毫隐瞒，把知道的都说了。

她哭着说自己当时怕蒋香霜报复，所以没告诉老师，还求警察不要告诉蒋香霜是自己告的密，否则，万一事后蒋香霜报复她，她就完了。

最终，警察只是简单问询案件的情况，便挂断了电话。

苏浅终于安下心来，坐回书桌前，低下头写起作业，仿佛什么都没发生过一样。

苏浅再次试着解第一题，这才发现这一题很容易，她一下子就得出了答案。

几天后，这起欺凌事件总算尘埃落定。经过调查，蒋香霜不止欺负了梁雯一个人，连外班的女生都遭过她的毒手，她专门挑柔弱、孤僻又内向的女生下手。

这件事引起了市领导的重视。B大是重点大学，出了这种事，上面要求B大必须严抓严打，并给予严厉的处罚。

校方自然不敢有丝毫怠慢。参与欺凌的人已经全被退学了，学校的公告栏上张贴了她们的处分通告。

校方的意思很明确：希望同学们和睦相处，相亲相爱，一旦发现谁欺凌同学，一律做退学处理。

而梁雯，不，是和梁雯互换了身份的梁药，经过两天休养，又回到了B大。

重回学校的前一晚，梁药看了看第二天的课——有专业课，明天她又要见到楚昼了。不知为何，她突然有些紧张，结果一整晚都没怎么睡好。

第二天，梁药醒得很早，她看着天花板缓了会儿神后，起床洗漱，而后出发去学校了。

梁药到教室的时间不算早，班上已经有些人了。她扫了教室一圈，发现楚昼还没来，有些失望地撇了撇嘴。

还说要追她，知道她今天会来，他都没有早点儿来接驾。

她忽然觉得，会紧张的自己才是傻子。

梁药进门后引起了广泛的关注，所有人都抬头看她。静了三秒后，教室里的同学们突然异口同声地大声喊："雯姐真厉害！"

"……"

梁药这才意识到，她似乎又一次颠覆了梁雯的形象。

梁药顿了两秒，点点头，冷静地道："谢谢夸奖。"被误解了也好，至少，以后都不会有人敢欺负梁雯了。

她目光一转，看到了坐在不远处的苏浅。她的手上拿着课本，此时正呆呆地望着自己，表情复杂。

梁药挑起眼角朝她笑了一下，问：“浅浅，我回来了，想我吗？”

“……当然想。”苏浅勉强笑了笑，便低下头继续看书了，没有特别的反应。

第十一章
有一点儿动心

楚昼一进教室，就看到梁药像女王似的被一群男生围在中间。她懒懒地靠着桌子，和他们斗嘴，表情轻松自在。

他安静地看了她良久，嘴角轻轻地勾出一抹弧度。

他梦到过无数次的场面终于出现在了眼前——她真的回来了。

楚昼抬了抬腿，本想坐到梁药旁边，谁知道，梁药看到他后，脸上的笑容一僵，忽然站了起来，往后走了几步，一屁股坐到了苏浅旁边。

楚昼挑眉，看着女孩红透的耳朵，觉得好笑。她现在才觉得害羞，是不是晚了点儿？

他也没在意，坐到了赵亿豪旁边，打算给她点儿时间冷静冷静。

梁药看到楚昼没有穷追不舍，松了一口气，笑着和苏浅打招呼："浅浅，好久不见啊，你怎么都不来找我玩了？"

苏浅也笑了一下，有些不自在，说："我最近在备考英语六级，有点儿忙，对不起啊。"

"这样啊，祝你顺利通过考试。"梁药说道。

上课铃响了，这节课是班主任的微积分课。走进来后，他首先宣布了一件事："下周是学校的文化节，每个班都要出活动，唱歌、跳舞、书法、摄影，或者演讲，你们有什么特长，都可以说出来。有没有同学愿意报名？"

全班一片寂静。没人愿意揽这摆明了吃力不讨好的活，梁药更是懒洋洋地打着哈欠，半点儿集体荣誉感都没有。

班主任见状，无奈说："我也不指望你们做多复杂的准备了，这样，干脆出一份黑板报吧，就在我们上晚自习的教室。楚昼，你的字好看，你负责写字。我再找个女生画画，有谁愿意吗？”

话音刚落，立刻有许多女生兴奋地举手，说：“我我我！我来！”

班主任很满意，笑着说道：“别急别急，我看看啊。”

楚昼冷漠地看了女生们一眼，说：“老师，我不写。”

“你说了不算。”

苏浅有些犹豫地举起手，说：“老师，我会画，我以前学过画画。”

梁药抬起了头。

班主任眼睛一亮，拍板道：“那就你来吧！”

他刚说完，梁药就霍地站了起来，说：“我来。”

班主任愣住了：“啊？”

梁药平静地说：“我来画。”

苏浅睁大了眼看着她。

“我刚刚都已经选好人了。”班主任说，“凭什么你说来就来？”

梁药理所当然地说：“凭我画得比她好啊。”

梁药看着班主任，微微扬起下巴，高傲而自信，仿佛在说一件再平常不过的事，没给苏浅留一点儿面子。

其他人面面相觑。

谁都知道梁雯和苏浅好得像亲姐妹一样，这是怎么了？

楚昼也有些意外，抬眸望着少女略显冷漠的侧脸，心里的烦躁一扫而空。如果是和她一起，做什么都行——他竟然有些期待了。

苏浅难以置信地看着梁药，一脸受伤，说：“雯雯，如果你想画，我也不会和你抢，但你这样说就不太好了吧？”

梁药语气散漫地说道：“事实而已。如果你不服气，我们可以比比啊。”

“好了，都别吵了，安静一点儿！”班主任有些头疼，心里嘀咕着，梁雯这孩子到底怎么回事啊？就像变了一个人似的。

梁雯受欺负的事，他自然也知道了。一开始，他很震惊，以他对梁雯的了解，梁雯不像是会受欺负的人，当初夏若晴的事，他到现在还记忆犹新，可既然校长都这么说了，他只好信了。

可看梁雯现在凶狠的模样……

班主任咳了声，说道：“既然你们都想画，那比一比是最公平的。你们现在到黑板上随便画点儿什么，谁画得好看，大家就选谁画黑板报。苏浅同学，你觉得怎么样？”

苏浅不想和“梁雯”争，那样显得太刻意，而且她也没把握赢，丢不起这个人。

她“善解人意”地笑了笑，说：“不用啦，雯雯想画就让她画，我没关系的。雯雯，你不用那么激动，我不会和你抢的，我们不是朋友吗？”

她这番话说得滴水不漏，大方又得体，让人觉得梁雯在无理取闹。

坐在后头的贺云东果然看不惯了，嚷嚷着：“梁雯，你怎么回事啊？苏浅把你当朋友，你这么针对她干吗？”

梁药懒得搭理他，似笑非笑地看着苏浅，扯了扯嘴角，说：“那就谢谢了，好朋友。”苏浅回以一笑。

班主任拍了拍手，说：“那就这样决定了，楚昼和梁雯负责画黑板报，我也不要求你们获什么奖，能应付文化节就行。好了，我们开始上课吧。”

一个上午的时间很快过去了，放学后，楚昼走到梁药身旁，约她一起吃午饭。梁药爽快地答应了。

苏浅看着楚昼，犹豫地张了张口。此时，贺云东也走了过来，不爽地看着梁药，脸色不怎么好看，说：“梁雯，你之前是什么意思？干吗让苏浅下不来台？”

楚昼眉头一皱，想说什么，却被梁药拉了拉袖子。她亲昵地挽住楚昼的胳膊，笑盈盈地对贺云东说：“我吃醋，不行吗？换作是你，苏浅和别的男人打情骂俏，还要一起出黑板报，你乐意啊？”

楚昼垂眸看着她，没说话。

他知道，梁药是不想让他和贺云东的关系变僵。

贺云东一愣，随即讪讪地道：“也是哦，抱歉啊。”

苏浅和楚昼一起出黑板报确实怪怪的，这么说来，苏浅为什么举手啊？贺云东不由得疑惑地望向苏浅。

苏浅有点儿慌张，稳了稳心神：“对不起，我当时没想那么多，只是很想为班里出一份力。”

“这样啊。”贺云东没再怀疑，点头笑道，“那走吧，一起去吃饭。”

“嗯。”苏浅应了一声，迟疑地看了楚昼一眼。

贺云东知道她的顾虑，说道：“昼哥，上次我们没一起吃饭，这次一起吗？”

“不了。”楚昼淡淡地拒绝，带着梁药往教室门口走去，“我只想和她一起吃。”

“哦！”贺云东连忙点头，坏笑着说，“是我不识趣，你们慢慢吃。苏浅，我们走吧。”

苏浅抿了抿嘴，点点头：“……嗯。”

一出教室，梁药就放开了楚昼的胳膊，和他保持着安全距离。

楚昼眯了眯眼，问：“用完就丢？”

梁药愣了一下，说：“不是，公众场合，还是注意一点儿比较好。”

“不说这个了。”梁药兴致勃勃地看着他，眼睛亮亮的，“黑板报，你打算怎么弄？”

楚昼把手揣进口袋，说道：“随便弄。”

“不行！”梁药斩钉截铁地说，“我在那么多人的面前夸下海口，把你从苏浅手中抢回来了，如果完成得很烂，岂不是很没面子？”

楚昼瞥了她一眼，问：“那你想怎样？”

“我这个人，要么不画，要画就要画到最好。”梁药神采飞扬。

楚昼看着梁药斗志昂扬的模样，有点儿想笑，问道：“你想怎么画？”

“我想画水粉画。”梁药想了想，“吃完饭后，你陪我去小卖部买颜料，然后商量一下具体画什么，还有……”

楚昼听着她的描绘，似乎已经把黑板报当成了生命里最重要的事情，有些无奈地叹了口气，说道：“嗯，都听你的。”

学校小卖部里没有梁药想要的品牌颜料，不防水，也不防尘。于是被梁药形容为挑起这场事端的楚昼被迫扛下了买颜料的重任。

回去的路上，梁药碰见了苏浅。

梁药挑了挑眉，慢慢地走过去，随口问：“你吃完饭了？”

“嗯。”苏浅见她来了，神经有些紧绷。

梁药没有说话，而是拿出耳机戴上。

苏浅见她似乎没什么要说的，刚松了一口气。随后，便听到她貌似无意地问：“浅浅，问你个事啊，你喜欢贺云东？”

“啊？”苏浅一愣，“为什么这么问？”

“因为，他好像挺喜欢你的。”梁药舔唇笑起来，“我有点儿好奇你对他的感觉，你喜欢他吗？”

“当然不喜欢。”苏浅想也不想便回答，“我和他只是朋友。”

梁药“哦”了一声，笑眯眯地问：“所以，你喜欢楚昼？”

苏浅一惊，飞快地否认：“怎么可能？我怎么会对他有那种想法？”

“别紧张，我就是随便问问。”梁药温柔地安抚她，“你喜欢他也正常，他那么优秀，全校盯着他的女生多的是，不差你一个。”

苏浅听出了她话里的挑衅意味，咬着唇问：“雯雯，你有什么话就直说吧，别阴阳怪气的。我没惹过你吧？”

“我没别的意思。”梁药一笑，“我只是想说，如果你真的对楚昼有意思，看在我们多年的交情上，我可以把你的心意转达给他，也不枉你暗恋一场。”

苏浅一僵，面子终于挂不住了，大喊道：“你说话也太过分了！我说了，我对楚昼没那种想法。”

“是吗？那样最好。”梁药耸耸肩，语气不冷不淡的，“我就是想给你提个醒——他是我的，除了我，谁都不能碰他，明白吗？”

苏浅没忍住，说：“你又没有那么喜欢他，凭什么占着他不放？”

梁药吊儿郎当地说：“你怎么知道我不喜欢他？”

“你不是——”苏浅的声音猛地一顿。

“不是什么？”

“不是离开过他吗？”苏浅僵硬地把话接下去，“你只是在玩弄他的感情而已。”

“那又怎样？你不是不喜欢他吗，怎么还心疼起他来了？”

苏浅的脸色有些不好看，没再说话。

楚昼成功地在上课前把颜料买回来了，就是梁药要的那个品牌。

“你竟然真的买到了！”梁药很惊喜，“这个是进口品牌，学校附近的超市竟然有卖？”

“我不是在校门口买的，”楚昼轻描淡写地说，“是坐车去市中心的商场买的。”

“那么远？”梁药十分惊讶，“从这里到市中心，有六七公里吧？”

楚昼“嗯”了一声，看着她说：“你高兴就行。”

梁药看着他有些疲倦的眉眼，既感动又内疚，沉默了几秒，她忍不住说道：“楚同学，电视剧里，这种情况下，男主都不会主动告诉女主自己为她做了什么，以免增添她的心理负担，麻烦你学学人家好不好？”

楚昼慢条斯理地说道：“我为什么要放过这个能感动你的机会？”

梁药声情并茂地说着偶像剧里的经典台词：“因为感动不是真正的

爱啊。”

“没事，我对你的爱是真的就行了。”楚昼抬手捏了捏她的脸，“你是不是无所谓。”

旁边的苏浅看着他们打情骂俏，心情有些烦闷。

不管怎么样，梁药承认了自己对楚昼的心动。

放学后，两人开始在自习室着手画黑板报。

梁药擅长画动漫人物，她想画最近比较火的动漫角色。她曾在网上看到过这种黑板报，吸引了大量的动漫迷，被称作“别人家的黑板报”。

空荡荡的教室里只有他们两个人，楚昼站在中间写字，梁药在最右边画画。他们各司其职，意外地很般配。

梁药有些不专心，不时地往楚昼的方向偷看。少年神情认真，侧颜隽秀，气质超凡。他写的粉笔字很好看，笔力遒劲，端正又大气。

难怪班主任非要让他负责写字。

梁药心不在焉地画着，心想：他这么优秀，难怪苏浅念念不忘。

那边，楚昼也看了她一眼，目光定格在她的脸上，似乎突然发现了什么，说：“别动。”

“嗯？”梁药向他望去。

他走过来，用袖子擦了擦她的右脸，说：“你的脸上沾到颜料了。”

梁药近距离地看着他那精致的眉眼，心跳不受控制地加速起来，脑袋也不自觉地往后靠，说：“好了，可以了！”

楚昼没说话，认真擦干净了她的脸才放开她。

梁药低下头，看到他洁白的袖口染上了红色颜料，脏兮兮的。

楚昼像是没有察觉到似的，回到黑板中间写字。

梁药看着他袖口处的红色颜料，觉得有些刺目。

是她让这么个一尘不染的人沾上了尘埃，他明明可以更好……

她心里不是滋味，更没心思画画了，没头没脑地问了他一句：“喂，值得吗？”

“什么？”楚昼瞥了她一眼。

“喜欢我，值得吗？”梁药不能理解，“我都让你这么难受了，你不应该及时抽身自保吗？”

楚昼沉默了两秒，反问道：“这就是你总是逃避我的原因？”

“是我在问你，你总是喜欢转移话题！”

"没什么值不值得的，"楚昼淡淡地说，"想做就去做了。而且，喜欢你也不难受。"

梁药耳尖微红，不想理他了。

他为什么总能面不改色地说这种话？

经过两人三天的努力，黑板报快要完成了，预计今天就能正式收工。

班上的同学本来对黑板报不感兴趣，可当他们的成果展露雏形后，大家发现竟然还不错——美观大气，色彩明丽，还贴合课本，大胆地进行了创新与融合，字和画相得益彰。

"没想到梁雯画画这么好看，天哪，跟专业的有一拼！"

"楚昼的字也好好看！搭在一起真的超配啊，羡慕。"

"他们俩其实挺般配的，也不知道为什么有人把梁雯说得那么不堪。"

"就是就是，梁雯长得那么漂亮！"

听见旁边的人议论纷纷，苏浅的脸色沉了下去。她忍受不了，起身往教室门口走去。

"苏浅，你去哪儿？"一个女生疑惑地喊了一句。

"厕所。"苏浅丢下两个字就走了。

梁药还在黑板旁画画，楚昼在一旁帮忙。他的字早就写完了，留下来只是为了陪她。

"梁雯，班主任找你！"忽然，一个男生匆匆忙忙地从外面跑进来，大喊道。

"啊？"梁药动作一顿，转头问，"他有说是什么事吗？"

男生摇了摇头，说："不知道。不过，他好像很生气，你当心点儿。"

梁药皱了皱眉，仔细地思考起最近自己哪里惹到班主任了。

"要不要我陪你一起去？"楚昼侧头问。

梁药看着少年近在眼前的脸庞，发现他们离得十分近，肩挨着肩，脑袋挨着脑袋。

她好像找到原因了……

梁药默默地退后两步，说："不用了。楚同学，我去去就回，你千万不要跟过来。"

楚昼没有勉强，只好说："那好吧。"

出了教室，梁药看到走廊尽头的班主任沉着脸，一副心事重重的样子。

"老师，你找我有什么事？"梁药有些心虚，脱口而出，"我和楚昼同学只是普通朋友，真的。”

“我找你来，不是说这个。”班主任摆摆手，“我问你一件事，你要诚实地回答我。”

“什么事？”

班主任紧紧地盯着她，问：“你是梁雯吗？”

梁药愣了几秒，放松下来，坦诚地说：“我不是。”

班主任没想到她会这么爽快地承认，也愣住了。

两人大眼瞪小眼许久，班主任深吸一口气，指着门，冷静地说道：“先把门关起来，然后，你给我把事情完完整整地说清楚。”

关上门后，梁药便诚实地交代了互换身份的事情。

“我妹妹梁雯从小身体就不好，最近精神压力又大，再加上被人欺凌的事，她胆子小，不敢告诉我们，只是希望我能和她换个身份上学，我当时不清楚具体情况，所以答应了她。对不起，这件事是我们做得不对，后续该怎么处理，我们都服从学校安排。”

梁药去办公室半个小时还没回来，楚昼皱了皱眉，正想去找她，便看到她回来了。

楚昼这才安下心，见她拿起粉笔，问：“老师找你说了什么？”

“我们的情感问题。”梁药叹了口气，一脸无可奈何，“都说了，你不要太靠近我。”

楚昼不太信：“那他怎么不找我？”

“可能是知道你妈妈厉害。”

身后，苏浅不可置信地看着梁药，喃喃道：“怎么可能……”

黑板报一完成，就引来了无数人围观，就连外班的人都跑来凑热闹了。

班里响起一片赞美声。

“幸好当初选了梁雯负责画画，这水准，苏浅绝对比不上啊！”

“而且，如果是苏浅来画，楚昼可能就不会写字了。”

“哈哈，肯定啊，你见过楚昼对别的女生特别吗？”

同学们说话的声音很大，一字一句都传到了苏浅的耳朵里。

苏浅十分难堪，仿佛被人扇了一巴掌，脸火辣辣地疼。她远远地看着被人群包围着的两人，他们受万众瞩目，宛若天生一对。

她用力地咬了咬唇。

放学后，楚昼问梁药："我送你回去？"

"别，"梁药摇了摇头，"你又不是不知道我晕车。我宁愿走回去。"

以前，为了追楚昼，她可以忍；现在，她不想忍了。

楚昼若有所思地问："那我陪你走回去？"

"行了，你快回去吧。"梁药推着他离开，"我们顺路走到校门口就行了。"

同学们陆续离开了，教室里很快空下来。

教室的门一般不会锁，苏浅故意拖拉最后。确定四周都没有人后，她定了定神，拿起粉笔，走到黑板前，抬手想要毁掉黑板报，刚落下一笔，旁边忽然传来"咔嚓"声。

——拍照的声音。

苏浅瞳孔猛缩，立刻转头望过去。

梁药站在教室门口，懒洋洋地倚着门框，将手机摄像头对准了她。

"别停啊，我还没拍够呢。"

"雯……雯雯，你怎么还没回去？"

苏浅看到梁药，脑袋里一片空白，吓得差点儿将粉笔掉在地上。好在她的心理素质不错，勉强挤出一个微笑，说："我是看到黑板报上的字有点儿模糊，想用粉笔写清楚，不是你想的那样，你别误会啊！"

梁药似笑非笑地放下举着手机的手，问："我想的是哪样？"

苏浅语塞了，不过，见她没有继续拍，苏浅稍稍松了口气。

她应该没拍到什么，自己还什么都没做呢。

梁药不紧不慢地直起身子，往前走了一步，回头关上了门。

"苏浅，我们聊聊吧。"梁药靠在门上，淡淡地看着她，"这里只有我们两个人，你不用和我装。你刚刚就是想毁掉黑板报，有什么不敢承认的？"

苏浅盯着她的手机，说："我不知道你在说什么。"

"怎么，怕我录音啊？"梁药一下就猜到了她在想什么，不屑地笑了笑，忽然扬起手，把手机抛给了她，"我的手机暂时给你保管，这样总行了吧？"

苏浅手忙脚乱地接住了手机，不敢相信她就这样把手机给自己了。苏浅犹疑地点开手机，屏幕没有锁，界面干干净净的，没有录音，那么她拍的照片……

梁药像是知道她在想什么，轻嗤一声："刚刚拍完照，我就发给朋友了，你删了也没用。"

苏浅完全猜不到她的意图，终于伪装不下去了，问："你到底想干什么？"

"我都说了，只是想和你聊聊。"梁药笑道，"你只要诚实地回答我的问题就行。如果被我发现有一句假话，我就把照片发给老师。"

"你以为我会怕你吗？"已经撕破脸了，苏浅反而淡定了许多，"你又不是我们班的人，凭什么管我们班的闲事，梁、药、姐、姐？"苏浅盯着梁药的眼睛，一字一顿地道，话语中透着威胁之意，像是在提醒梁药，自己也有她的把柄。

"你果然早就知道了。"梁药无所谓地笑了笑，语气不慌不忙，"老师那里，是你告的密吧？"

苏浅道："我没有替你保密的义务，我只是说出事实而已。"

梁药轻"嗬"了一声，说："你是什么时候知道的？"

"第一天就知道了。"苏浅看着她说，"你们的性格相差那么多，我又不傻。"

梁药缓缓地收起笑容，说："你这么一说，我也想起来了。第一天我们看成绩的时候，是你在后面推的我？"

苏浅笑了笑，不置可否地说："你当时竟然没有摔倒，那时，我就断定你不是梁雯了。"

梁药看着她人畜无害的笑脸，忽然感到一阵恶心，声音渐渐变冷。

"我妹妹是倒了多大的霉才摊上你这种朋友？既然如此，想必那些乱七八糟的谣言也都是你传的吧？你为什么要这么做？你既然早就知道真正的梁雯和楚昼没有关系，为什么还要陷害她？"

"因为她很讨人厌啊。"苏浅将梁药的手机关了机，毫无顾忌地说道，"她总是那么任性，自私自利，从不考虑别人的感受。她和我做朋友，不过是把我当作陪衬物，衬托她这个女神有多纯洁美丽。"

谈到梁雯，苏浅毫不掩饰自己的厌恶之情。

"楚昼的事也是，明明是我先喜欢上他的，我早就跟她说了。一开始，她还鼓励我去追楚昼；结果后来，她一见到楚昼本人，就说她也喜欢上了楚昼，要和我公平竞争。你说，她不恶心吗？"

梁药没想到她和妹妹还有这么一段恩怨。以前的梁雯确实任性，这点无可辩驳，但是……

“那你通过贺云东接近楚昼，不恶心吗？”梁药不懂她的脑回路，“明眼人都看得出来，贺云东喜欢你，他还是楚昼的朋友，你这样玩弄他的感情，不怕他俩知道了会讨厌你？”

“我才没玩弄他的感情，我喜欢的一直是楚昼。可现在，他的一颗心全吊在你身上！”苏浅越说越气，恨恨地瞪着梁药，“都是因为你，如果你没有出现，我早就和楚昼在一起了！你等着吧，我迟早要告诉他真相。他要是知道了你扮演梁雯来追他，欺骗他的感情，看他到时候还会不会喜欢你！”

“你真的误会我和楚昼的关系了。”梁药缓缓地叹了口气，“我和他只是清清白白的同学关系，外面的传闻都是假的，我们只想好好学习，为校争光，其他的事，我们暂时不考虑。”

苏浅皱眉看着她睁眼说瞎话，问道：“事到如今，你还装什么呢？”

“我没有装，我说的都是事实啊。”梁药直起身子，笑着说道，“我们的事就不劳你费心了，你还是多担心担心你自己吧。”

苏浅突然有种不祥的预感，随后便看到梁药突然转过身去，慢悠悠地打开了教室的门。

看到一排人挤在门口，苏浅的脸色瞬间变得惨白。

她一眼看到了站在中间、一脸怒气的班主任，然后是赵亿豪、曹博，满脸震惊的贺云东，还有那两个打扫卫生的同学，所有人都目瞪口呆地看着她。

苏浅傻眼了，她的目光从他们身上扫过，看向那个人。

楚昼站在最边上，双手插在裤子口袋里，神情漠然。他没有看她，只静静地注视着梁药，仿佛除了梁药，他的眼中再也装不下其他人。

苏浅的心脏如同被针扎了一般难受，她怔怔地看着他，忽然觉得自己渺小似尘埃，就算被风吹进了他的眼里，他的心里也不会起半分波澜。

贺云东打破了沉默，不敢相信地说：“苏浅，你刚刚说的都是真的？你——”

“行了，”班主任打断他，“苏浅，你跟我过来。其他人都散了，赶快回家！”

众人闻言，听话地散开了。

梁药从失魂落魄的苏浅手中拿回手机，见班主任走远，才笑着靠近楚昼，问：“怎么样，突然听到别人的告白，是不是很激动？”

“有什么好激动的？”楚昼没什么表情，垂眼看着她，“你早就知道了？”

“那么明显，谁看不出来。”梁药翻了个白眼，“你不会一点儿感觉都没有吧？”

“没有。”楚昼答得很直接，“和我又没有关系。”

“……”

早在被班主任叫去办公室的时候，梁药就开始筹划一切了。她爽快地承认了自己不是梁雯，同时也说出了自己对苏浅的怀疑，认为苏浅会对黑板报下手。

班主任和其他人都被她安排在了教室门口，为的就是这一刻。

虽然梁药不知道班主任会怎么处置苏浅，不过，想也知道应该不会有什么太重的处罚，毕竟，苏浅暴露出的都是人品问题，不像蒋香霜那么出格。

苏浅做的事被传出去了。一些八卦的外班同学在学校的论坛里开帖，把梁药和苏浅的对话完完整整地发到了论坛上，让大家开了眼。

苏浅在背后做的缺德事不少——从后面推朋友、散播有关朋友的谣言，还利用贺云东接近楚昼。

谁摊上这种朋友算谁倒霉。

从那以后，班里再没人敢接近苏浅。

同时，也到了梁药不得不离开的时候了。

梁药的身份曝光后，学校领导虽然觉得这种做法不可取，但也明白梁雯作为被欺凌者，产生厌学心理情有可原。由于怕刺激到梁雯，老师们没有当面斥责她，但处分是少不了的。

最终，梁雯被记大过一次。

自习室里，气氛有些伤感，梁药笑着对全班同学说：“想必你们之中已经有很多人知道了，我不是梁雯，我是她的双胞胎姐姐梁药，之前和别人打架的人也是我。对不起啊，骗了你们这么长时间。目前，梁雯的情绪已经在慢慢恢复了，我也终于能安心地回D大了。和你们相处的这段时间很愉快，我走后，梁雯就麻烦你们多多照顾了，谢谢。”她微微鞠躬。

她话音刚落，班里便响起雷鸣般的掌声。

小胖情绪激动，大喊道："药姐，你放心地去吧，我一定会替你照顾好妹妹的，我当你妹夫都行啊！"

"滚，你想得真美！"西瓜头踹了他一脚。

大家都哈哈大笑起来。只有楚昼没笑。

赵亿豪看到了，不由得问："阿昼，姐姐都要走了，你怎么一点儿反应都没有？这不像你啊。"

楚昼看着台上的梁药，笃定地说："她迟早会回来的。"

"什么意思？"赵亿豪没听懂。

楚昼没回答。

放学后，楚昼再次提出送梁药回家。

梁药心想，反正都是最后一天了，便大方地满足他了。

"咦，你家的车呢？"梁药四处望了望，没看到那辆白色丰田车。

"我今天没坐车。"楚昼牵着她拐了个弯，来到自行车车棚里，"我骑自行车送你回去。"

梁药吃惊地看着他蹲在一辆酷炫的黑色自行车面前，问："你是认真的？"

"嗯。"楚昼解开锁，把车从里面推出来，跨上车座，回头对她说道，"上来。"

他是专门去买了自行车吗？还特意买的有后座的。

梁药默默地坐到后座上，问："你为什么想骑自行车？"

楚昼踩上脚踏板，回答道："你不是晕车吗？"

话虽如此，梁药还是忍不住吐槽："但是自行车也太土了吧。"

"我百度了一下。"楚昼缓缓地说道，"网上都说，男生用自行车载女生，这件事很浪漫。"

梁药看边上一辆辆轿车飞驰而过，由衷地点头："确实够慢的。"

楚昼沉默了一会儿，问："你怎么不搂住我的腰？"

"有什么好搂的，这么慢。"

"……"

梁药打了个哈欠，说道："大人，时代变了，骑自行车追女生早就不流行了，你好歹也弄辆电动车吧，我坐得屁股很痛。"

楚昼突然停了车。

“怎么了？”梁药吓了一跳，“我就是抱怨一下，你不会真生气了吧？”

“没，我觉得你说得有道理。”楚昼若有所思地望向旁边的电动车专卖店，“我们现在就去买一辆吧。”

梁药开始以为他在开玩笑，可她很快就发现自己错了——楚少爷从来都是行动派，他用行动演绎了什么叫作“有钱就是任性”。

他带她去了店里，一上来就说要最贵最好的电动车，还顺便抓了一个人，把自己崭新的自行车送了出去。

梁药心痛到无法呼吸，骂道：“你太败家了！”

楚昼安慰道：“才两千块钱。”

“……”

楚昼花了一万块钱把电动车买到手，可问题来了，他一个去哪儿都有专车接送的大少爷从来没骑过电动车。

梁药没有耐心等他学会，便自己上手了。

最后，在这个她从B大离开的日子里，她一脸无奈地骑着电动车送楚少爷回家。

楚少爷吹了许久的冷风，说道：“我想骑。”

“闭嘴。”

“我觉得我很快就能学会。”

“再吵就把你丢下去！”

电动车是楚昼的，到楚昼家后，楚昼又让司机开车送两人回梁药家。

兜兜转转绕了一大圈，最后，梁药还是坐了轿车回家。而且，由于楚昼家比学校离她家更远，她要多坐半个小时的车，气得她从上车起就没跟楚昼说过一句话。

楚昼自知理亏，没有丝毫怨言。他打开车窗透气，看着离他很远的梁药，有些无奈，主动贡献出自己的大腿，说：“不舒服就躺一下吧，到家了我会告诉你。”

“才不要。”梁药将脸对着窗外，吹着冷风，嚼着司机大叔给她的薄荷糖，哼了一声，“别以为我不知道你又想占我的便宜，我告诉你，我就算晕死，也不会再让你得逞！”

楚昼见她脸色虽白，声音却中气十足，知道她晕得应该不是很厉害，便没有勉强她。沉默了一会儿后，他也把头转向窗外，轻轻地问：“你真的想离开 B 大？”

梁药一怔。

当然想啊！这话几乎就要脱口而出。可梁药不经意地扫见楚昼神情寡淡的侧脸，他的半张脸沉在阴影中，薄唇轻抿，眼睫微垂，下巴的线条瘦削，看起来有些伤感。

他一定很舍不得她……

“我当然——”梁药及时地把剩下的话咽了下去，顿了两秒，低声说，“也不是很想，但又有什么办法呢？我不是梁雯，怎么能剥夺她的权利？你不要那么难过啦，就算我们在不同的学校，我也永远不会忘记你的。”

楚昼的脸色有所缓和，说：“我有个两全其美的方法。”

“什么？”

“上次的心算比赛，B 大输给了 D 大，所以，D 大争取到了和 B 大交换学生学习的机会。”楚昼看着她问，“你来吗？”

梁药没想到还有这种事，问：“谁都能去？没有条件吗？”

“有考试，每门课都考到九十分就可以。”

梁药嘴角抽了一下：“你对我的成绩还没有正确的认识吗？”

楚昼安抚道：“B 大考虑到了你们的水平，不会把题出得太难，我会加强对你的辅导。”

“……你还是去找别人吧，谢谢。”梁药真诚地说道，“我觉得 D 大挺好的，我和我的 D 大，一刻也不能分离。”

楚昼眉心微皱，说：“你刚刚还说舍不得 B 大。”

梁药毫不犹豫地说道：“现在舍得了。”

楚昼又问：“那你舍得离开我？”

“巴不得。”

楚昼失去了最后的耐心：“你没有选择。”

梁药最讨厌别人命令自己，闻言，她冷笑一声，说道：“谁怕谁啊，我说不去就不去！”

气氛陡然变僵。

终于到了梁药家楼下，她打开车门，说：“那么，楚同学，明天见啦！哦，不对，明天我就不在 B 大了，看来我们见不到了。”

梁药佯装遗憾地摇头，笑眯眯地朝楚昼挥了挥手，说：“那就这样，我不会忘记和你之间发生的点点滴滴的，拜拜！”

说完，她就走了，背影欢快得像只破茧而出的花蝴蝶。

楚昼看着她纤瘦的身影消失在楼道口，脸色发黑，久久不语。

“小少爷，你现在是要回去还是……”司机琢磨不透他的想法，看起来，他似乎下一秒就要追上去。

“回去吧。”楚昼知道，操之过急会有反效果。

他冷着脸拿出手机，找到了一个人的微信。

梁药到家后，发现鞋架上只有梁雯的鞋子，梁远国还没回来。

听到开门声，梁雯从房间里出来了，问：“姐，你怎么这么晚才回来？吃饭了吗？”

“没有。”梁药换了鞋进屋，“还不都是楚昼，搞那么多名堂。”

梁雯去厨房把饭菜端了出来，说：“我们明天就换回来吗？”

“是啊。”梁药坐到餐桌前，看着她犹豫不决的样子，安慰道，“放心吧，我在班上说了让同学们多多照顾你，以后没人敢欺负你了。”

“可是……”梁雯想到楚昼刚刚发来的微信消息，硬着头皮道，“我不想和姐姐分开，我们一起去B大，好不好？”

梁药端起碗，含糊地说：“说什么傻话，我又不是B大的，怎么去？”

梁雯挽住她的手，撒娇道：“B大和D大不是会交换学生吗？姐姐，你也报名嘛。”

梁药筷子一顿，猛地抬头看她，问：“你怎么知道？”

梁雯心虚地回答：“听别人说的。”

“听谁说的？楚昼？”梁药冷笑一声，“你竟然和他串通一气！”

难怪楚昼对她的动向了如指掌，上次招家教的事也是，楚昼能这么快来面试，原来是家里出了一个“叛徒”！

梁雯连忙道歉：“对不起嘛，可是姐夫他太可怕了……”

梁药发现自己的语气太重，咳了一声，说道：“我没怪你，是楚昼太过分了。下次他要是再威胁你，你和我说，我替你找他算账。”

“他没威胁我啊。”梁雯说。

“那你为什么这么听他的话？”

“我也不知道。”梁雯摇了摇头。

“……”

“那，姐，你报不报名呀？”

虽然暴露了，但梁雯还是努力地完成着自己的使命，除了帮楚昼，她本身也想和姐姐一起去上学。

“我们好久没一起上学了，多难得的机会啊，说不定，以后都没有这个机会了。”

梁药看着妹妹可怜兮兮的大眼睛，无力招架，叹了口气，说：“报，我报总行了吧。”

离交换生考试还有两周，在那之前，梁雯和梁药已经换回身份，回归了各自的生活。

梁雯听说苏浅的事后十分震惊，怎么也想不到苏浅会做出这种事。她不断地发微信问苏浅究竟是怎么回事，苏浅却一直没有回复她。最后，苏浅被问烦了，回了一句“你别再假惺惺的了，真恶心”，就把她拉黑了。

梁雯觉得莫名其妙。回到B大后，她首先想做的就是找苏浅问清楚。下课后，她找到了苏浅。苏浅在教室门口和一个男生对峙着，男生情绪很激动，脸涨得通红，说话的声音很大，引来了许多人围观。

梁雯认出男生就是贺云东。

除她之外，另一个不敢相信苏浅真面目的便是贺云东。他无法接受自己成了苏浅接近楚昼的工具人，连备胎都算不上。

“苏浅，你给我把话说清楚！你真的一直在利用我？”少年青筋暴起，他直直地盯着眼前的女生，冷冷地开口。

他向来爱憎分明，知道这事怪不得楚昼，只把满腔的怒火发泄到始作俑者身上。

彻夜难眠后，他越想越不甘心，还是想找她当面说清楚。

苏浅没想到他这么难缠，不耐烦地说道：“我哪里利用你了？我有说过喜欢你吗？是你自作多情，还怪上我了？”

事已至此，她也不再装了。

贺云东还是第一次看见她这副模样，瞬间觉得以前的自己真傻。

他由爱生恨，破口大骂：“就你这种人还想和昼哥在一起？做你的白日梦吧！梁药能治好他讨厌女人的病，你这样的人，只会让他的病情恶化吧！”

“你说什么？”苏浅的脸色青一阵白一阵。

“算我之前瞎了眼，你好自为之吧。”说完，他转身就走。

苏浅气得浑身发抖，转过头却看到了梁雯。

“怎么，你也要来看我的笑话吗？”

“是啊。”

“……”

“姐姐把你和她的谈话告诉了我，我也想了好久。”梁雯慢吞吞地道，“我承认，我以前是没怎么考虑你的感受，对不起。”

苏浅一愣。

“但是——”梁雯话锋一转，“你什么都不告诉我，我怎么知道你是什么感受？你居然还做了那么多事算计我，真恶心。”梁雯无比认真地说道，“我来，就是想和你说一声，我要和你绝交。”

苏浅气得一时说不出话，刚要反驳，梁雯已经转身走了。

边上看好戏的人对苏浅指指点点了一通，便幸灾乐祸地散了。

没有一个人关心她。

苏浅感受到了前所未有的屈辱，她的事已经传遍了整个学校，她到哪里都无法躲避众人异样的眼光。

第十二章
她怎么会这么可爱

梁药最近苦不堪言，自从她报名了交换生考试，水深火热的补习生活便开始了。每天放学后，楚昼都会到她家里对她进行一对一的家庭辅导，比老师管得还严。

为了在短时间内大幅提高她的成绩，楚昼不仅没收了她的手机，还禁止她外出。梁药不敢相信世界上竟然会有这种“魔鬼”。

这天，她正苦着脸学习时，家里的座机响了，是梁雯的电话。

“姐姐，我能带男生回家吗？”小姑娘的声音软软的，带着犹豫。

“可以啊，你不用问我的意见。”梁药心不在焉地问，“你要带谁来？”

“这人你也认识，就是林韩熙。他说，他也想参加交换生考试，让我帮他补习。”

梁药的语气瞬间变得冷漠起来：“我可以收回刚刚的话吗？”

“啊？”

“开玩笑的。”梁药叹了口气，“不过，林韩熙……我打赌，他绝对喜欢你，你要想清楚。”

梁雯沉默了几秒，轻轻地应了声：“嗯，我知道。”

梁药有些意外，她还以为妹妹傻乎乎的，看不出来呢。

“既然这样，你就带他回来吧。你都这么大了，什么事都得自己拿主意。虽然我不看好林韩熙，爸可能也一样，但如果你喜欢，我会站在你这边的。”

“嗯，谢谢姐。”梁雯浅浅一笑，挂断了电话。

梁药没心思看书了。如果妹妹喜欢林韩熙，那林韩熙很有可能成为她的新妹夫，想到自己和他之间的过节，她很生气——林韩熙连自己都打不过，以后怎么能保护好妹妹？

她正胡思乱想着，旁边冷不丁地传来一道清冷的声音。

“背完了吗？”楚昼从她的手上拿过课本，严肃地说道，“我来抽查，你现在背一遍。”

“我还没开始背。”

“再给你半个小时。”楚昼的表情十分冷酷，仿佛以前对她的温柔都是假象，“如果背不出来，罚抄三遍。”

“……”

这时，梁药听到房外传来了开门声，梁雯带着林韩熙回来了。

相隔很远，她就听到了林韩熙的声音：“你爸妈什么时候回来啊？”

梁雯的声音很轻：“不知道。”

林韩熙兴致勃勃地问：“我们在哪儿补习，你的房间吗？”

“客厅。”

梁药第一次觉得妹妹比自己聪明。

她至今都没想通，当初自己为什么会带楚昼去卧室补习，这不就是引狼入室吗？

她原以为梁雯和林韩熙的到来能稍微缓解一下她水深火热的现状，她的房门是开着的，从外面一下就能看清里面的情况。

林韩熙果然一下子就看到了她和楚昼，还亲切地和她打了招呼：“姐姐也在家啊。”

梁药被他的那声“姐姐”恶心到了，但还没说话，楚昼就替她应了一声，然后关上了房门。

客厅里，林韩熙奇怪地问梁雯：“那个男的是谁？”

梁雯认真地回答：“姐夫。”

林韩熙有些吃惊，问：“能俘获梁药芳心的男人，是不是很厉害？”

“这我就不知道了。”梁雯摇了摇头，“反正，肯定比你厉害。”

林韩熙微微眯起眼，说道：“虽然他是你姐夫，但你当着我的面夸别的男人，不太好吧？”

“本来就是。”梁雯嘀咕着，从书包里拿出课本和卷子，“好了，我们开始学习吧。”

“嗯。”林韩熙乖乖地坐到她的旁边。

梁雯开始给他讲题。讲着讲着，她发现他一直盯着自己看，只好问：“你看我干吗？看题啊。”

林韩熙笑得很不正经，说道：“你好看啊。”

梁雯板起微红的脸，说：“认真听讲！我刚刚讲到哪里了？”

林韩熙竟然答上来了，梁雯有些讶异。

林韩熙看她一脸震惊，笑了两声，问：“梁老师，答对了有奖励吗？比如——”他指了指卷子上的最后一题，“如果我能把这道题解出来，你就让我抱着上课，好不好？你抱着我也行。”

“流氓！”梁雯又羞恼又困惑，“你是不是都会做啊？”

“不是啊，是你讲得好。”林韩熙不动声色地伸出手，想要搂住她的腰，可下一秒，梁雯就站了起来，他扑了个空。

“这样不行。”梁雯羞得不敢看他，“我的水平还不够教你，你刚刚说的那道题，我自己都解不出来，我们还是一起去求助姐夫吧。”

“……”

“姐夫很厉害的。”梁雯夸道，“他是神一样的男人，学习成绩比我好多了，连老师都会问他题目。”

林韩熙瞬间黑脸。

房间里，梁药被批评后，不吵不闹，开始专心学习。

就在她写着楚昼安排的数学卷子时，房间的门被敲响，梁雯柔弱的声音传了来：“姐姐，我可以进来吗？”

梁药答道：“可以。”

随后，梁雯和林韩熙便推门进来了。

“姐姐，我们可以和你们一起学习吗？”梁雯被林韩熙撩得心烦意乱，求助般地看向梁药。

楚昼想拒绝，但梁药抢在他前面飞快地开了口：“当然可以！”

于是，一对一辅导变成了一对三开放式课堂。梁药的房间太小了，几人转移到了客厅。

两个男人并排坐在一起，看着对面的双胞胎，表情都非常不爽。

梁雯微微松了一口气，抬头看姐姐，发现姐姐好像也松了一口气。

“那就开始吧。”梁药说，“我先写卷子，等不会的时候再问你们。”

林韩熙看到梁雯开始研究卷子的最后一题了，为了不让她去问楚昼，他也开始做这道题。

——果然不会。

“兄弟，这道题怎么做？”林韩熙放弃得十分干脆，拿着卷子问楚昼，“教我一下呗。”他打算学会之后教梁雯。

楚昼静静地看着书，侧脸冷峻，理都没理他。

林韩熙试探性地换了个称呼：“姐夫？”

楚昼翻书的手一顿，若无其事地抬起头，问：“哪道？”

之后，楚昼的视线一直黏在梁药身上。

女孩趴在桌上解题，眉眼秀气，皮肤瓷白，认真的样子格外迷人。

楚昼看着看着，心跳就乱了节拍，克制地收回了视线。

“昼昼，昼昼！”梁药兴奋地叫他。

楚昼抬眸看去。

梁药开心地举着卷子，指着一道大题说：“我靠自己解出来了！”

楚昼轻轻地一笑，眸光柔和，夸道：“真厉害。”

经过半个月的高强度补习，梁药和林韩熙的成绩都提高了，成功通过了交换生考试。

梁远国听说梁药拿到了去B大当交换生的名额，笑得合不拢嘴，在外卖软件上点了五斤麻辣小龙虾庆祝。

第二天，姐妹俩双双起晚了，匆匆忙忙地换衣服赶去B大。

梁药的手机上有两个未接来电，都是楚昼打来的，他还发了微信消息，问她怎么还没到学校。

梁药边打车边回：“我不小心起晚了，现在正在赶过去。”

两分钟后，楚昼回了消息：“不急，你注意安全。”

梁药回复道：“嗯嗯，你已经到了吧？我被分到哪个班了？”

楚昼很快回道：“我们班。”

梁药笑了，回了个“耶”的表情。

楚昼感受到了她不加掩饰的欣喜，轻轻勾了勾嘴角，并没有告诉她，是他求老师让她来这个班的。

梁药不知道其中的插曲，高高兴兴地进了教室。同学们事先都知道她要来B大，兴奋地鼓掌欢迎，小胖尤其激动："药姐，没想到我竟然还能见到你，我爱你！"

梁雯和梁药还是第一次同时出现在他们面前，班主任惊诧万分，分不清谁是谁。

第一天，两人便引来了许多人围观，连外班的人都跑来一探究竟。

梁雯以前就是女神，和她长得一样的梁药来了之后，也俘获了无数男生的心。不到一周，梁药就收到了十几封情书，某人的脸色越来越不好看。

第二周，楚昼以帮助新同学为名，强硬地坐在了梁药旁边，班里才暂时恢复了安宁。

随着时间推移，同学们渐渐分清了：安静柔弱的是妹妹梁雯，而脾气火暴的是姐姐梁药。

楚昼喜欢的人、跟楚昼在一起的人，一直都是梁药。

梁药又坐到了楚昼身边，身后是赵亿豪和曹博，和以前一样，什么都没变，只是左手边多了林韩熙和梁雯。

楚昼对她一如既往地好，每天早上的小蛋糕花样百出，课间还单独给她讲题，放学后依旧骑电动车送她回家。

这天，她一如既往美滋滋地吃着楚昼家厨师做的奶油蛋糕，十分心安理得。吃完后，她的唇角沾上了奶油。

边上的楚昼看见了，抽出一张纸巾给她擦嘴，说："别动。"

"哦。"梁药乖乖地嘟起嘴巴任他擦。

身后的赵亿豪实在看不下去了，怒吼道："你们两个能不能注意一点儿？这里是教室，是教室啊！"

"我们这样，很正常吧？"梁药转过头，"就是同桌之间的互帮互助。"

"谁会帮同桌擦嘴啊？"赵亿豪怒道，"你见过曹博给我擦嘴吗？！"

"可能是你们不够友爱。"

赵亿豪咬牙切齿地吼道："友爱什么？！你知不知道，学校论坛里，你和楚昼的日常行为每天都在被直播呢！"

"不可能吧？"梁药不相信。

赵亿豪找出论坛里那个帖子，把手机给她，说："你自己看。"

梁药一下就看到了超级显眼的标题——“聊一聊我校学神和D大校霸的那些事”。

梁药立刻用自己的手机找到了那个帖子。她一页一页地往下翻，看到了许多让她目瞪口呆的内容。

1楼：前排占座，坐等八卦。

2楼：D大的校霸是不是梁药？一定是她对不对！我听到她的名字就觉得耳熟，不就是D大那个远近闻名的女魔头嘛！

3楼：就是她。她是梁雯的姐姐。没想到，她就这样把我们的学神勾走了。有一次放学，我遇到了他们，楚昼骑着车带她！你们是没看到，楚昼的表情有多温柔，他还笑了！我在B大读了两年书都没见他笑过，他竟然对着梁药笑了！

4楼：对，我跟楚昼是一个班的，每天都看到他给梁药讲题，非常有耐心。而且，梁药超会撒娇的，我怀疑，只要她哄他一句，他能把同一题给她讲上十遍！

5楼：画面感满满，楚昼真是被梁药吃得死死的！

……

梁药退出这个帖子，再往下翻，竟然看到了许多以他们两人为原型的小说——《你是我的药》《当学霸爱上学渣》《D大和B大的爱情故事》。

……B大的学生都这么闲吗？

“你在看什么？”楚昼的脑袋突然凑了过来。

“没、没什么！”梁药吓了一跳，条件反射地想遮住手机屏幕，可楚昼已经看到了，他的目光定格在帖子的标题上。

“《你是我的药》……”楚昼缓缓地念着，嗓音低沉，暧昧十足。

他的身体靠了过来，和梁药距离极近，他的嘴巴正好对着她的耳朵，说话时，他呼出的热气准确无误地喷洒在她的耳朵上。

梁药的耳根瞬间红了。

这太羞耻了。

她侧了侧头，不着痕迹地离他远了点儿，尽量用正常的声音说：“别靠那么近，我们只是纯洁的同桌关系。”她一边说，一边把手机藏进抽屉里，试图转移话题。

“确实。”楚昼听话地将身子往后靠了靠，懒懒地说道，“抱歉。”

梁药没想到他这么好说话，瞬间松了口气：“没事，下次注意。”

“嗯。”楚昼点点头，看着她说，“所以，你刚刚是在看什么？”

他的表情十分正常，没有一点儿抱歉的意思，语气平淡得像是在问她作业做完了没。梁药不禁疑惑起来，试探着问：“你知道是什么吗？”

楚昼挑了一下眉，问：“难道你不知道？”

梁药羞耻地捂住了他的嘴巴，喊道：“行了行了，别说啦！”

楚昼看着她近在咫尺的脸，说：“说好不要靠得太近，忘了？”

梁药不自在地拿开手，说：“还不是你太——”

楚昼靠在墙上，懒声问道：“不看看吗？”

“什么？”梁药还没回过神。

“写我和你的那篇小说。”楚昼一字一顿地说，“我有点儿好奇。”

“看什么？！死心吧，我绝对不会给你看的。”

楚昼定定地看了她几秒，妥协地叹了口气，说：“好吧。”他拿出自己的手机，接着说：“那我自己看。叫《你是我的药》，对吧？名字取得还不错。”

梁药恼羞成怒，一把抢走他的手机，说：“都说了不准看！”

楚昼也不恼。她瞪着他，看起来还挺生气的，但红到像要滴血的耳朵透露了她的羞窘。他忍不住抬起手轻轻地捏着她的耳垂——烫得要命。

“你抢我的手机有什么用？”楚昼慢悠悠地揉着她耳垂上的软肉，“我想看的话，随时都能看。”

“你干什么呢？”

“给你的耳朵降温。”

“滚。”梁药拍开他的手，“你真这么想看？”

“还好吧。”楚昼其实无所谓，他就是想逗她玩。

可这话传到梁药的耳里，就变成了“非常想”的意思。她觉得，就算她现在不让他看，等他回家后，肯定也会偷偷看，她还不了解男人吗？

“好吧，让你看。”梁药叹了口气，大度地把手机还给了他，拽着椅子往他的方向挪了挪，“一个人看多没意思，我们一起。”

楚昼接过手机的动作顿了顿，问：“你是认真的？”

梁药已经想开了，嘿嘿一笑。

最终，碍于心理压力，两人谁都没有去看那篇小说。

退出论坛后，梁药觉得她和楚昼应该收敛一下，她可不希望自己每天被当成新闻直播，所以，她对楚昼说，今天放学后，她想和妹妹一起回家。

楚昼顺着她说“好”，把电动车放在了学校，让司机送他回去。

回到家，楚昼看到舒又曼在沙发上敷面膜，喊了一声“妈”便想走。

“站住。”舒又曼悠悠地开口。

“怎么了？”楚昼瞥她一眼。

舒又曼摸着下巴打量他，问：“你是不是有什么事瞒着我？”

“我瞒着你的事多了。”楚昼道，“你指的是哪一件？”

“当然是你的终身大事。你是不是恋爱了？！”舒又曼兴奋地拍着沙发的扶手，“你这个月很不对劲，又是自行车，又是电动车的，每天还这么晚回来。赶快从实招来，是哪家的姑娘？”

楚昼知道瞒不过去了，叹了口气，承认了：“我有喜欢的人，她叫梁药，你也见过。”

舒又曼大吃一惊：“所以，还是上次那个小姑娘？你和她在一起了？我记得，她是叫梁雯吧？”

“梁雯是她妹妹，追我的一直是她本人。”

楚昼详细地解释了一遍。舒又曼听完后很震惊，皱起眉头问：“所以，她一直在骗你，你还对她死心塌地？”

“算是吧。”楚昼承认道。

“儿子，你……唉，我都不知道说你什么好。”舒又曼有些忧心。

她是希望楚昼找对象，但她希望对方是一个真心喜欢他的、心地善良的姑娘。可楚昼嘴里的梁药听起来怎么那么不靠谱？

梁药消失的那几个月，楚昼有多消沉，舒又曼是看在眼里的，她心疼不已，不想他再次受到伤害。

“她很好。”楚昼没有解释什么，只说，“没有人比她更好了。”

“唉，这是你的选择，我无权干涉。”舒又曼叹息一声，站了起来，“但我还是有点儿不放心。”

楚昼皱眉问道：“你要干吗？”

舒又曼一笑，说：“去她家里拜访一下。”

“不行。”楚昼当即拒绝，“你不能去。”

“放心，我不会对她怎么样的。”舒又曼笑着说，“我只是想重新认识一下她，看看这个迷住了我儿子的女生是什么样子的。”

与此同时，梁药和梁雯步行回家，一路上商量着晚上吃什么。

梁雯有些伤脑筋，说：“家里好像没菜了。”

梁药无所谓地说道：“那就点外卖吧。”

“可是好贵啊，一份外卖要二十多块钱呢！”

“怕什么？你姐有钱，我请你。”

两人说着说着就到家了。打开家门后，她们发现玄关处多了一双黑色的女士皮鞋，皮鞋摆在雪白的地面上，特别显眼。

她们一眼认出这是谁的鞋子，都僵住了。

这时，屋内传来一道温柔的女声：“是雯雯回来了吗？”

梁药和梁雯缓缓地抬起头，便看到了那个阔别多日、无比熟悉的人。

梁母趿拉着拖鞋走了过来，她穿着黑色长款风衣，本来还在笑，可看到门口站了两个人时，她的笑容微微一滞，皱起眉头，问：“梁药，你怎么还有脸回来？”

梁药看着许久未见的母亲，有种恍如隔世的感觉，还没回过神来，便听到了她的话。梁药的神色立刻变了，她扯了扯嘴角，说：“确实没那个脸，我现在就滚，省得碍您的眼。”

说着，梁药就要越过她回房间收拾行李。

“姐姐，别啊！”梁雯如梦初醒，慌慌张张地拉住她，鼓起勇气对梁母说，“妈，是我要姐姐回来的。您能不能别总对姐姐那么刻薄？她又没做错什么，您凭什么要她走啊？！”

其实过去了这么久，梁母早就不生气了。毕竟梁药也是她的女儿，两人总不可能真的老死不相往来，刚刚那句话不过是因为要面子脱口而出的气话。

人心都是肉长的，这么长时间不见，她怎么会不想念她的女儿们呢？

梁母说完就后悔了，意识到自己的语气太冲，她刚想说些别的缓和一下气氛，便听到梁药不咸不淡地怼了回来，似乎一点儿都没认识到自己的错误，也没把她这个妈放在眼里。

梁母僵了僵，还没说什么，又看到梁雯替梁药说好话，大声地质问她，好像她才是十恶不赦的坏人。

这下子，她的火气瞬间被激起来了。

“她没有错？！”梁母厉声喝道，“她小小年纪不学好，整天惹是生非，我给她收拾的烂摊子还少吗？梁雯，你给我过来，听到没有？！”

梁雯拼命地摇头，紧紧地挽住梁药的胳膊不放，说：“我不要，我要和姐姐在一起！”

“你说什么？再说一遍！”梁母难以置信地吼道。

梁雯有些害怕，缩了缩肩，躲到了梁药身后。

梁药也没想到梁雯会这样说，侧头问：“你是认真的？”

“嗯。”梁雯点点头。

“那行。”梁药牵起她的手，壮志凌云地说，“我们现在就搬出去。你放心，有我一口饭吃，你就饿不死！”

“你们都疯了！”梁母气得浑身直颤，没想到她们会联起手来。

眼看梁药要带梁雯回房，似乎真的想一起离家出走，梁母一个箭步冲上去，拽住了梁雯的另一只手，说：“你们敢走试试！你们都是我生的，难道还想造反？”她怒不可遏地看着梁药：“你说走就走，真干脆啊！别忘了，是谁辛辛苦苦把你养大，你就是这么回报父母的？别以为能挣几个钱就了不起，有本事你就把我养你的钱全都还回来。你不是挺有骨气的吗？”

梁药似笑非笑地说道：“亏您还有脸问我要钱，我没问您要就不错了。不是我说，您这个妈当得真够失败的，就连梁雯都想离开你，你就从没在自己身上找过原因吗？”

梁母的胸口剧烈地起伏着，说：“我做错什么了？我做的一切都是为了你们好！”她指着梁药说：“我告诉你，你要是敢带雯雯走，我立刻报警，你信不信？翅膀还没硬就想飞，真是瞎胡闹！”

“去哪里都比待在你身边好。”梁药一点儿都不怕，“你报警吧，把你拿皮带抽梁雯的事说给警察听听，看他们会站在哪边！”

“你！”梁母生气极了，见梁药毫无悔改之意，扬起手想扇她一巴掌，却被刚回到家的梁远国看到了。

梁远国瞪大了眼，大吼道：“住手！”

梁母的动作停了。梁远国连鞋都没换，立刻走过来挡在女儿们前面，对着梁母大叫：“你怎么一回来就对女儿动手？你是不是疯了？”

“我疯了？是你们疯了才对吧？！”梁母不敢相信地看着自己的老公，“难道你也要和我作对？”

她这次没告诉任何人自己回来，本意是想给他们一个惊喜，她想当然地认为这个家没有她不行，他们一定很想她。

可是看见梁远国护着两个女儿，一副如临大敌的样子，梁母竟然有种被这个家排除在外的感觉，似乎他们三个才是一家人，而她是个外人。

怎么可能？她才离开多久，怎么就变得里外不是人了？

梁母既委屈又难过，最后，她所有的情绪都转化成了愤怒。

“什么叫我和你作对？”梁远国比她还生气，“打骂孩子就是不对，你能不能改改你这臭脾气，没看到两个孩子现在有多排斥你吗？”

“我都说了我是为她们好，她们不理解，你还不理解吗？”梁母歇斯底里地问，“梁远国，你真的想和我离婚？”

这么久不见，梁远国自然是想她的。可他一回来就看到她要打女儿，也压不住心里的怒气，说：“别拿离婚威胁我，别以为我离了你就活不下去，离就离，我们这就上民政局！”

他这句话音量不小，把正好来到梁家门口的楚昼和舒又曼震住了。

“他们……是不是在吵架？”舒又曼小心翼翼地指了指里面，“我们来得不是时候？”

楚昼皱了皱眉，往里看了一眼，便看到被梁远国护在身后的梁药。

少女站在父亲身后，身形清瘦单薄。她乌黑的长发披散着，遮住了半张脸，看不清表情，但楚昼能感觉到她心情不是很好。

不，应该说是很差。

楚昼沉默地看着她，产生了一股把她带离现场的冲动。

“儿子，你干吗？”舒又曼见楚昼想进去，连忙抓住了他的手臂。

“带她走。”楚昼冷着脸说。

“拜托，现在这个情况，你一个外人进去像什么话？”舒又曼第一次觉得儿子有点儿傻，“我们先听听是怎么回事吧。”

见爸爸同意离婚，梁药十分惊讶，这还是她第一次见到他硬气的一面。看来梁雯说的是真的，她上次离家出走的事情似乎对爸爸的刺激很大。

可是，她希望他们离婚吗？

梁药看了看妈妈，又看了看爸爸，微微抿嘴，不知道为什么，她高兴不起来。

梁雯也怔住了，她没想到事情会闹得这么严重。

梁母听到梁远国说要和她离婚，反倒冷静下来了，干脆地说：“行，离就离。房子和雯雯归我，你带着梁药喝西北风去吧。别忘了，当初是我父母全款买下这套房子，用来给我当嫁妆的，你一分钱都得不到！”

梁雯慌了，说：“我不要跟着你，我不要和姐姐分开！”

“你没有选择的余地。”梁母冷冷地说道，“你问问你爸，他有钱吗？他负担得起你们高昂的学费和生活费吗？他甚至连个住的地方都没有，你想和他一起睡大街？我告诉你，跟着他，你一辈子都别想有出息！”

梁远国涨红了脸，一句话都说不出来。梁母说的是事实，他是从农村出来的，家里的条件很差，每个月的工资都要分一半给父母，和在本地土生土长的梁母完全不能比。

梁药看出了他的为难，叹了口气，扯了扯他的衣角，说：“算了，别怄气了，我一个人走就行了，你们好好过日子吧。”随后，她看着梁母问道：“这样，你满意了吧？”

“你能走到哪儿去？你以为这个社会很好混？出了事谁负责？”

“我来负责。”悦耳的女声从门口传来。

众人一愣，循声望去——一个妩媚动人的女人正笑吟吟地看着他们，她穿着淡蓝色的雪纺长裙，颈间挂着圆润莹白的珍珠项链，海藻般的褐色卷发散在肩头，优雅而高贵。

梁药吃惊地张了张嘴，开口道：“舒阿姨？”她又看到了站在女人旁边、表情阴郁的少年：“楚昼，你们怎么——”

她的脑袋一片空白，不知道为什么楚昼突然带着他妈过来了，还撞见了这个场面。

——好尴尬。

楚昼神色如常地看着她，似乎在告诉她：不用担心。

“你是……”梁母看到女人的第一眼就愣住了，这么有气质又漂亮的女人不多见，梁母越看她越觉得眼熟，猛然想起了什么，指着她叫道，“舒又曼？电视上那个明星？”

梁远国和梁雯也大吃一惊。

“你好，初次见面。”舒又曼微笑着颔首，“我可以进去说话吗？”

梁远国下意识地点头，激动得有些结巴：“当然当然，快请进！”

他看到了楚昼，隐隐猜到了他们的关系。

梁药最先反应过来，找出两双拖鞋递给他们，说：“阿姨，对不起，我不知道您会来，没好好准备。”

“怎么会？是我不请自来，该道歉的是我才对。”

舒又曼看小姑娘长得漂亮，又懂事，一副拘谨的模样，像只小绵羊似的，喜欢得不得了。

她甚至怀疑是楚昼在骗她，故意挑拨她们的关系。

舒又曼换上拖鞋，友好地朝她笑了笑，说："你叫梁药，是吗？这是我们第二次见面吧？我儿子平时没少受你的照顾，谢谢啊。"

"没有那回事，"梁药摇了摇头，有些局促，"我受他的照顾更多一点儿。呃，那个，您渴吗？喝水还是喝茶？我家好像也有咖啡……"说着，她的手突然被人握住了。

"不用麻烦。"楚昼看她急得脸都红了，温声说，"她不在乎这些。"

"是你不在乎吧？没大没小。"舒又曼看着他含情脉脉的样子，有些好笑。

"不过，看在小姑娘这么可爱的份儿上，我原谅你了。"舒又曼笑着摸了摸梁药的脑袋，接着问，"我刚刚听到你说要搬出去，要不要来我家住啊？"

"什么？"梁药愣住了。

梁母惊疑不定地看着他们："你是舒又曼……本人，对吧？非亲非故的，你凭什么带我女儿走？你来我们家干吗？"

"我是楚昼的妈妈。"舒又曼将目光转向她，微微一笑，"不知道您听说了没有，我儿子喜欢你家女儿，所以，我才想来你们家拜访一下，顺便给他说个媒……"

她顿了顿，说："比如，让他们先订个婚什么的。"

"订、订婚？"梁家所有人都呆住了。

梁药一脸震惊地看向楚昼，问："真的假的？你要和我订婚？"

楚昼沉默了几秒，冷静地"嗯"了一声。虽然他也是刚刚才知道，但他丝毫不觉得惊讶，如同早就和舒又曼商量好了一般。

他坦然地看着梁药，问："你不愿意？"

"不是愿不愿意的问题。"梁药成功地被唬住了，脑子一片空白，"这也太快了……"

舒又曼看着小姑娘呆呆傻傻的模样，忍不住伸手捏了捏她的脸，笑着说道："没什么好犹豫的，你们不是两情相悦吗？早点儿定下来，省得夜长梦多。"

看到舒又曼对梁药那么亲昵，又是摸头，又是揉脸，仿佛她才是梁药的妈一样，梁母感到不适，想也不想便拒绝了：“不行，他们还小！”她竖起眉毛：“你们家那么有钱，横看竖看，我女儿都配不上你的儿子，我们高攀不起，你们还是请回吧。”

舒又曼笑了笑，说：“配不配得上，我心里有数。如果我在乎门第，就不会亲自过来拜访了。只要我儿子喜欢，我就会百分百支持，更何况，药药这么可爱……啊，其实，我刚刚在门口听到了你们的对话。你身为药药的母亲，对她似乎有很大的偏见，还想赶她走，既然这样，不如让她跟我走，反正你也不要她了。房子的事，你也不用担心。我很早以前就在城东湖畔买了一套别墅给儿子当婚房，等他们以后有了孩子，我还打算在市中心给他们买一套学区房。无论在哪儿住，都不会比在这里差的，你放心好了。”

虽然舒又曼说话不疾不徐，很有礼貌，但在场的人都听得出来，她在讽刺梁母。

“对了，你说他们还小？”舒又曼看着梁母说，“我听儿子说，药药是替她的妹妹追他的，还是在你的支持之下，她们才互换身份上学。为什么你同意妹妹和我儿子在一起，却反对药药和他在一起呢？她们俩不都是你的女儿吗？”

梁母气得脸通红，说：“我说不行就不行！梁药是我的女儿，我让她怎样，她就得怎样。你这样公然到我家来抢人，不就是仗着有权有势吗？我可以告你，你信不信？！”

这话一出，不仅舒又曼眉头轻蹙，楚昼和梁远国的脸色也都沉了下去。

楚昼冷着脸上前一步，想要说什么，却被舒又曼制止了。她温和地看向梁药，掩唇一笑，说：“我们可不是强抢，如果药药不愿意，谁都带不走她。药药，你愿意跟阿姨走吗？”

梁药看了盛怒的梁母一眼，没有过多犹豫，说：“我愿意。”

听到梁药的回答，梁母气急败坏地骂道：“吃里爬外，你要不要脸？我真是白养你了！”

梁药懒得理她，和舒又曼打了声招呼后，便去房间收拾行李了。

就算今天楚昼没来，她也打算搬走了。

梁药很快收拾好了行李，拉着行李箱出来。路过梁远国时，她抱了抱他，嘱咐道：“爸，多保重。”

“你在别人家要懂礼貌。”梁远国满脸不舍，“可不能像在家里那么任性了。”

“放心吧。”梁药笑了笑，又看向梁雯。

梁雯眼眶很红，主动抱住梁药，说：“姐姐，祝你幸福。”

“嗯。”梁药拍了拍妹妹的肩，有点儿担心她，“你干脆去学校住吧。”

“啊？”梁雯一愣。

“好主意！”梁远国也怕梁母再打梁雯，高兴地看着梁雯，“明天我就跟学校联系，看有没有多余的宿舍可以让你住。”

梁雯没什么意见，说：“好。”

“好端端地，干吗住校？”梁母不乐意了，“家里的床更大、更舒服，饭菜也更有营养，学校哪里能跟家比？”

“行了，就这样定了。”梁远国不想再和她争这个，严肃地看着她，“女儿们不在家的这段时间，我们两个把话说清楚，以后的日子要怎么过。”

梁药听了这话，明白梁远国不想离婚，他比任何人都爱妻子，所以才想出这个权宜之计，把她和梁雯送出去住，自己和妻子好好谈。

梁药理解他，但不代表她会原谅梁母。和爸爸妹妹道别后，她看都没看梁母一眼，毫不留恋地跟着楚昼走了，就像当初她一个人走掉一样。

楚昼家的白色丰田车就停在楼下。

舒又曼不客气地把儿子赶到副驾驶座，自己挽着梁药的胳膊坐到了后座。见儿子不友善地看着自己，她理直气壮地说：“我只是让你和药药订婚，又不是结婚，你少占人家女孩的便宜。你看我干吗？我说得不对吗？”

楚昼一脸无奈地转过头去。

舒又曼笑眯眯地挽着梁药拉家常：“其实，我以前一直想生个女儿，可惜生出来的是个木头，所以，我只能把养女儿的梦寄托在儿媳妇的身上了。可是，楚昼的性格，你也知道。曾经，我以为就算世界上只剩下一个女生，他也不会对对方有感觉；现在，我发现我错了，因为那个女生不是你！”

梁药不好意思地笑了笑，说：“没有那回事，就算没有我，他迟早也会喜欢别人的。”

没多久，几人就到了楚昼家。

梁药来过楚昼家很多次，搬进去也没有什么不适应的。舒又曼为了欢迎她，特意亲自下厨给她做了好吃的，结果做得不行，挑食的楚少爷只吃了一口就没再碰，宁愿只吃米饭。

舒又曼见梁药不断地夹菜，没有丝毫嫌弃，既感动又过意不去："药药，不用勉强自己，难吃就不要吃了。"

"不会啊，我觉得很好吃。"梁药心里暖洋洋的，眼睛却有点儿酸涩，她埋头掩饰着情绪，一口不剩地把菜吃完了，低声说，"我很喜欢吃。"

舒又曼十分惊喜："真的吗？那我以后天天做给你吃！"

"好啊。"梁药开心地点头。

楚昼："……"

几人吃完饭后，楚昼的爸爸回来了，这还是梁药第一次见到他的爸爸。男人西装革履，温文尔雅，眉眼和楚昼有些相似，但更平易近人，看起来是个温和的人。

楚父听说了她的事，对她笑了笑，说："你把这里当作自己家就好，不用客气。我儿子脾气不好，麻烦你多担待了。"

"哪里。"梁药摇摇头，"我和他彼此彼此。"

真正和楚昼的父母接触后，她才知道，为什么楚昼经历过那样的事，性格也没有扭曲，他虽然看着冷漠，但内心很温柔。这些都是他爸妈细心呵护的结果，他们的家庭氛围很温馨，比她在电视上看到的豪门世家要好多了。

"说完了吧？"楚昼不耐烦地拽住梁药的手腕，"我们还有事，先回房间了。"

"什、什么事？"梁药有些结巴，一下子想入非非起来。

舒又曼和楚父显然也觉得不合适。

楚父有些犹豫："楚昼，你们还——"

楚昼打断他的话，平静地问梁药："你的题写完了吗？"

梁药一怔，说："没。"

楚昼点点头，说："到我的房间里去写。写完后，我再出两张卷子给你做，今晚必须全部做完。"

"……是。"梁药脑子里乱七八糟的念头都消失了，忽然觉得未来一片黑暗，她木然地说，"都听你的，老师。"

于是，舒又曼眼睁睁地看着儿子拉着喜欢的女生去房间里学习了。

"不是。"她不可思议地对楚父说，"他真的是我的儿子吗？不会是当初在医院抱错了吧？他不会真的笨到只会用学习接近女孩子吧？”

“我觉得挺好的。”楚父甚感欣慰，“不愧是我儿子，知道分寸。”

舒又曼喃喃道：“你当年追我的时候，又是送玫瑰，又是送宝石的，嘴巴像抹了蜜，每天的情话都不重样，他怎么就没遗传到你半点儿？我们也没逼他去学习啊！”

楚父摇摇头，说：“他能这么自觉也好，你别去给他们添乱了。”

“不行，我要试试看。”舒又曼不太服气，“我就不信他不心动！”

梁药刚要进房间，舒又曼就过去叫住了她：“药药，你要不要先洗个澡再去学习啊？”

“好啊。”梁药无所谓地点头，和楚昼说了一声之后就跟她过去了。

舒又曼带她到了浴室，把一条华丽的裙子递给她，说：“等会儿，你换上这个，给楚昼看。”

梁药接过裙子，不确定地问：“大晚上的，穿这个吗？”

“这是我以前演戏时导演送我的裙子。”舒又曼笑着说，“尺寸太小了，我很少穿。你试试看，一定很适合你。”

楚昼在房间里等了梁药快半个小时，还是不见她的人影，他有些不耐烦，想放下书出去看情况。就在他起身的一瞬间，房门被缓缓地打开了。

他猝不及防地看到一抹艳丽的红。

梁药缓步走进来，乌发红唇，清艳绝伦。她穿着玫瑰红的薄纱长裙，细细的吊带勾勒出纤细的蝴蝶骨，腰间系着丝带，曲线窈窕勾人。

楚昼呼吸一滞，少女故意提了提裙边，露出了白皙漂亮的小腿。

“我们来学习吧。”梁药朝楚昼笑着说。一袭红裙衬得她的肌肤皓白似雪，一下子给昏暗单调的房间染上了最鲜艳的色彩。

楚昼愣住了，直直地看着她，没有说话。

“怎么，看傻了？”梁药等了半天都没等到他一句话，干脆走到他面前，在他眼前挥了挥手，仰头问，“我漂亮吗？”

“漂亮。”楚昼看了她许久才回答。

“算你有眼光。”梁药笑了，眉眼弯弯，有点儿得意。

“所以，你打扮得这么漂亮到我这里——”楚昼垂眼看着她，目光发沉，“是来学习的，还是来勾引我的？”他的尾音音调微扬，低沉暗哑，听起来性感又撩人。

“当然是来学习的。”梁药似笑非笑，眼尾上挑，带着几分媚，把身子往后靠了靠，躲开他危险的气息，“题还没做完，老师，你不会忘了吧？”

她将“老师”二字咬得很重，像是在强调他们现在的关系。

这是在报复？

楚昼自然看得出她是有意捉弄他，有些哭笑不得。镇定心神后，他又仔细地看了她一眼。

小姑娘刚洗完澡，可爱得让人想咬一口。

“你怎么不吹干头发？”楚昼伸手摸了摸她的头发，全是水。

“啊？”梁药愣了一下，这人怎么不按常理出牌？

楚昼没说什么，拉着她到自己的床上坐下，然后从柜子里找出一个黑色的吹风机，插上电源，温柔细致地帮她吹起了头发。

梁药没反应过来，心想：剧情怎么突然从调情变成了温情？

在她原本的构想里，她现在已经成功地勾引到了楚昼，让他想亲却亲不到，好报复他天天逼她学习的“暴行”，结果他就这么放弃了，她的美人计根本无法施展。

不过，他给她吹头发的手法还是不错的。

梁药闭眼享受着他的服务，不知不觉，心里的怨气就烟消云散了。

十五分钟后，楚昼抓了抓她的长发，确认头发都干了才关掉吹风机。他轻笑一声，缓缓俯下身与她平视，低哑的声线里透着诱惑，说：“我再问你一遍，你是来干吗的？”

梁药的脸上泛起了淡淡的粉色，她不自在地移开视线，嘴上却依旧不服软：“是你叫我来学习的。”

她还想再晾他一会儿，声音却没那么坚定，柔媚入骨。

楚昼想笑但忍住了，抚摸着她的长发，心想：她怎么会这么可爱？

暧昧的气氛在空气中蔓延。

楚昼看着女孩微红的脸颊和带着羞涩的双眸，忍不住低头，将薄唇缓缓地凑了过去。

梁药仿佛被定住了，睁大了乌黑的眼睛，觉得自己的心仿佛要从胸口跳出来一般，嗓子发干。

就在他们快要亲上时，门口响起了一阵敲门声。

“药药，你好了吗？”舒又曼在外面喊。

梁药吓得清醒了过来，一把推开楚昼，倏然站起来：“我好了！”

舒又曼推门进来，一眼就看到了在床上整理裙子的梁药和坐在地上一脸不爽的楚昼。

舒又曼瞬间猜到发生了什么，竖起柳眉，走过去挡在梁药前面，质问楚昼："你刚刚是不是想胡来啊？"

楚昼觉得很憋屈："我没有。"

"骗谁呢！我告诉你，只要我在家，你别想动药药一根指头！"

楚昼完全不懂他妈在想什么，问："她身上的裙子是你给的吧？"

难道不是穿给他看的？

"是啊。"舒又曼把梁药拉到自己的身边，勾了勾唇，"只是穿出来让你看看，没让你乱碰。"

"……"

"我们先走了。"舒又曼难得看到儿子一脸憋屈，竟觉得有点儿爽，"药药今天也累了，我就带她回房休息了。你也早点儿睡。"

说完，她揽着梁药转身，温柔地对梁药说："药药，阿姨给你准备了房间，包你喜欢！"

梁药甜笑道："谢谢阿姨，你对我真好。"

"必须的。"舒又曼说，"如果楚昼敢乱来，你要告诉我，我第一时间帮你收拾他！"

楚昼听着关门声，咬着后槽牙，觉得再这样下去，自己会疯掉。

舒又曼带梁药去了楚昼隔壁的房间，这是专门为梁药腾出来的客房，经过一番布置，已经完全成了适合女孩子住的房间。

墙壁雪白，地毯是浅蓝色的，衣柜占了一面墙，书桌上摆了一盆紫色郁金香，正中间是装了粉色蕾丝床帐的大床——梁药目测了一下，睡三个人都绰绰有余。

"喜欢吗？"舒又曼笑着问。

"嗯。其实没必要弄得那么好，我睡哪儿都行。"

"都这个时候了，还说这种话？"舒又曼抱了抱她，"你不要有心理负担，我对你好也不全是为了儿子。你的情况，我大概也了解了，你妈妈偏心得过了头，所以我想，至少得让你感受一下我无处安放的母爱。"

梁药吸了吸鼻子，努力克制着心里的酸涩，在她的怀里拼命地点头，说："谢谢阿姨。"

舒又曼轻轻地拍了拍她的肩，笑着说："你和楚昼的事，还是得看你们自己。世事无常，你们还小，感情这事，说不准。如果你以后发现自己和楚昼不合适，不用顾忌我们，说实话就可以了，不用勉强自己的。”

“不过，我当然希望你们能成。”舒又曼从口袋里拿出一张照片给她，积极地当起了媒婆，“如果你晚上睡不着，就看一看他。”

梁药接过照片看了看。照片里是一个十二三岁的小男孩，长相清秀端正，看起来文静腼腆，正对着镜头微笑。

“……楚昼？”梁药有些惊讶，看了好几遍，“这是楚昼？”

如果不是那张相似的脸，她还真不敢认，照片上的男孩和她认识的楚昼气质相差太多了。

“就是他。”舒又曼有些惆怅，“以前，小昼是一个文静的男孩，逗一逗就脸红，多可爱啊。可后来……不提也罢。这张照片送你了，晚安。”

舒又曼像是被勾起了什么伤心事，勉强地笑了笑，便挥挥手走了。

她走后，梁药没有立即去睡觉，她看着照片良久，最后叹了一口气。

怎么办，她想他了。

这哪里能催眠？分明会让人失眠！

第十三章
你应该当不了霸道总裁

梁药在楚昼家住下了。白天，她和他一起去学校；放学后，两人一起回家，形影不离。

舒又曼最近有复出的念头，毕竟儿子已经那么大了，不需要她这个妈时刻守在身边，所以，经纪人送剧本过来之后，舒又曼毫不犹豫地接了。她的年龄摆在那儿，虽然接不到什么重要角色，但能过一把演戏的瘾就够了，反正他们家不缺钱。

舒又曼跟楚昼和梁药打了声招呼，说自己要去外地拍戏一周，让他们别告诉楚父。交代完后，她便兴冲冲地去机场了。

梁药觉得奇怪，问："为什么不能告诉叔叔？"

楚昼漫不经心地拿出手机，说："我爸不喜欢她演戏。"

"为什么？"

"抛头露面。"说完，他打了个电话，"爸，妈刚刚去剧组了。"

楚父什么都没说，直接挂了电话。

梁药："你竟然出卖阿姨！"

"反正爸迟早会知道。"

"你爸知道了，阿姨会不会就不能去演戏了？"

"不，"楚昼摇了摇头，"爸会飞过去陪她。我早点儿告诉他，他能早点儿飞。"

"……这样啊。"

接下来的一周，楚昼的父母都不在家，偌大的房子变得空旷了不少。

梁药一直觉得白吃白住不好，听说保姆阿姨请了三天假后，她便主动填补了阿姨的空缺，给楚昼洗衣做饭。

她找到楚昼，让他把换下来的衣服给她。

楚昼看她那么坚持，便将上衣和裤子给了她。

之后，梁药不小心把他的白衬衫和其他衣服一起放到了洗衣机里，洗衣机运作完后，白衬衫变得花花绿绿，惨不忍睹。

正当梁药站在洗衣机旁怀疑人生时，楚昼过来了。她把衬衫展开给他看，说："昼昼，对不起，我弄脏了你的衬衫。"

楚昼看了一眼，不在意地说："没事。"

梁药过意不去，问："这件衬衫多少钱啊？"

"一千多块吧。"

"……一千多块的衬衫也会染色吗？"

"所以，还是要买贵一点儿的衣服，这件太便宜了。"

"……"

接下来，梁药开始打扫卫生。本来，她是想先打扫楚昼的房间，但一想到他可能不喜欢别人乱碰他的东西，便作罢了。

梁药决定先收拾自己的房间。住进来后，她还没好好整理过房间的东西。她提着水桶进去，拿抹布将书桌和衣柜都擦了一遍。

整理的过程中，她在书桌的抽屉里发现了一本相册，翻开一看，里面都是楚昼的照片。

梁药哭笑不得，怀疑这是舒又曼故意放在这里的。

她仔细地看了看，发现楚昼小时候挺爱笑的。

她看到了他小学时的一张照片——穿着背带裤的男孩面孔稚嫩，对着镜头比了个"V"，乌黑的眼睛亮亮的，笑容天真烂漫，灵动又可爱，一看就是在蜜罐里泡大的孩子。

梁药情不自禁地笑了，轻轻地戳了戳小男孩粉嘟嘟的脸颊。

以前的他真的很可爱，如果没有发生那件事……

想到这里，梁药的笑容慢慢地淡了下去。她继续往后翻，看到小男孩慢慢长大，整个人也变得越来越沉稳内敛。

梁药还看到了赵亿豪，他和楚昼勾肩搭背的，看起来很早就认识了。

她又翻过一页，看到这一页的第一张照片时，她的手指一顿。

那是楚昼和一个女孩的合影。

女孩和楚昼差不多大，长得瘦瘦小小的，短头发，刘海很长，下巴尖尖的，看起来有点儿营养不良。她弯着眉眼，笑得很开心。

这还是梁药第一次看到楚昼的身边有女生。

越往后看，这个女孩出现的频率越高，她几乎和楚昼形影不离。

他们住在一起了！

梁药看到，其中一张照片的背景是楚昼家里的客厅。

她的心里产生了一种强烈又奇怪的感觉。

这应该是他的亲戚。

梁药告诉自己不要多想，就算楚昼有过前任或喜欢的人也很正常，谁还没有个过去？

她不停地安慰自己，没注意到身后的脚步声。

“你在干什么？”身后的人冷不丁地开口。

“啊！”梁药吓了一跳，回过头便看到了楚昼，“你什么时候进来的？”

“就刚刚，你在看什么——”看到她手上的相册，楚昼的声音戛然而止。

梁药以为他生气了，手忙脚乱地解释道：“相册就放在房间的抽屉里，所以，我才拿出来看了看。”

想也知道肯定是老妈搞的鬼，楚昼叹息一声，说：“我没怪你。”他的目光在照片里女孩的脸上停顿了一下：“别看了，没意义。”

梁药注意到了他表情上的细微变化，眯了眯眼，说：“楚昼同学，你有问题啊，老实交代，她是你的初恋？”

“什么？”楚昼蒙了。

“照片上的短发女生。”梁药说，“别说她是你的亲戚，你们俩长得一点儿都不像。”

楚昼的表情有些古怪，缓缓地说：“我没和女生照过相。”

“还装蒜，我明明看到了！”梁药不高兴了。有就有嘛，谁还没有个初恋？可说谎就不对了！

楚昼沉默了片刻，问：“你还记得曾经骗过我的保姆吗？”

“啊？嗯。”梁药一愣，隐约猜到了什么。

楚昼揭晓答案：“他是保姆的儿子。”

“这样啊。”梁药的声音低了下去，反应过来后，她惊讶得睁大了眼睛，“等等，你说——儿子？”

楚昼平静地说道："对，他是男的。"

"……"

楚昼明显不想讨论这个人，马上转移话题："晚上吃什么？"

梁药指了指桌上的抹布，说："等打扫完之后，我再做饭。"

"不用。"楚昼拿起抹布扔进水桶，"你不用打扫，会有人打扫的。我们出去吃吧。"

"可是白吃白住多不好。"

"习惯就好。"

梁药也没矫情，把抹布洗干净后，就跟楚昼出去吃饭了。

两人没坐车，晃晃悠悠地走出小区。

附近有一条商业街，晚上很热闹，有很多小吃店，他们都不是很饿，随便进了一家餐馆，点了两碗牛肉面。

梁药发现，自从看到照片后，楚昼的心情似乎一直不太好，安安静静的。如果照片上的人不是个男的，梁药都怀疑楚昼是触景生情，缅怀起"白月光"了。

两碗牛肉面被端了上来。

梁药看了看自己的，清汤寡水，上面浮着零星几片牛肉和一大把香菜。梁药又看了看楚昼那碗，和她的相反，楚昼的汤面里全是牛肉，香菜只作点缀。

她像是明白了什么，抬头看了一眼服务生——果然是年轻的小姑娘。

"怎么了？"楚昼感受到梁药的目光，抬头问道。

"没什么。"梁药咬了一嘴香菜，"就是感觉——很绿。"

楚昼也看到了她的面，忍俊不禁，随后，他把自己的面碗和她的交换，说："快吃吧。"

梁药低头看着满满的牛肉，又把面碗换了回去。

楚昼扬了一下眉。

梁药嚼着香菜，声音含糊地说道："我还是希望你能吃得更好。"

楚昼没说话。

梁药垂着眼，对他说道："我希望你能学会依赖我，别什么事都闷在心里，有什么烦恼就和我说。我们都订婚了，就算你有什么问题，我也认了。"

楚昼本来还挺感动，听她说完最后一句……

“你说谁有问题？”

梁药眨巴着眼，说：“我只是假设一下，表明我爱你的决心。”

“……”

梁药越说越来劲，问：“难道你的烦恼比这还严重？”

楚昼忍无可忍地夹起一片牛肉堵住她的嘴，问：“你真想知道？”

“嗯。”梁药笑弯了眼。

“其实，也不是什么大不了的事。”楚昼声音很轻，“就是——”

“老板，来三碗酸辣粉！”三个男生走进店里，大大咧咧地冲老板喊了一嗓子，把楚昼的声音压了下去。

梁药没听清楚昼后面的话，说：“你声音大点儿呀。”

楚昼刚要继续说，便听到其中一个男生说：“季城末，你最近不是上火吗？能吃辣的吗？”

楚昼身子一僵，抬头看去。

“怎么了？”梁药奇怪地回过头，看到了那几个学生。他们中有人穿着D大的文化衫，笑嘻嘻的，看起来没个正形。

看到正中间的男生时，梁药微微一愣，认出了他就是照片里的那个男孩。

楚昼看到那人，脸色阴沉下来，整个人看起来十分阴郁。

似乎是感觉到了两人的视线，季城末看了过来。看到楚昼时，他睁大了眼睛，脸上浮现出一抹神秘的笑容，对朋友说道：“遇到熟人了。我去打个招呼，你们先吃。”

说完，他就朝梁药和楚昼走去，笑眯眯地打招呼：“哎呀，这不是昼哥嘛，好久不见啊。”

梁药心想：难道他们关系很好？

随后，她便听到那人说：“你怎么还活着啊？我还以为你死了呢。”

楚昼已经冷静了下来，冷冰冰地看着季城末，说：“滚。”

季城末置若罔闻，自顾自地打量起梁药，说：“你竟然跟女生一起吃饭？厌女症治好了？”

梁药看他长着一张人畜无害的脸，说出的话却处处带刺，十分厌恶。

季城末笑嘻嘻地问：“你该不会是他的女朋友吧？你不知道他以前有毛病？”

他话音刚落，楚昼霍地站了起来，抓住他的领子，把他的脑袋狠狠地按在了桌上。

一声巨响后，碗里的面汤洒了出来，所有人都吓了一跳。

梁药从没见过楚昼露出这么凶狠的表情，好像恨这人恨到了骨子里。

“我叫你滚，听不懂吗？”楚昼眼神阴冷地盯着季城末，声音沙哑又可怕。

“哇，我好怕哦。”季城末还在笑，丝毫不惧，“听不懂又怎样？难道你想杀了我？啊，那就来吧，反正，你又不是没杀过人。”

说到这里，他再次看向梁药，眼神有些诡异，疯子一般地问道：“你知不知道他是个杀人犯啊？他就是个疯子，把他逼急了，他什么事都做得出来。你确定要和这种人在一起？”

楚昼的瞳孔猛地一缩，他沉默地望向梁药，没有否认季城末的话。

“我确定。”梁药没有看楚昼，只盯着季城末，声音平静，“比起他，我觉得你才是疯子。”

季城末笑容一僵。

“我们走吧。”梁药一点儿胃口都没了，她站起身来，轻轻地拽了拽楚昼的衣角，看着他说，“我想回家。”

楚昼看了她半晌，低低地应了一声，僵硬地放开了季城末，转而牵住了她的手，头也不回地离开了。

“你会后悔的！”季城末的脸色无比难看，他对着梁药吼道，“你一定会后悔的！”

梁药没有理他，和楚昼一起踏出了店门。

一路上，两人都没说话，梁药打了个哈欠，觉得有点儿累。

楚昼看了她好几眼，忍不住问道：“你不在意吗？”

梁药问：“在意什么？”

“他……”楚昼抿了抿嘴，“说的那些话。”

“还好吧。”梁药想了想，“他又不是女的，我在意那么多干吗？难道，你和他有过一腿？”

“……”

“而且，我八成能猜到一些。”梁药叹了口气，“他说你杀了人，又那么恨你，加上他是那个保姆的儿子，你之前说保姆死了，所以，我推测，他说的被你杀了的人是保姆。”

“……”

“人被逼急了，什么都做得出来。”梁药轻声说，“你应该是正当防卫吧。”

楚昼垂眸自嘲道：“你还真信我。”

“如果你是故意杀人，现在就应该待在少管所了。”梁药老实地说。

楚昼无话可说。

“好了，过去的都过去了，我不问你，你也不准再想了。”梁药挽住他的手臂撒娇。

楚昼一怔，轻轻地笑了：“嗯。”

晚上，梁药给王芹芹打了个电话，说：“姐妹，拜托你件事。”

王芹芹打了个哈欠，问：“什么？”

“你人脉广，帮我在学校里打听个人，他叫季城末。长得又瘦又矮，像女生，说起话来阴阳怪气——”

“等等，你大晚上找我，就是为了这个？”王芹芹打断她，“这点儿事，不能明天说吗？”

“不能，不说完我睡不着。”

“你就不怕我忘了？”

“明天我再提醒你一遍。”

“你真是有病！”王芹芹咬牙切齿地问，“那个季什么是谁啊？和你有仇？”

梁药叹了口气，说道：“不是和我，是和楚昼有仇。我总感觉他有点儿精神病，你帮我查查他是什么来路，背后有没有什么人。”

“所以，你是为了楚昼？”王芹芹的语气有点儿怪，“看不出来，你这么在乎他啊。”

“没办法啊，”梁药又叹了口气，靠在墙上缓缓说道，“谁叫他喜欢我。”

“……你确定没说反？”

“没有。”

一周后，舒又曼回来了。她兴高采烈地拉着梁药说着演戏时的趣事，还给梁药带了名牌香水当礼物。她身后的楚父提着大包小包，任劳任怨地当着工具人。

家长回来后，梁药收敛了很多，和楚昼拉开了距离。下学期的期中考试就要到了，她全身心地投入到了紧张的学习之中。

自从楚昼辅导她以来，她几乎每天都在看书做题，成绩有了显著的提高，摆脱了学渣的称号，补考也都陆续过了。

就在这个时候，王芹芹打来了电话。

“你上次说的那个季城末，我打听到了他的事。”

梁药立刻精神百倍，问：“怎么样，他的背景如何？”

“他挺可怜的。”王芹芹说道，“他的父母都过世了，好像也没有别的亲人。他的学习成绩不错，学校免了他的学费，每年政府还会给他补助，反正他就是个特困生。他都自顾不暇了，哪儿有闲工夫招惹你家少爷，你放一百个心好了。”

梁药沉默了几秒，问：“知道他的父母是怎么死的吗？”

“这我就不太清楚了。”王芹芹沉吟片刻，接着说，“听人说，他爸好像在他出生前就得病死了，他妈好像是掉下悬崖摔死的……感觉说法都不太靠谱，反正说什么的都有。季城末在学校人缘还不错，没人会特意去问这个。”

“我知道了，谢谢。改天请你吃饭，先挂了。”

“等等，我还没问你呢，你到底什么时候回来啊？不会要交换到毕业吧？”

梁药笑了声，说道：“不至于，D 大和 B 大的交换项目只是一次友好合作而已，只有几个月，大概下个月，我就要回去了。怎么，想我了？”

王芹芹笑骂了一声，挂了电话。

期中考试结束没多久，便开始考体育了。考试内容有所变化，男生考篮球，女生考排球。

下午第一节是体育课，学生们在操场上站成四排，前两排是女生，后两排是男生，个头高的靠边站。

当体育老师说出考试项目后，女生们立刻抱怨起来——

“为什么考排球啊，之前不是说考八百米吗？”

“我的排球打得不好。”

“不及格没事吧？体育又不重要。”

梁药听到，淡淡地一笑，有点儿期待，因为她发现，自己还没看过楚昼打篮球的样子。

他的心里似乎只有学习，她从来没看过他参加什么课外活动。以前体育课上的自由活动，男生们都在打篮球，只有他总是一个人静静地在一旁休息，从来没上场过。

不知道他打得怎么样，总不可能不会吧？

这么一想，梁药忍不住转头看向身后的楚昼。

少年垂着眼皮，懒洋洋地打了个哈欠，神情漠然。

“……”

察觉到梁药的视线，他抬眼看了过来，扬了扬眉，问：“怎么了？”

“……没事。”

梁药觉得她的担心完全是多余的。

楚昼是谁啊？神一般的存在！看看他冷静的表情、强大的气场，就差没在脸上写“篮球是什么玩意儿，我随便一扔就能中”这句话。

梁药默默地把头转了回去。

体育老师听到一片抱怨声，吹了一声口哨，示意大家安静。

“平时给你们练习的时间已经够多了，现在嚷嚷有什么用？好了，体育委员，去把篮球和排球拿过来。”

赵亿豪兴奋地搓着手，感叹道：“竟然考篮球，这是我的强项啊！老天爷肯定是看我单身太久，太可怜了，终于肯让我在大家面前露一手了！”

曹博笑着摇头，说：“得了吧，就你，还没云东投得准，不丢脸就算不错了。”

赵亿豪白了他一眼，反驳道：“我再怎么差也比你强，你的球连篮筐都碰不到！”

楚昼懒懒地站在他们旁边，将手揣在裤袋里，静静地看着不远处正在抓紧时间练排球的梁药。

梁药已经很久没化妆了，素面朝天，乌黑的秀发随意地扎在脑后，辫子落在背上，随着身体的晃动不断地来回摆动。

她肤白腿长，单薄的长袖衫勾勒出窈窕的身材，十分撩人，边上有许多男生都有意无意地往她那边看。

体育委员把球拿过来后，女生这边便开始考试了。这次考的是垫球，垫三十五个球就算合格。

不得不说，梁药的运动神经是真的好，她一口气垫了一百多个，一下子就把其他女生甩在后边了。不仅如此，考完试后，她还去男生那边玩起了篮球，“哐啷”一声，轻轻松松便把球投进了篮筐。老师都有些惊讶，带头鼓掌：“这位女同学的动作很标准，男同学们要加把劲啊，好好学学人家！”

女生们热烈地鼓掌，眼里满是星星——

“哇，好帅啊，不愧是拿下‘高岭之花’的女人！”

“梁药和梁雯的性格真是完全相反。”

“是啊，刚开始我还老是认错她们，现在不会了。”

梁药听着掌声，漂亮的眼睛弯了弯，有点儿得意。她远远地朝楚昼挥了挥手，笑得张扬灿烂，仿佛在说：你看到了吗？我也是很厉害的！

楚昼读懂了，却笑不出来，只沉默地给她鼓了鼓掌。

“姐姐太飒了！”赵亿豪比楚昼有激情多了，使劲地拍手喝彩，而后对楚昼道，“阿昼，我们也不能输啊！趁着还有时间，过去练练球？”

楚昼平静地问：“你觉得，我需要练球？”

“呃……”赵亿豪的神色有些微妙，“好吧，你的水平摆在那儿，确实不太需要。”

女生那边结束后就轮到男生考试了。

篮球考三步上篮，每个人有两次投篮机会。

梁药找到了最佳观赏点，贴心地给楚昼打气，说：“加油，随便投投就进了，别太认真。”

楚昼动作一顿，看着她，轻轻地“嗯”了一声，随后站到线外准备投篮。

梁药期待地看着他，不知道是不是她的错觉，自从楚昼上去后，场上安静了不少，几十双眼睛都盯着他，气氛十分诡异，就连体育老师的表情都有点儿微妙。

梁药看到楚昼动了，他做任何事都是一副气定神闲的样子，就连打篮球也看不出半分激情。口哨声一响，他迈开长腿，一脸平静地运球朝篮筐跑去。

他的姿势看着很标准，跨了两步后，他轻轻一跳，篮球完美地避开了篮筐，砸在了篮板上。

——没进。

全场寂静无声。

梁药安慰自己，他只是手滑，“神”也会有失误的时候，这不算什么。

体育老师让楚昼再来一次，这次让他立定投篮。楚昼面不改色地投了过去，这次，篮球连篮板都没碰到，直接飞了出去。

梁药确认了，楚昼好像真的不会打篮球。

这个场面很好笑，但碍于楚昼平日的威严，此刻没有一个人敢吱声。

赵亿豪使劲地憋着笑，扶着曹博的肩膀说：“我不行了……每次看到他打球，我都想笑，太要命了！”

曹博努力绷着脸，嘴角却疯狂上扬，说：“忍住！千万忍住！阿昼是什么性格，你不知道？如果被他发现你笑了，你就完蛋了！”

“哈哈哈——”不远处突然传来一阵大笑声。

林韩熙才不管那么多，捂着肚子笑得东倒西歪，大声说道：“姐夫……不，楚昼，你竟然不会打球？笑死我了！”

林韩熙这个笑十分具有感染力，全场的人都忍不住笑出了声，其中，赵亿豪的笑声尤为响亮刺耳。他说：“阿昼，你要是平常多和我们一起练练篮球，也不至于一个都进不了！”

连体育老师都笑了，安慰楚昼说：“没事，打分标准不是只看球进了没有，你的动作很标准，也能及格。”

楚昼一点儿都高兴不起来，沉默地离开了篮球场，去找梁药。

梁药和梁雯站在一起，把脸埋在梁雯的肩上，身体不停地颤抖着。

楚昼走过去时，听到梁雯说：“姐，别笑了，你都笑五分钟了，有那么夸张吗？全校都知道楚昼不会打篮球，你才知道啊？楚昼过来了，姐，快起来！”

梁药听到楚昼来了，连忙收起笑容。她抬起头，果然看到了一脸冷漠的楚昼，他看着有几分郁闷。

“昼昼，我没笑你，我真的没笑你。”梁药无辜地看着他，嘴角却忍不住弯起，“不会打篮球很正常，谁规定男生一定要会打篮球？你不打篮球也很帅。嗯，你刚刚的样子也很帅……扑哧！”想到刚才的画面，梁药又忍不住笑了。

楚昼直直地看了她几秒，无奈地垂下头，问：“不会打篮球——很奇怪？”

别说篮球了，什么球他都不会打，也都不喜欢。他不是热爱运动的人，从小到大，他只喜欢看书。被绑架过之后，他才开始锻炼身体，学会了各种防身术和格斗技巧。现在，楚昼每天会坚持早起跑步，锻炼身体，但除此之外，他依旧对任何运动项目都不感兴趣。

“不奇怪。”梁药忍着笑摇头，“不过，你是我认识的第一个不会打篮球的男生，所以我觉得有点儿稀奇。”

“……”

楚昼本以为“篮球事件”就这么过去了，可是不巧，各大高校一年一度的篮球交流赛就要到了。B大和D大对上，校长顿时有了动力，扬言：必须上！

“喏，事情就是这样，每个班都要派人去。”班主任省略了复杂的原因，告诉大家关乎学校荣誉的篮球赛他们也要参与，“有谁愿意出赛吗？”

“我！”赵亿豪兴奋地举起手。

几个热爱篮球的男生也都积极响应了。

班主任数了数，说：“还差一个人，还有吗？楚昼？”

“不可能。”

“就露个面……”

“不去。”楚昼拒绝得非常坚决。

班主任没办法，看到旁边的梁药，他灵光一闪，说：“梁药，我听体育老师说你很会打球，不如——你去吧。”

梁药一愣，说：“可我是女生啊。”

班主任却说：“又没规定女生不能参加，你上的话，说不定能出奇制胜。”

楚昼没想到班主任会打上梁药的主意，一想到梁药穿着球服在一群男生中间跑来跑去的画面……

他磨了一下牙，缓缓地举起手，说：“我去。”

“好，那就你去吧。”班主任的态度转变得十分自然，仿佛是故意挖坑等他跳。

“……”

虽然楚昼答应了参赛，偶尔也会跟着赵亿豪他们去训练，但他显然没什么斗志。

梁药看到他训练回来，手里连个篮球都没有，忍不住问道：“你就不能认真点儿？”

楚昼反问："输赢很重要？"

"如果不重要，你干吗参赛？"

楚昼回答得很干脆："为了你不参赛。"

"……"

到今天为止，梁药总算知道楚昼是个什么样的人了。一般情况下，他做事都具有某种强烈的目的性，没有好处的事，他根本不干，就像那种唯利是图的商人。

想到这里，梁药不由得问："你以后想做什么啊？"

楚昼想了想，说："进我爸的公司帮忙吧。"

真没悬念。梁药问："你就没有叛逆心理？比如，做自己喜欢的事？"

"兴趣可以慢慢培养。"楚昼说，"帮我爸赚钱也不错，他需要帮手。"

"而且，如果我不接手，叔叔他们就会乘虚而入，我不会把我爸的心血让给别人。"

梁药听得似懂非懂。她不懂豪门斗争，但可以肯定的是，楚昼是个很排外也很护短的人，他所有的行为都是为身边人考虑的。

"那你以后就会成为小说里那种霸道总裁了？"梁药好奇地问道，"其实我一直搞不懂，我该叫你总裁，还是总经理啊？"

"……你高兴就好。"

梁药异想天开地说道："我看过好多霸道总裁小说。女主读书时和穷学生相爱，后来因为各种事情，女主离开了穷学生。然后，穷学生摇身一变，成了霸道总裁，和女主相亲相爱。多么励志啊！"

"我也看过那种小说。"楚昼慢吞吞地问，"你想试试和霸道总裁谈恋爱吗？"

"别了吧。"梁药扯了扯嘴角，"我觉得，你应该当不了霸道总裁。"

"为什么？"

"因为，我看过的所有小说里，霸道总裁都会打篮球。"

"……"

篮球赛最终由赵亿豪、曹博、贺云东、林韩熙和楚昼参加。

除了楚昼之外，其他人都像是打了鸡血一样，满脸兴奋和迫不及待。现在，几人每天放学后都会一起回家，讨论着这场球该怎么打。

D大虽然教学质量不怎么样，但体育特长生特别多，随便一个人都是打篮球的好手。

但林韩熙表示，那都不是事。

“他们再怎么强，都是我的小弟。只要我往球场上一站，信不信，他们连屁都不敢放一个。”

梁雯小声嘟囔：“净吹牛。”

林韩熙被口水呛到了，看着梁雯说道：“丫头，你是不是忘了我是D大的老大啊？”

赵亿豪也想到了这茬，说：“你是D大的，会帮我们学校吗？”

林韩熙正色道：“我的心和我的灵魂永远都属于雯雯。”

“……你们真是够了！”

曹博插嘴道：“林韩熙投篮最准，做得分后卫没问题吧？”

林韩熙扬了扬下巴，说：“当然。”

贺云东和赵亿豪异口同声：“我想做前锋！”

赵亿豪顿时生气了，吼道：“你的球技没我的一半好，和我抢什么？！”

贺云东哼了一声，说：“你是什么水平自己心里没数？让你当前锋，不如直接认输算了。”

“好了，你们别争了。”曹博被他们吵得头疼，“私下比比不就知道谁厉害了？明天告诉我结果。阿昼，你当控球后卫，没问题吧？”

楚昼倒是无所谓，说：“随便。”

梁药却十分怀疑，她问：“你控球……行吗？这个位置需要很强的运球能力，也很关键，你要不要再考虑考虑？”

楚昼眯着眼看她：“你存心挑事，是吧？”

梁药讪讪地道：“我就是好心提醒一下。”

正说着，她的手机响了，是王芹芹的来电。

梁药退后了几步才接起电话：“喂？”

王芹芹开门见山地问：“B大是不是要和我们学校比篮球了？”

“对，怎么了？”

“虽然可能没有太大的关系，但我觉得，还是得告诉你一声。我们学校会派大二的男生去你们学校打比赛，其中好像还包括你很在意的那个季城末。”

梁药怔了许久，才轻声说道：“谢谢，我知道了。”

她挂了电话，沉默地回到了楚昼身边。

“怎么了？”楚昼感觉到她的情绪不对劲，侧头看向她，“是谁的电话？”

“是我的一个朋友。”梁药犹豫再三，还是说了，“她刚刚告诉了我D大参加篮球赛的人选。”

“真的吗？”赵亿豪眼睛一亮，“有谁啊？”

梁药看了楚昼一眼，说：“……季城末。”

她话音刚落，空气就如同被冻结了一般，几人的脸色猛地变了。

林韩熙莫名地打了个寒战，问：“你们怎么了？表情都这么恐怖。”

楚昼的反应倒是没他们那么大，他只云淡风轻地反问道：“是吗？”

“阿昼，你怎么还能这么冷静？我听到他的名字就恶心！”赵亿豪的脸色十分难看，把牙齿咬得咯吱响，“我一直以为他已经走了，没想到他还在这里上大学，脸皮真是够厚的。”

曹博紧皱着眉，问：“他不会是故意来和我们比赛的吧？”

“管他呢。”贺云东摩拳擦掌，“这次，一定要打他个落花流水！”

“他和你们到底有什么恩怨？”梁药借机问了出来，“方便说说吗？”

“他……”赵亿豪刚想说什么，便被楚昼制止了。

楚昼揉了揉梁药的脑袋，说：“没事，都过去了，你不用放在心上。”

梁药直直地瞪着他，气得想咬他一口。

这和没收我刚看到一半的悬疑小说有什么区别？存心吊人胃口呢？

隔天，梁药惊讶地发现，楚昼竟然主动去操场上练球了，还是一个人去的。

少年穿着白T恤和运动裤，微喘着气，额头上出了很多汗，汗水顺着鼻梁往下淌，黑发被打湿，一缕一缕地贴在脸上。他微微地弓着身，不停地拍打着篮球，然后朝篮筐跑过去，一次又一次地练习着投篮。

虽然他的表情和平时并无两样，梁药却能感觉到，他的心情很是沉重。

梁药安静地看着他挥汗如雨，微微抿了抿唇，没有出声。

篮球赛在万众瞩目下拉开了序幕。

B大的人都知道楚昼不会打篮球，可他还是出场了，这意味着什么？意味着神终于要跌下神坛了！

比赛那天，观众席上坐满了人，除了热情的小姑娘们外，还有许多男生。大部分人都是抱着看好戏的心态，准备看楚昼出丑的。

接着，楚昼和其他队友一起进入了场内。

楚昼本想找梁药所在的位置，一回头却发现全是闪光灯，同时，他听到有女生激动地大喊：“让让，都让一下！我要把昼神出丑的样子完整地录下来，珍藏一辈子！”

和场外不同，场内的气氛十分诡异。季城末带着队员大摇大摆地走向楚昼，脸上的笑容依旧十分灿烂。

“哟，昼哥，好巧啊，我们又见面了。待会儿打球时，麻烦手下留情啊。说起来，我记得你以前很讨厌篮球来着，转性了？”

“你还有脸出现在我们面前？！”赵亿豪想冲过去揍他，却被曹博牢牢地按住了肩膀。

“冷静点儿，别冲动。”

楚昼看着季城末，情绪没有波动，似乎面前的只是个陌生人。

季城末最讨厌他这副目中无人、仿佛什么都无所谓的态度。

——假清高。

比赛正式开始，战火一触即发。

自从知道D大派来参赛的人员里有季城末后，梁药就没有最初的兴奋了，她神经紧绷地看着球场上的战况，警惕地监视着季城末的一举一动。

在这么多天的高强度特训下，楚昼的篮球技术虽然不至于突飞猛进，但至少中规中矩，比体育考试时要好很多了。

楚昼清楚地知道自己的弱点，他不去抢球，而是制造机会让队友投篮，充分发挥控球后卫的作用，从没想过出什么风头。

但对手不这么觉得。可能是楚昼给人的压迫感太强，一开场，他就被两个人包抄了，明明球并不在他的手上，对手却硬要和他贴身，死死地堵住了他的去路。

楚昼懒得动，只好让他们堵着。

他打得不怎么好，但吸引火力的能力十分强，直到林韩熙连续投中三个球后，对方才猛然意识到，楚昼竟然只是个中看不中用的花瓶。

季城末显然也没想到，他的动作僵了僵，眉眼之间有一丝阴冷。

这是他的失误。

从小到大，楚昼都是母亲口中别人家的孩子，楚昼给他造成的心理阴影很大，他想当然地认为楚昼什么都会，什么都很厉害，讨厌篮球不代表不会打篮球。

没想到他真不会打。

季城末知道他只是个烟幕弹后，便果断地放弃了围堵他，转而专注地防守起林韩熙。

梁药发现，季城末看起来人畜无害，耍阴招的本事却不少。防守的时候，他用手推了林韩熙好几次，裁判却好像看不到一般。

D大慢慢地把比分追了回来，比赛进入了白热化。虽然楚昼一直没发挥什么作用，也没投进过一个球，但观众席大半的目光还是集中在他的身上。每当他撩起汗湿的发，或是抬手擦掉额头的汗，女生们都会发出惊天动地的尖叫声，早已忘记了自己看球赛的初衷。

梁药怀疑楚昼在故意撩妹，而且有证据。

擦汗就擦汗，动作那么撩人干吗？你当自己是在摆拍吗？

到最后，两方的比分持平了，最后一球决胜负。

梁药的心提了起来，不知怎么回事，这最后一球竟落到了楚昼手上。

看台上的所有人都沉默了，楚昼也沉默了，只有对手在狂欢。

只剩十几秒，来不及传球给队友了，楚昼瞬间做出了自己投篮的决定。

他的脚步刚动，季城末就带人包抄了过来。楚昼刚抬起手，季城末突然凑近，笑着说："眼睁睁地看着我妈被推下悬崖是什么感觉？你不会良心不安吗？"

楚昼的手一顿，随即腹部吃痛。

在队友的掩护下，季城末狠狠地给了楚昼一拳。

这一拳不轻，楚昼立刻皱起了眉，身体微微地晃了晃，却并没有如他们所愿弯下腰，而是迅速地朝着林韩熙抬起手，似乎要把球扔过去。

季城末一愣，没想到楚昼竟然没倒下，他以为楚昼要传球，立刻堵住了那边的路，没想到那只是假动作，楚昼的手虚晃了一下，随后毫不犹豫地朝着篮筐投了球。

篮球在篮筐上转了一圈，最终掉了进去。

——漂亮的三分球。

空气静了一秒，随后，全场的人开始疯狂地大叫，B大的学生激动得抱成一团，大声喊着楚昼的名字。

只有梁药笑不出来，她的脸色很差。

关注楚昼一举一动的她不会看不出来，楚昼刚刚的表情很不对劲，他的脸色猛然变白了，季城末凑得那么近，想也知道，楚昼一定被暗算了。

比赛结束后，楚昼被所有人围了起来，送水和送毛巾的大有人在，但他没要。他看了看四周，发现梁药竟然不在。

D 大的队伍输了，队员们的脸色都不好看，尤其是季城末。他眼神阴狠地盯着楚昼，最终没继续待在台上，和队友一起灰溜溜地离开了。

楚昼懒得理他们，四处寻找着梁药的身影，他眉头微皱，完全看不出喜悦之情。

林韩熙也被女生围了起来。他长得帅，表现又最突出，是除楚昼之外的另一个焦点。看到有女生递水过来，他想也不想便伸手去接，想着等会儿付钱就好了，可他刚要喝，便感觉到了一股冰凉的视线。他打了个激灵，吓得抬起头，竟然看到梁雯站在不远处，手上也拿着一瓶水，正平静地看着他。

“雯、雯雯，你什么时候过来的？”林韩熙的嘴顿时更干了，结结巴巴地解释，“我还没喝，真的。”

梁雯没有理他，只拍了拍赵亿豪的肩，把水给他，问道：“要吗？”

“哇，谢谢，你果然是我的女神！”赵亿豪受宠若惊。

“不客气。”梁雯微微一笑就走了。

“雯雯，等等！”林韩熙再也顾不上喝水，急忙追了上去。

梁雯只当作没听到。她路过楚昼身边时，楚昼叫住了她：“看到梁药了吗？”

梁雯一怔，说：“她好像往小卖部的方向去了，可能是去给你买喝的了。”

“谢谢。”楚昼转身就走。

他的嗓音沙哑，仿佛含着一颗石头，梁雯立刻反应过来楚昼没有喝别人的水。

没有对比就没有伤害。

林韩熙急忙跑过来拉住她，说：“雯雯，你听我解释！”

“不听。”梁雯甩开他往前走，“你走开！”

季城末和队友去小卖部买水。输了比赛，他们的心情都很差。

其中一个留着板寸头的人抱怨道："季城末，你不是说楚昼不会打球，不用防着他吗？最后那个球是怎么回事？他竟然投中了。那难度可不低，我都不一定投得进！"

"运气好罢了。"季城末扯了扯唇角，"老天爷一向很眷顾他。"

"别给我扯那些有的没的。""板寸头"沉着脸说，"比赛时，要不是你瞎指挥，一会儿让我们牢牢地盯着楚昼，一会儿又说他什么都不会，不用堵他，搞得我们的队形乱七八糟，我们至于输吗？"

"所以，你是要把责任都推给我？"季城末冷笑起来，"那我是不是也要怪你最后没防住他的球啊？明明守住篮筐是你的任务。"

"行了，你们别吵了！"队长出声呵斥，"互相推脱责任是弱者的行为。这事就此揭过，谁都不准再提。"

季城末耸耸肩，正准备往前走时，忽然听到有人叫他："季城末。"

他一回头，便看到了一个纤瘦秀丽的女生。她穿着黄色的卫衣，腿很长，肤白唇红，长得很漂亮。女生的手里拿着一瓶水，声音和表情一样冷淡："借一步说话？"

季城末认出了她，挑了挑眉。

队友见对方是个女的，以为是季城末的追求者，心照不宣地笑了笑，说："你们慢慢聊，我们先去买水。"随后便走了。

季城末看着梁药，问："你找我有事？"

梁药一言不发地上前，把矿泉水递给了他。

"你是来给我送水的？"季城末惊讶地接过，"你不会是厌倦了楚昼，看上我了吧？"

梁药什么都没说，等他接过水后，她突然扶住他的肩，抬起膝盖狠狠地朝他的腹部顶了一下。

季城末脸色骤变，疼得弯下腰，龇牙咧嘴地挤出一句："你有病啊？"

"有病也没你的严重。"梁药的脸色很难看，她用力地抓住他的头发让他抬头，盯着他的眼睛缓缓地说，"敢这么对他，你找死啊？"

"你是来给楚昼出气的？"季城末冷笑道，"他已经怂到躲到女人的后面了？"

季城末一把拍开她的手，捂着肚子缓缓地直起身，说："你对他真是情真意切啊，可你真的知道他的为人吗？"

梁药冷冷地说："至少比你清楚。"

“我也不怕告诉你。”季城末嗤笑了声，“我和他从小一起长大，我们的关系甚至比他和赵亿豪的关系更好。我妈在他出生前就在他家做保姆了，后来一直看着他长大。我那时是真心把他当哥的，可是他呢？他害我妈掉下悬崖，把她扔下后，一个人逃跑了。你说，这样的人该不该死？”

梁药觉得他的脑子有问题，无语地说：“明明是你妈绑架楚昼在先，他不逃跑，难不成等着被撕票？你真好笑！”

“谁跟你说是我妈绑架他的？”季城末极其气愤，“是他，还是他父母？嗬，那对夫妻为了他们的宝贝儿子还真是什么都敢说。我告诉你，我妈根本没有绑架他，不仅如此，我妈还独自去救他。后来，他为了逃出来利用我妈，把我妈当作垫脚石！”

“你怎么知道？”梁药扬眉问道，“难道你也被绑架了，在现场看到了？”

“我妈走前留了一封信给我，她在信里说得清清楚楚。”

“行吧，你说什么就是什么。”梁药连半个字都不信，她摆摆手，“以后不要出现在楚昼面前，否则，我见你一次打你一次，就这样。”

她转身就要走。

“我就知道你不会信。”季城末轻“嗬”了一声，没有争辩什么，话锋一转，“你知道楚昼为什么那么讨厌女人吗？”

梁药脚步一顿，转头问：“你知道？”

季城末笑得很恶毒，说：“你没看当年的媒体报道吗？具体发生了什么，你可以自己去问问他，总之，挺不可描述的。你们这么恩爱，他一定很乐意告诉你。”

梁药的脑袋“嗡”的一声，随后又踢了他一脚。

季城末疼得声音都尖了，脸色也变了。

楚昼赶过来时，正好看到这一幕。

“你……”季城末气急败坏地想和梁药拼了，却看到楚昼走了过来，他一咬牙，放话道，“你们给我等着！”说完就溜了。

楚昼看了季城末一眼，本来他还很生气，可亲眼看到季城末被踹，他的火气莫名就消了。

梁药见他来了，偏头看向他，脸上带着说不出的复杂情绪。

“怎么了？”楚昼皱了皱眉，“他是不是和你说了什么？”

梁药垂着眼，声音低低的，说："他和我说了你讨厌女生的原因，但没有具体说，当年到底是怎么回事。"

"这件事说来话长。"楚昼揉了揉脸，声音低沉，"能不能让我先喝口水？"

梁药这才发现他的嘴唇有些干，问："难道比赛后你没喝水？"她吃了一惊，"我看到有好多小姑娘给你送水啊。"

"我没要。"楚昼看着她说，"我只想喝你给的水。"

梁药的心里立刻升起了愧疚感，说："对不起，我本来是要去给你送水的，我连水都买好了，却突然看到了季城末。我很生气，就跟过来了。"

"嗯。"楚昼知道她是为了自己，有些感动，"那水呢？"

梁药"啊"了一声，说："刚刚给季城末了，我忘了拿回来。"

楚昼觉得自己这辈子都跟季城末过不去了。

梁药怕他太渴，让他在这里等着别动，自己去给他买水。为了表达歉意，她买的是十块钱一瓶的水，她自己都没喝过这么贵的。

楚昼一口气喝了半瓶，擦了擦嘴，嗓音总算清朗起来。

"其实严格来说，我也不算讨厌女生，只是当时接受不了，想开了就无所谓了。我不和女生接触，只是因为不喜欢她们。"楚昼摇了摇头，牵起她的手，"这件事说来话长，我们边走边说吧。"

"嗯。"梁药意识到这样揭人的伤疤不太好，侧头看他，他的表情看不出喜怒，"如果你不想说，就不要勉强。"

"没事。都过去了。这事还要从我被绑架的时候说起。"

"对了，说到绑架，"梁药想起季城末那副苦大仇深的样子，感觉他说出的话也不像是假的，"季城末说保姆是去救你的，而不是绑架你的，是这样的吗？"

楚昼沉默了几秒，问："你相信他？"

梁药摇了摇头，说："我信你，只要你说不是，我就信。"

楚昼笑了笑，说："其实他也没说错，半真半假吧。"他顿了一下，似乎在整理思路："我爸妈以前很忙，是孙姨把我带大的，我确实也一直把她当母亲看待。"

"我和季城末的关系也还行，至少，在事件发生前是这样的。"楚昼回想着过去，"那天是我的生日，孙姨来学校接我，说要带我去吃大餐。她说，我爸妈因为有事不能回家，我也没有多想，跟着她走了……后来我才知道，我爸妈其实一直在家等我回去过生日，为了我的生日，他们还专门把时间空了出来，是孙姨骗了我。”

梁药听得难受，情不自禁地攥紧了他的手心。

“后来的事和你听到的差不多。”楚昼轻描淡写地说，“孙姨和绑匪串通好，把我绑走，找我家要钱。因为媒体，警方每次行动都会遇到麻烦，我也一直被困在那儿。”

“他们好几次都想杀了我——”楚昼顿了顿，“但都被孙姨阻止了。”

梁药一怔，问：“为什么？”

“毕竟在一起生活了这么久，可能她对我还有点儿感情吧。”楚昼轻笑了一声，“她和那群人一起看守着我，每天，她都会对我哭诉，说她是迫不得已的，她的哥哥欠了很多钱，如果不这样做，她就会家破人亡。”

“……她竟然在你面前暴露了？她就不怕你回去后揭穿她？”

“当时我也是这么想的。”楚昼说，“但我没说。”

“……后来呢？”

“后来，这件事一而再、再而三地上新闻，绑匪不耐烦了，想杀我灭口。孙姨良心发现了，也有可能是害怕吧，半夜，她解开了绳子想带我逃跑，但被发现了。我跟她被那群人逼到悬崖边，最后关头，她拖着那些人，叫我快跑。”

他垂着眼睛说：“我再叫人过去时，她已经被他们推下悬崖了。”

梁药没想到真相竟然是这样的，又问：“做出这种事，她图什么？她那么缺钱，为什么不直接找你们借？”

楚昼看着前方，说：“她以前找我妈借了两百万，还没还。”

“你们家为什么不辞退她？”

“因为我。”楚昼低声道，“我舍不得她，我以前很依赖她……事情发展到这个地步，只能说——是我咎由自取。”

虽然是孙姨把他拖到“地狱”里的，但她也用生命把他送回了人间。

他还记得，她哭着对他说对不起，她只想要钱，没想过危害他的性命。

她本性不坏，可这事闹得太大，根本不是她控制得了的。

梁药握紧他的手心，转移他的注意力，问道：“为什么季城末那么恨你？你是受害者。”

“他只相信孙姨那封信。”楚昼缓缓摇头，“听不进别人的话。”

“信里写的什么？”

“信里说，她去绑匪的窝点救我，如果回不来，就让季城末报警。她大概是想，就算死了，也要在儿子心中留下一个伟大的形象吧。”

梁药点点头，这样就说得通了。

“那你的厌女症是怎么回事？好像和这事没关系吧？”

“季城末知道他妈死后，接受不了，认为是我害了他妈，一直想报仇。”说到这里，他嫌恶地皱眉，“你离他远一点儿，他的性格比较扭曲，说谎成性，十句话有九句是假的。我被救出来后，他没表现出一点儿恨我的样子，天天过来看我，然后和我道歉，说都是他的错。他骗过了任何人，包括我……”

“后来我被他骗着喝下掺了洗洁精的水。”

梁药又气又心疼，说：“你怎么这么容易被骗啊，傻不傻？三岁小孩都知道不要乱吃东西，亏你还被他妈绑架过一次！那你喝了之后，身体有没有事？”

“没事。”楚昼似乎也觉得丢脸，声音小了不少，“喝了一口之后，我察觉味道不对，就吐了。后来，我再也没见过他，直到上周偶然遇到他。”

“这还差不多。”梁药顺了顺气，猛然想起什么，“等等，这件事和你的厌女症有什么关系？季城末又不是女的。”

“出事前，我一直以为他是女的……”

“啊？”

“孙姨似乎是把他当作女生养的，她把他接到我家时，说他是女生，他自己也没有否认过。我就这样相信了他是女的，整整三年。”

梁药有点儿蒙。

等等，她好像发现楚昼屡屡被骗的原因了！

梁药忽然放开他的手，盯着他问：“你老实交代，你以前是不是喜欢过季城末？我不到一个月就把你骗到手了，你和他生活了三年，对他一点儿感觉都没有？你们绝对有问题！”

“……”

“你肯定喜欢过季城末！”梁药语出惊人，“所以你发现他是男的后，才会大受打击，才会排斥女生，才会再也不相信爱情了！”

楚昼无动于衷：“你的想象力真丰富。”

“不是吗？”梁药觉得自己说得挺有道理的，“你别不好意思承认，我又不会怪你。”

“我和他一点儿关系都没有。”楚昼脸色很臭，“在你看来，我是那么随便的人？”

“……”

第十四章
我是真的喜欢他

放学后，篮球小分队决定去学校对面的烧烤店庆祝一下。

烧烤店很有特色，在店里，客人们也能尝试着自己动手烤肉。

除了楚昼，每个人脸上的笑容都十分灿烂，特别是赵亿豪，他笑得都快看不见眼睛了。他举起酒杯说道："我还以为比赛输定了呢。阿昼，你真行，那么远的球都投进去了，看来，我那么多天的苦心教导没有白费。为师深感欣慰，我正式宣布，你可以出师了！"

"滚。"楚昼睨他一眼，把自己烤好的鸡腿递给梁药。

"谢谢。"梁药看着表皮焦黄的肉，不客气地吃了起来。

对面的林韩熙有样学样，烤了个鸡翅，奈何他的技术不好，烤得有点儿煳了，看起来就不好吃。

"雯雯，你要不要尝尝？"林韩熙拿筷子戳了戳鸡翅，看着梁雯讪笑，"看起来可能不怎么行，但肉说不定是香的。"

雯雯不想理他，说："你自己吃吧。"

赵亿豪和曹博兴奋地说："你们是没看到，球进后，季城末的脸色难看得要死，又青又白的，我当时真应该拿手机拍下来，太爽了！"

林韩熙纳闷地道："楚昼讨厌他情有可原，你为什么这么针对他？"

前几天，他也听说了楚昼和季城末的故事。

曹博坏笑道："这就说来话长了，季城末被当成女生的那段时间，亿豪很喜欢他呢。"

"什么？"梁药一脸八卦地抬起头，兴奋地问，"真的假的？"

"我承认。"赵亿豪叹了一口气，又喝了一杯酒，露出了往事不堪回首的表情，“我当初被他的表象迷惑了，后来才知道他是男的，太可怕了！”

贺云东笑着说：“谁让你口味这么重？就算季城末是个女的，也让人吃不消吧。”

梁药没想到他们还有这层渊源，笑倒在楚昼身上，仰头对他说：“看来，受季城末影响最大的不是你啊。”

楚昼拿纸巾擦着她嘴巴上的辣椒油，问：“这件事能不能过了？”

梁药笑了笑，没说话，直起身子继续吃自己的鸡腿。

气氛很热闹，大家都喝了点儿酒，胆子也变大了。

贺云东突然想到什么，说：“梁药，大三下学期马上就结束了，你打算去哪儿工作？”

D大是一所三年制的专科院校。

梁药本想说不知道，看学校安排，没想到楚昼抢在她前面开口：“她要考专升本，考到B大来。”

梁药慢慢转过头：“楚昼同学，你在开什么玩笑？”她什么时候要升本科了？还是B大这么有难度的名校？她考得上才怪。

“我们校的美院很适合你。”

“关键是我考不上啊。虽然我是进步了一点儿，但离B大的要求还差着十万八千里。”她连想都没有想过。

楚昼看着她，说：“我都会打篮球了，还有什么是不可能的？”

“可是…”

梁药还想说什么，却被楚昼打断了：“我不会强迫你，但本科生和专科生的差异有多大，你心里应该清楚。作为你曾经的家教老师，你考不考得上，我最清楚。”

梁药沉默了半晌，问道：“为什么是B大？”

“我想和你上同一所学校。”

走同样的路，看同样的风景，永远和你在一起。

B大和D大的交换生项目结束了，梁药回到了D大。虽然D大教学质量依旧糟糕，但梁药再也没有落下一节课。

她是个有点儿懒的人，遇到楚昼以前，她不喜欢学习，只想靠画画赚钱，从来没想过未来该怎么走，得过且过，随心所欲。

这还是第一次有人在前面拽着她走，比她还相信她自己，不像梁母，直接放弃了她。

楚昼容忍了她所有的缺点，有时对她很严厉，却又没有真正强迫她，自始至终为她打算，对她好。

这让梁药第一次感觉到了压力。她以前觉得无所谓，只要能毕业就行；可现在，她发现，她还得对楚昼负责。

有了这个认知后，梁药便去了解专升本的流程，准备报名参加考试了。她还提前买好了书，每天都会自觉地学习到很晚。

虽然很累，但很充实。

这天晚上，梁药写着作业，幻想着和楚昼一起上学，忽然觉得她现在吃的苦都不算什么了。

梁药一边这样想，一边努力地做着题，可睡意来势汹汹，怎么都挡不住，她的脑袋都快碰到作业本了。眼看她就要睡着了，手机忽然响了。

梁药迷迷糊糊地接起电话，说："喂？"

"姐。"梁雯哽咽的声音传来，"爸出事了，你赶快过来一趟吧。"

梁药的睡意瞬间消散，问："出什么事了？你在哪儿？"

"医院。"

听到医院两个字，梁药的心脏狠狠地跳动了两下，有种不好的预感，她强装镇定地问道："爸怎么了？"

"他是肝硬化晚期，已经住院三天了，现在还昏迷着。"梁雯的嗓音沙哑，"我本来不想告诉你的，可我真的承受不住了。那些人每天都来讨债，妈又天天在医院里骂人，医药费也不够用，我真的不知道该怎么办才好了……"她边说边抽噎，听上去很崩溃。

梁药冷静地问："家里什么时候欠钱了？爸的病又是什么情况？你别急，慢慢说，我现在就赶过来。"

梁雯缓了缓神，擦干眼泪，一五一十地把事情的经过说了出来。

梁远国是在上班的时候发病的，他忽然感觉腹部一阵剧痛，还伴有恶心和呕吐的症状，最后昏倒了。同事们吓得不轻，连忙把他送到医院。

梁远国的症状不容小觑，需要进行肝移植。现在，他正在重症监护室里躺着，还没醒过来。

梁雯哽咽着说："爸必须要做手术，医生说再不做手术，他随时都有生命危险。”

“那就做手术啊，还拖着干吗？”梁药的情绪终于失控，她没想到爸爸的情况会这么严重。

“做不了，现在家里没有钱了，光是住院费每天就要两千多块，再加上手术费、药费，之后还可能有复发的风险。根据爸爸的身体情况，后续治疗费用至少要二三十万。”

梁药皱眉问道：“他怎么会得这个病的？”

梁雯声音颤抖地说道：“我听他的同事说，我们俩离开家后，爸妈的关系还是没有缓和，他们每天都吵架吵架，妈总是骂爸是窝囊废。之后，他拼命地赚钱，想证明自己。正好有个朋友让他投资一个网商项目，说短时间内就能赚几十万。爸信了，还去借了高利贷，总共借了十多万吧，把钱全都砸进项目了。可是他那个朋友根本就不靠谱，钱砸进去后血本无归。后来，他朋友卷着剩下的钱跑了，爸一气之下就病倒了。”

梁雯低声说：“而且，他的身体一直不好。医生说，这个病是暴饮暴食、长期酗酒引起的。爸工作这么多年，几乎每天都要陪客户喝酒吃饭，常常半夜才回来……才会把身体搞垮。”

梁药越听越难受，心揪成一团，她顾不上那么多，立刻站起身收拾东西，说：“你们在哪家医院？我现在就过去。”

“就在人民医院——”梁雯说着说着突然顿住了，不知是看到了什么人，她的声音变得慌乱，“你们怎么又来了，我们不是还完钱了吗？”

这话明显不是对梁药说的。

梁药握着手机的手一紧，听到那边闹了起来，伴随着男人粗俗的言语，背景音混乱又嘈杂。

她一下就明白过来，这就是梁雯说的来讨债的混混。

电话很快被梁雯挂断了，梁药没有丝毫犹豫，穿上外套便冲出房间。

楚昼听到外面有动静，迈出房门，见梁药急匆匆地朝大门口跑去，他不禁皱眉问：“这么晚了，你要去哪儿？”

梁药的脚步停住了，她若无其事地转头：“就是……我朋友的爸爸生病了，她现在在医院，我去陪陪她。”

“那我和你一起去。”说着，楚昼就要回房间换衣服。

“不用！”梁药立刻回绝道。

楚昼一顿，奇怪地望向她。

梁药意识到自己的反应过激了，放缓语气说：“我朋友又不认识你，你去多尴尬。她的自尊心很强，肯定也不想让更多人知道这件事，所以，还是我一个人去比较好。”

楚昼沉默了一会儿，勉强同意了，嘱咐道：“你早点儿回来。”

“嗯。”梁药抬腿就要走。

“等等。”楚昼突然又出声了。

“怎么？”梁药的心跳到了嗓子眼儿。

“你的朋友是男的还是女的？”

“……女的。”

梁雯正处在水深火热之中。她和梁母都没吃东西，准备出去随便买点什么。刚走出医院不远，一群人高马大的男人便围过来，不怀好意地看着她们。梁雯和梁母一下认出了他们，害怕又愤怒。

“我们已经还了十三万，把欠你们的钱都还清了，你们还想怎么样？”

梁雯在旁边拼命点头，说：“如果你们敢乱来，我们就报警了！”

为首的光头男咬着烟，嗤笑一声，说：“十三万，你们打发叫花子呢？”

“拿来。”他对小弟伸出手，小弟心领神会地把借条递给了他。

“看看。”光头男把借条展开，拿给她们看，说，“借条上白纸黑字地写了，利息五万，连本带息一共要还十八万，超过还款日期，每天的利息是一千块。现在已经过了还款期半个月，也就是说，你们还要还六万五千块！”

“你们分明就是在抢钱！”梁母气愤地问道，“才借了不到一个月，利息怎么会这么高？”

光头男一副无赖样，说：“我不管，梁远国可是签了名的，这笔钱，你们必须得还！”

“是梁远国欠的钱，关我和女儿什么事？”梁母十分生气。

梁雯连忙拉住她，说：“妈，别这样。”

光头男笑了一声，弹了弹烟灰，说：“他都半死不活了，怎么还？你是他老婆，当然有还钱的义务。赶紧的，我没时间和你们耗，快点儿还钱，要不然……”

他微微眯起眼睛，故意停顿了一下，身后的小弟立刻配合地上前，不怀好意地搓手，朝她们笑了笑，威胁的意味十足。

“你们……”梁母气得浑身哆嗦。

梁雯抿抿嘴，勇敢地往前走了一步，说：“叔叔，我们家真的没钱了。爸爸这几天住院就花了好几万，又还了你们十几万，以前的存款都投资失败了，我们现在连爸爸治病的钱都凑不齐，哪儿有钱还给你们啊？你们就发发善心，放过我们吧。”

“放过你们，那谁来弥补我的损失啊？”光头男看着梁雯漂亮的小脸蛋，摸着下巴，笑得猥琐，“小姑娘，你长得这么好看，想赚钱还不简单，叔叔给你介绍几个人？”

“我、我不要，你们这样是犯法的！”梁雯的脸色变得煞白，连连后退。

光头男哪管她愿不愿意，命令小弟：“把她带走。”

“是。”小弟们立刻出手，一人拽住梁雯的一条手臂，强硬地拖着她走。

“放开我！”梁雯惊慌失措地挣扎着，对他们又踢又抓，却根本挣不开。

“你们放开我女儿！”梁母怒不可遏，想救梁雯，“你们信不信，我马上报警！”

“你有本事就去报警啊！”光头男一脚把她踹开，“臭婆娘，等你什么时候凑够钱，我再把女儿还给你。速度要快，我可不能保证她到时候是完好无损的。”

“畜生，你们就是一群畜生！还有没有王法了？！”梁母急得破口大骂，拿出手机就要报警。一个小弟眼明手快地抢过手机，将手机狠狠地摔在地上，手机瞬间四分五裂。

晚上的街道上没几个人，路人们一看这场面，纷纷缩着脖子绕道走。

光头男从小弟的手里拉过梁雯，拽着她往前走，说道：“父债子偿，天经地义。我管你去干什么，反正今天必须把钱还上！”

小弟们紧跟其后。

梁雯不停地挣扎，拍打着他说：“你放手，放手！”

光头男似乎听不到，只拽着她往前走。

“她要你放手，没听到吗？”

一道冰冷的女声从后面传来，伴随着一群人的脚步声。

光头男一愣，转过头，还没看清是谁，下半身就被狠狠地踹了一脚。他的脸色白了白，放开梁雯，捂住裆部，震惊地看着眼前的长发女生——她竟然和梁雯长得一样！如果不是衣服不同，他差点儿就以为这人是梁雯的分身了。

“你是谁？”

“姐！”梁雯看到梁药，惊喜地叫道，随后，她脸色一变，急急地说，“姐，快跑啊，他们根本不讲道理！”

梁药还没说话，小弟看到老大被打了，愤怒地朝梁药挥起拳头：“你是不是活腻了？”

他的拳头挥到一半，就被人抓住了手腕，狠狠一扭。那人说：“敢动我们药姐，你才是活腻了吧？”

小弟一惊，这才发现梁药身后跟着八个男人，人数是他们的一倍，每个人的体格都不比他们差。八个人穿着黑色的背心，长得凶神恶煞的，笑得龇牙咧嘴。

梁药站在这群男人中间，比他们矮半截，被衬托得格外柔弱，可男人们似乎很尊敬她，充当着护花使者；梁药则是一副老大的姿态，冷眼看着眼前的人，脸上没有任何表情。

光头男被对方的气势震住了，惊疑不定地指着梁药，问：“你也是梁远国的女儿？这到底是怎么回事？”

“姐，这是……”梁雯有点儿蒙，看着梁药后面的男人，也没搞清状况。

“没事，他们都是我找罗穆借来的人。”梁药把她拉过来护在身后，小声说，“你退后。”

“药姐，这些人要怎么处理？”罗穆的这个小弟是曾经打电话向梁药求助过的人，打从心里尊敬梁药，一副她说什么就是什么的姿态。

“把他们都赶走吧。”梁药摆摆手，轻描淡写地说。

“好！”男人们听话地冲过去，毫无悬念地将四人制服，场面瞬间反转。

光头男气得满脸通红，说：“放开我，你们知道我是谁吗？”

没人理他。

“梁药，这是怎么回事？”梁母在一旁看得目瞪口呆，终于反应过来，“这些人都是你找来的？你答应了他们什么？”

她一脸震惊，下意识地觉得梁药给了他们好处，他们才会言听计从。

梁药闻言，指着梁母对小弟说：“顺便，把她也赶走吧。”

梁母听到这句话，不敢相信自己的耳朵，瞪大眼睛朝她喊：“你再说一遍？我是你妈！你还有没有良心了？竟敢这样对我！”

梁药懒得理她。

罗穆的小弟们对视了一眼，都觉得梁药说的是气话，没有当真。毕竟那是梁药的亲妈，就算她做得再怎么不对，他们也不能动粗。

光头男见他们人多势众，看着也不像善茬儿，总算冷静了一点儿，问："你是他们的老大？"他看着梁药，心平气和地说，"梁远国挺有福气，有你这样的女儿护着。看你的样子，也不像是缺钱的人。我也不是故意来找你们麻烦的，只要你把六万五的利息给我补上，我保证再也不会出现在你们面前，怎么样？"

"利息？"梁药扬了下眉，看了梁雯一眼，"什么利息？"

提起这个，梁雯就来气，她没好气地说："就是爸爸借钱的利息，我们明明还了钱，利息怎么可能这么高？他们就是来骗钱的！"

"小姑娘，话可不能乱说。我们的利息虽然高，但给钱给得快，而且没有限制条件。"光头男又拿出了那张借条，朝梁药晃了晃，"你看清楚，上面白纸黑字，你爸也签了名，这是具有法律效力的。如果你们不还钱，我就去法院告你们！"他换了一种威胁方式。

梁药啼笑皆非，拿过借条粗略地扫了一眼，说："还真有签名，你们挺行啊，这种霸王条款都能让我爸答应。"

"是吧，我没骗你，知道了就还钱。"

梁药没说话，当着他的面，亲手将借条撕得粉碎，扔到他的脸上，说："你以为我不懂法啊？年利率在百分之三十六以上的，法院不予支持，你这个月利率都多高了，我完全可以反过来告你骗钱！"她冷笑道，"把本金还给你就不错了，还想要利息，你做梦呢？赶紧给我滚！"

光头男火冒三丈，气得要朝她扑过去，却被两个男人按住了胳膊。

"老实点儿，磨磨唧唧干吗？还不快滚！"

他们一人拽着他的一只胳膊，架着他离开了。

其他人有样学样，把光头男的小弟也架走了。

事情告一段落后，梁药让梁雯带她去医院见爸爸。

晚上十一点，冷白的灯光照下来，医院冷清而空荡，空气里满是消毒水的味道。

病房的门紧闭着，梁药透过玻璃窗望向里面，看到梁远国躺在病床上。他戴着氧气罩，看不清脸，身上插满了管子，瘦了很多，苍白又憔悴。

梁药静静地看了一会儿，转头问梁雯："我能进去看看吗？"

"最好不要。"梁雯摇了摇头，"医生说，重症监护室不能随便进，只能每天中午进去一次。”

“这样啊。”梁药又沉默了一会儿，“既然拖不下去就不要拖，准备动手术吧。”

“可是钱不够……”

“那就把家里的房子卖了。”梁药的声音很轻，语气却十分坚定，“把房子挂到网上转卖，或者拿去给银行抵押贷款，短时间内，都能凑到钱。”

梁雯觉得这个方法不错，刚要点头，不知何时跟来的梁母却激烈地反对起来：“不行！房子是我的，凭什么你说卖就卖？”

梁药听到她的声音就烦，斜眼瞥向她，问：“那您想怎么样？眼睁睁地看着爸去死？”

“我没那么说。”梁母已经冷静下来了，她看着女儿冷漠的脸庞，心里有点儿后悔。看到那群男人对梁药毕恭毕敬的，她意识到，他们可能不是交易关系，那些人是真听梁药的话。这让梁母对梁药的印象大为改观。她一直很排斥梁药在外面瞎混，结交狐朋狗友，没想到，到头来，救了她们的竟然是她那些狐朋狗友。

如果不是梁药……梁母忽然庆幸自己有两个女儿，如果不是梁药，她和梁雯都不知道会怎么样。

想到这里，梁母放缓了语气，对梁药说：“药药，以前是妈不好，对你的误解太深，我知道你对我有很多不满，可我气你、骂你，都是为了你的未来着想。再怎么样，我都是你妈，还能害了你不成……”

“别说这些有的没的。”梁药不耐烦地打断她，“现在说的是爸的事。你不想卖房，行，那你告诉我，钱该怎么凑？”

“向楚昼他们家借啊！”梁母脱口而出，“他妈妈看起来挺喜欢你的，这点儿钱对他们家来说不过是九牛一毛，他们肯定会借给你的！”

“你把他当什么了？提款机吗？”梁药心底冰凉，讽刺地笑了一声，“我们家还有房子，为什么要找他借？还是说，你觉得以我们的关系，借了也不用还？”

梁母就是这么想的。她想，梁药迟早会嫁过去，夫妻之间哪儿还用还钱？反正拖着拖着，就没有这回事了。

被戳中了心思，梁母难免觉得尴尬，说：“我没这么想，但是他家这么有钱，就算我们不找他们借，他们也会主动帮忙的。”

“我不会把这件事告诉他的，”梁药淡淡地说，“你别打他的主意。

我们现在只能卖房。”

梁母压抑着怒气说：“我明确地告诉你好了，我是不可能卖房的，就算梁远国死了，我也不卖！”

梁雯不能理解，问道：“妈，你怎么能说出这种话？”

“你闭嘴！”梁母瞪着眼怒斥道，“那是我的房子，凭什么卖了给梁远国治病？”

“我可以找人借钱。”梁药深吸一口气，平静地看着梁母，“条件是你和爸离婚，房子归你，然后我和你断绝母子关系，以后，你别找我，我也不会找你，我们老死不相往来，怎么样？”

“凭什么？”梁母不太愿意，还想挽回她，“梁远国都这样了，他不仅不能照顾你，还需要你照顾他，你留在这里只会吃苦。”

“那又如何？”梁药嗤了声，似乎觉得很可笑，“就算爸成了植物人，我也不会抛弃他。你想好了没有？如果你不答应我的条件，那我就卖房子，我现在就带人去家里找房产证。”

“你真是大逆不道！”梁母的暴脾气上来了，“好，离就离，可梁远国躺在里面，你叫我们怎么离婚？你还是先借钱，把人救回来吧！”

一直不作声的梁雯突然轻轻地开口，说：“前段时间，我和爸通话的时候，他说他已经签了离婚协议，只差你的签名了。”

梁母猛地转过头看她，脸色异常难看，说：“你也要和我对着干？他这副样子，难道，你要和他一起住在医院，不读书了？”

梁雯小声说：“我们请不起护工，总得有人照顾爸。”

梁母还想说什么，但梁药已经抢先开口了，她问梁雯：“离婚协议书在家里吗？”

梁雯点点头，说道：“应该在。”

“你回去找一下，今晚就别过来了，在家好好睡一觉。我守在这里，有什么事，明天再说。”

“好。”梁雯很听她的话，看都没看梁母一眼，转身就离开了。

“等等，雯雯！”梁母气得跺脚，瞪了梁药一眼，连忙追了过去。

走廊上只剩下梁药一个人了，她站在原地发了会儿呆，然后转过头，对楼梯口的墙角轻轻地喊了一声：“还不出来？”

罗穆缓缓地从楼梯口走了出来。他穿着一身黑衣黑裤，两只手揣在口袋里，假装吊儿郎当地问：“怎么发现的？”

梁药没回答，退后了两步，轻轻地坐在了墙边的塑料椅上，问："你跟来干吗？"

罗穆走近她，懒洋洋地说："你找我借了这么多人，我跟过来看看，很奇怪吗？"

"行，你是老大，你说了算。"梁药叹了口气，"大哥，打个商量，能借我点儿钱吗？"

罗穆问："多少？"

"五十万吧。"

"怎么不找楚昼借？"

"谈钱伤感情。"梁药低头看着洁白的地板，"他，还有他家，对我都已经够好了，我哪儿有那个脸？"

罗穆被气笑了，问："你就不怕伤我的感情？"

梁药看着他，认真地说道："我会连本带息还给你的。"

"谁稀罕这点儿钱，我说的是感情，你就不怕我趁机对你做些什么？"

"那就算了。"梁药当然不会给他这个机会，"当我没说。"

事到如今，罗穆对梁药早就没有那种想法了，但他还想再挣扎一下，又问："非亲非故的，我为什么要借钱给你？"

"你竟然说得出这种话？"梁药又叹了口气，"你忘了，当初在拘留所里，是谁以身涉险救了你？我都没告诉你，我那回差点儿就死在楚昼家里了。"

"……"

"为了你，我还被楚昼……"梁药面无表情地问，"罗穆，'知恩图报'四个字，你知道怎么写吗？"

罗穆被她说得火大，说："我压根就不是被你救出来的！"

"随便。"梁药没精力和他争这些，看着梁远国的病房道，"今晚的事，谢谢你了。太晚了，你快回去吧。"

"我借你总行了吧。"罗穆最见不得她这副有气无力的样子，他不爽地"啧"了一声，"明天我就把钱打到你的账上，随你什么时候还，利息也不用。你现在赶紧滚回家去，我看到你就烦。"

"我爸在里面。"

"重症病房里都有护士守着，他死不了。"

梁药垂下眼，说："谢谢，但我还是想自己待一会儿，你先回去吧。"

罗穆知道她现在肯定不好受，摇了摇头，什么都没说，朝她摆摆手就走了。

梁药呆呆地看着病房，脑子很空。她什么都不敢想，什么都不想做，只回想着与梁远国相处的点点滴滴，连哭都哭不出来。

她整个人都是蒙的，完全接受不了梁远国可能离世的事实。

来的路上，她查了这种病的治疗方式。如果手术成功，后期恢复得好，是可以康复的；但手术风险很大，而且发病时，患者会痛不欲生。

一想到梁远国连打个针都怕，她的眼睛不禁红了。

就在她胡思乱想之际，她的手机忽然响了，看到来电的人是楚昼，她擦了擦眼泪，接了起来："喂？"

楚昼的嗓音很沉，问："你怎么还没回来？"

梁药平复了几秒，尽量用正常的语调说话，声音却依旧很哑："我今晚不回来了，我朋友的爸爸状态不太好，我想多陪陪她。"

楚昼皱眉问道："你哭了？"

梁药没想到他竟然听出来了，只好答："……嗯。"

"什么病？"

"肝硬化晚期，"梁药低低地说，"可能会死。"

楚昼的眉头皱得更深了，问："你在哪里？我现在过来。"

"真不用。"梁药哑着嗓子说道，"你先睡吧，我朋友哭得很厉害，我得陪着她。"

楚昼大概也觉得这种场合他不太方便去，沉默了好长时间。

"那个，我挂电话了。"梁药吸了吸鼻子说。

"别挂。"楚昼终于开口了，"我陪着你。"

"什么？"

"你陪着她，我陪着你。"楚昼轻声说，"我等你回家。"

梁药最后还是回家了。楚昼太敏感，她怕继续待在医院会露馅。

梁药不想让楚昼知道这件事，她知道，他知道后，一定会毫不犹豫地借钱给自己，然后寸步不离地陪在自己身边。

她太了解他了。

他现在学业很紧张，她不想让他因为这种事分心，也不想要他的钱。

她希望自己能平等地和他相处，希望两人之间没有利益牵扯。说来说去，她就是不希望他们之间的关系因为钱而变质。

梁药在心里叹了口气。如果自己没那么喜欢他就好了。没那么喜欢的话，她应该就能开口了吧？

两姐妹自尊心很强，谁都没把梁远国的事情告诉任何同学或朋友。

梁母最后还是在离婚协议上签字了，就算没有梁药的逼迫，她也会和梁远国离婚。梁远国这样半死不活的，谁摊上算谁倒霉。她清楚地知道，她挽回不了梁药，所以，她只能积极地劝说梁雯跟她走。

梁雯的态度却异常坚决，表明不会跟她走。

梁母又气又无可奈何。

梁药收到罗穆打来的钱就去缴了费，准备给梁远国做手术了。现在，她和梁雯轮流到医院看望梁远国，但这不是长久之计。她们还在读书，就算手术成功了，梁远国也离不开人，所以，她们两个之中需要有一个人留下来照顾爸爸。

对此，梁药早就想好了对策，她对梁雯说："我不专升本了。你明天开始就别来医院了，专心学习吧。"

梁雯不愿意，连连摇头，说道："我要留下照顾爸，你去上学吧，我欠你的已经够多了。"

"D 大和 B 大能比吗？你去学校。"

"不。"梁雯很倔。

梁药揉了揉太阳穴，声音冷了下来，说："你别跟我争，没意义。我上不上大学无所谓，我还可以画画，还可以赚钱还债，而你除了学习，除了哭，什么都不会，怎么和我比？"

梁雯红了眼眶，咬着唇，最后说了一句："如果你不去上大学，我就把爸的事告诉楚昼。"

"……"

梁药心想：梁雯跟着林韩熙学坏了，竟敢威胁姐姐了。

两人大眼瞪小眼半天，最终决定，等梁远国做完手术再说。

梁药是真不想上学了，一来是没有足够的钱，二来是看梁远国现在的样子，她也没有心思学习。她重操旧业，晚上熬夜画画还债，白天上课睡觉，回到了之前的生活。

楚昼发现了她的异常，梁药却连装傻的意思都没有。楚昼来她的房间给她补习，她却大大咧咧地把作业推到一边，打开笔记本电脑，开始画画。

她已经这样子好几天了。

“你到底是怎么想的？”楚昼微微皱眉。

“如果我不参加专升本考试了——”梁药慢吞吞地仰起脸看他，“你会嫌弃我吗？”

楚昼有些烦躁，并不是因为她的话，而是觉得，她又有什么事情隐瞒了自己，他沉着脸看着她，问：“为什么？”

梁药含糊其词道：“我觉得升本科对我来说没用，毕业后一样找不到工作。我现在的梦想是画漫画，然后拍影视剧！”

她还欠着罗穆五十万，靠打工肯定还不上，她必须想其他办法赚钱，因而专升本考试对她来说就是在浪费时间。

“我不是问你这个。”楚昼压抑着怒火，一字一顿地道，“我是问，你又骗了我什么？”

“我真没骗你。”梁药自知理亏，撇开头，“我就是不想读书了。我本来就不喜欢读书，每天睁眼闭眼都是学习，我都要崩溃了。我还是想画画，想学画漫画，我看到网上有漫画工作室在招助理，工资也不低，在那里边学习边赚钱，比考本科有用多了。”

她认真地说：“我想去试试。”

楚昼皱了皱眉，问：“工作室在哪儿？”

“放心，我不会走的。”梁药知道他在担心什么，笑了笑，“画漫画是自由职业，他们招助理只是帮着勾线和上色，有电脑就能工作，所以，我会一直留在本地。”

只有留下来，她才能照顾梁远国。

梁药这几天一直在规划自己的未来：她现在每个月靠画稿能赚一两万块钱，到时候再当个助理，工作一段时间后，薪水也有一两万，除去日常开销，一年最多能赚三四十万。

也就是说，她能在两年内把钱还清！

做好决定后，梁药更是一点儿上学的心思都没了，她甚至觉得，现在每做一道题都是在浪费钱。

楚昼不说话了，他抿抿唇，下颌紧绷，脸上没有一点儿表情，沉默地看着她，气压很低。

梁药不禁咽了咽口水，虽然他什么都没说，但她知道，他肯定是不愿意的，不仅不愿意，他还生气了。说好一直在一起，她却不干了，他生气也很正常。

她也不想和他分开的，但是……

梁药的眼睛有些酸涩，她压下了想告诉他一切的冲动，故意拖长尾音，笑着撒娇道："昼昼，对不起嘛，这是我的梦想，我只想画画，只有画画才能让我快乐。"

楚昼最受不了她用这种软声软气的语调和他说话，十分甜腻，要命。

他以前很讨厌说话嗲声嗲气的女生，可遇到梁药后，只要她一撒娇，他就什么脾气都没了，非常没有原则。

"没事。"楚昼很快整理好情绪，语气变得平静，他抬起头看着她说道，"如果这是你的梦想，我不会说什么，但如果被我发现你是在骗我……"楚昼顿了一下，"你就完了。"

"……"

即使到最后，楚昼也没有同意她的选择，但他也没有阻止她画画，只安安静静地坐在一旁，眯着眼，若有所思地看着她。

梁药坐立不安，总有种被看穿了的感觉，连画画都集中不了注意力，最后，她终于忍无可忍，把他赶出了房间。

还好他们现在不在一个学校，不然她还真瞒不下去。

梁药每天都会逃课去医院看梁远国，他前天刚做完手术，生命体征恢复了平稳，算是成功了一半，之所以说是一半，是因为他还没有醒来，这不正常。

医生说，可能是脑内瘀血压迫了神经，也可能是手术后遗症，还有可能是病人潜意识里不想醒。大脑构造复杂，什么都有可能，总之，需要留院观察一段时间。

梁药和梁雯看着爸爸没有血色的脸，默默地接受了现实。

梁远国已经从重症监护室转到了普通病房，身边没有护士守着，必须要家人照顾，而她们又不能二十四小时陪着。最终，梁药花钱请了一个护工，虽然请护工的开支很大，但至少能让两人安下心来。

梁药到医院看望梁远国时，看到护工在给他按摩。梁远国的气色比之前好多了，不像刚从手术室出来那会儿，现在，他神态安稳，呼吸均匀，像睡着了一般。梁药仔细地打量着他，发现他好像胖了一点儿，脸上的肉比她的还多。

梁药像往常一样没待多长时间，安静地看了他一会儿就打算走，护工犹豫着开口："梁小姐，医生让家人多和他说说话，说不定能唤醒他。"

"这样吗？"梁药的脚步顿住了，她有些怀疑，却还是来到了梁远国的床边，想了半天，她也不知道该说什么——她不是一个擅长表达的人。

梁药挠挠头，许久才说了一句："爸，你胖了，起来运动运动吧。"

梁药说完后就沉默了，随后，她转身告诉护工，这种煽情的话应该让梁雯来说。

她垂着脑袋走出病房，想到上午收到的合同，心情有些烦闷。她没有骗楚昼，网上确实有漫画工作室在招助理，工作室的某部漫画作品还比较火，现在都改编成动漫作品，在电视上热播了。她试探地给工作室投了简历，附上了她的作品，很快便收到了对方的回复。对方给出了不错的薪资条件，并发了合同过来。

只是，她签了合同，未来三年都必须在工作室工作，不能中途辞职，相当于没有了后路。

梁药也不知道自己在犹豫什么，这已经是当前最好的解决办法了。

她深吸一口气，抬起头，决定回去打印合同，签了名就寄出去。

梁药出了医院大门，刚准备去公交站等车回家，却无意间瞥见医院门口停着一辆眼熟的车——白色的丰田车，和楚昼家的那辆车很像。

梁药不由得多看了几眼，看到车牌号时，梁药的脚步猛然顿住。

不是像，这就是楚昼家的车！

梁药后退一步，心都快跳到嗓子眼了。难道她被楚昼发现了？

车里的人似乎也看到了她，随着一声轻响，一个人优雅地打开了车门，让梁药意想不到的人缓缓地从车里出来。

梁药怔了怔，半晌才想起来要叫人："阿姨，你怎么在这里？"

舒又曼微微一笑。她戴着遮阳帽，穿着一身雪纺碎花长裙，漂亮又迷人，完全看不出有四十多岁。

"我是来找你的。"她看了医院一眼，神情了然，"我们谈谈？"

梁药不知道她知道了多少，心中一紧，点头答道："好。"

此时此刻，楚昼正在教室里看着黑板出神。

他这几天一直心神不宁。他的自制力一直很强，很少出现这种情况，他想集中注意力，思绪却总是忍不住越飘越远。

他总觉得梁药不对劲，可具体哪里不对劲，他又说不上来。

楚昼微微皱起眉。自从她去医院看了那个所谓的朋友的父亲后，整个人就变得不对了。

难道……

楚昼似乎想到了什么，脸色猛然一变，站起身来。

老师吓了一跳，看向他，问："楚昼，你怎么了？"

"我身体不舒服，请个假。"楚昼的表情十分阴郁。他连书包都没收拾，说完就走了，背影匆匆。

他怎么现在才想到？

谁会对别人的父亲关心到那种程度？

只有一种可能——是她自己的父亲出事了。

梁药被舒又曼带回了家。

一路上，她如坐针毡，看着舒又曼，想说什么，却又不知道从何说起。

舒又曼安抚地笑了笑，说："有什么事，回家再说，现在不太方便。"

梁药知道她是在为自己着想，感激地点了点头。

回到家，舒又曼先去厨房泡了两杯茶，见梁药拘谨地站在沙发旁边，她赶紧说："快坐啊。"

她把两杯茶端到茶几上，白雾浮在空中，冷清的客厅仿佛瞬间温暖起来。她坐到沙发上，拍了拍身边的位置，笑着问："你怎么突然客气起来了？"

"……没有的事。"梁药干笑一声，慢慢地走过去，坐在她的旁边，脊背绷得笔直，身体有些僵硬。

舒又曼一笑，用轻松的语气打破僵局："你父亲好一些了吗？"

她果然都知道了……

梁药呼出一口气，也不藏着掖着了，大大方方地道："还好，手术成功了，就是还没醒。"她又问："阿姨，你怎么知道我爸出事了？"

"我接到了好几个讨债电话，他们说你爸生病住院了，欠了一屁股债。"舒又曼轻叹了一声，"起初，我还以为是骚扰电话。可是对方说得挺清楚的，不仅知道你爸的名字，连他的身份证号、家庭情况都一清二楚，再加上你最近又那么奇怪，所以我怀疑是真的。你是不是借了高利贷给你父亲治病？"

"不是，是我爸借的钱，不是我。"梁药摇摇头，简单解释了一下来龙去脉，然后问，“阿姨，你没给他们打钱吧？我们已经还完了钱，他们是来骗钱的！”

“当然没有。”舒又曼端起杯子抿了一口茶水，笑着说，“我像是那么傻的人吗？我肯定要先找你确认一下。这么大的事，你怎么不和我们说呢？你爸的医药费有着落了吗？”

“我已经找别人借钱了。”梁药低头说，“我不想麻烦你们。你们对我那么好，我哪儿有脸问你们要钱？”

“你啊，就是自尊心太强。”舒又曼摇摇头，“你也没告诉小昼吗？”

“嗯。”

“你这样瞒着他，有考虑过他的感受吗？”舒又曼眉头轻蹙，眼神透露着不赞同，“他有多讨厌别人骗他，你应该再清楚不过吧？”

“对不起。”梁药敛下长睫，遮住眼底的情绪，没有辩解，小声地道歉，“我不想让他担心。我保证，这是最后一次。”

舒又曼没说话，空气再次沉寂。

梁药不敢抬头，但她能感觉到，舒又曼真的生气了，胸口一起一伏的。梁药有些不安，一颗心起伏不定，连大气都不敢出。

虽然她没经历过，但她在小说和电视剧里看到过这种剧情。

男主的妈妈不同意男女主在一起，甩给女主一百万的支票，让她走人。女主肯定不愿意，可如果这样，剧情就发展不下去了，所以总会发生点儿什么事情逼着她同意，不是她得病，就是她的父母得病。

梁药悲哀地发现自己好像占了其中一种。

舒又曼肯定也看过类似的剧本，不，应该说，她已经演过好多次了。

她沉吟了一会儿，开口问：“如果说，我觉得你和楚昼不合适，并且愿意承担你父亲全部的医药费，你会离开他吗？”

她的语气很柔，声音不大不小，回荡在空旷的客厅里。

梁药整个人都僵住了。

楚昼一进门就听到了舒又曼的这句话，虽然隔得远，他听得不是很清楚，但能猜到大概的意思。

楚昼的脸色瞬间沉了下去。他连鞋都没脱，直接进了门。他还没到客厅，便听到了梁药的声音，她的声音很轻，却透着坚定。

“抱歉，阿姨，我不会因为这个离开他。”

楚昼的脚步顿住了，随即望向她。

"我不向他求助，就是不想离开他。我听他说了从前那位保姆的事，也知道你们和保姆因为钱闹得挺不愉快的，所以我才不想找他借钱。再说，我有手有脚的，可以自己挣钱，完全没有找你们借钱的必要……我不是故意骗他的。"

梁药舔了舔嘴唇，喉咙干涩，低声下气地恳求舒又曼："阿姨，真的很对不起。我是真的很喜欢他，你能再给我一次机会吗？"

楚昼闻言，脸上的阴郁逐渐消失，取而代之的是惊讶和前所未有的心疼。

他知道梁药有多高傲，她从没向任何人屈服过，无论遇到什么困难，她的脊梁都不曾弯曲一寸。印象里，这是他第一次见到她低下头卑微地乞求一个人。

——她是为了他。

说不高兴是假的，但他更难受，心疼到极点。

她不该是这样的，她应该永远都开开心心的，永远高傲，而不是像现在这样，低声下气地去求一个人。

怪他一直没有发现她的异样。

楚昼自责地叹了口气，刚要走进客厅，下一秒，舒又曼的话又把他定在了原地。

"我刚刚是骗你的。"

梁药终于抬头看向舒又曼，有点儿蒙，问："什么？"

"傻孩子，"舒又曼怜惜地摸了摸她的脑袋，没想到自己随意试探的一句话能把小姑娘吓成这个样子，"我只是想看看小昼在你心中的分量。你不愿意当然是对的，我也不希望刚到手的儿媳妇就这么没了；但如果你愿意，阿姨也不怪你，这是人之常情，何况，你还是为了你的父亲。"

"阿姨……"

舒又曼又说："那我换个条件，我依旧愿意承担你父亲的医疗费，只要你不离开小昼就行，好不好？"

梁药感动得都快哭了，还没说话，舒又曼接着说："这也是骗你的。"

"……"

舒又曼见女孩一脸蒙，捂着嘴笑了，而后又忍不住摸了摸她的脑袋，温柔地说："我逗你玩的。我想帮你的忙，这和小昼无关，我只是单纯地想尽一点儿微薄之力。不管你和小昼未来会怎么样，阿姨都会帮你。你还小，不用独自承受那么多。"

梁药怔怔地看着她，泪水终于不受控制地流了出来。

爸爸病倒后，她习惯性地把所有事都往自己的肩上扛。没有人问她愿不愿意、做不做得到，仿佛只因为她是姐姐，所以她理所当然地要比别人承受更多。

她有想过找楚昼帮忙，却又立刻否定了这个想法。对她来说，楚昼和他的家都是温暖如光的存在，她不想让别的东西玷污它。她有很多朋友，就算罗穆不帮忙，她也可以找其他人。

但是听到舒又曼的话，她第一次觉得，自己其实也是可以躲在别人身后的。

梁药红着眼看着舒又曼，眼泪不停地流下来。

舒又曼看到她哭，手忙脚乱地抽了两张纸巾给她擦眼泪，却发现她哭得更厉害了，眼泪怎么都止不住。舒又曼便放弃了，温柔地把梁药抱过来："药药乖，不哭。"

楚昼看着梁药，十分心疼，他知道梁药肯定不想让自己看到她的这一面，于是站在原地没动。

舒又曼母爱泛滥，拍着女孩的背，柔声问："药药，是谁给你取的名字啊？真好听。有什么寓意吗？"她想转移她的注意力。

梁药抬起头，声音有些哽咽，说："是我妈取的。她希望能治好妹妹的病，所以给我取了这个名。"

精准踩雷。

舒又曼自然地转移话题："那你在外面借了多少钱？都告诉阿姨，阿姨帮你还掉。用别人的钱哪儿有用家里的安心？钱的事，你不用操心。如果你放心不下你爸，我会找人照顾他，你现在的任务就是安心读书，知道吗？"

"好、好。"梁药吸了吸通红的鼻子，"我会努力还钱的。"

舒又曼正要劝她，楚昼的声音在她们身后响起："不需要。"

两人同时愣住，转过头去，便看到不知什么时候回来了的楚昼。他连书包都没背，两只手插在口袋里，将刚刚的话重复了一遍："不需要。"

这句话是对梁药说的，他的目光落在了她的身上。

梁药吓得眼泪都停了，结结巴巴地问："你、你什么时候回来的？"

她努力地回想着自己刚刚有没有说错什么话。

楚昼无情地戳破了她的幻想，说："在你说'我是真的很喜欢他'

之前回来的。”

梁药羞耻地再次把脑袋埋进舒又曼的怀里，觉得没有脸见人了。

舒又曼也觉得有些尴尬，咳了一声，对楚昼说：“既然你回来了，那就好好和药药谈谈，规划一下未来。”

对此，梁药很有自知之明，她说：“我想……”

“准备专升本考试。”楚昼直接打断她的话，“考我们学校的美院。”

兜兜转转，她又回到了原点。

“真的吗？”舒又曼十分惊喜，“原来你的志向这么伟大？虽然B大比较难，但有小昼辅导你，你一定没问题的！”

梁药对上她期许的目光，只好硬着头皮说：“我会努力的。”

梁药本来还想在舒又曼的怀里赖一会儿，可楚昼根本不给她机会。见她已经缓过来了，他一把将她拉到身边，对舒又曼说：“我先带她回房间学习了。”

舒又曼担忧道：“药药刚经历过那么大的事，你对她温柔一点儿。”

楚昼：“我会的。”

楚昼抓着她的手臂，把她拉到了自己的房间里。

房门关上后，两人沉默着对视了一会儿。楚昼眯起眼，忽然朝她靠近了一步，梁药以为他要凶自己，下意识地挡住了脸。

然而，下一秒，她就被他抱住了。

梁药愣住了。

楚昼抱得很用力，双臂箍在她的背上，像是要把她嵌入身体里。

梁药紧紧地抵着他的肩，觉得自己快要透不过气了。

“昼昼，对不起。”她顿了一秒，决定主动认错，低眉顺眼地说，“我不是故意瞒着你的。”

“你不需要道歉，你没错。”楚昼沉声道，“我不生气。”

梁药怀疑地开口：“真的？”

“嗯。”听到那些话，他怎么还气得起来？

楚昼说：“下不为例。只要你答应我几件事，我就原谅你。”

梁药想说“你刚才还说不生气”，却依然大度地顺着他说：“你说吧。”

“首先，以后无论发生什么事，你都不准骗我，要第一时间告诉我。”

“好。”

“还有，我妈待会儿给你的钱，我以后帮你一起还。”

梁药立刻皱起眉，有些犹豫："这——"

楚昼将她抱得更紧了一点儿。

梁药无奈地答应了："好吧。"

以后的事，谁说得准呢？

楚昼又说："最后，和我一起上大学。"

"我刚刚不是同意了吗？"梁药笑着闭眼，回抱他，"一起，不分开。"

从这一天开始，梁药正式开始了专升本的准备工作，她一改从前的懒散态度，变得认真了许多。

梁药告诉梁雯，自己还是想读大学，爸爸可以请别人帮忙照顾。

梁雯犹豫着，不知道该不该答应。最后，她被得知她家情况后天天黏着她的林韩熙说服了。

林韩熙只对她说了一句话："你不读大学了，那我也不读了，陪你一起照顾他。"

梁雯的眼眶红了，没作声。

林韩熙已经把头发染回了黑色，眉眼端正，清秀俊逸，完全没有不良少年的影子。他心疼地抱住梁雯，说："你家出了这么大的事，你怎么不和我说呢？不用担心你爸，就算姐夫那边不出手，我也会帮忙的，你就放一百个心好了。"

"……嗯。"梁雯忍住眼泪，将脸埋在他的怀里，不断地点头，"谢谢你。"

"光谢有什么用？"林韩熙看她这么乖，马上吊儿郎当起来，坏笑道，"不如来点儿实际的，以身相许怎么样？"

梁雯破涕为笑，拍了他一下，说："等你过了专升本考试再说吧。"

林韩熙挑眉，问："难道考不过，你就不要我了？"

"你不会考不过。"梁雯笑了，"我会帮你。"

这算是明示了！

林韩熙激动地扶住她的肩膀，却被她推开了。

"都说了，等通过考试再说！"

林韩熙捂着脸，忍不住说道："你真是越来越有你姐的风范了。"

第十五章
最好的礼物

梁药事先了解过专升本的要求，要想考上B大的美院，不仅需要很高的文化课分数，还需要很高的艺术专业课分数。在此之前，学生还要集训。

舒又曼让她进了一个名声不错的画室。

现在，梁药白天在画室画画，晚上回家听楚昼讲课，忙碌且充实。

梁远国一直没有醒来，梁药和梁雯时常去医院看他，在他的病床前聊他最爱的新闻趣事，一人握住他的一只手，希望他能快点儿醒来。

梁母天天来找两人，她依旧想挽回两个女儿。自从离婚后，她孤零零地守着空房子，身边没有了女儿们的欢声笑语，也没有了老公的呵护陪伴。事到如今，她终于后悔了，后悔没有好好对女儿，把时间都浪费在和她们置气上。

她这才发现女儿的重要性，有事没事，她就会去找她们，希望她们能再给她一次机会，让她回到她们身边，她再也不逼她们了。

梁雯有些不忍，心里也不好受；而梁药根本不理会梁母，只冷眼看着她哭哭啼啼，不为所动。

伤害已经造成，再怎么弥补也无济于事了。

时间飞逝，在楚昼的辅导下，梁药的学习成绩进步得很快。她本身就是个聪明的人，用心学习后，她在班里的成绩一下排到了前十名。

紧接着，专升本考试终于来了。

梁药从没想到考试会这么难熬，她连高考时都没这么紧张过。她快速地浏览试题，做完了会做的，不知是题目太难还是没自信，她越做心里越没底，心跳得很快。

考完后，她的心情很沉重。她不敢回楚昼家，径直去了梁雯的宿舍。她瘫在梁雯的床上，用被子蒙住自己的头，将身体蜷缩成一团。

梁雯在旁边安慰她："姐姐，都考完了，不要再想了。而且，就算你真的考砸了，姐夫也不会抛弃你的。"

"万一我上不了 B 大怎么办？"梁药的声音从被子里传出来，听得出她十分难受，"楚昼帮了我这么多，我却……"

梁雯正在想怎么开导她时，梁药的手机突然响了。

见她不动，梁雯起身去帮她拿手机，看了一眼屏幕，说："姐，楚昼的电话。"

梁药拱了拱被子，觉得没脸见人，说："就说我不在！"

"哦。"梁雯点点头，接起电话，"姐姐说她不在。"

楚昼干脆地说道："把电话给她。"

梁雯随即把手机递给梁药。

梁药抖了抖被子，许久，才从被子里哆嗦着伸出一只手，说："喂，先说好，我尽力了，我真的尽力了，我拒绝一切说教和人身攻击。"

"我知道。"楚昼轻声说道，"努力了就好，无论结果如何，我都不会怪你。晚上有时间吗？市中心有电子烟花表演。"

这话题转得太快，梁药愣了一下，顺口答道："有。"

"好，晚上八点见，我在人民广场的入口等你。"楚昼说完，又沉默了一会儿，说，"时间差不多了，你做好准备了吧？"

梁药疑惑地问："什么准备？"

"晚上你就知道了。"楚昼说完就挂了。

梁药一脸蒙。

梁雯听到了他们的对话，激动地问道："姐，你们要去看烟花吗？"

"嗯。"梁药不觉得稀奇，"电子烟花，能有什么好看的？"

"电子烟花怎么了？听说政府筹备了好久呢，说是为了过年。"梁雯不服，"我们班好多人都说要去看，还有人要借此机会告白。"

"告白？"梁药猛地想起来了。

"怎么了？"

"我知道他要干吗了……"梁药喃喃道。

楚昼以前追她的时候，说会给她时间考虑。

而他刚刚说，时间差不多了，这意味着——他要正式告白了。

挂了电话后，梁药整个下午都心不在焉。

她们毕竟是双胞胎，梁雯很了解自己的姐姐，说："你们不是两情相悦吗？事到如今，也没有什么可纠结的吧。"

梁药轻轻地叹气，说："你不懂。"

梁雯确实不懂。据她观察，楚昼对梁药来说很特别，至少她从来没见过梁药在其他男生面前露出这么小女生的一面，梁药在他的身边很安心，会不自觉地对他撒娇，会依赖他。

这不是喜欢，是什么呢？梁雯不懂她在犹豫什么。

"我是喜欢他，至少现在很喜欢，"梁药的声音低低的，有些寂寥，"可这份喜欢又能保持多久呢？万一以后，我没那么喜欢他了怎么办？我真的不想伤害他，他和那些男生不一样，万一他想不开，寻死觅活怎么办？所以，我必须慎重考虑一下，到底能不能和他过一辈子。"

梁雯关注的重点歪了，说："以姐夫的性格，他不会寻死觅活，只有可能是你寻死觅活。"

"……你说得有道理。"梁药点点头，"果然还是拒绝比较好。"

"别开玩笑了，"梁雯哭笑不得，"你心里真的没有答案吗？"

梁药低头一笑，说："怎么可能？"

从一开始，答案就只有一个。

晚上十点半，电子烟花表演在人民广场准时开始。晚上七点不到，这里便已经人山人海，气氛热烈。

晚上七点四十五分，楚昼便等在了人民广场的入口处。他穿着黑色的衬衣和长裤，身材挺拔，容貌清俊，两只手抄着兜，往那儿随意一站便是一道靓丽的风景线。路过的行人总是不自觉地偷看他，却又被他冷漠的表情吓得收回视线。

赵亿豪和曹博也一块儿来了，两人假装没看到楚昼阴沉的脸，在一旁喜滋滋地吃着烤串。

赵亿豪边吃边问曹博："你说，姐姐会不会来啊？"

曹博嚼着肉，说："废话，肯定会来啊。平常，她和阿昼都已经像连体婴儿了，更何况是这么关键的时候。"

“可我看阿昼的脸色不太对，他们白天都没约出去玩，太不正常了。”

“难道是闹矛盾了？”曹博动作一顿，“阿昼待会儿不会被拒绝吧？”

“不好说，人家来不来都不一定呢。”

楚昼听着两人你一句我一句，忍无可忍，命令道：“闭嘴。”

快八点了，约定的时间就要到了，楚昼明显有些焦躁，不断地扫视着四周。赵亿豪和曹博总算静了下来，帮他一起四处找着梁药。

突然，赵亿豪看到前方有一抹纤瘦的倩影，眼前一亮，激动地喊道：“我看到妹妹了，她来了！”

曹博和楚昼也望了过去。

曹博一眼便看到了“梁雯”。她穿着白色连衣裙，秀丽温婉，长发及腰，面容不施粉黛，干净而白皙，像小仙女一样，在人群中格外显眼。

楚昼也看到了她，他的眸光骤然幽深起来，瞬间绷紧了脸。

“梁雯”跑到他们跟前，还没来得及说话，赵亿豪便抢先开口问：“怎么只有你一个人，姐姐呢？”

“梁雯”不敢看楚昼的脸，解释说：“她说她不来了，让你们好好玩。我就是来告诉你们一声，说完我就回去了。”

“什么？”曹博顿时皱起眉，“她真不来了？”

“梁雯”微微点头，说道：“嗯。”

楚昼看着她，说：“那她为什么不自己告诉我？”

“可能是不知道怎么跟你说？”“梁雯”摇摇头，“我也不太清楚。她只说她不来了，让我转告你。”

楚昼的表情越来越冷。

“那……我就先回去了，你们慢慢玩。”“梁雯”抖了抖肩膀，转身要走。

“等等。”楚昼出声叫住她。

“梁雯”转头问：“还有什么事吗？”

楚昼沉着脸说：“你留下来。”

“啊？”

楚昼一字一顿地说：“她不来，你留下陪我。”

此话一出，在场所有人都被吓到了。

“梁雯”结结巴巴地问道：“什、什么？”

赵亿豪和曹博一脸蒙，他们从来没听过如此无耻的话！

赵亿豪反应过来后，吼道：“阿昼，你是不是气昏头了？这是梁雯，不是梁药啊！”

和两姐妹相处了这么久，慢慢地他也能分辨出两人了。温柔贤惠的是妹妹，泼辣蛮横的是姐姐，眼前这个人，无论怎么看都是梁雯。

楚昼什么都没说，只侧过脸去，自然地牵起“梁雯”的手，冷声说：“走吧，去约会。”

“梁雯”脸红了，口齿不清地说道：“姐夫，别这样，万一被姐姐发现……”

“不管她，我们去玩。”楚昼冷着脸拽着“梁雯”往前走，一点儿都不怜香惜玉。

赵亿豪和曹博正要跟过去，却被楚昼阻止了：“你们别过来。”

“为什么？”

楚昼瞥了他一眼，问：“约会为什么要带着电灯泡？”

“……”

赵亿豪看着他们消失在视线里，对曹博说：“你赶快捏我一下，我怀疑我在做梦。”

曹博一脸若有所思，说：“不对啊。”

“怎么了？”

“刚刚的人真的是梁雯吗？”

赵亿豪哆嗦了一下，说：“大晚上的，你怎么说起鬼故事来了。”

楚昼牵着“梁雯”，对她关怀备至，不时侧头询问：“渴吗？饿吗？”明明是关心的话，他的语气却没有起伏，像是在完成任务。

“梁雯”战战兢兢，不停地摇头：“不渴，不饿。姐夫，那个……你真的知道我是谁吗？你没有认错吧？”

楚昼淡淡地说：“我从来不会认错。”

“那你怎么牵我的手？”

楚昼扯了扯嘴角，说：“因为我渣？”

“梁雯”无言以对，只好沉默地任他牵着。

楚昼比她更不善言辞，他和梁药在一起时，基本都是梁药在旁边叽叽喳喳地说个不停，他偶尔附和一两句。而当身旁的人换成文静的“梁雯”后，两人的对话就没超过五句。

“梁雯”偷偷地抬眼看他，少年好像在生气，目不斜视地看着前方，嘴角向下。

楚昼把她带到人工湖边，湖边围着一圈围栏，湖里养了一群鲤鱼，边上有好多人买了饵料投喂，很是热闹。

到地方后，楚昼就放开了她的手，望着湖面，侧颜漠然，让人看不透他在想什么。

“梁雯”跟着看了一会儿，实在看不出个所以然，忍不住问他：“楚昼，你带我来这里干吗？”

楚昼垂眼看着露出水面的红鲤鱼许久，才说：“我调查过，这里是看烟花的最佳位置。”

“梁雯”恍然大悟，望了望周围，说：“难怪这里有这么多人。”

“我今晚本来打算和你姐告白，”楚昼的声音很轻，透着几分凉意，“就在这里。”

“这样啊。”“梁雯”不知该说什么好，讷讷地说，“可惜她没来。”

“没关系，你也可以，反正长得一样。”楚昼转过头看她，“向你告白也没事。”

“梁雯”有些生气，说：“什么叫和我告白也没事？你把我当什么了？”

“这句话，应该我问你吧？”楚昼的脸色沉了下去，他冷冷地看着她，问道，“你把我当成什么了？一直骗我有意思吗？梁药。”

身边女生的气势顿时弱了下去，她心虚地移开眼神，说：“你果然认出来了……”

楚昼冷笑起来：“万一我认错了怎么办，你想过吗？刚才的情况是你想看到的吗？你就这么想把我推给你妹？”

“没有啊。”梁药实话实说，“梁雯现在已经不喜欢你了，如果刚刚是她，她不可能让你碰到她的手，所以，你所说的情况不会发生，而且……”

她低头认错：“我也不是故意要骗你的，对不起嘛。”

楚昼冷冷地看了她一会儿，转身就要走。

梁药急忙抓住他的手臂，问：“你要去哪儿？”

楚昼头也不回，吐字清晰：“回家。”

梁药怔怔地问：“不看烟花了吗？而且，你还没告白……”

楚昼弯了弯唇，语气有点儿讽刺：“你一而再、再而三地骗我，凭什么觉得我还会和你告白？抱歉，人的耐心是有限度的，我不想陪你玩了。”

他冷漠地甩开她，迈开长腿，大步地向前走去。

他真的生气了……

梁药的脑袋空白了几秒，突然前所未有地慌了神，她再也顾不得那么多，追上去用力地从后面抱住了他的腰，可怜巴巴地道歉：“对不起嘛，我错了，我没打算骗你的，也没有想故意装成梁雯来骗你。我不化妆的时候本来就是这个样子，是赵亿豪把我认错了，所以我才将计就计……哎呀，反正，对不起嘛！”

楚昼就这样被她抱着，没有动，也没有说话。

梁药见拥抱有了效果，使尽浑身解数撒着娇，软声软气地哄他：“你不告白也没关系，我来告白，其实，我超——喜欢你的！对不起，你就原谅我嘛。”

楚昼一顿，缓缓地转过身来，直直地看着她，问：“那你以后还骗不骗我了？”

“不骗了。”梁药举起手，郑重地发誓，“再也不骗了！”

楚昼继续问：“陪我一辈子？”

梁药拼命地点头，说：“嗯嗯，陪你一辈子……”

她的声音猛地顿住了，意识到什么后，她抬头看着他的脸。

少年似笑非笑地看着她，表情带着几分揶揄。

“你骗我！”梁药反应过来了，脸颊通红，用狐狸眼瞪着他。

楚昼轻笑一声，说：“说好了，不能反悔，你得陪我一辈子。”

梁药嘟起嘴瞪了他半晌，最后无奈地垂下眉眼，输得心服口服。

“嗯，陪你一辈子。”

楚昼没想到她这么快就答应了自己，愣了足足五六秒才反应过来，“啊”了一声，问：“你这是答应我了？”

“是啊，我不该答应吗？”梁药愣住了。

在她的设想里，她答应后，楚昼应该马上激动地抱住她，再激烈地吻她，可他这么冷静是怎么回事？

“你敢反悔的话，试试看。”

看着一脸茫然的小姑娘，楚昼眼眸微沉。惊讶过后，他便感到了浓浓的喜悦，总算有了在和梁药交往的真实感。

这个人是他的，从身到心，都属于他。

一想到这儿，楚昼兴奋起来，呼吸顿时有些乱。

察觉到自己的想法越来越危险，楚昼深吸一口气，克制住了那股冲动，抬手揉了揉她的脑袋，说：“如果你这次敢骗我，我绝不原谅你。”

梁药想，她都告白了，他怎么还威胁人？这个时候，他不应该回一句“我也喜欢你”吗？

她抬眼瞪楚昼，却发现他笑了。他轻轻扬起唇角看着她，眼中满是笑意，眼尾微微上挑，愈显狭长，十分勾人。灯光下，他的眼睛里泛着细碎的光，像有无数的星星在闪烁。

梁药怔怔地看着他，心跳漏了好几拍。她听到他发出一声轻笑，问：“怎么突然答应了？”

“……还不是被你骗的。”梁药反应过来，撇了撇嘴，“前一秒，我才说了不会骗你，下一秒总不能反悔吧？”

楚昼微微扬眉，问：“只是这样？”

“……也不全是。”

在他灼灼的目光下，梁药的脸有些烫。

“我……我也喜欢你……”小姑娘结结巴巴地说道。她不好意思地垂着脑袋，纤长浓密的睫毛垂下，声音又柔又轻，像含着蜜糖般，很甜。

“你又不是不知道——”梁药说完后，越想越觉得不对。明明今天是他要向自己告白，怎么最后变成了自己向他告白？

她有些羞恼。

楚昼倒是很受用，忍不住弯了弯薄唇，亲昵地捏了捏她白嫩的脸颊，说：“乖，能清楚地认识到自己的内心，值得奖励。”

梁药的心里十分不是滋味，她不开心地拍开他的手，说：“你别得寸进尺，说不定哪天我腻了，就一脚把你踹了！”

“放心，无论你跑到哪儿，我都会把你抓回来。”楚昼没有松手，用指腹温柔地摩挲她的眉眼，俯身靠近她，声音又轻又缓，“然后把你绑在我的身边一辈子。”

梁药一噎，良久才说：“你是变态啊？要不要我提醒你一下，我们才交往了不到十分钟。”

“那又怎样？”楚昼并不在意，“这和交往了多久没关系。”

梁药刚要说话，便听到旁边传来吆喝声，不由得转头看过去。

一个穿着朴素的老婆婆正步履蹒跚地沿着湖边走，大声吆喝着：“卖冰糖葫芦咯！酸酸甜甜的冰糖葫芦！有人要吗？”

“想吃？”楚昼顺着她的目光看去。

“……嗯。”梁药犹豫了一下，还是点了头。其实她不是很想吃，只是大晚上的，看着这么瘦弱的老人卖冰糖葫芦，她有些难受。

老人已经走到了他们身边，见他们望过来，以为他们想买，连忙亲切地笑着问：“你们是不是想吃冰糖葫芦啊？”

“嗯。”楚昼点点头，语出惊人，“多少钱？我全买了。”

梁药匪夷所思地看着他，问：“你的脑袋没问题吧？”

老人一愣，激动得满脸通红，说：“一共是六十五串，两块钱一串，我给你便宜一点儿，一共给一百块钱就够了。”

楚昼付了两百块给她，而后拿了两串冰糖葫芦，说：“我们只要两串，剩下的，您帮我分给附近的人吧。”

“这——”老人顿时明白过来他是在做善事，有些为难。看他这么年轻，还在读书的样子，老人不好意思要他的钱。

她刚要推脱，便又听到楚昼说：“今天是我和女朋友交往的第一天，您发冰糖葫芦的时候记得说，这是我们的喜糖。”

梁药觉得很好笑。

为什么她会觉得楚昼对自己的告白没反应？他明明乐疯了呀！

老人反应过来，激动地说了句“一定”，弯腰道谢后就走了。

她真的将冰糖葫芦一串串地发给了附近的游客，边发边指着两人说这是他们的喜糖。游客们吃了一惊，纷纷道谢，笑着对他们招手，祝他们百年好合。

“楚昼，你还有没有脸了？”梁药羞耻地捂住脸。

以前她还觉得自己的脸皮很厚，现在看来，真是小巫见大巫了。

楚昼慢条斯理地撕开冰糖葫芦外裹着的糯米纸，将冰糖葫芦递到她的嘴边，说：“张嘴。”

梁药咬了一颗，立刻酸得皱起眉，摆手拒绝：“好酸啊，我不要了。”

楚昼也吃了一颗，确实有点儿酸，不过，这对他来说不算什么。他面不改色地咬碎了冰糖葫芦，又看向梁药。

她看起来是真的怕酸，秀气的眉毛皱成了一团，艰难地咽着冰糖葫芦。

吃完后，她还吐了吐粉嫩的舌头，似乎想摆脱那种味道。

楚昼不动声色地看着她，嗓子突然发痒，又咬了一颗冰糖葫芦。他边吃边拿出手机——离烟花表演开始还有五分钟。

梁药不知道他在想什么，因为老人免费送着冰糖葫芦，好多小孩子被吸引了过来。她看到一对双胞胎姐妹跑了过来，两个小孩长得一模一样，连衣服和发型也都一样，看起来七八岁的样子。

姐姐牵着妹妹的手，稚声喊道："快点儿快点儿，再慢就结束了！"

"姐姐你慢点儿，我跑不动了。"妹妹的体力明显不如姐姐，喘得很厉害。

梁药远远地望着她们，不由得笑了，她扯了扯楚昼的袖子，说："快看，那里有对双胞胎。我以前也喜欢扯着妹妹到处乱跑。"

楚昼看了过去，嚼着冰糖葫芦，"嗯"了一声。

梁药陷入回忆中，叹了口气，说："我刚才扮成妹妹确实有几分试探你的意思，对不起啊。"

"你怕我认不出来？"楚昼看着她问道。

"嗯。"梁药应了一声，靠在栏杆上，望着漆黑的湖水，"我以前喜欢过班里的一个男同学，算是初恋吧，对方也是个书呆子，和你有点儿像……"

她突然意识到了什么，声音一顿，偏头看他，问："和男朋友说这个，是不是不太好？"

楚昼捏了捏她软软的耳垂，说："没事，你说，我听着。"

梁药便放心地往下说："有一天，他来我家找我，把我和妹搞混了，还喜欢上了我妹。好笑吧？"

楚昼沉声说道："不好笑。"

"也是。"梁药干笑了两声，"从那以后，我就没再真的喜欢过谁了……"

见楚昼的脸色越来越黑，她连忙肉麻地补充了一句："幸好后来遇见了你，你就是我的真命天子！"

天空忽然传来一声巨响，烟花在空中绽开，照亮了整片夜空。

"哇——"梁药立刻被吸引过去了，眼底映着五彩斑斓的光，"这真的是电子烟花吗？像真的一样，好漂亮。"

楚昼侧头看着她的脸，她的五官小巧精致，几缕发丝黏在侧脸上，美丽得就像森林里的精灵。

“确实很漂亮。”他喃喃道。他低头咬掉最后一颗冰糖葫芦，然后抬起她的下巴，重重地吻上了她的唇。

“唔……”梁药立刻尝到了他嘴里的酸涩味，嫌弃地皱眉，想要推开他，“好酸，你走开！”

楚昼怎么可能放过她？他用力地揽过她纤细的腰，紧紧抱着她不放，在漫天的烟火中，他深深地亲吻着她，激烈而缠绵。

他咬碎了那颗冰糖葫芦，而后用舌头一点点地往里试探，逼着她将冰糖葫芦吞进去。

小姑娘的眼泪都要出来了，又羞又气。她知道他是故意的，干脆恨恨地咬了他一口，说：“你怎么这么讨厌？！”

“谁让你提别的男人？”楚昼低低一笑，再次含住她的唇，“知道我有多爱吃醋了吧？”

一吻过后，烟花表演已经结束了，两人都有些“醉”意。

梁药趴在他的肩上，眸光潋滟，白皙的皮肤泛着大片的红晕，柔顺的黑发披散开来。楚昼看着她，忍不住又低下头去。

出成绩那天，梁药自己不敢查，干脆找了楚昼帮忙。

“考得不好就别告诉我了，我害怕。”

楚昼倒是不慌不忙，打开笔记本电脑，找到官网，输入她的准考证号。对他来说，她考上了B大固然好，但考不上也无所谓，反正，他们都会在一起。

看到她的成绩时，楚昼略感讶异，而后笑了，说：“五百六十五分。”

“什么？”梁药不敢相信地睁大了眼。

“你考了五百六十五分。”楚昼转头看向她，“很厉害。”

“真的？”梁药欣喜若狂。

这个分数，就算今年报考B大的人再多，她也不会被挤下去。

“太好了！昼昼，多亏你我才能考得这么好，谢谢呀！”

“只有谢谢？”楚昼扬了扬眉，看着她，唇边的笑意分毫未减。

“当然不止。”梁药勾起嘴角，轻轻地吻上了他的薄唇。

他们接着吻，仿佛世间只剩彼此。

漫长的一吻结束后，梁药面颊绯红，半敛着眸，靠在楚昼的身上平复着呼吸。楚昼抱着她，脖颈微垂，把玩着她的头发，神情慵懒。

窗外，金黄色的阳光暖暖地射进来，两人都没说话，享受着这一刻的静谧。

这时，梁药的手机忽然响了。

她打了个哈欠，懒洋洋地起身，拿过桌上的手机，发现是梁雯打来的电话，随即接起电话：“喂？”

“姐，爸醒了！”梁雯激动的声音在耳边响起。

“什么？”梁药差点儿从凳子上蹦起来，“真的假的？你没骗我？”

“我骗你干吗？”梁雯兴奋地喊道，“你赶紧来医院啊！”

“我现在就去。”梁药匆匆挂断了电话，立刻收拾东西，又对楚昼说，“你听到了吗？我爸终于醒了！”

“嗯，听到了。”楚昼见她手忙脚乱的，干脆帮她一起收拾，“别急，人就在医院里，跑不掉的。”

“嗯。”梁药飞快地点头，突然想起了什么，对他说，“我们去一趟打印店吧。”

“怎么了？”

梁药的眼睛很亮，她说：“我要把我的成绩单打印出来拿给他看！”

坐车到医院后，梁药走进熟悉的病房，一眼就看到梁远国靠在床头，精神似乎好了许多。这些日子，虽然护工每天都会给他按摩肌肉，但他还是胖了很多，脸圆圆的，头发剃成板寸，看着像弥勒佛，很有福气，只是脸色略显苍白。

梁药看到他真的醒了，鼻子一酸，有点儿想哭。

“姐姐，你来了？”梁雯看到她，连忙向她招手，“你看，爸真的醒过来了！”

梁药点了点头，发现梁远国的嘴唇动了动，却没有发出声音。

梁雯伸手摸了摸梁远国的脸，对梁药解释道：“爸毕竟在床上躺了四五个月，现在刚醒，还很虚弱，但他可以听到我们说话。”

梁药吸了吸鼻子，笑着坐到梁远国旁边，说：“爸，你躺在床上的这几个月，我都通过专升本考试了！”

怕梁远国不相信，梁药把准备好的成绩单放在他眼前，说：“我考到B大了。”

梁远国看着成绩单，缓缓地点了点头，眼角落下一滴泪。

“爸，别担心，我很好，楚昼也把我照顾得很好。”梁药笑着说。

听到这番话，梁远国看向楚昼，眼神里带着感激。

楚昼明白梁远国此时想说什么，笑着对他摆了摆手：“伯父，这是我应该做的。”

“叔叔，我和雯雯也帮了很多忙。”林韩熙是和梁雯一起来的，闻言，他有些不服气。

梁远国对他没什么好感，干脆没理他，只仔仔细细地打量着两个女儿，看起来十分开心。听到梁雯说起梁母已经在离婚协议上签了字，梁远国缓缓地叹了口气。

梁药心中微动，想问什么，动了动嘴巴，却没发出声音。她想问他，是不是还爱着梁母、后不后悔，可是现在再说这些已经于事无补了。

梁药忍不住想，是不是所有夫妻最终都会像他们一样，形同陌路。

梁远国刚醒来，需要多休息。梁药待了一会儿，见他不停地打哈欠，像是累了，便说明天再来看他，之后就和楚昼一起回去了。

出了医院，两人牵着手，打算走一走。

“你知道今天是什么日子吗？”梁药捏了捏楚昼的食指，笑着问道。

楚昼想了想，问：“你的幸运日？”

梁药瞪了他一眼，问：“你不会真不知道吧？”

“什么？”楚昼偏头看她，有些漫不经心。

“是我的生日啊！”梁药恨铁不成钢，“你这个男朋友是怎么当的？竟然连女朋友的生日都不知道，太失职了吧！一般人听到朋友过生日，就算不给礼物，也要说一声生日快乐吧？”

“我不是你的朋友。”楚昼淡淡地纠正道，“我是你的男朋友。”

“还男朋友，都没普通朋友贴心。我今天早上就收到了十多条祝福，有人还给我寄了礼物过来，你呢？”

楚昼看梁药气呼呼的样子，无奈地笑了一声，问：“你以为我真的什么都没准备？”

他从口袋里拿出一个水蓝色的盒子递给她：“生日快乐。”

梁药没想到他真的准备了，呆愣地接过来，问：“是什么呀？”

她打开来看，竟然是一条项链，还是一条……奇形怪状的项链。银色的链条上镶着一颗椭圆形的宝石，一半是白色的，一半是红色的，清新脱俗。

梁药还是第一次见这种宝石，打量了半天，问："你在哪儿买的？这宝石怎么那么像……胶囊？"

"这是药。"楚昼纠正道。他从她的手上拿过项链，打开链扣，轻轻地将它戴在她的脖颈上，耐心又认真。

他垂下眼帘："这是我专门找人定做的。以前我就想说了，你不是你妹妹的药，是我的。"

他深深地看着她，说道："你是我一个人的药。"

"少来。"梁药还是第一次听他说这么肉麻的话，有些不好意思，随后别开脸拉着他离开，"我累了，我们打车回去吧。"

楚昼看着女孩微红的耳郭，感到好笑，"嗯"了一声。

经过一家书店时，梁药停住脚步，侧头望了过去。

"怎么了？"楚昼也看了过去。

"你还记不记得这里？"梁药拉着他进去，怀念地看着书店的摆设。

这是她和楚昼初次相遇的地方。

楚昼看了一圈，说："我以前来这里买过几次书。"

梁药暗示道："有没有和谁在这儿有过一段美好的邂逅？"

"没有。"楚昼回答得十分果断。

梁药还想继续暗示，柜台前的收银员看到梁药，惊喜地问道："梁药，好久不见啊，我还以为你出去旅游了呢。最近过得怎么样？"

看到大学同学，梁药笑了笑，说："还可以。你怎么成收银员了？"

女生叹了口气，说道："别提了，原来的收银员被我妈开除了，她让我来代班一阵子。"

楚昼估计她们一时半会儿聊不完，便自顾自地去看书了。

女生和梁药寒暄了几句，忽然双手合十地请求她："你来得正好，能帮我看一下店吗？我好想上厕所，可能有点儿久。"

"好啊。"梁药点了点头。

"谢谢。"女生感激地笑了笑，便飞快地走了。

梁药在这儿代过班，轻车熟路地走到了收银台后面。

楚昼挑了几本书过来，见梁药成了收银员，不解地问："你？"

“嗯哼。”梁药熟练地拿过书扫着条形码，“小哥哥，你觉不觉得这个场景似曾相识啊？”

少女的眼睛弯成了月牙，口吻戏谑。

画面确实有点儿熟悉……楚昼凝眉看着她，电光石火之间，眼前素净秀美的脸和那张浓妆艳抹的脸重合在了一起。

楚昼怔了一瞬：“原来是你。”

“你总算想起来了。”梁药翻了个白眼，“我们宿命般的相逢，你竟然就这么忘了？”

楚昼缓了一会儿神，想起她刚刚说的话，问：“哪里美好了？”

明明就很惊心动魄。

梁药眨眨眼，说道：“你救了我啊，多么浪漫。”

楚昼似笑非笑地问：“所以，你后来帮着你妹妹来骗我，是在恩将仇报？”

“我错了还不行吗？”

楚昼轻笑了一声，没有咬着不放。他看着她的脸，说：“说起来，你很久没化妆了。”

梁药耸耸肩，说：“反正你都认得出来，有什么好化的。”

以前，她之所以化妆，是因为不希望被认成梁雯。而现在，一眼就能认出她的人已经出现了。

想到这里，梁药学着他们初次见面时的样子，两只手捧着下巴，笑吟吟地看着他，调侃道：“小哥哥，能不能加个微信好友？”

时光仿佛倒流了。

女孩不施粉黛，素颜清丽，和以前判若两人，唯有那张笑脸不变，仿佛能照亮整个世界。

少年怔然片刻，随即低低地笑了，眉眼像融化的冰雪，一点点舒展开来，晕开无限暖意，和从前有着天壤之别。

梁药看呆了，随后，她听到他轻轻地说：“好。”

恍惚间，她想到了二十岁生日那晚，她被赶出家门，没有祝福，没有礼物，空有一身桀骜。

就在这时，他踩着光缓缓地朝她走来，清隽挺拔，遗世独立，眉眼精致如画。

那时候，虽然她只是被他的外表吸引，但她还是忍不住在心里想，要是他是自己的该有多好。

他是她生命里的一抹亮色，是上天的恩赐，是她二十岁那年最好的生日礼物。

番外
祝你永远都快乐

梁药睁开眼便发现自己身处一个陌生的地方——前方是一所小学，古老的围墙上爬满了绿苔，旁边都是家长，大都穿着看起来款式很老的长裤衬衣。

此时应该正是放学时间，小孩子们吵吵闹闹地从学校里出来，欢快地跑向接他们的家长。

这儿的人太多，一个女人不小心撞到了梁药。

“不好意思啊，阿姨。”

梁药愣了，看向女人，女人看起来已经二十多岁了，居然叫自己阿姨？

可能是梁药的脸色太难看了，女人不自在起来，说：“我还有事，先走一步了。”说完，她就匆匆地走了。

怎么回事？梁药郁闷地转身，却无意中在身旁店铺的玻璃门上看到了自己的身影，整个人瞬间定住。

这是一个矮小瘦削的女人，褐肤短发，眉宇间的皱纹很深，长得很显老，一脸的苦相。

梁药僵住了。这是谁？

她试着扯了扯嘴角，玻璃门上的女人也跟着做了同样的动作。

毫无疑问，这是她自己！梁药睁大了双眼，冷汗瞬间爬上了后背。

就在她慌神时，一道脆生生的声音打断了她的思绪：“孙姨？”

梁药低头，看到一个白白嫩嫩的小男孩赫然站在她的跟前。男孩有着极为精致的眉眼，漂亮得不像话，身上穿着干净的校服，一看就是听话的好学生。

他仰着小脸，乌黑的眼里满是期待，问："爸爸妈妈呢？他们来接我了吗？"他边说边四处张望。

梁药看着他，总觉得他很眼熟，她想问，却张不开嘴——她发现自己控制不了这个身体了。

几秒后，她感觉自己的嘴巴突然张开了，随后，她听到自己和蔼地笑着说道："你爸妈有事，不能来了。孙姨陪你过生日好不好？你看……"

"孙姨"的手往上抬了抬，梁药才发现她提着一个蛋糕。

"我给你买了你最爱吃的巧克力蛋糕哦。"

听到父母不来，小男孩眼中的光芒暗了下去，但他很快打起精神，笑着说："谢谢孙姨。"

"我就知道我们楚昼最乖了。我带你去吃大餐，怎么样？"

"好呀！"被称作楚昼的小孩开心地点了点头。

楚昼？他是楚昼？！

梁药震惊地看着眼前天真的小不点，心脏怦怦直跳。

礼貌、乖巧、懂事，原来这就是楚昼以前的模样。

梁药心里有些酸涩。紧接着，她猛然意识到，这个熟悉的场景对应的就是楚昼说过的他被绑架的那段经历，孙姨就是那个保姆！

梁药急了起来，但无论如何，她都出不了声。她没有掌控这具身体的主动权，似乎有人控制了这个身体。

更准确地说，现在，她和孙姨共用一个身体。

后来，孙姨带楚昼上了一辆黑色轿车。

路上，楚昼很好奇，天真地问东问西，孙姨有些心不在焉地回答着，有好几次差点儿闯了红灯。

一个小时后，天色暗了下来，车子依然在高速上，不知要驶向何方。

楚昼不安地看了一眼窗外陌生的景物，问道："孙姨，我们还没到吗？"

"快到了。"不知为何，孙姨的声音听起来有些冷漠。

不好的预感越发强烈，小楚昼拍了拍窗户，说："孙姨，还是算了，太远了，我不去吃了，我想回家！"

孙姨强硬地说道："都快到了，吃完再回去也不迟。"

楚昼只好服从了她，但他的不安仍写在脸上。

紧接着，车子下了高速，往一座山上开，到处都是树木和杂草。车门打开后，等待楚昼的不是什么高级餐厅，而是一个荒无人烟的废弃工厂。

楚昼看到四五个人高马大的男人围了过来，不怀好意。

为首的刀疤脸看到楚昼后欣喜若狂，命令道："快！把他绑起来！"他笑呵呵地看着孙姨："妹妹，你果然没让我失望。放心，事成之后，钱会分你一半的。"孙姨战战兢兢地点头。

"你们是谁？想要干吗？"楚昼瞬间意识到了什么，不可置信地睁大了漂亮的眼睛。他想跑，却马上被人按住了，他使劲地挣扎起来，却挨了一巴掌。

"想活命就安分点儿！"男人冲他吼道。

梁药看得心疼又气愤，想冲过去保护他，但她连句话都说不了，何况是控制身体。

这是过去的时间线，她干涉不了，只能眼睁睁地看着这一切发生。

接下来，楚昼被他们用铁链绑在柱子上，像条小狗，动弹不得。他从小养尊处优，哪里受过这种委屈？

一开始，他还会哭会闹，会求他们放他回家，但每次换来的都是殴打和谩骂。于是，他慢慢地接受了现实，冷静下来，冷冷地盯着这些丑陋的男人，等待逃跑的时机。

男人们被他看得发慌，于是，他再次被打。

梁药看着小楚昼，他的脸惨白脏乱，血痕斑斑，身上又青又肿，没有一块完好的肌肤，他紧紧地咬着嘴唇，瘦小的身躯因疼痛而微微颤抖。

"你怎么哭了？"刀疤脸扇了他一巴掌，似乎觉得不够，又踹了楚昼一脚，转头，他发现孙姨突然掉了眼泪，惊奇地挑眉，"你不会是心疼这个小鬼吧？"

孙姨愣了愣，摸了摸眼角，还真是。她解释道："怎么会……"

她一边否认，一边抹去眼泪，觉得奇怪，明明她自己没有想哭的感觉。

虽然楚昼是她一手带大的，但她嫉妒着这些富家公子哥。凭什么别人的孩子一出生就要什么有什么，她的孩子却只能是天生的穷人命？

或许是愧疚感作祟，之后，她每次给楚昼喂饭都会和他哭诉生活不易，她的哥哥欠了好多钱，如果不这样，他们一家人都会完蛋。

楚昼无动于衷地看着一把鼻涕一把泪的妇人，只觉得她陌生无比。

而孙姨体内的梁药也焦急无比，尝试了各种方法，却都动弹不了。她艰难地熬了几天，等孙姨熟睡时，她激动地发现自己能动了！

前几天晚上孙姨睡着时，梁药都尝试着想出来，但没有用，没想到这回竟然可以了！可能是前几天孙姨睡得并不安稳，一点儿风吹草动都能惊醒她；现在，她终于撑不住，进入了熟睡状态。

梁药心想：必须在孙姨醒来前把楚昼送出去！

深夜，楚昼一动不动地靠在墙上，细瘦的手腕被铁链勒出了血痕。

朦胧的月光从窗外洒进来，勉强能看清有五个男人横七竖八地躺在地上，还有一个男人守在门边睡觉。

楚昼抿紧了嘴唇，不知道能不能逃出去，他的爸爸妈妈会不会来救他。他们那么忙，愿意花那么多钱赎他吗？如果他死了，他们会难过吗？

应该不会吧，连孙姨都背叛他了，还有谁是真心关心他的呢？

正当他万念俱灰时，一阵脚步声传来，在寂静的空气中尤为明显。

他抬头一看，震惊得睁大了眼睛，说："……你！"

"嘘！"那人立刻捂住了他的嘴，小声说道，"我带你出去。"

梁药带着楚昼开始了逃亡之旅，因为楚昼的伤势过重，身体很虚弱，几乎是她全程背着他跑。

"……为什么？"虚弱的声音从身后传来。

"你为什么帮我？"楚昼半信半疑地看着背着他的女人，百思不得其解。明明是她害他被绑架，她怎么还会帮他？

"毕竟你是我看着长大的，我后悔了，不行吗？"梁药在树林里穿梭着，一边敷衍他，一边找路，心里很着急。

"你放心，我一定会救你的！"

楚昼没说话，依旧保持着警惕，现在的他谁都不信了，然而，他的小手却轻轻地抓住了她的衣服。

就在这时，远处传来了车辆发动引擎的声音。

那些人发现他们逃走了！梁药心头一紧，加快了脚步，可她绝望地发现自己的力气一点点地流失了。

孙姨要醒了！

孙姨醒来时，发现自己站在一片空旷的土地上，面前是陡峭的悬崖，后面是树林，背上是楚昼。

这是怎么回事？她惊愕得睁大了眼。

这时，身后传来了凌乱而沉重的脚步声。

"你竟敢背叛我们！"刀疤脸气急败坏地吼道。

“我没有……我也不知道怎么回事！”孙姨吓得肩膀一缩，犹豫了一下，朝他们走去，想把楚昼带过去。

“你又背叛我！”背后，楚昼的声音比他们的更冷。

随即，孙姨感到腰上一痛，楚昼竟然用力地踹了她一脚，艰难地从她的身上跳了下去，一瘸一拐地往反方向跑。

可他一个小孩哪比得过大人？何况，他全身是伤。

刀疤脸一个箭步追上去，逮住了他，抓着他的领子问：“小屁孩，你想跑到哪儿去？”

楚昼天生有股狠劲，他用力咬了刀疤脸的胳膊一口。刀疤脸感到吃痛，把他往外一扔，正是悬崖的方向。眼看楚昼就要飞出去，孙姨惊讶地发现自己的身体突然动了起来，随后，她飞扑过去接住了楚昼，然后把他往森林推去，还说：“你快跑，我拦着他们！”

楚昼惊疑不定地看了她一眼，没有迟疑，直接往另一侧狂奔。

“你！”刀疤脸勃然大怒，挥起拳头就要揍她，梁药侧身，灵敏地躲开了，刀疤男的力气收不住，整个人往悬崖外倒去，吓得他立刻抓住了梁药的裤脚。

他很沉，梁药根本没力气踹开他，整个人和他一起掉下了悬崖。匆忙间，她只来得及看一眼楚昼消失在森林间的背影。

边上的人本来打算去追楚昼，看到这一幕，他们都傻了。

“嘭”的一声，梁药感觉自己坠在了地上，五脏六腑仿佛裂开了。

梁药猛地睁开双眼，看到的却是熟悉的天花板。

周末的早晨，她正躺在房间的床上。

她惊魂未定地坐起身，大口地喘着气。

“怎么了？”旁边的楚昼被她惊醒了，“你做噩梦了？”

“嗯，好像是。”梁药拿起床头柜上的水喝了一口，疼痛感慢慢消退了。

是梦吧？

楚昼拍了拍她的背，帮她顺气，顺便问她：“你今天不加班吧？”

“……当然。”梁药闻言，似笑非笑地看着他，“我怎么会忘记你的生日？我早就为了今天把时间空出来了。”

说着，她凑过去亲了他一口，笑眯眯地说道：“生日快乐呀。昼昼，祝你永远都快乐！”

楚昼因她的直爽愣了一下，失笑道："你怎么变得这么直接了？"

每年他的生日，她都没有不整他的时候。

"唔……就突然想通了？"梁药摇摇头，继续喝水，状似无意地问，"对了，当年你被绑架时，只有那个保姆丧生了吗？"

楚昼想了一下，回答道："没有，她哥哥和她一起落下悬崖了。"

梁药闻言，差点儿把水吐了出来，问："她哥哥……的脸上是不是有块疤？"

楚昼挑眉回答："是啊。"

"天啊，梦是真的！"梁药突然激动起来。

"什么？"

"我梦到你被绑架的过程，惊险又刺激！我看到保姆和她哥哥一起摔死了！"梁药惊魂未定。

"那不是我昨晚告诉你的吗？"楚昼问道。

梁药一愣："啊？"

"昨晚你睡不着，硬要我给你讲我小时候的事，忘了？"

"……"

"当我讲到我被绑架的事，你就开始打哈欠了。"

"……"

"当我讲到我快死时，你已经睡着了。"

一阵沉默后，梁药讪讪道："事实证明，我那时候还醒着。你看，我不是还梦到你了？"

楚昼似笑非笑："最好是。"